李春元 著

霾文谣

雾霾三部曲之三

作家出版社

图书在版编目（CIP）数据

霾爻谣 / 李春元著. -- 北京 : 作家出版社，2016. 12
（2017. 5 重印）

ISBN 978-7-5063-9247-1

Ⅰ. ①霾… Ⅱ. ①李… Ⅲ. ①长篇小说 - 中国 - 当代
Ⅳ. ①I247.5

中国版本图书馆CIP数据核字（2016）第284207号

霾爻谣

作　　者： 李春元
责任编辑： 省登宇
装帧设计： 张亚群
出版发行： 作家出版社
社　　址： 北京农展馆南里10号　　**邮　　编：** 100125
电话传真： 86-10-65930756（出版发行部）
86-10-65004079（总编室）
86-10-65015116（邮购部）
E-mail:zuojia@zuojia.net.cn
http://www.haozuojia.com（作家在线）
印　　刷： 三河市北燕印装有限公司
成品尺寸： 152×230
字　　数： 320千
印　　张： 23.25
版　　次： 2016年12月第1版
印　　次： 2017 年 5 月第 3 次印刷
ISBN 978-7-5063-9247-1
定　　价： 38. 00元

目录

序

生态财富的文学表达

孟繁彪

摆在眼前的是由作家出版社出版的长篇小说《霾来了》和《霾之殇》，面前还有一部长篇小说，是《霾爻谣》的打印稿，加在一起，就组成了雾霾三部曲。从2013年开始，伴随着京津冀地区防霾治污工作的开展，李春元先生关注生态环境的小说也进入“正在进行时”的创作时态。就在一些人的疑惑中，三年过去，李春元的三部小说已处在锁边勒口的收工阶段，即将全部展现在世人面前。他如期实现了自己的愿望。

“三部曲”的创作体式是有来历的，最早源于古希腊“悲剧之父”埃斯库罗斯。后来人们把三部内容各自独立又互相联系的作品都叫作“三部曲”。中国的文学三部曲不乏优秀之作，巴金的激流三部曲是《家》《春》《秋》；茅盾的农村三部曲是《春蚕》《秋收》《残冬》；金庸的射雕三部曲是《射雕英雄传》《神雕侠侣》《倚天屠龙记》，等等，都影响了几代人。

我挺喜欢“三”这个数字：三人为“众”，显示着力量；三木成“森”，预示着生机。孔子说“三人行必有我师”，体现出对于知识的尊重；群众说“三个臭裨将，顶个诸葛亮”，表达的是对于智慧的敬仰。李春元完成了三部“霾”小说，也算是圆满收官。

说到底，李春元涉足生态文学之中的“霾”小说，需要的是一种胆识，先不评论他作品的艺术品质，他的所为有两点已是难能可贵了：一是关注生态领域，将生态问题进行文学性表现，我们看到的是一股舍我其谁的勇气；二是他的小说创作和防霾治污“零距离”地同步跟进，就要涉及方方面面的社会现象，我们看到的是人人有责的正气。我们都会说万事开头难，都会说要做第一个“吃螃蟹”的人，可真正敢于涉足这样一个人迹寥寥的禁区，无疑需要胆识。这样说来，至少他的写作给我们提供了文学创作上可资借鉴评说的文本。

文学就是要敢于直面社会问题，进行艺术再现，这是一名作家的担当。这一点，即使功成名就的作家贾平凹也依然作为追求目标。前几年，他深入了解了农村生存者的精神状态，了解了社会基层存在的太多问题，决心写一部反映基层现状“剪不断理还乱”的小说。有朋友规劝他别“自己卖着蒸馍却管别人盖楼”，他感慨地回答：“不能女娲补天，也得杞人忧天。”他感喟眼下的农村“像陈年的蜘蛛网，动哪儿都落灰尘。或许我没法通过文学解决基层的问题，我至少能如实地记录下来”。于是一部《带灯》问世。

说到底，面对现实需要勇气，揭示问题需要学识，艺术展现就凭借禀赋了。如今有一种为艺术而艺术的思潮，专写小情小调，躲进小楼成一统，这样的艺术追求怕是撩拨一些人的浅阅读情怀还行，却是很难走远的，因为这样的人生活在自我世界，就像是沙眼，见点风就会流泪。

自有人类史，我们总在自由呼吸，总能得到水源供给自身生命，从没遇到因为空气和水的不净而出现的困惑——女娲补天，是忧心天会塌下来；大禹治水，是疏导洪水的肆虐。没有哪个时期会像今天这样，必须把水和空气放在政治、政策以及民生的高度看待的。如今，严重污染的河流，异味污浊的大气给人们带来了许多疾病，是一个不容回避的社会问题。工业化高度发展，如果必须以环境质量的下降为代价，无疑是进入到了一个怪圈。一方面要发展，一方面要生活，在这样的两难中，就要亮出我们的决策，显出我们的行动，在环境保护的前提下才能说发展。与此同时，面对困难，一切唉声叹气，捶胸顿足，像鲁迅笔下的“九斤老太”所言“一代不如一代”都于事无补。

造物给我们的地球设计了多么好的条件，让人类生存。到目前为止，人类也在使用一切技术试图从别的星球寻找水源，遗憾的是至今还没有可喜的报告。所以爱护好自己的家园才是硬道理，热爱地球是我们唯一的选择。想一想，地球生命与地球环境构成了多么严谨和谐、相互依赖的循环体，让我们感知生命，须知任何链条的失序都将导致生态系统的瓦解。如果到了那时，人类将面临洪水、瘟疫和地震等各种灾难，那可悔之晚矣。所以，有序才是我们生存和生活的必需。

预防大气污染已是刻不容缓。可现实中又是多么难以推进，李春元的这部小说《霾爻谣》，正是从我们的工作、生活和人际关系中展现着人们的生活习惯问题、人事关系问题、地方利益保护问题、个人利益的私欲问题等方面，件件都棘手。这不仅仅是环保部门的事，更是整个社会的认知。靠投机取巧，靠眼前利益，是会吃大亏的。因此，就需要广泛地宣传，树立人人有责的意识，同时也需要政策、人才、技术、财力方面的跟进。真是制污容易，治污难。不从源头抓起，靠头疼医头，不会见到实效的。

我们高兴地看到，与前两部小说相比，李春元在故事的叙述推进，在人物的刻画方法，在揭示创作主题方面又有了手段上的提高与丰富，从而使故事更精彩了，人物更鲜活了，问题更触动人心了。《霾爻谣》里吕正天、马二哈的辛勤付出赢得了人们的理解。郝大侃、盼姐、楠楠在润物细无声中得到了周围人的支持，其他如康大仙、胡阵雨等一些人物也有了思想上的转变。一句话，环境是大家的，谁也逃不掉，只有从我做起，才能建设好我们的家园，才能不愧对子孙。

李春元有着丰富的生活经验，有着熟悉的工作岗位，这些都增加了他的作品的厚重感。他在《闹猫乡长的烦恼》里写到“热心汆子，能用不能沾，有热盖不住”。汆子如今人们很少见到了，过去它是北方人家常用的一种烧水工具，用白铁皮制成，圆柱形，中空，有底，上端有把，放在铁锅与灶膛间，做饭时就把水烧开了。现在想来，这汆子还有种“乡愁”在了。我很喜欢李春元在小说里创作的那些歌谣，比如“治霾就像马拉松，不能坐等天来风”，比如他借人物口吻说的霾爻阴阳谣，“大气靠风，垃圾靠坑，污水靠冲”。看似轻松中，对于治霾的严重性进行了深入揭露。他的行文笔调，看似诙谐幽默，其实始终有个使命感，他常常喜欢在讽刺中刻画人物，就是围绕主线运行。所以说，李春元的小说很接地气，群众日常生活语言和通俗的故事以及颇具趣味的小段子，让作品低到“尘埃”里。这样的小说才会贴近读者，打动人心。也许是使命使然，李春元也试图在小说里加入了许多环保知识，我想这也不失为一种好的宣传方式。

三部曲是对现实与历史生态环境的记录与反思，是一面透视镜下的生态财富。反思的真正意义在于如何转变我们认识现实的态度和记住历史的意义，它是批评型文学产生的动力与源泉。因此说，它既是生态的财富，也是发展的财富、道德的财富、文明的财富和文学的财富。由此说，李春元的小说具有文学鲜明地诉诸直观的意义。透过他的雾霾三部曲，我们更应该看到沉重的一面，小说中的一个个人物，是否或多或少都有我们的身影？那么在现实生活中我们必须总结经验，汲取教训。他是一位记录者，记录了我们身边的真实。他在作品里更有呼喊，有倾诉，从而给我们以深思和启示。财富是靠辛勤换来的，是靠智慧积累的，是靠他独有的方式体现的，他的洋洋洒洒的三本大部头就有了这样的全面展现。

感谢李春元先生的信任，让我成为第一读者，我愿意把《霾爻谣》推荐给大家。还是那句话，生态问题已是我们今天回避不了的课题，不要以为离自己很远，不要以为只是环保部门的事，读了李春元的小说，你会感觉到，环保中有他有我也有你，我们都是故事里的人和事。

（孟繁彪，廊坊日报社总编辑）

人的行为，应当依据良心，当为则为，不当为则不为。宇宙万物，时刻变化，人事也是如此。变化不息的大宇宙，具备循环不已的法则，具有一定的规律和因果关系可遵循。《易经》中“爻”的组成，虽只是一种符号，但回到现实中，“谣”的形成，却也蕴含着霾与痛的教训、防与治的法则、德与行的真谛。人与污染展开的斗争，已是一场旷日持久的复杂斗争。人既要面对自然，又要在个人与公众、短期与长期、发展与保护的利益之争中纠缠不休。

——题记

家国清明

一

金鸡报春。

C市迎来了防霾治污、向污染宣战的第五个年头。

凡事，不废则不立。关停并转限，疏堵罚控判，应急响应防，持续攻坚拼，科学提标降，众志成城管，霾在京津冀，已成瓮中之鳖，过街老鼠。持续向好的空气质量，持续增多的蓝天白云，持续添加的优良天数，让生活在C市和京津冀的所有人，越来越有一种度蜜月般幸福的获得感。

清明风已至，万物生长时。马二哈的儿子大楠楠，惊奇地发现，满园的桃花、杏花、梨花、苹果花，甚至大棚中被施用了特效药的黄瓜花，都是先开花、后谢花。没有花开，就没有花谢。而比大楠楠要小上三岁，还在上幼儿园大班的甄会民的女儿小楠楠，并不完全同意大楠楠哥哥的看法。她说："这些果树，在上一年也开过花，两年相比，应该说是，没有猴年花谢，就没有鸡年花开。"

小孩学大人说话，这年头已不算是什么新鲜事儿。但新鲜的是，刚当上E县环保局一把局长的马二哈和刚开张"霾科"门诊，且日门诊量超千人的儿科大夫甄会民，却突然能够挤出时间来，带儿女回乡，搞了半天的祭祀祖先加踏春赏花的乡游。内中的奥秘得分开两段说。

甄会民辞去C市医院儿科主治医生铁饭碗，与几名退休老中医，在ABC市金三角地带新开了一家“霾科”门诊的事儿，几句话便能揭开老底儿。“霾科”的创意来自甄会民猴年秋冬之交那次香港之行。从2016年入秋到2017年阳春，一轮又一轮的大雾天气凶猛而至，反复多次，诡异超常，导致京津冀及周边地区污染沉积，雾霾频发。甄会民坐在香港飞往北京的飞机上，心乱如麻地思考着登机前在手机微信中看到的一组组有关雾霾的段子。现今，由于信息公开的因素，那些类似于在大场合说不清、道不明的谁可能在治霾上没用真劲儿、谁可能在实施监测数据造假、区域间谁可能在污染谁的问题，通过反反复复静稳天气的“自霾”数据曝光，争论在民间已不攻自破，但有关甄会民在办公室里与女同事同时趴桌午休那件不明不白的误会，至今也没扒扯清白。甄会民坐的航班到了北京，但夜暗雾重，飞机降落三次均遭失败，不得已，又从北京飞回香港，直到第二天上午还在“等通知”。也就是在机场机上等候再飞的这当口，甄会民受马云创业史的启发，突然乱中生“智”，他想出了一个适应现代公众诉求，辞职避闲，开一家“霾科”门诊的创意……甄会民的“霾科”门诊诞生过程，用这寥寥数语就已说完，但围绕马二哈的诸多神秘还真的要慢慢品味。包括马二哈眼前操持的这场祭祀行动，甚至还足以让甄会民在动容中留着久久的猜测……

二

在每年的4月4日或5日，是中国阴历二十四节气中的“清明”，它同时又是中国除了春节之外的五大民俗传统节日之一（其他为元宵节、端午节、中秋节、重阳节）。

作为反映气候变化的节气，它是农民春种的开始。不同地区的农谚有“清明前后，种瓜种豆”“清明种小麦，谷雨种大田”“清明谷雨两相连，浸种耕田莫迟延”“清明来临，植树造林”等等。

“爸爸，清明是什么意思呀？”

大楠楠的一句发问，引来小楠楠的立即响应，“马大大，昨儿个我问我爸，啥是清明，他说清明就是上坟烧纸。真丢份儿。烧纸冒黑烟，多呛人呀？您给我们说说清明吧。”

两个娃娃的发问，引来二哈无限的追忆与述说。

“清明节的来历，始于春秋。晋公子重耳，为逃避迫害而流亡国外，流亡途中在一处渺无人烟的地方又累又饿，再也无力站起来。随臣找了半天也找不到一点吃的，正在大家万分焦急时，随臣介子推走到僻静处，从自己大腿上割下一块肉，煮了一碗肉汤让公子喝了，重耳渐渐恢复了精神，当重耳发现，肉是介子推从自己腿上割下的时候，流下了眼泪。十九年后重耳做了国君，就是历史上的晋文公。继位后重赏了当初伴随他流亡的功臣，唯独忘了介子推。很多人为介子推鸣不平，劝他面君讨赏。然而介子推鄙视争功讨赏，他打好行装同母亲到绵山隐居去了。晋文公听说后羞愧莫及，亲自带人去请介子推。然而，介子推已离家去了绵山。绵山山高路险，树木茂密，找寻谈何容易。有人献计，从三面火烧绵山逼出介子推，大火烧遍绵山却没见介子推的身影。火熄后人们才发现，背着老母亲的介子推，已坐在一棵老柳树下死了。晋文公见状，恸哭。装殓时从树洞里又发现一血书，上写：割肉奉君尽丹心，但愿主公常清明。为纪念介子推，晋文公下令，将这一天定为寒食节。第二年文公率众臣登山祭奠，发现老柳树死而复活。便赐老柳树为清明柳，并晓谕天下把寒食节的后一天定为清明节。

“清明节的来历正是感恩，清明节上坟祭祀先祖，就是沿袭这种感恩的精神。它寓意，一个充满感恩的社会，明了自己艰难的民族，明白恩惠的个人，才能珍惜现实，珍视历史，敬重别人，敬畏公德。从此，感恩节，在中国就是清明节。”

“马大大，您讲得真好。”

“家庭是社会的基本细胞，是人生的第一所学校。清明时节，踏青扫墓，不仅是对先人的缅怀与追思，也在潜移默化中涵养、传承着家风……注重家风，是中华民族的优良传统。”马二哈乘兴而喧，对着两个娃娃说，“对于当代中国而言，家风与依法治国、以德育人之间有着密切联系。家风正，则民风淳、政风清。可以说，家风正，能有效地抵御物欲膨胀、道德堕落、精神雾霾，有效化解贪婪、势利、奢侈、市侩等不良习气的污染，有利于保持政风社风的风清气正。”

对于马二哈的家国观，我备有感同。“天下之本在国，国之本在家。”家风是社会风尚的“晴雨表”，反映着国家的精神面貌，也直接影响着社会风气的好坏。这表明道德之于个人、之于社会具有基础性意义。从这个意义上说，树立良好家风，无论是对个人的身心健康、生活幸福，还是对社会的和谐稳定都至关重要。

家风其实还是一个家庭的风尚、作风和习惯，体现着家族的精神风貌、道德品质、审美格调和整体气质。在我看来，良好家风的前提条件是良好家庭伦理。夫义妇顺、父慈子孝、兄友弟恭是基本规范。有伦理就有了基本秩序，就可能实现家庭和谐，使家庭家族兴旺发达，正所谓“家和万事兴”“积善之家，必有余庆”。

正如马二哈所言，“家风建设并不是‘光宗耀祖’‘升官发财’‘封妻荫子’‘一人得道，鸡犬升天’，而是要让领导干部把个人利益同人民利益联系起来，把端正家风与树立良好党风联系起来，身怀国家利益，心念人民群众疾苦。”

“现实中，一些人因忙于工作，而无暇顾及孩子，重视了工作，却忽视了家风建设。殊不知，没有良好的家风，霾，就可能随时钻出自家的窗子，社风就缺了一块重要基石。”

“马大大，您这句话是不是说，您自个儿顾及我大楠楠哥哥也不够啊？”小楠楠的天真发问，令二哈一时语塞……

“这个问题等下了公交车再说吧……”

“猫——猫——爸爸，您快看，那儿有一大帮猫。”

伴随着小楠楠的呼喊声和手指的方向，二哈、会民、大楠楠惊奇地发现，群猫中，有一只正在跳跃的老猫，肚皮下有一片圆圆的、红红的猫毛，“它太像盼姐家曾代养过的那只老猫了。”

三

> 别人为什么愿意跟你相处？你有德。对人真诚，为人厚道，心地善良，有规矩，有方圆，有礼貌，有爱心，别人与你相处感到温暖、放心；你有用。你能带给人家实用价值；你有料。跟你相处能打开眼界，放大格；你有量。你能倾听别人的想法并发表有价值的见解；你有容。能充分认可别人的价值、欣赏别人的特色；你有趣。你能带给人家愉快的心情，和你在一起不闷。请牢记以上几点，做到让更多人愿意与你为友。若有下一点，你会吸住更多人才的：你有心。你懂得用情用心交朋友、人脉必然成金脉，正面能量无限，久而久之，你的气场自成，你助国大事的能量会更强……

马二哈看着郝大侃发来的微信妙语，漫步进果园。

老马局长夫妇的坟茔，绿意盎然。十棵大叶杨相围半圆，簇拥着中间一棵翠绿的珍叶松。这是当年村里的乡亲们，在马二哈毫不知情的情况下，背着马二哈，偷着将老马局长的遗体和老伴合坟后栽下的。

在距坟茔还有十几米的地方，二哈就已经惊奇地发现，在那棵居中的松树树干上，张挂着一张白纸。走向近前，二哈看得清清楚楚，白纸上是用魏体书写的，爱国诗人臧克家的那首著名的爱国诗《有的人》：

有的人活着
他已经死了；
有的人死了
他还活着。
有的人
骑在人民头上：“呵，我多伟大！”
有的人
俯下身子给人民当牛马。
有的人
把名字刻入石头，想“不朽”；
有的人
情愿作野草，等着地下的火烧。
有的人
他活着别人就不能活；
有的人
他活着为了多数人更好地活。

骑在人民头上的
人民把他摔垮；
给人民作牛马的
人民永远记住他！
把名字刻入石头的
名字比尸首烂得更早；
只要春风吹到的地方
到处是青青的野草。

他活着别人就不能活的人，

他的下场可以看到；

他活着为了多数人更好地活着的人，

群众把他抬举得很高，很高。

二哈明白，这挽诗，肯定是村里乡亲们送来的……

在甄会民、大楠楠和小楠楠的目视下，马二哈来到坟茔后，没有招呼任何人，而是首先默默地、似怀神秘地围着这棵挺立的松树转了三圈。其间，马二哈默默地低着头，两眼却一寸不离地，紧紧追逐着松树根部的南侧，好似在寻找着什么、发现着什么、思考着什么。

“爸，您不给我爷爷、奶奶磕头、说句话，总盯着松树转什么？”

听到大楠楠的问话，马二哈如梦方醒一般，嘴里支吾着，“噢，没什么，没什么。来，来，咱们一块给你爷爷、奶奶上坟。”

“春分后十五日，斗指乙，则清明风至。”“万物生长此时，皆清洁而明净。故谓之清明。”想必，这是清明节气的本意吧？从指导农事的节气，到祭祀祖先、凭吊先烈的节日，中国古人赋予了清明更多的文化意义。

在这个生机盎然的日子里祭祀，能够给人一个理性、冷静思考的机会；一个生者与逝者对话、现实与历史对话的机会；一个今人向后人，传颂、继承、认知传统的机会。

马二哈的父亲，是中国第一代基层环保人的典型代表。他早年从E县环保局长岗位退下后，立即转换角色，成为环保志愿者的领头人。他在经历了中国环保从无到有、从实践到探索、从困惑到艰辛、从人治到法制的拼搏、心痛与阵痛之后，带着未竟的遗憾，随风而逝，把为子孙万代保护生存环境的重任，交与了他的后人……

马二哈等人正用铁锨给老马局长的坟茔添新土之时，E县环保局此时已是正改副的甄猛副局长、南征副局长、扈法根副局长也先后到来。

甄会民发现，他们三位的到来虽然有先有后，但他们来到坟茔后，却都像事先有过约定，和马二哈一样，做出了一个极为相似的动作，围着松树转上三圈，而且他们转圈时，两眼都是直勾勾、充满神秘之情地紧盯着松树根部的南侧。尔后，彼此间虽一声未吭，但却相互注视着，用力地点着头，好像是用内涵丰富的示意打着招呼，或是暗示着什么。

众人相互无语，一齐动手添土，老马局长的坟茔焕然一新。最后，二哈在坟头顶端放上一叠纸钱，并用一块硬土疙瘩将纸钱压实……

“爸呀，您在蛇年大气污染防治的关键时刻，离开我们，一晃快五年了。我知道，您当时是带着遗憾和微笑走的。您遗憾的是当时的尽责之难，您微笑的是生态文明建设春天的到来、我们这一代环保人在承续大业、担当向前。爸呀，我记得您说过这样的话，‘C市是国家的一片小地方，但整个国家是由成千上万的小地方组成的，只有一片片的小地方都尽到了环保责任，整个国家才会变绿，空气才会变好。’爸，今天，我带着您的孙子，来向您汇报。五年的光景，您身外的家乡，已是白云蓝天。我知道，您的身躯虽然深掩大地，但您的心脉，从未远去，时时与我们朝夕同在；您的双眸时时刻刻都在关注着我们，从未合闭。‘C市是个小地方，但只有把一个个小地方的污染治好了，才会有整个国家的好生态，才会有一代一代人生存的好环境。’您给我们留下的最后嘱告，我们一定会传下去。一代人有一代人的使命，一代人有一代人的担当，是碌碌无为，当历史的匆匆过客，还是奋发有为，在历史上书写自己的篇章？我今天的思考，是您早已给出的答案。我也要用拼搏与奉献，向楠楠传下您给我的这份答卷。爸呀，我这一辈子，可能也干不出什么光辉的业绩，但我保证，您的儿子一定会一直往上、往前，踏踏实实、为了天更蓝、水更清、下一代生活在更美好的环境中不留余力，不苟且偷懒，直到百年后与您见面，干干净净。让您和我妈妈安心、欣慰。不给裴娟、楠楠和亲人们留下羞于启齿的不安与阴影。在一些人眼里，我可能是一个不孝之子。因为，在您的弥留之际、甚至为您行安入土之时，我却因工作没在您身边；在楠楠的眼里，我可能不是一个合格的父亲，因为，从出生伺候他、陪伴他的都是他的妈妈裴娟，我却因工作，把他丢在一边。为此伤心的楠楠却又很是懂事儿，为了我，他前些天，还经历和忍受了，不该他这个年龄的孩子所该承付的精神恐吓与艰难……”

“爸爸，您别说了，是我不懂事儿，我以后再也不玩失踪了。”

“楠楠，告诉爷爷，你此时的心情与心愿……”

“爷爷，爸爸学您，我学爸爸。”说完，楠楠哇哇地哭出声，给爷爷连磕了三个头。

此时，马二哈、大楠楠，甄会民、小楠楠，双双跪在老马局长的坟前。没有烧纸，没有鞭炮，但两枝玉兰花格外鲜艳。此情此景，更是那么的震人心旋……

当马二哈起身相望时，甄猛、南征、扈法根三人，已经在给老马局长坟茔鞠躬行礼后，悄然离去……只是在甄猛等人刚才转圈过的松树杆上，又多了一副挽联：

只有保住位子才能继续担当

只有不忘初心才能继续前进

几人的祭吊平净而波澜。坟边，泛出新绿的柳叶挂满枝头，刚长出嫩芽头的松枝，在清风中轻轻摆动，格外光绿，预示后力催生……

杏花、桃花、梨花，有早、有晚、有序开谢，编织着春天，想往着十月。甄会民指着花园花树告诉大楠楠、小楠楠，“各种果花开放的时间十分接近，但又不完全相同。一致的是，花开孕果，花谢果生，经风历雨，越长越大，春至金秋，续日向熟。”

四

这边，甄会民还在带着两个孩子赏花悦意；那边，马二哈的思绪，在不知不觉中，早已飞到了心间的工作上去了……

环保系统环境监测、监察，实施省垂直管理刚刚落地数月。此时的马二哈，已经伴随着环保实施垂直管理后的第一时间，直接升级，当上了E县环保局的一把局长。而更新奇的是，原来的一把局长甄猛，却主动提出辞呈，要求降一职当副局长，接替马二哈，分管环境监察执法。这种事儿，在官场上，可谓是奇闻，但更“奇闻”的，是甄猛想改时没人同意，真改时却不“自然”……

快晌午的时候，与马二哈前后脚提职，由县纪委调到县环保局任纪检组长的白平，给马二哈“飞”来一信儿，“请立即给吕县长回个电话。”

信息到了，声音也前后脚儿跟着来了，“马局，收到我的微信了吧？”

“收了。”

“收了就快点给吕县长回电话吧。别因为您拖拖拉拉、耽误工作，影响我今天带班的质量，下来让我又多一次陪您被问责的机会。”

“好的。少忽悠两句吧，吕县长刚扶正，正在三把火上，他真要找我什么茬口儿，你也别想得红包，保证也少不了你那一份监督不到位的责任。”

“你是省厅直管的人了，即使吕县长想问责你，也不那么直接了。”

吕正天比马二哈提职早三天，由E县主管环保的副县长，直接升任一把县长，并主动提议担任E县大气污染防治领导小组办公室主任。党政同责，一岗双责，吕正天主动担当大气办主任，这让刚从市政府下派到E县当主管环保工作副县长的郝大侃，事前根本没有预料到。

“大侃，你刚到新岗位，熟悉一下情况再驾辕吧。我和书记汇报了，大气办主任，先由我担着，这样，更有利于工作协调。”

“您想得周全。各地大气污染防治的成功经验告诉我们，党政一把手同责，主官上手一块抓，最能有效防止工作扯皮，最能有效调动各种资源和各方面的积极性，工作成效大不一样。”

此时，吕县长火急火燎地找，是因为什么呢？马二哈心里琢磨着，手上，已经拨通了吕正天县长的手机。

“吕县长，您找我？”

“马局长，你看电视了吧？上级环保督查组，点名通报批评了我们县除南旺乡之外的小散乱污企业，无环评、无审批、无排污许可的问题。这案子不是咱县环保局自己查的吗？这么多年都埋下了，这回怎么赶在我刚上任的节骨眼上给曝光了？怎么环保监管一‘垂直’，咱们就成生人儿啦？怎么什么问题也捂不住、盖不住了？”

“吕县长，市县环境监测、监察，实施省垂直管理的目的，不就是想强化地方政府责任意识，排除地方干扰，防止在环境监测数据和环境监察执法上弄虚作假吗？不是我不听您的，是组织上安排的，要求我工作上，转变隶属关系，首先听市环保局的。省、市直接卡着我‘执法’的脖子，群众举报的问题查实了，如果不如实上报，我就要被问责、挨处理，还可能被以渎职罪受刑。我看您当了一把手后，考虑问题也是更加全面了。不过，您可别让我作难。我这点直性子、认真劲儿，当年不还是向您学的吗！”

“二哈呀，这些我都理解，严格执法我更支持。不是我要把污染问题捂着、盖着，但史上留下的这一大摊子小污染行业，一两年，还真是整不利落。县里刚在南旺乡召开过现场会，立夏前，肯定全县都收拾利落喽。我刚上任，不也是好个面子、担心形象，怕上级通报、怕媒体炒作嘛！治霾难，当政府一把手，要端平保护、民生与发展这个盘子，更难呀……”

“法规有要求，上边有督查，媒体有监督，群众有举报，我们有压力，类似自己这样给自己当地环境揭短、亮丑、曝光的事儿，以后恐怕就是常态了……在整改历史遗留环境问题上，堵漏洞、补缝隙、抓死角、填陷坑，政府就别再捅捅逗逗的了，挖污根儿，动真格朗的吧，否则，连霾都会站出来看咱们环保执法人笑话的……”

“这点儿理我也明白。昨儿个下午，望元先生还给我打过电话，说他在除夕之夜，又梦见群霾聚会了。说霾在密谋，要对人类治霾实施反击战。虽然是梦，但我看，也梦得在理儿。你死我活呀，我们必须有长期防治、持续攻坚、谨防懈怠的忧患意识，否则……老胡县长精心总结的治霾民谣不也是这么说的吗。”

“胡阵雨学会编治霾民谣了？”

“对呀。他总结各地治霾于死地的经验，编了不少的民谣！这事儿，我和大侃交流过。你听着，我给你背一段啊——黑桃A：治霾就像马拉松，不能坐等天来风。世间多少祸民事，缘由恶小心不惊。雾来霾至添忧患，霾爻阴阳系谣经。莫道大气靠风、垃圾靠坑、污水靠冲语，受害有我也有你……”

“嘿，不仅合辙押韵，还挺有内涵的呢。像主持那个相亲节目的大光头，出口不凡，语幽言凿，让人咂滋味儿。不过，有一点我没闹明白。‘黑桃A’是什么意思？”

“老胡把他编的治霾民谣，自费印成了扑克牌，每一张牌上都有一个民谣段子，天天到广场去发。引人入胜，引人深思，引人上钩，引人上瘾、引人行动。”

“嘿，太有意义了，太有意思了，太有创新了，可他过去……”

“人非圣贤，谁能无过。对干事出错儿的人，应容人之过，念人之善，治雾霾、净心霾，思之德道也。”

“嘿——”

“别嘿了。以后记住，多内部交换意见，有案子先通通气儿，少向上边直接揭E县环境的疮疤，给我点面子，容我点时间……该担的，你就先担点儿。”

“吕县长，市局的雷厉局长告诉我，如果弄虚作假是担当，那咱们环保人可以一辈子不担当！您平时也是最看不起不担当的人，但欺骗组织的事儿，我还得慢慢学……”

“好吧，我也是急上了火儿啦！”电话断了。

“嘀、嘀——”随即，一条微信飞到了马二哈的手机上：

送给二哈先生：

“宝宝”，这两年，你和你的同事们一定特别有“获得感”吧？你们如一群向污霾宣战的“剁手党”，披荊斩污。你们用“担当”两个字的天生“颜值”，借助“互联网+夜查的辛劳”，一举成为了治霾战场上“网红”的“创客”。你们的成功不仅令人“脑洞大开”，而且警醒世人:向污染宣战“主要看气质”。但，无论是有责还是有权，都要发扬“蛮拼”精神，“给力”环保，落实法规“政事儿”，用抓铁有痕，踏石留印精神，让各种“嘚瑟”的无序污染排放知道，谁也不能太自私、太“任性”。让“朋友圈”“公众群”的“香格里拉”之梦，早日“屠呦呦”、获“点赞”！——开心一刻，红桃6。胡阵雨先生特供马局长！

“这也是一张纸牌上的内容吗？胡阵雨不是随了崔永元——抑郁了吗，怎么用网络流行语编段子的思路如此清晰？”马二哈心里犯嘀咕……

“二哈，你不是请客吗？中午哪吃介？”会民问。

“家吃介都回不去了，你请俩孩子吃吧。下午你们再乡游赏花半天，孩子们放个假也不容易。我得赶紧回局……”

"二哈，我有一事不明请你解释一下。"

"什么事儿？"

"刚才你和甄局长他们到坟地后，都低着头围着那棵松树转三圈是在看什么呢？在我印象里，咱们家乡这边没有这个风俗吧？"

"你不懂。风俗是传统，但也可以创新。"

"听说你们局班子在改革创新中出奇招儿，自己'私分处分、欺骗组织'是吗？"

"别听人瞎说。环保局的事儿，没你事儿，你也别再问，你也不用学，更没有对外宣传任务。好吧？"

"我心里纳闷不是。"

"那你就先闷着吧，一会儿到县城饭店里喝碗素冒汤、吃俩驴肉火烧就明白了……"

"你这话什么意思？"

"饿极了，吃什么都香，痒急了手挠不着，就只得靠蹭，有'招'就'饿'不着、急不死……"

五

二哈在不尽的思绪和公交车的飞轮帮助下，一小时后回到局里，他想找南征副局长再谈谈刚才吕县长讲的，上级通报的环境污染问题，但他一看墙上的钟，已过了十二点。虽然还饿着肚子，但二哈的脑海里，却始终没有放弃想找南征的念头，但是，他心里想的是南征，浮在眼前的却是吕正天。数月前当胡阵雨把自己编到扑克牌上的"红桃A"和"红桃10"的内容，用微信方式发送给吕正天的时候，吕正天惊愕了，"这是当年为难我的老领导，向生态文明奉献的心灵感知吗？"吕正天想都没想，随手便把微信转发给了马二哈……

红桃A：

民谣曰：

燕山自古高又高，

海河不腐水长流，

群燕高飞瞰天地，

雾中之霾浓变稀。

天地人物是一体，

万事万物皆有一，

霾来祸至非偶然，

沉稳涵养非朝夕。

知言唯有尺和秤，

人失自爱生乱为，

君子慎行有所立，

心达担当破难为。

道行则仕非则卷，

无愧于心无怍容，

美生爱来爱生美，

履责之行美耻分。

兴利革弊勿太急，

眼耳鼻舌感觉知，

迎来霾去心怡然，

绿色发展践方舟。

天地道理如白日，

留下天理除曲说，

明体适从民为本，

唯有理义悦众心。

红桃10：治霾之道参考书目

《三十六计与治霾之道》内容提要：知霾知计，百战不殆。

《二十四节气与治霾之道》内容提要：节气有异，防霾有术。

《中医学与治霾之道》内容提要：精准治本，快防慢疗。

《做人之道与治霾之道》内容提要：人品为先，治污有望。

《做事之道与治霾之道》内容提要：明理为先，勤恒持力。

《气象学与治霾之道》内容提要：风来霾净，可借勿靠。

《应急响应与治霾之道》内容提要：预警迟缓，雪上加霜。

《易经学与治霾之道》内容提要：天人合一，凶吉在人。

《文学与治霾之道》内容提要：以德警人，以霾醒世。

《雾霾三部曲与治霾之道》内容提要：敬畏自然，恩怨相报。

小解：十颗红桃，既像是十盏防霾治污的报警灯，又像是向绿色发展转弯的警笛。闪烁之中，喻世醒人。故曰：十个红灯时时亮，防霾治污天天思。十本教材句句警，留住蓝天人人乐。

马二哈看过后，即刻把这两段“民谣”“胡谣”用微信传送给郝大侃。

大侃问：“这十本书到哪儿去获取？”

马二哈答：“我猜，目前这十本书根本没处去买，这肯定是老胡心灵的反省之物。”

“噢，我明白了。书山有路，路在酬勤；防霾有道，道在心中。唯有心诚之人，深研‘十部书’，才会学思见悟，得其‘红桃10’内在的真经爻道。”大侃反答。

“你真睿智，你真揣世，你真有才！”

“不过，我有一事不明，魏县长被判了，胡县长这厢，倒怎是躲过一劫？”

“你说扭了。吕县长说，胡、魏二人之事，根本就不是一个性质。”

“怎么呢？”

“猴年清明，魏县长还没被拿下前，很多人就告他，当时我就听吕县分析过胡魏之事。他说，从表面看，胡县长和魏县长虽然都是因政绩观‘跑偏’，而过量引进污染项目，导致了环境污染，但性质却俨然不同。胡县长的事儿，是发生在大气污染防治行动开始之前。而魏县长，则是在大气防治行动开始一年后，仍然不纠偏、不敏感、不收手，依然故我；胡县长是知错即改，真诚悔过，积极、及时地投入到了治霾的行列。而魏县长则是在被组织约谈后，仍耍能耐，阳奉阴违，欺骗组织，另搞一套，不忠、不实、不保持一致；胡县长虽然官风专行，缺乏民主，但为官还属廉洁，比较干净。而魏县长则是，既独断专行，又不干不净，一边吃请受贿，一边胡乱作为；胡县长被问责、被处分、被降职，有很多平民百姓、官场同僚，去纪委为他摆功、讲情，要求组织容他是干事儿之中出错儿。而魏县长被问责、被处分、被降职后，有很多知情的商人、部下和同僚，‘落井下石’，揭发他在大气污染防治行动中弄虚作假，收受贿赂，属不作为、乱作为、胡作非为和他在治霾中不治霾、反‘制’霾，导致F县大气环境污染雪上加霜。甚至，有人对魏发实施了‘呼死你’软件攻击，每小时给他打进电话六百个。一天上万个电话，搞得魏发不敢开机，呼叫者威胁他上电视向公众赔礼道歉，才能饶过他。众人的‘落井下石’，致使他的系列违法违纪行为水落石出，才最终导致他被‘双规’、被定罪、被判刑。有人说给魏发实施‘呼死你’的人是栾大V，也有人说是B市驻C市那位卧底女记者，他和她都是在借制‘造’新闻由头儿，来炒作魏发的丑行……

“魏发被判刑后有人传说，魏发被‘双规’前一天，正是新《环保法》确定的国家第二个‘六五’环境日。他知道自己事儿不小，可能被开除党籍，还主动预交了两个月的党费。后来，果真在两个月内被组织上宣布开除党籍，移交司法。判刑后，魏发和‘啵一口’——康求德，被关在一个监狱里，还在一个队、一个班。但班长并不是魏发，而是康求德。康求德有钱，可以在任何时候，用钱让鬼推磨；魏发有权，但失权如失身，树倒猢狲散，过去陪你顺情说好语的人，也都像躲瘟疫一样，离你而去，此时，除了家人，谁还会为魏发去施舍求官呢？雾霾灰烟去，也无风雨也无情。魏发开始省悟、逆境求生。为了讨好康求德，魏发早没了过去训教康求德的神气，每天不仅主动乐呵呵地帮康班长洗刷碗筷，还时常把家人送来的美餐送给康班长先吃。康求德为此神气十足地对魏发说：‘咱俩的角色转换，和人与生态环境是他二奶奶的典型一个样儿，冤冤相报，而不是他二大爷的恩恩相报。你过去吃我的、喝我的、收我的，我还得给你说着拜年的话讨好你。吃饭让你坐中间儿、喝茶敬你头一碗、唱歌小姐你先挑、最后你走我结账。今儿个风向一变，也该轮着你伺候伺候我老人家了，你说对吧？’魏发听后怒从心起，但怒气只从心脏上升到嗓子眼儿边上，就突然急转弯儿，逆向返回。从舌根儿冒出来的声音，让康求德听后既兴奋又有滋味：‘康大哥，我天生就该归您管。过去，我虽然是县长，但上污染项目、监测点造假、到网上给吕正天和胡阵雨使坏，不也是全听了您的高见、按您的指点干的吗？否则哪会有今天……’”

“噢、噢、噢，原来如彼……”大侃好像是恍然彻悟了一般……

六

二哈那天告诉我，大侃近些天心事很多。在我和他聊胡阵雨和魏发的过程中，我就明显地看出大侃心里好像藏着什么事儿一样，难于启口。

“大侃，你说像魏发这样过去只会当官，没有什么专业特长的人，出狱后还能干些什么？”二哈的问话好像正好切中大侃的心事，他立马把本已断电的话匣子打开。

“我的前老板前些天刑满出狱了。出狱后，立马又成了公众关注的新闻人物。”

二哈不知该如何接上大侃的话茬子，只是默默地问道：“他有什么特别的本事吗？”

“有啊！他本来就是一位很有名气的经济学家，出众的经济学者。如果当初专心做学问，不去当那个国企大老板，说不定也不会为了企业的事儿去到处行贿，更不会因此蹲上几年大狱，搞得如此狼狈。现今出来了，立即有两家大企业高薪聘请他去做顾问，他轻装上阵，‘逆袭’励志，因为在一个全国性学术会议上做了一个精彩的主题报告，备受媒体关注，让人刮目相看。”

“其实，每个人都有长有短，官员亦非完人。他们在仕途上走的弯路，已在纪律处分和牢狱之灾中受到了应有的惩罚，宦海沉浮，并不能全盘否定他们本身对社会的有用之处。事实也是如此，这些拥有一技之长的官员，出狱之后再度出发，自食其力做个对社会有用的人，翻开新的一页，完成逆袭，同样值得点赞。”

“我完全赞同你的观点。以宽容度公允评价公众人物，特别是犯过错误的官员，应是一个社会走出雾霾，走向进步的表现。但他们留给社会，特别是留给官场、官员的教训，十足值得认取。”

“大侃，在我的印象里，魏发这样的官，好像与你的前老板不属同类。他的舞台只有官位和权力，缺少的正是一技之长，将来路，走起来会更艰辛。魏发犯规犯错犯罪的情形，在很大程度上，其实是背离了官道的。他心中的污染，他世界观的雾霾，他行为上的无秩排放，他做法上的无法无规，其实比污霾还吓人。我给你说说他的一些事儿，你非得气个半死。”

说罢，二哈用故事把大侃带进了遥远的沉思……

七

魏发被免职离任F县县长前，因为听信康求德的歪主意和顺从康求德等不法商人金钱贿赂的诱惑，不仅把F县的大气污染防治工作搞得一塌糊涂，而且还欺上压下，在新《环保法》实施后，偷着上马无环评审批、无治污设施、无排污许可的项目，一年内，引发了多次村民群体上访和书信举报。对此，魏发在遭到马市长的非正式诫勉谈话的警告后，他不但没有从正面积极思考自己的过失过错，反而把大部分精力用到了猜测是谁在告他、是谁在利用他父亲去世之机，假借他之名分，设立账桌，并把收受的礼金以他之名送交市纪委，搞主动上缴礼金的恶作剧，是谁……是谁……

魏发首先怀疑的是胡阵雨，但思考数日，得出否定结论。他认为，胡阵雨虽然对他多有不满，二人也曾有过矛盾，但胡阵雨目前已是心情抑郁，并退出官场，不可能再安排人盯着他魏发，更不会自己出手去干告状的事儿。

魏发还怀疑过马二哈，因为马二哈在配合市环保局到F县查处一家化工企业违法排污事件时，曾因严格执法，不给魏发面子，在魏发指使下，其外甥借在E县政府值班查岗之机，故意给马二哈制造过麻烦。他担心，是马二哈在对他实施报复。但他转念又想，马二哈和自己不是一个县的人，对他的底数，不可能那么清楚。再者，他了解到，马二哈是个十分正直的人，不可能干出偷偷摸摸的事儿。

魏发苦思冥算半个月，把县里县外和他有过过节、矛盾的人，循环、轮流在脑海中分析、摆布了两三遍，最终把目标锁定在了县环保局局长丁铆头上。根据有四条：第一，丁铆始终对魏发上污染项目不予支持，虽然表面看丁铆并未与他发生过直接冲突，但有几个污染项目，丁铆始终既不吐口同意，也不坚决反对，至今也未通过环保局的环评、审批、验收程序。在推诿扯皮中，让企业生死难料，眼瞧着就将成为落实新《环保法》的牺牲品。第二，丁铆在工作中善于和他“打擦边球”“抹稀泥”“玩花活儿”，既不公开得罪他魏县长，下来也没听丁铆说过他什么好话。第三，魏发支持“啵一口”——康求德上化工厂，丁铆没有表过态，但丁铆却在企业立项的关键时刻挨了告，有人把F县要上污染项目的事儿直接告到了市纪委，导致项目险些流产。但事后纪委一调查，此事与丁铆无关，责任全在他魏发头上。魏发怀疑，这肯定是他丁铆在耍滑头、搞恶作剧，目的是通过自己告自己让污染项目流产。第四，魏发还想到，法院郑院长请他去法院观摩生物质项目签订会，也肯定是丁铆局长和郑院长合演的“花戏”……

魏发认准了，丁铆是告他魏发的重要嫌疑人。接下来，丁铆挨整的日子便开始了……

八

羊年八月，F县大气污染防治进入关键时刻，县环保局班子成员和全体职工全员上阵，决心借助落实新《环保法》的关键时机，到年底前实现预定的大气污染防治目标，彻底扭转F县上半年空气质量污染指数不降反升的势头，打一场翻身仗。但恰在这用人动车最关键的时刻，县里却接受了上级下达的公车改革先行试点的任务。环保局原本只有三台执法和公务用车，用车十分紧张，根本不能保障环境执法和日常办公所需。但魏发却批示首先从环保局开刀，一道封车令，让环保局三减二，封存两台车，执法、办公只剩下一台车。丁铆去找魏发县长汇报环保局的难处，魏县长面对丁铆却大发雷霆地吼道：“你丁铆还讲不讲大局，还支持不支持国家做出的公车改革决定。就你环保局有困难，谁没困难？”

“魏县长，一般性公务公车可以封，但那两台执法用车也被封了，执法任务根本完成不了。”

“上级哪个文件确定你环保局是执法单位了？该支持的项目你不批，你天天瞎忙活什么？”

“上级环保部门文件里讲了，公车改革时要考虑环保执法的实际需要，确保执法任务圆满完成。”

“你上级一个环保部门下发的文件只代表你一个部门，不代表改革、不代表政策、不代表政府。再说了，改革是大局，统一要求是大局，你不能光考虑你一个部门的利益。再再说了，你上级部门的文件要求你确保执法任务圆满完成，也没有说要确保在改革中车辆不减啊！你回去好好考虑考虑，事儿该怎么干，你若完不成环保执法和大气污染防治任务，到年底，上级不追查你责任，县政府也饶不了你。”

“魏县长，这工作要这么样干，我这局长也就没法儿当了。”

“你不当，有的是人当；你不干，有的是人干。但是，你作为党员领导干部，你说不干就不干，是要接受组织渎职、怠政、不作为处理的。回去好好想想，这两年，你都干些什么事儿，别以为别人都不清楚、都不明白、都是傻子、都缺心眼儿。要想人不知，除非己莫为。回去好好想想吧！”

“是啊，魏县长，你这句话说得对，咱们是都该好好想想啦——！”

“你少来这一语双关的套话。”

“是啊，魏县长，上套容易，退套难啊！”

“你快点给我滚吧！”

……

……

……

九

俗话说，祸不单行。

就在丁铆局长和魏县长发生正面冲突的第三天傍晌，F县环保局机关突然来了三个人，全是男性。他们到大门口先是拒绝门卫登记，继而直接分成三路，上了环保局的一、二、三楼办公区。他们挨门推、挨门照相后，又挨人对号身份证、花名册，提问的态度，让人十分难解。

在二楼……

“这个空位是谁？”

“您是找人吗？”

“别问，快回答我的话。”

“坐这儿的是我们环评室的马亮。”

“干什么去了？”

“去企业搞环评验收去了。”

“有请假条吗？”

“下乡干工作不填请假条，由科长安排去就行了。有私事请假才签批请假条。”

“下乡怎么能不请假，这不是违犯规定吗？”

“这位子上是谁？”

“是杨亮。”

“是男是女？”

“是男青年。未婚。参加工作三年了。”

“我问什么你答什么，别说那么多。他干什么去了？”

“这是二楼，他到三楼文印室复印文件去了。”

“上班时间不坚守岗位，有文件不在本科室印，跑三楼去干什么？找人聊天去了吧？”

“复印机只文印室有，科室没有。”

“别强调客观！”

在一楼，闻讯而来的办公室石主任与所谓的县政府作风纪律检查人员正面相遇……

“监测站值班室怎么没人值班？”

“局里人手少，值班统一到局办值班室。这里改成仓库了。”

“是弄虚作假吧？改仓库了为什么还挂值班室的牌子？”

“我们马上摘下来。”

“马上摘，晚了……”

“您可以到局办值班室看看，那里二十四小时有人值班。”

“是你刚安排的吧？”

在三楼，所谓的检查人员与正从文印室走出来的郑亮照面……

“上班时间你去干什么？”

“您好。我是来复印文件的。请问您是有事儿还是找人？”

“我没事儿，就是找……”

“噢，查亮不在三楼办公，在一楼监测站水室。”

“说什么哪，颠三倒四的。一楼有人查，我是想找你点茬儿……”

“你们大气办主任干什么去了？”

“去政府开会了。”

“有会议通知吗？”

“通知主任带走了。”

“怪不得大气总治不好，主任去政府开会，怎么连个人都不带，四五个人全坐在家里闷着，怎么不去干点正经事儿？”

……

……

……

当天县政府连夜下发红头文件，对县环保局提出严肃批评。文件摘要如下：

关于对县环保局等单位机关工作作风突击检查发现问题的情况通报

根据县政府主要领导指示精神，今天上午，县政府组成了强力检查组，对县直三个组成部门工作作风和执行工作纪律情况，进行了突击检查。检查发现，县财政局实现了财政收入提前三个半月完成年度预期收入任务，作风过硬；地震局创建连续六十五年无六级以上强震佳绩，作风优良。但十分令人痛心的是，县环保局虽然刹吃、喝、要“三风”做得还比较好，机关工作作风却还十分散漫，存在三大严重问题。一是上班时间工作秩序混乱。查到不坚守岗位三例、外出办公不填写请假条三例、在岗坐班不敬业三例。二是值班人员不到岗、不规范。查到虚假值班室一例、值班人员不坐值班椅坐床铺一例。三是履职尽责慢。查到有九家化工类、电镀类、生物质类城区企业环评、排污许可证久拖未批。县环保局的上述作风纪律问题、不够作为问题，严重影响县直机关政府形象，在相关企业和全县影响极坏。对此，县环保局局长丁铆负有不可推卸的责任。为严肃纪律，教育相关人员，县政府决定，给予县环保局六名名字响“亮”、作风稀拉的工作人员郑亮、马亮、魏亮、查亮、甄亮、秦亮通报批评，给予县环保局局长丁铆行政记过处分，并责令其到县电视台公开向企业道歉，向全县人民做出深刻检查。希望县直机关各部门，认真汲取教训，引以为戒，在大气污染防治工作中，要努力改进工作作风，树立敢于担当的精神和听招呼、快办事的良好风气，为我县发展保驾护航，坚决杜绝有令不行，有法必依的现象和问题。

丁铆看完通报的最后一句话，突然气乐啦。有法“不”依，写成有法“必”依了。丁铆心想，这个文件的最后定稿人，肯定是魏发县长，他是无意中表达了真实心态。

通报发出一周内，县纪委和组织部先后两次接到魏发打来的督导电话，要求一定要把给丁铆的处分落到实处，决不能搞“文件处分”“电视处分”“口头处分”“会场处分”。组织部要尽快填处分表，县纪委要监督组织部把处分表格装入档案，并在网上公示工作过程。但遗憾的是，给丁铆的处分表还未装入档案，双休日里，市纪委来了电话，要魏发去市里开会。结果，是组织上给他一个人开会，要求他接受相关群众举报问题的调查。随后不足两个月，他被免职、降职。再随后，又进入“双规”程序……

魏发被市纪委处理后，F县政府正式为丁铆和县环保局恢复了名誉。经知情者透露，那天去环保局的所谓检查人员，根本就不是从县政府机关抽调的，是魏发指使他的秘书从县直某局和康求德的违法企业临时有目标、有目的抽调而来的。再后来，还是经知情人透露，县政府发的所谓通报，也是只有红头，没有经保密室编号、更没有经过县政府常务会讨论的非正式文件，是魏发指使秘书起草，他亲自审定后，私下下发的。再再后来，还是经知情人透露，魏发在任县长期间许多的难于面世的贪、腐、污问题，最后的举报人、举证人，都是他的秘书辛为民……据C市纪委的一份调查通报显示，魏发最终被立案调查的导火索并不是贪、腐、污问题，而是一封署名“知情人”的举报信，揭发魏发严重违反中央“八项规定”精神，多占办公用房引发的。

举报信说：作为党员领导干部，本应带头执行中央“八项规定”精神，严格遵守纪律和规矩，但魏发却阳奉阴违，“明里一套、暗里一套”，占用两套办公用房。时值头伏，C市对F县超标准办公用房问题进行集中清理，此时，魏发所用办公室为套间201室，里外两间，外间办公，里间做休息室，属于严重超标。为应对检查，魏发欺瞒组织，明里将201室作为自己的办公用房，暗里却攥着202室钥匙不放，实际仍为他个人使用。集中清理后，魏发自认为“风头”已过，又打起了如意算盘。为规避组织监督检查，他让人将201室的里间门用一组没有后挡板的衣柜进行伪装，玩起“障眼法”，形成暗门暗室。经过伪装的201室，单从外表看，仅为一普通单间，一侧墙壁摆满书柜及衣柜，与一般办公用房无异，而打开衣柜门却是别有洞天，里间床铺、电视、冰箱、洗浴等设施一应俱全，办公室犹如高级宾馆，一个屋放了三台空气净化器。魏发处心积虑占用两套办公室，201室使用面积28.63平方米，202室使用面积48.47平方米，共超标53.1平方米。

后经C市纪委现场查证，举报信所反映的情况，不偏不邪、不多不少、不虚不假，百分百属实……

十

魏发在被降职安排到市直一个局里当副调研员后，他的情绪十分低落，心情十分郁闷。丢了权、没了车，他买了公交车卡，每天坐公交车上下班。那天，雾霾遮日，他第一次坐公交车，从前门上车后，看到后排有座位，忙乱中忘记了刷卡，就径直坐到了车尾的位子上。司机冲他喊道：“请刚才上车的先生读卡。”

魏发不习惯刷卡，听司机说让他读卡，他站起身，掏出卡读道：“C市公交车A卡。”

“请你到前边来读卡。”司机喊。

魏发从车后走到车头司机身边，十分认真地对着司机读道：“C市公交车A卡。”

“我是让你对着读卡机读卡。”

魏发还没闹明白司机的意思，对着读卡机，又念读了一遍：“C市公交车A卡。”

这时，身旁一位抱小孩的女乘客提醒魏发“把卡到读卡机上刷一下”，魏发这才明白。照办后，魏发心存感激，朝抱小男孩的女乘客不好意思地点头微笑后，对女乘客客客气气地说：“头一次坐公交，路数不太清。”

女乘客笑道：“习惯了就好了。”

魏发那阶段遭打击、遭白眼儿、遭困惑，很少看到笑脸，面对女乘客的热情帮助，他深感温暖。于是，他讨好般地对女乘客说：“娃子长得真精神。太像我小时候的模样了。”

女乘客听后立即把小男孩的头扭向魏发，悄声说道：“顺溜，快叫大哥，你大哥夸你呢！”

魏发听后脸刷地红透，悄无声息地走向车后……

但此时此刻，魏发万万不会想到，他刚要弯腰坐下，一个女人抱着一只黄毛猫，正恶狠狠地瞪着发怒的目光瞧着她，“没有好官，养不了好商。这是好人才能坐的地方”……嘴里说着话，女人把猫放到了空座位上……这不是“啵一口”——康求德的老婆——大丑婆吗？魏发觉得，好生丧气……

十一

F县这些乱七八糟的污事儿，本不该是马二哈这个异（E）县环保局长关心的事儿，但马二哈却因此特别佩服F县环保局长丁铆，“他是怎么挺过来的呢？真值得学习。”同时，F县的事儿，也不是和E县一点不沾边儿，应该说是与E县有着千丝万缕的联系。因为马二哈经常被市环保局借调去F县执法，对魏县长的为人，也有感受颇深的一面，但原E县环保局副局长、现任E县南旺乡乡长任京，对此更是深有感知……

虽然，猴年清明时，魏发和“啵一口”还相互操纵着瞎折腾，但鸡年清明的到来，已经标志着魏发和“啵一口”，在忏悔与煎熬中，度过了半年多的监狱生活……

“爸爸，您吃饭了吗？甄叔叔中午请我们吃饺子了。他说，清明中午就该吃水饺，不该吃素冒汤和驴肉火烧。”

“好小子，开始关心起爸爸来了。”二哈说着话，两行泪珠，已经飘落而下。

眼睛虽然还流淌着泪珠珠儿，但二哈的眼前却突然又浮现出早晨，在坐公交车下乡的路上，他和儿子对话和他给两个孩子讲清明诗谣的情景，他情不自禁地又笑了。

“爸爸，今天我们家的车限行吗？为什么要坐公交车呢？”

“汽车尾气对空气质量影响很大，怕你爷爷见了不高兴。”

“那大路上怎么还有那么多小汽车呢？”

“他们可能路比较远。我们每个人都要做到尽量少开车，多绿色出行，这样空气质量就会越来越好，这叫自律。”

“爸爸，一个人越有钱越了不起吗？”

“哈哈，这可不一定。”

“那为什么很多人羡慕康求德大大呢？”

“一个人是否伟大，并不在于财富的多少，而在于他正能量影响了多少人，为社会做出了多少贡献。就像你爷爷、你盼奶奶和很多叔叔、阿姨，他们治理污染换来蓝天白云，这叫价值。”

“爸爸，你真傻。”

“为什么这么说你老爸？”

“重污染期间，我们学校都不上课了，大家都不到外面去了，你却总是这时候到外边执法，对身体多不好啊。”

“爸爸是干环保的，越是重污染期间，我们越是需要到企业、工地等，督促他们停产、限产、停工等，这样才能尽快降低污染，减轻对大家身体的危害，这叫奉献。”

“爸爸，你这一段怎么总是在我早上该起床的时候才回家啊？”

“哦，爸爸去企业夜查了。”

“为什么要晚上查呢，多辛苦啊？”

“有个别企业心存侥幸，夜间违法排放，我们后半夜去查，正好逮个正着，督促他们严格按照新《环保法》的规定，达标排放。夜查次数多了，违法排污就少了，这叫敬业。”

“爸爸，明天老师让我们谈理想。我长大后也想干环保。但我怕别人嘲笑我。”

“孩子，干环保怎么会有人嘲笑呢？”

“咱这地方，这几年空气质量不好，一有雾霾天，总有人埋怨你们。”

“孩子，越是空气质量不好，越是需要更多的人参与环保工作，参与的人多了，空气质量就会一点点好起来，这叫担当。”

“爸爸，你那么担当怎么还老是被问责呢？”

“问责是过程，尽责才是本分。”

“爸爸，这个我懂了。但是，我也想提醒您一下，您和妈妈也别老是因为工作把我变成留守儿童。家庭之痛、社会之殇，您也该负责呀！”

“臭小子，开始教训起老爸来了？”

“嘿嘿嘿——是老师教我说的……”

“不说这个了，我给你们讲一讲古今诗人描述清明节的诗谣吧！”

“好啊！”

“好啊！”

大楠楠、小楠楠答应后，二哈从公交车上开始，一直到下车后步行好大半天，他都是在滔滔不绝地给大楠楠、小楠楠讲着有关清明的诗谣。

清明，在中国早已成为文化习俗的一个有特定意义的代名词，它与生态文明有着千丝万缕的干系。仅以诗谣为例，从古至今，关于咏清明的诗，不仅多而且内涵也丰富，古人留下了许多佳篇名句。

唐朝羊士谔的《清明》诗曾写了“折柳”：

别馆青山郭，游人折柳行。
落花经上巳，细雨带清明。

这首诗就像一幅写意画，描述了人们在清明这一天走出家门，到青山远村折柳、踏青的情景。“上巳”，指的是农历的阳春三月。据史料记载，踏青之俗早在魏晋南北朝时期就兴起了。

同为唐代诗人温庭筠的《清明日》诗则又不同：

清娥画扇中，春树郁金红。
出犯繁花露，归穿弱柳风。
马骄偏僻穗，鸡骇乍开笼。
拓弹何人发，黄鹂隔故宫。

清明时节，春回大地，桃欢李笑，百花争艳，到处充满勃勃生机的一派清新明丽的景象。

宋代诗人李弥大：

蒙蒙细雨网春晖，南阳清明二月时。
细草养泥留燕子，好花藏蜜待蜂儿。

这里，为我们编织了一幅生机盎然的画卷：清明时节了，看那拱破松软的泥土刚长出的嫩草，就不禁使人想到衔泥筑巢的春燕；那沐浴着春雨绽放的鲜花，仿佛正等待着勤劳酿蜜的蜂儿来吸吮呢。

宋代另一位诗人吴惟信笔下的清明同样是一派鸟语花香：

梨花风起正清明，游子寻春半出城。
日暮笙歌收拾去，万株杨柳属流莺。

南宋诗人范成大的《四时田园杂兴》诗中的着眼点则是农村原野的自然景色：

高田二麦接山青，傍水低田绿未耕。
桃杏满村春似锦，踏歌椎鼓过清明。

一望无垠的原野，在高处坡地的大麦、小麦已一片青绿，同远山融为一色，而低处的水田尚未到插秧时节，处于“农闲”空隙的农民，在一片桃杏满村的农村欢乐的踏歌、打鼓庆清明。这和城里游人的折柳“蹴鞠”、荡秋千相比，又别有一番风光。

上述这些诗多是描写清明前后踏青春游的风俗民俗，也有些诗则是描写人生旅途的风雨际遇或思考，意境又不一样。

例如，著名的唐朝诗人杜牧的《清明》：

清明时节雨纷纷，路上行人欲断魂。
借问酒家何处有？牧童遥指杏花村。

这是一首流传甚广的清明诗。本来清明佳节是家人团聚活动的日子，可诗人笔下的“行人”，却孤身一人行走在细雨微风中，给人以人在旅途中的一种艰难、孤独和期待，同时又隐含有一种“希望在前”

的乐观豁达精神。用通俗的语言生动地描绘了一幅图画，情景交融，因此有让人一读再读的艺术魅力。

在今天有些地方迷信风气盛行、丧葬祭奠之风奢靡的时候，我们读读南宋诗人高翥的《清明日对酒》是颇有意思的：

南北山头多墓田，清明祭扫各纷然。
纸灰飞作白蝴蝶，泪血染成红杜鹃。
日落狐狸眠冢上，夜归儿女笑灯前。
人生有酒须当醉，一滴何曾到九泉？

当前，一到清明到处给死人烧纸，不仅污染环境，其实还是一种封建迷信风气。距今八九百年前的这位诗人显然是不相信鬼神之类的传说，一句“夜归儿女笑灯前”“一滴何曾到九泉？”就把人们祭祀活动的本质揭露尽净。高翥认为人应珍惜生命，享受人生，而子女也应在父母生时多尽孝心，否则再隆重祭奠也形同虚设。面对一千多年前的古人的这种无神论思想，我们今天一些人不该汗颜吗？

“爸爸，怪不得刚才在家时您就说不给爷爷、奶奶烧纸钱，也不准放鞭炮呢，您这是文明祭祀，不让爷爷、奶奶生气。”

“对，大楠楠说得对。”甄会民说。

“爸爸，我将来给您上坟也不放鞭炮、不烧纸钱，不让您生气。”小楠楠说给甄会民的这句天真幼语，把大家全逗笑了……

“马局长，有啥喜事儿呀自己在屋儿偷着乐？”白平来了，“马局长，县纪委通知，让我下午两点去开会，说是有人告我们环保局班子成员私分处分，弄虚作假，欺骗组织，这事儿您清楚吗？”

二哈听后，先是一惊，继而答道：“你先去开会吧，听听啥意思。反正有事没事也挨不着你。”

“马局长，听你的意思，好像这告状的事，不是捕风捉影啊？”

“你先去开会吧，听听是怎么回事儿。一天到晚挨告，哪有那么多真的……”

“行了，马局长。这状告得我一听就没劲儿，处分还有私自分配的吗？你工作那么忙，别天天背着告状这个包袱干活。一会儿我给你发个红包，乐呵乐呵……”

“行了，我的白大组长，你快去开会吧。发个三毛五毛的红包，连买个痒痒挠的钱都不够。”

“哈哈哈哈，你等着——”

不大一会儿，白平给二哈发来微信：

> 环保人也有“风花雪月”——风是“壮士雄风”、花是“奉献如花”、雪是“清廉如雪”、月是“披星戴月”。治污，是环保人永恒的战场，担当是环保人高贵的精神。

“理解比红包珍贵！”二哈看后，情不自禁，自言自语。

抢红包

十二

举凡新生事物，都有可能带来非议，凡是表面上被过多非议的事儿，都有可能出现“跟屁”的绯闻。

当社会发展被互联网绑住，并推入新常态的境界后，包括派红包在内的年俗，都在雾霾之中发生着深刻的变化。发红包、送红包、奖红包，本来不是什么新鲜事儿，但红包与互联网勾搭到一块儿，引发公众利用手机抢红包后，一个“抢”字，就把老事儿变成了新鲜玩意儿。

C市的猴年、鸡年春节，尽管从大年初一到初六始终是在反反复复被轻中度雾霾笼罩之下度过的，但淅沥沥、哗啦啦的红包雨，下得比整个冬天的雪都有密度、厚度和靓度。春晚支付宝设定的富强福、和谐福、友善福、爱国福、敬业福，“五福”红包言宏语重，延伸到了每一个家庭、每一个具体民众。当许多人抱怨让微信、让禁放、让雾霾，把中国人年味搞淡了的时候，抢红包却一反常态地登上了春晚的大雅之堂，亿万观众在低头“咻一咻”之后，突然间仰起头，开始为自己手疾眼快的收获开怀大笑。为此，白平说：“凡是有中国人的地方不一定都有雾霾，但凡是有中国人的地方，保证都有抢红包的。”

“我看你这话一点也不过分。”丈夫李营随声附和，“过年发红包这样的传统文化，过去往往只是在亲朋之间，从一只手到另一只手，面对面实施的行为，现如今却被互联网翻了盘。”

“手对手给二百，不痛不痒，你推我让，手机上抢两毛，你奖我谢，其乐融融。这不是贱气吗？”白平自己嘟囔。

“派红包在传统的延续中不仅大大扩展了发红包、抢红包的阵营，甚至，还建构起了“红黑”两道儿的模式，成为标有时代特色符号的民风记忆。”李营说。

发红包、抢红包，多数人平时是为了逗乐子、造气氛，过节时是为表心意、创年味。有时朋友间有啥好事、喜事，挤闹着相互间发个红包，抢一抢、分分红，也是图个乐子。特别是在亲朋好友聚会时，有人因为开车不饮酒，便时常被指定为以发红包代替饮酒的话料，一人发，众人抢，没抢着的人，当然受罚，替人家喝杯酒，其乐有滋，乐中挠人。

友人、亲人相互间发红包、抢红包，多是以包代言，以抢找乐，有时也有先发红包，后发留言，做补情儿、做解说、做祝福的。还有时是设定一个小群体，一人发，多人抢，也有时是一对一的，一发一抢，外人根本不知内中何情。慰问的、鼓励的、哄人的、行贿的，可能都含其中。就像2013年时候的雾霾一样，只见黑雾遮日，不明污染原因。为此，有人还在重霾之日，不利外出之时顺势把发、抢红包的事编成了网络段子，把抢红包内涵的亲情、热情、友情、还情、表情、爱情、隐情、煽情、矫情和孽情，归纳叫作“十情包”。言曰：

朋友间抢红包，一对三，一块六毛抢晴天；
同事间抢红包，一对五，三块二毛雾中走；
朋友间抢红包，一对九，五块八毛霾中有；
亲人间抢红包，一人对三家，六块六毛笑哈哈；
情人间抢红包，面儿对面儿，九块九，搂着抱着抢一宿；
官商间抢红包，一商对一官，抢完雾天抢霾天，包金天天往上翻。

“越是情人发的包越小，目标不在钱上，为的是逗趣；越是亲人发的红包越勤，目标不在抢钱多少，为的是情感交流；越是求人，发的包越多，目标盯在事儿上，包多快办；越是害人，发的红包越大，目标盯在贿上，害人不害人，自己把住神儿……”白平说。

“常发常抢的受人待见，常抢少发的受人矫情，常抢不发的受人奚落，常发不抢的受人猜疑。死人给活人发红包，是没有听说过的事儿；活人给死人发红包，不论你听没听过，信与不信，反正我听说过，我信……”李营说。

这不是吗，雾霾之中，F县就冒出了诸如有死人躺在殡仪馆的冻尸间里抢红包的“吐槽”。传闻不胫而走，到后来，吐槽竟真的变成了吐血……

十三

“白平，我送你一对新春联。”白平打开微信，市大气办的同学刘星给白平发来一副春联：

上联：少开车少烧烤少放炮少些报案

下联：多读书多视频多行动多发红包

横批：防霾保廉

猴年初二上午十时十八分，F县纪委干部白平值班，期间刘星对她不断实施讨扰：“你们纪委值班一定很清闲吧，大春节的保证没人告状吧？”

“这也说不定。要论清闲，应该是你们大气办，忙一年了，过节应该好好休几天。”

“我昨天来海南，找老公受孕来了，准备生二胎。这不，主任刚刚又打电话，要我回去准备迎接省政府大气考核。真讨气，这不是误人子弟吗？”

“你看你，又憋不住了吧，生不生二胎，两口子先逍遥两天呗。”

“逍遥不了了。除去迎考，市政府还组织了两法一条例的宣传，让我陪市长去一个县、三个局去宣讲新《环保法》《大气法》和省《大气污染防治条例》。一年到头就没个空闲。”

“你受孕还去海南干啥，你二姐夫在家哪！”

“呸，那是你的老枪手，与我何干？”

“你初春受孕能否成功，我看还要取决你一个表现如何。”

“不用你操心，我俩搭配得好着呢！”

“我不是那意思。”

“你啥意思？难道还要让我给你发个红包不成吗？”

“嘿，我就是这意思。红包发小了，你可能白跑一趟，闲地生草，烧荒制霾。”

“呸，一不用你种地，二不用你浇水，我怀孕与你何——干——哪——啊——啊——啊！”刘星调皮地故意拉起了长声儿，好像唱戏一般。

“嘿，你小瞧我是吧？”

“别嘿了，你这种行为涉嫌纪检干部索贿了。”

“嘿，挨得上吗？你不发红包，回来我告诉丽平她们几个同学，不给你接风。”

白平这话真顶用，放手机没过十秒，白平的手机就发出“当——”的一锤报喜儿的声音。红包来了，白平开包：一毛二。

没过五分钟，海南那边的刘星收到白平回复她的春联微信：

上联：春时种夏时管秋时收品味在冬，闻岁钟刘星受孕东方白

下联：元如帆季同舟日似水夕岸望梅，俏云丽白云倾高尘难平

横批：多生孩子快治霾

刘星看后，立马又回复一联招架、报复：

上联：天容万物不容霾摆平（白平）开包防受贿

下联：海纳百川不纳污理应（李营）请客我即回

横批：谢二姐夫

“别谢了，你和二姐夫啥关系，一年出去八趟，总让他接风请你。”

“下台就断了的，是工作关系。死了也断不了的，是亲属关系。有事才想起的，是利用关系。有事没事发红包的，是朋友关系。有快乐共分享的，是患难关系。肉包子砸狗的，是爷孙关系。朦朦胧胧的，是初恋关系。担惊受怕的，是情人关系。粗茶淡饭的，是夫妻关系。经常给我请客接风的，那是治霾恨霾反腐倡廉的同路人，是相当不一般的关系！”

十四

白平和刘星俩人正聊着火热，突然，丈夫李营打来电话。

“白平啊，出事啦。”

白平听后立马就是一愣，“谁出事儿了？出什么事啦？吓人呼啦的！”

“有个女人带个男孩儿逛公园，娘两个一块掉到公园的湖水中被淹死了。局里边安排我去加班破案。”

“嘿，那娘两个是雾霾之中没有看清道儿呀，还是遭人伤害了呀？”

“现在还很难说清楚。我是想告诉你，原定中午一起带孩子去姥姥家给姥姥祝寿的计划，看来我是去不成了。你一个人带孩子去姥姥家吧！”

“嘿，你怎么说变就变呢？没有你就破不了案了是吗？”

“那倒不是。不过你也别再嘿嘿的了。这个案子发生得很突然，时间很敏感，案因很令人担心。局里值班的干警下午大部分都要去执行解救误入传销黑窝群众的任务，局长说，让我牵头去破湖尸案，尽快搞清是自杀还是他杀。”

白平的丈夫是刑警，平日里工作就没个节不节、假不假的。猴年春节，还是局长特批李营连休三天，说好了，没有特殊情况绝不违约，让李营踏踏实实休息三天。

“我妈说她都快不认识你这个女婿了，你配合交警整了一年黄标车，淘汰黄标车的任务你是大功告成，县城的空气也好多了，可你这孝敬女婿的好名誉也快被自我淘汰了。往前赶吧，反正我妈已经为你包好了一兜羊肉馅饺子，正等你登门拜年祝寿去哪。”

“好，好，你别急，我尽量往前赶。一会儿我先给咱妈发个大红包，让老人家高兴高兴。”

“不见你人儿，发多大的红包咱妈也高兴不起来。”

白平两只手抱着手机正和丈夫讨价还价，桌上的座机突然大叫起来。

“你放吧，你发吧，你快点吧，我这儿又来事儿了。”白平左手放下手机，右手随即又抄起了座机话筒。

“是纪委吗？”是一个男人低闷的声音，“我要举报一个利用发红包、抢红包行贿、受贿的事儿。”

“你能说说你的姓名吗？”

“不能。”

“你能说一下你的联系电话吗？”

“不能。你那个座机有号码显示吗？”

“没有。”

“没有好，那我就更放心了。我向你保证，我举报的事儿是真事儿，但我不能报名、报号。”

“好，你说吧！”

“我们县大气办的干部胡度，为了求管空气质量自动监测设备的徐二或帮助在监测设备上做点手脚，造假数据，连续三天，先后给徐二或的手机发去了总计差五元不满一万元的红包。这不就是公然违背党风廉政制度，三不严、三不实地用公款行贿吗？在监测数据上造假，这不是缺德吗！这年头，还有比制造污染、伪造假空气质量数据害人更缺德的事儿吗？这事儿要是让周边县知道了，区域联防联治，你真治，我造假，人家干不干？对人家公平不公平？你们纪委管不管？”

“管，管，如果真有这样的事儿，我们一定管。你能再说一说细节吗？”

“不能再说了，要是再说，被告和你们就全知道我是谁啦！”

“发红包的人手机号你知道吗？”

“太知道了。166××××××××。”

“徐二或的手机号你知道吗？”

“更知道了。188××××××××。”

“你是怎么知道这些的？”

“别问了，肯定有原因，你们快去查吧！”

“你敢保证你讲的事儿全是真的……”

白平的问话还没问完，那头儿，信号早掐断了。

案情重大，有名有姓，有鼻子有眼儿，有手机号，白平迅疾把接听的举报内容整理完毕，电脑打印加文笺，不足十分钟，便递到了纪委带班的郑书记手中。

十五

由于空气质量等因素，猴年春节，京津冀许多城市，甚至以往应急管控比较宽松的县级城镇，都实行了最严厉的禁放鞭炮烟花的措施。F县当然没有怠慢。此前几个月，F县的魏县长因为大气污染防治不作为，加之对不法商人谨慎不够，导致不法商人康求德在监测设备周边做手脚，给魏县长帮倒忙，最终致使魏县长被降职调离，还背了个党内严重警告处分。后来有人向外透露，魏发县长虽是土生土长，但上边也确实有人儿，不然，他在工商局当局长时就把班子搞得一塌糊涂，老的和他笑，小的和他泡，中不溜的和他闹，纪委天天有举报，到头来，还硬是带病提拔了。

掌权者为公还是谋私，不仅社会效果不同，掌权者自我感受也是不一样的。就在魏发被降职处分宣布之日，当天下午，天阴无雨，霾重如夜，魏发的手机上，突然收到这样一条微信：

谋私的权使你提心吊胆，为公的权使你心情坦然；整人的权使你苦果难咽，助人的权使你赞誉不断；宗派的权使你良莠不辨，公道的权使你伯乐再现；滥用的权使你被捉不远，慎用的权使你人身安全；交易的权使你换来灾难，尽职的权使你前程无限。仅供借鉴，并以共勉。

康求德借雾霾防治发不义之财的犯罪事实，此时，还在深度调查中。新上任的县长候永续，新官上任三把火，改作风、重实干，但缺少经验，对大气污染防治急于求成，誓言三个月内，特别是春节期间，一定要让F县大气污染防治大见实效，大气污染指数有明显下降。否则撤、降、调、处主管部门责任人。对此，全县上下，特别是县大气办、县环保局，压力重如泰山，危机险如华山，甚至逼得有人想辞职直奔五台山了。

网络红包，作为“互联网加民俗”的一个重要产品，自马年乘着马上有钱的春风，在雾霾笼罩中降临人间后，在羊年的F县更是出尽了风头，如今迎来了第三个年头。来自支付宝、银联卡、360、百度，以及各种知名和不知名的店商平台的一大波红包，也包括席卷微信群和朋友圈的骗子和黑客红包，已在F县上空，燃起熊熊的烟霾。康求德就曾预言，这可能会导致互联网时代的新民俗，成为F县商场、官商、治霾战场交易方式的一种新模式。

与此同时，白平也看到，从猴年来临之前，各大互联网平台，都以此为噱头，已经展开了强大的商战。从最初的一枝独秀，到第二年的三国杀，到猴年，则是百花争艳。各个平台，根据各自需要争取的用户的特征，推出了各种机关算尽的红包玩法，将互联网红包，从最初的潮男潮女们的小众玩法，向更宽广的领域推进。整个猴年春节，各种新的平台和新的玩法，不仅将绑定银行卡的金额数字翻滚数倍，而且，连许多一向不敢绑银行卡的老人，和没有银行卡的孩子，都因为这一新风俗，在年前绑定或新开了银行卡。大家已发自内心地认同这个新民俗，并身体力行地要将它进行到底。

发红包、抢红包，不仅拉近了不同年龄的人的距离，同时也拉近了城市和乡村的距离。使更多的人，越来越深切地感受到来自信息经济时代的便利和福利，并投身其中，成为一部分。从这个角度来看，小小的红包，更像是一剂互联网经济的催化剂和发酵剂。但当更多人在看到它的正面意义的时候，F县纪委也发现，一些不法商人也在利用互联网平台营销工具，表现出了各种的不厚道，甚至出现了让人忍不住牙痒的歪调儿。

康求德就在这其中扮演了极不光彩的角色。

白平值班一上午，手机响了数十回滴滴。白平发现，不少社交APP推出的玩游戏抢红包，在用户经历了九九八十一难终于完成了稀奇古怪的任务后，却没有得到红包；还有不少商家，让用户辛苦抢来的红包，打开却是十辈子都用不上的代金券；还有一些商家，雷声大雨点小，几乎把红包钱都用来打了广告，让用户戳烂手机抢来的不过只是空洞的吆喝；还有一些商家，在社交平台发的伪红包，与骗子们为了骗用户的钱而发的木马红包，只差半步之遥了。因此，在饱经欺骗和失望之余，有网友喊出口号：凡不用现金发红包的，都是耍流氓。“但用现金发红包的就一定不是廉腐流氓吗？”白平持机自问。

当然，针对庞大的用户基数，再大的红包，都会显得微小。但好在人们除了和商家与机构抢之外，家人、同事、朋友、同学等各种层级的交际圈，都越来越认同这种交接与沟通的形式和方法，并各自玩出越来越多的新花样。从正面说，它是中国人为互联网文化的馈赠，当不为过。从另一面说，它是在帮助腐败者的忙，也不能说为过。

十六

大年初二是正月的第二天，也是农历新年的第二天。按习俗，这一天，中国各地汉族同胞出嫁的女儿要回娘家，带着丈夫及儿女回娘家，主要是为给父母拜年。

在C市，民间谚语说：初一的饺子初二的面，初三的合子往家转，初四吃烙饼炒鸡蛋，初五吃饺子捏小人嘴，初六吃合子、吃寿面。

初二的面讲究也不少。据说，初二的面要用初一的饺子面来做。而且这面须为冷汤。也就是，把面煮熟之后用冷水浸过，称为冷汤。

现在的人们一般都打个卤或者炸点酱做成打卤面或者炸酱面。但是一定要用冷水浸过，以保留“初二的面”的风俗。

初二，出嫁的女儿回娘家，夫婿要同行，所以也称“迎婿日”。回家时要携带礼品，名为带手或伴手。这一天，回娘家的女儿必须携带一些礼品和红包，分给娘家的小孩，并且在娘家吃午饭。在过去，一家人也会选择这一天拍张全家福。大年初二，孩子们都会提着鲤鱼灯去讨个好意头。大年初一为四时之始，人们以早为贵，早有所成，一切占先。人们早起后，早鸣鞭炮，早开福门，早迎财喜神，早出门叩节拜年。过了“四始”日，人们就不再讲究“早”字了，故有“大年初一起五更，大年初二日头红”的说法。大年初二回娘家的习俗，提供了一个聚会的机会，让许久未见的姊妹们，得以叙叙旧、话话家常。大年初二也有禁忌。回门时不能空手，且带给娘家的礼物，必须是双数，单数则不吉利。所以，朱明瑛唱的“左手一只鸡，右手一只鸭，身上还背着一个胖娃娃”，正是出嫁女人回娘家的写照。

按照县纪委的规定，节日期间，值班上午八点接班，中午十二点交班。按说，白平值班到十二点，应该交班。不过，纪委还有一条规定，谁接案，谁负责，交班不交案，白平要对她接访的这个案子负责到底。

“白平啊，今天是怎么的啦，李营怎么给我发了这么大的红包啊？是不是他治理黄标车有功得了奖金了？”

临近十一点半，妈妈打来电话，一边给白平报喜，一边疑惑重重地给白平提出了一大串问号：“十二点能交班吗？一会儿你们三口子能一块儿来吗？女婿发的大红包是你俩商量好的吗？等你一会儿来了，是不是还要偷偷把李营给我发的大红包套回去？”

“妈呀，瞧您说的，您想哪去了。现在哪个单位还敢随便发奖金呀，李营那是用工资孝敬您哪。他给您发了多大的红包呀？”

“一共六百六，贺词说是祝贺我六十六岁大寿，还说我六六大顺赛西施！哈哈哈哈哈，瞧这女婿，比你亲哥想得都周全，还把我比成西施啦，哈哈哈哈哈……快点吧，一会儿我下楼到院子里去接你们。天冷雾大污染重，给我的宝贝外孙子穿暖和、捂严实了再来。”

“我的老妈妈呀，外边雾霾这么重，您在屋里等着我们就行了，千万别出去，别让爆竹崩着。”

“头好几天政府不就说了吗，春节期间的天气不适合放鞭炮，可咱这小区就是有人不仁义，满院子全是火药味，烟气在院子里打转转儿，出门真是受不了。”

“好，您别急，也别老是等着我们吃饭，您先吃着，我们尽量往前赶！”

“啊——听你这话的意思是不是又要变卦啊？”

“一两句话也说不清楚，您就先煮面条吃着吧！”

白平话毕，合上手机，立马手机铃声又叫响起来，白平一看号码，是她那上小学的宝贝儿子逗逗。

“亲妈妈呀，您收到我给你发的红包了吗？爸爸给我发了个百元大红包，我分给了您一半，您怎么失约了，没给我发呀？”

“儿子，你一会儿穿暖和、捂严实点，先自己坐个出租车去姥姥家和姥姥一块儿吃面条去吧，我和你爸可能中午都去不成了。”

“又怎么了，我爸爸刚才打电话来了，说他一会儿就回来，咱们一块儿去给姥姥祝寿的。”

“他不是去破案了吗？”

“他说他那边的案子办完了。”

“怎么办这么快？”

“公园有录像作证，说是那娘俩一边在公园湖边转悠一边玩手机，结果娘俩一块失足掉进了湖里。幸亏抢救得快，阿姨淹死了，小弟弟救活了……”

“不是他杀？”

“不是。”

“湖里不是冻着冰吗？”

“我爸说天不冷，冰不实，水太深，救晚了……”

“你说这大春节的，这娘俩怎么这么倒霉？”

“我爸说，全是走路不看路，低头抢红包惹的祸。那娘俩是E县人。”

白平和儿子逗逗对话后正在替人悲伤之中，桌上的座机又突然响起来。

“白平啊，你交了班后到我办公室来吧，说说上午你接的这个案子。”

“好的，郑书记，我一会儿就到。”

离十二点还有二十多分钟，接班的张雪来了，一进门就兴冲冲地对白平说：“怎么着白姐，你家李营打电话让我早来接班，说是阿姨六十六岁大寿，要你早回去。发个红包给我奖励奖励吧！”

白平苦笑着说：“你早来我也走不了，发红包倒是可以考虑，反正现在这手机抢红包也乱套了。”

“乱不乱的倒是还好，关键是把好多人都搞迷瞪了。我妈盼了半年，等我弟放假回来过春节，可他从学校回家五六天了，啥话也不说，天天低着个头，抱着手机和同学发微信、抢红包，我妈为此伤透了心。”

“行了，你快发、我快抢、你快走吧。”张雪说。

“一人对多人，叫抢，一人对一人，叫开。以玩为目的，叫乐，以贿为目的，叫货。你这算啥？”白平问。

“算啥，这叫你奖我开，别想太复杂喽。”张雪答。

“抢红包、奖红包、开红包，内中的奥秘太多了。不该抢、不该开的，千万别任性。”白平说。

“小气鬼。”张雪说。

白平交了班，便匆忙去找郑书记。

“白平啊，你上午接的这个案子好像是京津冀的雾霾，成因有点复杂了。公安局上午调取了那个举报人讲的受贿人和行贿人的往来电话、短信和微信记录，证明了许多事实真相。但有两个问题让人不解。一是给受贿人发红包时的手机号码对不上举报人讲的手机号，但留言和钱数能对上；二是使用受贿人手机的人早在一个月前就去世了，派出所已注销过那个人的户籍。但是，手机还在使用中。更令人不解的是，手机所处的位置是在县殡仪馆的停尸间里。死人是冻僵了的，但这两天他始终还在抢收红包哪。这怎么可能呢？案件看来还很复杂……”

十七

被人举报受贿的徐二或被请进了县纪委。他原是F县政府的一名公务员，两年前因嫌公务员工资太低，难于养家糊口，辞职下海后，应聘到一家公司当了副总，专门从事C市数县空气质量监测设备运营维护工作。如果不是他的公司注册在F县，或是他连中共党员也不是，纪委接他这个案子还真有些勉强。面对郑书记和白平对他有受贿嫌疑的突然调查，徐二或似乎根本与己无关一般，不急不气不乱，俨然一副积极配合调查的友好态度。

“这个手机号码是你用着的吗？”

“不是。”

“是你用过的吗？”

“不是。”

“和你有什么关系吗？”

“没有。”

“你认识这个手机号码的机主吗？”

“认识。”

“他和你是什么关系？”

“原来是我哥哥，现在是我爸爸。”

“怎么这么复杂？”

“一点也不复杂。”

“怎么讲？”

“这号码原来是我哥哥用来着，他工作调动后，变更了户主，就一直是我爸爸用来着。”

“你哥哥工作调动前后是什么情况？”

“我哥哥原来在F县环保局工作，任环境监察大队副队长。后来工作调动，在一个污霾遮日的深夜远行他乡，做义务劳动去了。”

“在哪义务劳动，为什么义务劳动？”

“在新疆某地，义务劳动是组织安排的。”

“为什么叫义务劳动？”

“两年半，只干活、吃饭、白住房，但不发工资。”

“做什么工作？”

“开荒地，捡红小豆，有时还去污水处理厂清污泥。”

“这叫什么劳动？不挣工资他能认吗？”

“不认也不行，是组织的安排！”

“哪个组织？”

“法院。”

“他被判刑了吗？”

“是呀？”

“你哥叫什么名字？”

“你那表格上不是写着原机主姓名叫徐八荣，现机主姓名叫徐仙仁呢吗！”

“你哥原来在E县工作，我们对他的情况并不了解。他是因为什么被判的刑？”

“心太软。哥们义气太浓。同学太多，太重感情。”

“这我们就不明白了，你说这几条都不够判刑条件呀。”

“心太软，环境执法不严；哥们义气太浓，不太讲原则；同学太多，太重感情，包庇他人搞非法小电镀，污染了当地的水源、土地和大气，结果别人犯了罪，他也跟着吃了哑巴亏。具体细节，你去看一本小说，叫《霾来了》，那里记录得明明白白。”

“这不是知法犯法，渎职犯罪吗？”

“谁说不是呢？法院也是这么说的。”

“你爸用你这手机都干了些什么事儿你知道吗？”

“那我可不知道，一年到头我们爷儿俩都见不了几次面。”

“你爸现在在哪里？做什么？”

“他老人家现在什么也干不了啦，连气都不会喘了，躺在火葬场停尸间睡不过来了。”

“你还挺幽默的？”

“幽默啥，人死不能复生，霾中寒夜，他走了一个多月了。”

“那你怎么还不处理老人的后事儿呢？”

“等我哥呀。长子不在，出殡谁扛帆呀！再说，他回来向我要爹怎么办？”

“你哥啥时能出来？”

“猴年三伏，当臭氧污染最严重的时候，他会如期归来。”

“你爸去世后手机给谁用哪？”

“老人家的东西，他自己带走了。”

“人死了，带个手机做什么？”

“他老人家在世时，喜欢摆弄手机，还爱抢个红包什么的。送火葬场时，手机就装在他的上衣口袋里。我担心过春节老人一个人躺那儿闲得慌，就留给他了。”

“一个多月了，还能用吗？”

“打也能通，就是没人接。手机厂家自吹，待机两个月没问题。在高寒的环境下，耗电量会更少。估计混过正月问题不大。”

“你能和我们一起到殡仪馆去看看这个手机吗？”

“那可不行，那可惊动不得，那是不是太伤天害理了？我不去。”

“有人举报你爸用手机收红包受贿。”

“天方夜谭，天地可鉴，无理取闹，无中生有，死人怎么抢红包，死人怎么受贿，谁举报的让谁去试一试，这不是伤风败俗，伤天害理，胡说八道，霾中诬告吗？谁举报的，让他从雾霾中站出来，让我爸把他带去，一块儿去抢几个红包看看。”

“你别激动，你别激动，这事儿我们也不敢相信。但有举必查，有报必澄，也是我们纪委的规矩。查清了，也好给你爸一个清白。”

“这事儿与我无关，要查你们自己去查，我怕惊了逝人的在天之灵，遭到霾毒的报应。”

“好吧，今天咱们先谈到这儿，你回去再考虑一下，我们希望你能积极配合。”

“没什么可考虑的。你今天不让我走我也得走，我来时刚听说，我嫂子和我侄子，上午在公园遛弯时掉湖里了，生死不明！”

十八

徐八荣在E县环保局环境监察大队任副队长时，是马二哈队长的手下副手。其实，那时用手机抢红包的游戏就已经开始有了。红包年年有，只是发一发，抢一抢，咻一咻，互动的频次越来越加密，越来包越大，越发“味道”越多而已。

前边说过，举凡新鲜事物，总归会有一个从不适到熟悉，进而被全身心拥抱的过程。以前的短信拜年、微信拜年，不都是这样吗？现在还有谁会觉得这样“不见面”的拜年违背传统？可见，互联网红包现今进入庸常生活，一点都不奇怪。在众人看来，这样的新年俗不仅能够改善人与人之间的关系，也让过年多了一种少炮添喜的新期待。

在马二哈看来，一个红包，浮在面上的是钱、是游戏，而蕴藏在深层的则是文化与价值观的潜移默化。传统文化之所以有生命力，正在于不断衍生新的方法，唯其不断维新，方才可能在传统的延续中，建构新的传统和新的民族记忆。互联网红包也是一个红包，除了或多或少的一点现金，更应该被在意的，首先应是红包里红彤彤的祝福。传统的中国人当然应该生活在传统中，这也是中国文化的本义所在，红包就是构成传统的一个侧面。世界是平的，红包的世界也是平的，无论城市还是乡村，无论公务员还是农民工，都是红包世界的一个节点，都在漾满祝福的正月里，喜气洋洋。二哈就曾这样告诫过郑前。

说直理，红包不论是发、是抢、是开，本身没什么毛病，毛病就出在从那一开始，发红包、抢红包就让徐八荣和他的那个同学郑前搞变了味。徐八荣之所以被判刑两年半，那些含污纳霾的红包，其实正是他们走向歧途的桥梁和纽带。

“八荣，见我给你发的红包了吗？”

“郑前呀，老同学。见了，你小子可真够小气的，一毛二就发个包。”

“八荣，见红包了吗？”

“见了，见了，一百二，这个红包才看出你长点出息了。”

“八荣，见包了吗？”

“见了，加起来抢了一千二够多了。晚上我请你吃饭，我不能白抢你的红包。”

“八荣，见包包了吗？”

“总数一万二的包包我要都见不到，那不成了睁眼瞎子了吗。看你小子是挣大钱了！”

“八荣，听说最近风声有点紧，什么时间来查小电镀提前透个信儿。”

“你瞎说呢，局里定了明天晚上就查，我能告诉你吗，那不成了知法犯法了吗？”

“谢谢啊！”

“要是让马队抓了，他那人可死性，六亲不认，别想有好儿！”

“八荣，今儿晚上拉上马队一块儿坐坐，我这两天太倒霉了，让媒体给拍了，一曝光就全完了。”

“马队有手机，他也会玩抢红包，他最爱说一句口头禅：好的。”

“这人死性，发出去的红包都自己退回来了。”

“是一毛二呀？”

“不是，是包包。”

“你再试试吧！”

“三次了，无动于衷，一个也没有收。”

“向雾霾宣战，正严打，你别在村里明目张胆瞎搞了。”

“到哪不是都有人查吗！”

“日本鬼子当年最害怕的就是八路军和民兵的游击战。你家的塑料大棚在荒郊野地里闲着有屁用……听说你已经干上了？”

“嘿，英雄所见相同，高，高，高……”

十九

两个月后，郑前又打电话，“八荣，听说你被纪委调查了？”

“去你妈的红包，你把八荣害苦了，下半辈子我们娘两个让你妈给养着啊？”郑前羊年年底时听到这句骂人的话，是来自徐八荣媳妇的声音。

到了猴年春节，郑前在狱中听说，骂他的那个女人，在家思夫闲闷，大年初二的，别人都喜气洋洋地夫陪携子回娘家，她却带着十几岁的儿子来公园散心。结果，娘两个对着发红包，互相连发带抢寻开心，一不小心，为抢红包，一脚踏空，双双坠湖。妈妈去了另一个世界，剩下小儿孤身一人，至今还躺在医院里；郑前还听说，徐八荣的弟弟徐二或，过节期间，从大年二十九到大年初二，他每十八小时就去一趟火葬场，和殡仪馆馆长说是为了给父亲清洗颜面，以表孝心。但纪委掌握的事实是，他每去一次，他亡父的手机上就抢到多个大红包。郑前还听说，压力之下，F县大气办干部胡度，为讨新来的候永续县长表扬，在康求德的唆使、借款之下，用发大红包的方式，向管监测的徐二或行贿，要求徐二或在检测设备上做手脚，造假数据，导致周边县联合向上级举报，引发C市监测数据打假大地震。此时，郑前心里翻江倒海般地思虑着两个问号：徐八荣知道妻亡子伤、父卧尸间，等他出狱出殡的现实吗？徐二或是否要为他的掩耳造假之举付出代价，他还有等到三伏和哥哥徐八荣一起，为生父出殡尽孝的机会吗？

与此同时，白平的妈妈心里也还一直为一件事犯着嘀咕："为什么徐二或每十八小时就去一趟殡仪馆，几天去一次不行吗？"

白平一语道破天机，解了妈妈心中的一团阴霾，"超过二十四小时红包没人抢、没人开、没人收，网络会自动把红包钱退回给发包人。"

"噢、噢、噢，原来如此呀。白平呀，你这个精丫头，怪不得你多次给我发包都告诉我先别着急收，让我第二天再开，我都收空了呢，原来是骗着我隔夜慢慢下手，和妈耍小花活儿哪！"

二十

其实，康求德指使县大气办干部胡度去行贿徐二或，最终的目的不是为F县大气污染防治争光，他是想借机向候县长邀功讨好，靠近侯永续县长，借此让魏县长的过去在候县长身上重演。他选择让胡度出面去向徐二或行贿，也是想让胡度出点麻烦，为魏县长出口恶气。因为，他清楚地知道，胡度是E县原县长胡阵雨的亲侄子，而胡魏二人在官场上始终是死对头儿。康求德使坏胡度，最早在羊年春节就开始了。康求德先是建了个微信群，自诩群主，然后，把胡度拉了进来。羊年情人节那天，康求德借故事多，忙不过来，发个二百元红包做小费，请胡度替他去花店给情人买玫瑰花，嘱咐说情人节送一朵就行。胡度到花店后想，康求德搞女人的能力很强，不可能只有一个情人，于是打电话问："你有几个情人？"

康求德用他不南不北不东不西的怪腔调答道："是一个人。"

胡度惊讶，"十一个人哪，幸亏我问了？"

康求德说："不是十一个人，而是一个人。"

胡度傻眼了，"二十一个人呀？你怎么又变成二十一个人了？"

康求德耐着性子说："你听错了，其实一个人。"

胡度又听偏了，"七十一个人哪？怎么会那么多啊？"

康求德爆发了，吼道："就是一个人！"

胡度眼睛有点发直，"九十一呀？天哪……"

康求德顿时崩溃……终于按捺不住骂道："二百五，是一个人啊。"

胡度更加惊叹，"二百五十一个人呀？！……"

康求德听后气得差点晕倒。胡度此时也更加疑惑起来。早听说康求德和小姨子瞎搞，没想到他竟这般任性，情人超过二百五啦。于是，放下手机，花两万多元，还雇了个平板车，给康求德买回了二百五十一束玫瑰花。

打那，康求德虽然是气得要死，但他也看准了胡度的无能与弱能。

二十一

正月初七是猴年情人节。这天，F县纪委将死人抢红包行贿、受贿案的前因后果基本理清楚，因很多情况涉及司法问题，纪委和公安成立联合小组，深入调查。正月初二那天，白平虽没能陪爱人和孩子去给母亲拜寿，但母亲并没有责怪她。

一连数日，白平天天和郑书记泡在红包行贿案的调查上，除了接听手机电话，白平几乎连手机短信、微信都没顾上看一眼。来看妈妈前，她打开手机，从大年初二到初六这几天里，各类短信、微信、红包塞满了她的手机。

大年初六,六六大顺，好运来！！！

大年初六，
六六大顺，
谁打开，
谁好运，
愿你2016，
六六大顺，
一顺百顺，
顺顺溜溜。

2016，生活顺着你，爱人顺着你，
事业顺着你，万事顺着你；
家人顺着你，友人顺着你，
人人都顺着你，
祝你万事都顺。

业绩骄人，事业顺；
牵手爱夫，爱情顺；
做个牛人，生活顺；

相伴贵人，友情顺；
总遇好人，出门顺；
加薪喜人，财运顺；
给我发红包，
你会所向霾散，天天顺！

白平看后，不禁发笑，“好你个刘星，又来向我套钱来了。”

白姐：“人要学会装傻，知道得多了，未必是件好事，发现了真相，疼的是心，戳穿了谎言，冷的是情。虽然是职业所迫，装糊涂，也是一种难得智慧，也许会更豁达，也许会更快乐，人生不必活得太清醒，事情不必看得无霾般透明，难为了别人，困扰了自己，顺其自然，知足常乐，足矣！！！傻傻的挺好！让‘糊涂’永远陪伴在心间。”

这是白平的一名高中同学发来的微信。此前，她已接听了他的一个电话，他的一名亲属可能正是白平所调查的校园索贿案的一名当事人。

当你冲破雾霾看清了一个人而不揭穿，
你就懂得了原谅的意义；
当你讨厌一个人而不翻脸，
你就懂得了蓝天般至极的尊重。
为事业，总会有你看不惯的事，
也有看不惯你的人。
茶不过两种姿态，浮、沉；
饮茶人不过两种姿势，拿起、放下。

人生如茶，沉时坦然，浮时淡然，

拿得起也需要放得下。

有时候，你选择了放弃，不是因为你输了，而是因为你懂了。照顾好自己！

人生，因缘而聚，因情而暖，因不珍惜而散，

冲破工作上的心霾，

向友情伸手……

看了这些，白平就心烦。当一名纪检干部，让白平经受的不仅仅是加班和聚少分多的亲情考验，威胁加哄劝，也是家常便饭。她曾数次有过改行调动打退鼓的想法，但丈夫李营始终在支持着她。

“有气别忍，人生在世，各自都有难念的经和难破的题。气是客观存在，有气别忍，憋气则气结，气结则病生。遇到‘气事’，要找我‘通’气，多方吐露，一吐为快，快吐为安。我是你最佳的‘通气筒’，也是为你倾注生命活力的‘打气筒’。有恨别记：心胸开阔，仁善为怀，小事糊涂，世事看淡，恩怨不计，旧恨不记，保持‘天天有个好心情’。古人的长寿‘三不知’说得好：不知恩怨、不知年龄、不知疾病。相逢一笑泯霾怨。”

白平把李营发给的这条微信锁在了手机里，每当她在工作中遇到困境、委屈和诱惑的压力时，她都会翻回来看上两遍。

大年初七，李营早早地正常上班了。白平带着儿子伯轩来到妈妈居住的小区。老远的，白平就看到了妈妈站在小区门口的那张充满慈祥的笑脸。

“逗逗，快去找姥姥。”

逗逗放开妈妈的手，箭步前行。走进小区，妈妈指着满地鲜红的鞭炮碎纸片告诉白平，“春节本是喜，放鞭炮不仅污染了空气，还伤了人。”

“伤谁了？”

“三楼大丑婆的儿子初一放鞭炮，自己躲闪不及，崩掉了四根手指，还崩伤了邻居家和伯轩年龄差不多大的一个男孩的脚后跟儿。到初六就更惨了，一对小夫妻，说是初六初六，六六大顺，准备要个二胎，买来两大箱子烟花，搞备孕大庆贺。结果呢，烟花自己崩倒了，几组烟花直冲男青年飞去，恰巧冲破下衣，在裤裆里爆炸了。生二胎变成了生太监。”

“唉唉，怎么这么巧啊？”

“巧，巧，正巧放的是劣质货。巧极了，巧儿没了。小两口抱着在医院里哭了两天了。”

“有了好政策，机会却没了。”

“谁说不是呢？不听政府的话，老天爷都不乐意了。”

上得楼，进了屋，妈妈还没有放下因节间燃放鞭炮而受伤害的邻居家事。

她唠唠叨叨地对白平说：“昨儿个楼上的单阿姨和我坐了大半天，她和我讲了好多人生大道理。她当过老师，会说文辞。她说，人的一生，选对老师，智慧一生；选对伴侣，幸福一生；选对环境，快乐一生；选对朋友，甜蜜一生；选对行业，成就一生。还说，健康是最佳的礼物，知足是最大的财富，善良是最好的品德；关心是最真挚的问候，牵挂是最无私的思念，祝福是最美好的话语！她还打了个比方，说，爱人是路，朋友是树；人生只有一条路，一条路上多棵树；有钱的时候莫忘路，缺钱的时候靠靠树；幸福的时候别迷路，休息的时候浇浇树。人生多有福，想开就知足。思量饥寒苦，饱暖就是福。思量劳累苦，清闲就是福。思量孤独苦，友多就是福。福禄系于心，心正得大富！钱多钱少，常有就好；人老人少，健康就好；家穷家富，和气就好；人的一生，平安就好。生活中呀，多歇歇别太累，到时吃按点睡。能挣钱会消费，决不和环境来作对。得空与友聚聚会，生活才算有滋味。”

听着妈妈的唠叨，白平心里暗暗发笑，“老太太长知识了！”

“你单阿姨心路可宽着呢。她告诉我，人到了耳顺的年龄，不去攀比，不去比较，大半辈子都过去了，什么都是浮云，自己的存在就是最好。一个人伸长了腿脚也占不了一两米地方，知足而乐就是当下。已经步入老年，看山是山，看水是水，没有让你特别稀奇的事情，不要别人放个屁自己嗓子就痒痒，学得没有出息。她还说，不要相信那些养生的鬼把戏，吃什么补药都不如一日三餐安排妥当，酸辣稀稠自己找自己的感觉，不能让别人说了算，就是吃的全是概念食品转基因，也抹不去你身上的老相，动物的任何自然规律你都存在，不是吃把药就能够长生不老，把钱花到不必要的地方去，还不如多吃点山珍海味，落个嘴福。你单阿姨她老伴不就是从你们纪委退下来的吗？他那天对我讲，干纪委工作，就不要找着生气，一生中生的气够多了，别人生气自己尽量做到不生气，气就是霾，抓肝又伤肚，只当它是屁，放了才舒服！不要把有些事情放在心上，做纪检工作就要学得硬气一些，不怕说，不怕议，不怕背后嚼舌头，而且不怕受委屈，遇到有些不讲原则的人，稀里糊涂开上几炮出出恶气也无妨，到了不能受委屈的年龄，谁还敢把你宰了不成？我想谁不会有那胆量，即使他气得吹胡子瞪眼，我依旧是我，开心而去，依旧不生气，有一点滚刀肉精神。”

“妈呀，看您这心操的，别老惦记我们，有好吃的，您自己多享受点。”白平看着摆满茶几的美食说。

“白平啊，大正月的，你这忙了一假期，忙活出个眉目没有？”

“有眉目，没结果。您知道我忙活什么了？”

“全县都嚷嚷开了，不是有活人给死人发红包吗？”

母亲以发一个大红包为诱饵，向白平提出一个要求，逼着白平要她说清楚举报人到底是怎么知道县大气办工作人员胡度向徐二或发红包行贿事实的。

白平说:“现在啥事儿也瞒不住人了。告诉您吧，全是发包人干事儿不慎惹的祸。”

“怎么不慎？”

“发错手机号了。而且，留言上的感谢词又说得一清二楚。等红包都发完了，胡度才发现自己加错了手机号、发错了人。他向对方提出退款，对方要求胡度先给五百元红包小费，然后退款。胡度转而要求对方答应先直接替他转回红包后再给小费。”白平说，“按胡度的要求，对方三天分多次直接将钱转发到了徐二或爸爸的手机上。但万万没承想，胡度事后失信，只答应给举报人一百元的红包小费，这下子惹怒了对方，于是，对方变成了举报人。”

“嘿，一个糊涂（度），一个二货（或），工作太马虎了不是，做人不诚信出毛病了不是。这大春节的，因为一点红包小费，几家子人多闹心、多腻歪、多难受人呦。”白平的母亲满脸似乎布满了担忧与遗憾，娘俩对脸坐了半个时辰，谁也没再说话。但此时，白平也全然忘记了妈妈说要给她发红包的事儿。

二十二

后来，据传说，举报人的电话号码查到了，是144144×××14。但举报人是谁，一直没找到。胡度闻讯后马上翻供，坚决不承认自己给徐二或发红包行贿的事儿，因为，红包不是从他手机上发给死者的，钱也不是公家出的。再后来，又据传说，举报人所用的手机号，是用一个假身份证，在一个乡村小卖铺里办的，总共才办了不到一周时间，除了收过胡度的几个红包，和与胡度本人通过几次电话外，没有与任何人发生过任何联系的记录。小卖铺没监控，办卖卡手续的是个孩子，说对办卡人毫无记忆……因此，发生在F县的活人给死人发红包、抢红包的行贿、受贿案，至今还因证据不足，挂在纪委和公安局的欠账单上，成为猴年正月的一桩悬案。

F县大气办干部发红包行贿监测人员涉嫌数据造假，导致周边县上访C市纪委，在C市上下传得沸沸扬扬。对此，市委汪书记极其重视，要求市纪委郑书记亲自带队到F县调查此案。印证真假。如果有，做出严肃处理，该问责问责，该法办法办；印证没有，也要还人清白。汪书记说："还人清白，也是纪委的一种担当。"

监测数据造假，其实内中学问很多。

日常监测，比如说监测水质，提取水样时是在靠近上游的水域取，还是在靠近下游的水域取，是在河流的中心地带去，还是在河边上取，内种奥秘就很多。尽管科学监测、严格监测的方式、标准、要求说得一清二楚，但具体到监测人员的手上，深一脚、浅一脚，水质会大变、水味会大变，出来的监测数据也会大变；再比如监测燃煤锅炉除尘、脱硝、脱硫污染情况时，是点炉时检、是正常燃烧时检、是封炉时检，还是在加药前检，加药后再检，是持续检，还是间断性检，是专挑锅炉添加燃煤污染重时检，还是专等煤燃烧正红火时检，是先通知后检，还是突击暗访马上检，有啥样儿算啥样儿，检测的结果同样是阴晴圆缺，差距大相径庭。

胡度用红包行贿徐二或在空气质量监测设备上作假，就这件事本身来说，不论是真是假，但类似这样的情况，谁也不敢说就没有。怎么在监测设备上做手脚可以导致监测设备报假数据，徐二或心里最明白。遮一遮、挡一挡、堵一堵，轻而易举，根本不费啥劲儿。但面对日益严重的问责、追究、惩处条款，徐二或虽是心生畏惧，但有时也敢大动作、长时间胡来。其实，如果真的是在有风无雾或无大雾的天气下，搞点作假的小动作，使某一个县市的空气污染指数比周边低个每立方米十微克八微克的，一般也不好察觉。但真的是在中度、重度大雾天气情况下，在某一个区域，四面八方，几个，十几个，甚至几十个县市区，别人都污染很严重，污染指数甚至都爆表了，而唯独你一个县市，面对四面楚歌毫不动摇地报出空气质量优良、污染指数极低，这恐怕就直接让人费解老天爷的“猫腻”有点太不公平了。

位居京津冀偏中西地带的F县就是这样一种超凡脱俗的情况，连续数月无论是在什么天气状态之下，监测设备发布的数据基本都是八九不离十，保优良、保空气清洁。但当全域监测数据打假行动一开始，F县的监测数据突然间就一泻千里，与众变同，原形毕露，其原其因，令不解之谜更加雾霾重重。

外县人盯的是F县的数据，但包括F县领导在内的很多人，对这突然的数据巨大变化都感到震惊，因为他们的亲身感受不是数字低时好受，而是面对生存环境的被欺骗而感到担忧与气愤，更为周边县发出的追查言论深感不安。

侯县长治大气污染虽然缺乏工作经验，但他从未想过让谁去动歪主意，更没有指使谁去做过不道德、不守法、不公正的缺德事儿。胡度想讨好侯县长，但康求德给他指的是歪道、邪道、下三烂违法的道。

大年初十，侯县长在不明不白中收到一条微信，题目是:《民谣•一枝独秀》:

四面楚霾贵县清，
百姓受害心不明。
太行脚下霾情在，
燕山雾脉一点红。
碣石有责望大海，
盘山顶上鬼见愁。
英雄执政自当问，
一岗双责咋执行?

侯县长正在办公室里看着微信发呆，县纪委通知他，C市纪委郑书记要来F县与他约见，而且是专程。侯县长立马抄起电话打给县环保局长丁铆，问道:“咱县的监测设备是有造假吗？”

“听说过，也问过，没证实，我也不懂。”

“监测设备运营是你们局分管吗？”

“不是，上收了，是由县大气办负责工作协调。”

“你一点也不懂？”

“懂点儿。”

“懂点什么？”

“其实专业部门、专业人员比谁都明白。区域污染不是小范围，不可能光污染周边不污染咱们。只要把气象部门的大雾污染云图拿来，和当时当地监测的污染状况数据显示图一对比，就全说清楚了。周边一片爆红，唯有中心显绿，基本不可能，特别是持续数月，更不可能。这一点，谁都明白，只是谁又都不愿明白。”

“有人和我说是燕山脚下一点红，没说是一点绿呀。到底是红好还是绿好？”

“绿好呗，红是污染重。一点红是反向骂人、损人的话。”

“啪——”丁铆局长的手机传出蜂鸣声。

二十三

郑书记到了F县，首先约见侯县长，明确指出，“这个事儿如果是事实，一定要问责、要处理。问责一个、警醒一片，没有问责就难有担当。责任重如泰山，有权必有责、失责必追究。领导干部一定要勇于担当、履职尽责，确保干部的责任落到实处。”

侯县长态度非常端正，“虽然事情还没彻底查清，但无风不起浪。虽然未动公款，目前看，红包行贿也不是组织行为，但是，严管就是厚爱，治病就是救人。我们当领导干部的必须明白，加强党风廉政建设，加强对干部的监督，是对干部的爱护。放弃了这方面责任，就是对党和人民、对干部的极大不负责任。教育培养一名干部不容易，一旦在廉政方面出了问题，组织多年的培养和本人的一切努力就毁于一旦。因此，管干部绝不能当老好人。如果一个地方腐败问题严重，有关责任人装糊涂、当老好人，那就不是人民需要的好人。领导干部在消极腐败现象面前当好人，在人民面前就当不成好人。”

郑书记听后很是欣慰，“有责不担，正气难彰；有错不纠，百弊丛生。一直以来，无论是‘小官变腐’现象的产生，还是‘塌方式腐败’的酿成，一个重要原因就是主体责任缺位，监督责任空转，干部管理失之于软、失之于宽，以致养痈遗患、积重难返。破除这一问题，就是要通过问责，使失责必问成为常态，从而增强领导干部的责任意识，落实好‘两个责任’，真正把‘两个责任’放在心上、扛在肩上、抓在手上。”

在C市，大气污染防治中，问责已成常态，但问责，最根本的还靠什么？郑书记说：“靠制度。目前的问责制度，大都分散在党的各种纪律规矩之中，对问责的内容、对象、事项、主体、程序等规定得还不够详细，与精准问责还有一定的距离。只有有了严格的制度，对每个具体问题都分清组织上负什么责任、有关部门负什么责任、纪委负什么责任，健全责任分解、检查监督、倒查追究的完整链条，才会能给各级领导干部敲响警钟、加压示警，使其主动担当、有所作为。”对此，郑书记心急肚明。

“郑书记，近期几个地方发生了干部跳楼自杀问题。”侯县长话说半截停了一下，看了一眼郑书记又接上说，“不查就任性，一查就走绝路，有些干部的适应力是不是太脆弱了？”

郑书记稍缓作答:“问责也不能把人‘一棍子打死’，也要讲求方式方法。要综合运用批评教育、诫勉谈话、通报批评、组织处理、纪律处分等方式，追究主体责任、监督责任，追究领导责任、党组织的责任，真正体现挺纪在前、抓早抓小、治病救人的原则要求。这里特别要注意做好堵和防的工作。贿和堵，从汉字上看，好像只是偏旁之别。但是，摆位很重要，把谁放在前边很有学问。堵可以防贿，贿了再问责，多少也是晚了点。纪委一查就跳楼的恐怕都不是怕问责的，内中原因恐怕更深刻。”郑书记的话不仅对候县长的工作思路触动很大，陪同谈话的白平也深受教益。

“监督执纪问责是‘得罪人’的活儿，纪委书记、纪检组长的担当就是要敢于‘得罪人’。明知山有虎，偏向虎山行，大无畏显大担当。这里的‘大’，就是以党和人民的利益为最大，就是对民族、历史负责‘成其大’。只栽花不挑刺的好人主义，多一事不如少一事的庸俗哲学，睁一只眼闭一只眼的油滑习气，与全面从严治党的要求格格不入，与纪委书记的角色担当南辕北辙，不能任其泛滥、坐视不理，必须切实加以纠正。”面对说情的、请客的、讨教的、瞎搅和的，郑书记带着白平到县里讲廉政课，义正词严，落地有声。“白平啊，春节是滋生‘四风’问题的敏感时段，也是纪检监察干部需要瞪大眼睛加强监督的关键时候。根据我多年的经验，春节期间我们纪检监察干部除了需要履行好监督执纪问责之职外，还需要当好党规党纪的宣传员啊。”

白平点头称“是”。

二十四

没出正月，郁闷中的胡度发现意外惊喜，他收到一个红包，打开一看，二元五角一分，一对一，是只发给他一个人的。打开了，钱不多，但胡度还是备感惊喜。整个春节，纪委三天两头地找他谈话，让他又惊又怕，他多少次深夜中被抢发红包的噩梦惊醒，但醒来后没有一个人给他发红包问候过他。紧随红包之后，一条微信飞来：没有结局的故事叫事故，没有结论的小说叫瞎说，没有结果的成果叫苦果，没有查清的案子叫积案，没有治完的雾霾叫剩霾，没有结账的红包叫坏包。小子，给胡老县长带个好、拜年啦！胡度一查来电手机号码，恰恰正是要求他转发红包人的144144×××14。胡度看后十分敏感地意识到："我怕是被黑道上的红包缠上了吧？"

胡度很是后悔，他后悔当初听信了康求德的歪主意，他后悔加入了康求德的微信群，他后悔给徐二或发红包行贿，更担心的还是纪委、公安一旦认证了他行贿的事实，会误了一生的大好前程。为此，胡度在当天的日记本上留下这样一段诗话：

孔子发现了糊涂，取名中庸；
老子发现了糊涂，取名无为；
庄子发现了糊涂，取名逍遥；
墨子发现了糊涂，取名非攻；
如来发现了糊涂，取名忘我。
忆过去，
世间万事唯糊涂最难。
看今天，
F县最难者唯我胡度。
有些事，问得清楚便是无趣，
连佛都说：人不可太尽，事不可太清，
凡事太尽，缘分势必早尽。
所以有时候，难得糊涂才是上道。
人生，说到底，活的是心情。

活得累，是因为能左右你心情的东西太多，
是你唯求所好，是你猜君过多。
雾霾的变化，人情的冷暖，
不同的风景都会影响你的心情与前程，
而很多很多，其实都是自己有法儿左右的。
看淡了，
天，无非阴晴雾霾，
人，不过聚散廉耻，
地，只是高低起伏。
沧海桑田，
官场之上，
廉洁自律，
不求好功名，
无论霾轻雾重，
我心不惊，
安稳自然。
功利之下，
看淡自在，
不悲不喜，
守住规则，
认准红包，
才是持久蓝天。

二十五

应了那句老话：纸里包不住火。

胡度用微信红包行贿，徐二或开包受贿的腐败犯罪案，最终是因一桩“绑架案”，引发公安局破获一起冒充“纪委”诈骗案，才揭开了F县活人给死人发红包案的庐山真面目。

不过，就在该案揭秘之前夜，康求德的小甥子徐二或，很是意外地收到了这样一条微信。让他看后大惊失色。

梅花15：雾霾中的汉字

“晶”对“品”说:“你家没装修呀，是怕污染慢慢释放吗？”

“夫”对“天”说:“我总算盼到出头之日了，几年治霾，成果很明显呀！”

“熊”对”“能”说:“咋穷成这样啦？四个熊掌全卖了，是为了买空气净化器吗？”

“丙”对“两”说:“你家啥时候多了一个人，是允许生二胎之后要的吗？”

“乒”对“乓”说:“你我都一样，虽有伤残，但在治霾中，也学会了应对霾来霾去、左右反复。”

“兵”对“丘”说:“兄弟，是在雾霾之中不小心踩上地雷了吧，两腿炸得都没了？”

“王”对“皇”说:“当官有什么好处？你看，头发都累白了！”

“口”对“回”说:“亲爱的，都怀孕这么久了，也不说一声，是怕儿媳妇不乐意吗？”

“也”对“她”说:“当老板了？出门还带秘书，是怕环保执法的人来了，没人帮你当挡箭的吗？”

“日”对“旦”说:“你什么时候学会玩滑板了，是和F县的魏县长学的吗？”

“果”对“裸”说:“哥们儿，你穿上衣服还不如不穿，浑身上下都是名牌，小心纪委找你去喝咖啡。”

“由”对“甲”说：“你什么时候学会倒立了？倒行逆施的下场，F县的大老板——‘啵一口’最为清楚。”

“巾”对“币”说：“治霾中，戴上博士帽就身价百倍了吗？让人认出你是假博士，照样给你起外号，叫庄孙子。”

“口”对“囚”说：“这年头，你不检点点儿，上边有人也照样把你装进去！”

“雾”对“霾”说：“你的成分太复杂了，把搞污染源解析的专家都愁死了，你早晚得完蛋！”

怎么出了个梅花15呢？这叫不伦不类吗？雾霾之中，读可爱的汉字，你会发现，几乎每一条里面都有真理。特别是看着不伦不类的，不一定是不伦不类。望兄自重，后事自理……

吓死宝宝了

二十六

自打2015年新《环保法》正式施行，“环保+公安+网格化监管+公众参与”的环保执法新模式，即在C市上下形成。

环保局环境监察大队、公安局环境安全支队联合作战，持续开展“利剑斩污”行动，加之公众号与网格化管理模式的应运而生，举报、监察、立案，在C市成为常态，以打击违法排污、打击环境犯罪为主旨的各项行动，逐步由季变月，由月变周，由周变日，由日变时，使环境犯罪行为成为无处躲藏、无处容身的过街老鼠，不仅是人人喊打，而且形成了环保执法人员挺身而出，环保公安敢于亮剑，广大公众勇于发声的良好局面。用E县环保局马二哈副局长的话说是：“今非昔比，环境违法无论涉及到谁、涉及哪家企业，胆敢以身试法者，必让其付出沉重的代价。”

2015年C市污染环境立案65起，刑拘55人，批捕40人。全市先后两次对16起污染环境犯罪案件集中公开宣判，对32人予以刑事处罚。马二哈和公安局环境安全支队的李永涛队长，珠联璧合，在E县主管环报工作的副县长吕正天的直接支持和有力领导下，联手打击环境犯罪，不断加大环境执法力度。在工作实践中，二人还带着他们的队友们，连续不断开展明察暗访、错时执法，全年对E县境内两千余家各类排污企业，至少都突击暗访和检查超过两次，对重点排污企业，加大检查频次，有的每月暗查一次以上。对域内两个污染小企业相对集中的庭院企业区，马二哈带李春锋队长，在公安局许卫民局长多次挂帅下，常盯不放，通过采取关一批、罚一批、改一批、判一批、转一批、限一批，有力震慑了违法偷排偷放行为。2015年，C市打击环境犯罪的抓、判、罚数字战果，有近百分之三十来自E县。

吕正天为官尽忠，敢于担当，为唤回蓝天常驻不留余力；马二哈执法尽责，严于律己，忠于职守，为维护法律尊严不徇私情；许卫民为警为民，甘于奉献，真情配合，为打击环境犯罪有案必破，成为E县乃至C市上下传为美谈的“环保执法三剑客”。在吕正天的建议下，“三剑客”立网成群，广纳微友，让E县的环境网格化管理成为公众参与、众志成城的治污网、蓝天群。

“马队，城南热力的大烟囱从早上开始一直冒黄烟，好像是在烧劣质煤，还可能是直排。”

“李队，我们这两个村民举报抓住一个外地车辆在刘家营村北大沟里倾倒污水的，酸味儿很大，你们快来吧！”

今天是正月二十二，是二月的最后一天。接到网友微信举报后，马二哈连早饭也没顾上吃，和妻裴娟说一声儿，“你送楠楠去开学吧，我这儿有案子了。”就一边出门，一边立即把情况报告给了环保局甄猛局长，并请示要监测站韩站长带人，一起去现场执法检查。马二哈分管执法，不管监测站。甄局长说：“你和扈局长说一声，快去吧。”

城南热力在2015年县城燃煤锅炉提标改造时，因为投入负担大，工程一拖再拖，最终找了个单位，蒙混过关，不仅没能实现超低排放的技术要求，而且，时不时地就超标排放，为此，县环保局对其实施按日计罚，罚款总额已经达到九百万元，远远超过提标改造所需的投资数额。对此，该私营企业的老板后悔莫及，承诺接受处罚，并在2016年春季停暖后，立即按环保要求提标改造。

“早知今日，何必当初。挨了罚，还不能再申请国家补贴资金，何苦呢？”马二哈对老板说。

“您高抬一下贵手，今天就别再罚了。”老板央求二哈。

“罚不罚不是哪个人说了算，是《环保法》说了算，没商量。”

“罚了我的钱，您也拿不到自己家里去，官场连奖金都不发，倒不如我给兄弟几个发个红包，做个辛苦费，这样都不亏不是？”

“你敢发，我们也不敢抢、不敢开、不敢收呀。依法办事儿，咱们还是两清吧！”

马二哈正和老板说着话，李春锋队长给马二哈打来电话。

“看微信了吧，刘家营这儿抓了一个外地企业偷倒酸液的，你快过来吧！”

“好，我马上过去。”

马二哈队长和李春锋队长从上午到中午，一直忙着处理外地企业来E县偷排倾倒酸水废液的案子，中午连饭也顾不上吃。扣人、扣车、做笔录取证，直到中午一点多，也没能把事情的原委搞清楚，两人正商量着兵分两路，一路去异地企业抓犯罪嫌疑人，一路继续顺藤摸瓜，深挖该企业偷倒酸液的其他事实，马不停蹄，尽快把案子弄清砸实，以便向检察院、法院移交，走上起诉程序。

这中间韩站长把监测的情况向分管的扈法根副局长做了报告。扈副局长说：“一定要好好配合马局长，把污染物是啥搞真实。”

“二哈呀，出事儿了，你知道了吧？”

“好的，知道了，我和春锋队长正在处理呢！”

“哎呀，那就好了，快把我急死了。楠楠在你身边呢吗？和我说句话。”

“楠楠没在我这儿呀！”

“什么？我告诉你出事儿了你说你正在处理哪，你说的不是找楠楠的事呀？”

“不是呀，楠楠怎么了？”

“中午放学没回家，我到学校和他姥姥家去找都没有。亲戚、同学的电话都打遍了，到现在也没找到。”

“好的。你别急，再找找。”

“好的个屁，孩子丢了你怎么还说不急呀？”

二十七

“是马局长吗？你别问我是谁，也别动歪心思，别报案。你儿子楠楠在我手里。准备钱吧。想明白点，别做糊涂事儿，否则……”

天哪，怎么会发生这样的事儿。

马二哈接听着陌生人打来的电话，如雷贯顶，如霾遮日，立感头晕目花。多年积劳累病的高血压，此时，几乎让马二哈难于支撑。直到对方把手机电话断了，马二哈也没醒过闷儿来。

“马队，出什么事儿了？”春锋队长问。

“孩子被人绑架了。”

“什么？”春锋队长闻言惊讶，“谁呀，有手机号码吗？快报案吧！”

“对方恐吓，不能报案，只要钱，否则……”

“别听他吓唬，不报案怎么破案？”

“报吧，我马上打110。”

“你打吧，打完了快回家去照顾嫂子，慢慢找，别太急，查查线索。这边案子的事儿，我带人去，两组合一组，你就别再分心了。孩子的事儿要紧。”

二十八

县公安局接到报案后，立即上报。

环保局局长的儿子失踪，而且还涉嫌被人绑架，此案又发生在大气和水污染防治，全面贯彻国家相关新法规的关键时刻，令市县党委、政府和公安机关十分敏感，别说县里，即使在整个C市，都传扬很快，各种各样的传说版本都有。对此，C市市委汪书记有批示，马市长有指示，市公安局高度重视。考虑到E县公安局局长正在外地参加省里组织的新任公安局长培训，F县公安局的许局长，春节前刚刚从E县调入F县履新，对E县社情、民情和各类案件底数清楚。于是，市公安局果断决定，由C市和两县共同成立系列案件侦破小组，由C市公安局长任总指挥，由许局长亲自挂帅，一线作战，全力以赴，用最短的时间，尽快、尽早破案。如果真的是绑架案，侦破中，还要确保孩子的生命安全，给环保人一个圆满的交代，给全市人民一个满意的交代。

许卫民局长从市局接受任务后，没回F县，直接到专案组，去了E县立即展开调查破案行动。

见到便衣公安来到家里，马二哈的妻子裴娟哭成了一个泪人。

“学校我去问过了，楠楠是十一点半放学离开的学校。校门口的监控我看了，他是一个人离开的学校。我妈那儿我也去了，姥姥说没见着孩子来。出了校门监控就中断了。是哪个挨千刀的要坑害我的儿子呀！”

二哈回到家，向公安人员介绍了恐吓电话的内容，提供了来电人的手机号码。许局长看过电话号码后不禁一惊，这个号码怎么这么眼熟呢，好像是在另一起什么案子里出现过。没错，前几天和纪委共办的活人给死人发红包案，就涉及这个“无头”号码，至今还没找到人。

“噢，我想起来了。二哈，这个电话再打来，你立即告诉我。小牛，你去通知网侦支队，持续监控这个号码的准确位置和往来通话记录。记住，一定要全时监控，准确定位。”许局长向公安人员分别交代完任务，转而问二哈：“马局，咱们理一理案情。你们两口子分析一下，这些年你们得罪过什么人没有？”

“我当护士没得罪过人。准是二哈惹的祸，一天到晚罚这个、关那个的，人家能不报复你吗！”

“二哈，你说说，这些年你得罪过的哪些人最狠，这事儿可能就会是谁干的？”

“要说执法得罪人，那可就太多了。”二哈稍倾半刻，思虑着对许局长说，“仅这一两年，我亲自到场关的、停的、罚的、抓的、判的就有不少，一些企业老板当面骂的、捎信儿说狠话的、过后告黑状的、到网上无中生有散布谣言的、暗地里打我孩子的、向我老家院里扔砖头的、在城里砸我家玻璃的，这些事儿都发生过。但若说直接绑架我儿子的会是谁，我还真是难于定到人头上。今儿上午我还罚了一家热力公司、抓了一起倾倒危废的呢！”

“二哈呀，案情很复杂，你还是再好好理一理，看看谁最可能做这样的事儿。”许局长说，“我们先查案子，你们两口子也别太着急，冷静想一想，亲戚朋友的，还有哪家没问过，楠楠还有可能去谁家。”

“好的。好的。许局长。我刚才给楠楠的手机打过电话，始终是关机。”二哈说。

“还用得着你打，晚八年了。我上午就打过了。”妻又气又急。

“好的。好的。你也别光着急，考虑考虑还有什么没向许局长汇报的。”

“对了，对了，忘了问一问楠楠去没去市里甄大夫家，咱家楠楠和他家小楠楠来往多，春节放假楠楠还在他家和小楠楠玩了三天抢红包呢。”妻说完话便打开手机。

“甄大夫啊，今天我家楠楠去你家了吗？”

“没见着人来呀。但早上我听小楠楠用我的手机和他通过一个电话。说什么不知道。”

“你问问小楠楠好吗？”

“好，您等一下。”

不到十分钟，甄大夫把电话打回来告诉裴娟说：“小楠楠承认早上和楠楠通过电话，俩人还在网上互晒了一些家庭生活和他爸爸执法过程的图片。但她说没见楠楠哥哥面。她还说，阿姨要是找不到楠楠哥哥了，也别着急，楠楠哥哥是小剑客，不会出事儿的。”

“什么小剑客，中午就找不到人了，还有人打电话说把他绑架了，要钱呢，急死人了。”

“刚才盼姐也打电话来，问过楠楠的事儿，她和大侃一边给亲朋好友们发楠楠的情况图片，一边正在城里的网吧里寻摸儿呢！”

“谢谢你们大家了！”

许局长听后先是一惊，继而说道：“个人和家庭的情况千万别晒到朋友圈里去！日常生活中，不少人喜欢在朋友圈晒美食、晒美景，但是你知道吗？这些行为会间接泄露你的个人信息，如果被别有用心的人利用，可能会危害自己和家人的财产乃至人身安全。”

“晒个人信息也会招祸吗？”裴娟急问。

“会呀！”

“那可坏了，楠楠就爱晒他和家里的图片，走到哪晒到哪。”裴娟急切而言。

“以后可要记住喽，出差时不要晒火车票、飞机票、登机牌。平时很多人出差、旅游都喜欢拍下火车票、登机牌，发到朋友圈里晒一晒。一些自我保护意识强的人会将姓名进行模糊处理，票面上的内容却未曾留心。需要特别提醒的是，机票和火车票的条形码或者二维码含有乘客的个人信息，包括身份证号等，有被人利用高科技窃取个人信息的可能。所以为了安全，尽量少晒，即使晒票也别忘了遮‘码’。出远门时也不要晒护照、家门钥匙、车牌。含有这些信息的照片会透露你特定时间所处的特定位置，也会透露你的生活圈范围。有个女演员在微博上晒过两张窗外的风景，而某宅男根据这两张图片，结合她发过的微博，成功定位出了她家的小区、楼号以及门牌号。不用怀疑，坏人也会使用大数据。所以最好的办法是在照片中不要出现特征明显的东西，例如你的家门钥匙、车牌号码，更不用说身份证、驾照和护照了。平时，也不要晒你的所在位置。遇到假期，不少人会出游，如果在朋友圈里发布了带有位置信息的图片，将会暴露非常真实的个人信息，使坏人的作案成功率直线飙升。另外，如果有人发布了全家一起出游的位置信息，那么窃贼就可以算出他离家的距离，据此推算作案的最佳时机。当然喽，平时，更不要晒孩子照片及姓名。在现实中，很多骗子与被害人素不相识，但他们为何能将孩子和妈妈的名字叫出来？原因就在于微信中。对于自己在情感、工作上的问题，牢骚、抱怨类信息更不应发，既容易引起不怀好意的人注意，有时也有损人际关系。”

“许局长，这下可坏了，楠楠用的是苹果手机，功能很多，平时发微信，他在哪都能查到，这一关机反倒让我们找不到他了。”

“微信上‘附近的人’的功能，可定位你的位置。有人曾经做过一个实验，通过‘查找附近的人’的功能，通过三点定位法确定使用者的位置，即记住自己的位置和与某人之间的距离，变换两次位置重新记录距离，以这三个点为圆心、距离为半径画圆，交点就是要找的人的位置。因此，使用手机微信，平时可以关闭这个功能，可依次点击‘设置-通用-功能-附近的人’选择‘清空并停用’，必要时再开。另外，苹果手机的系统中，有‘常去地点’功能，可用地图显示你常去的位置。不想让人知道，可点击‘设置-隐私-定位服务-系统服务-常去地点’，关闭该选项即可。还有一点，旧手机别乱扔。因更换手机，泄露隐私的案例太多！以为恢复手机出厂设置就高枕无忧了？骗子能轻易恢复数据！平时，我们应把微信‘允许搜索’‘允许查看’都关掉。装软件少点‘允许’。手机装软件，经常被要求‘使用您的位置’，一旦点击‘好’，这些应用便可扫描并把手机信息上传到互联网云服务器，一旦手机上传的资料被泄露，别人就可能知道你的位置，家在哪儿、跟谁通话……久而久之，都存在各种危险系数。”

许局长这边说，裴娟那边眼泪吧嗒吧嗒往下掉……

二十九

楠楠失踪的消息，像内蒙古大草原的黄沙，在大风的席卷之下，凌空飞向京津冀。更像是2015年最后一个月京津冀的雾霾，浓重而持续。

此时，二哈和裴娟最期盼的是儿子突然从天而降。公安局许局长最期盼的是绑架者突然从霾中走出，开机打来电话，以便定位抓人，尽快破案。

“许局长，那个神秘电话这两天开机了没有？”打电话来的是市纪委的郑书记。

“您问得真巧。今儿上午有活动了，可不幸的是，这个电话号码又牵扯上了涉嫌绑架环保干部亲属案，讲了几句话，就又关了，到现在也没再联系。”

“你们要抓紧呀。社会稳定，事关大局，一个黑户电话，竟闹出这么多事儿，咱们都责任重大呀！”

“许局，电话又打来了。”

“快接，快接，和他拉锯，多讲一会儿。”

“看错了，不是打电话，是发的微信。”

喝酒出友人，
微信出情人，
执法出仇人，
炒股出疯人，
忽悠出名人，
实干出傻人，
当今社会，
穷吃肉，
富吃虾，
男想高，女想瘦，
狗穿衣裳人露肉；
晴天早晨鸡叫人，
霾夜晚上人叫鸡；
没钱的时候，养猪。
有钱的时候，养狗。
没钱的时候，在家里吃野菜。
有钱的时候，在酒店吃野菜。
没钱的时候，在马路上骑自行车。
有钱的时候，在客厅里玩吸尘器。
没钱的时候想结婚，
有钱的时候想离婚。
没钱的时候老婆兼秘书，
有钱的时候秘书兼老婆。
没钱的时候假装有钱，
有钱的时候假装没钱。
人啊人，都别太认真，
说钱是罪之源，都在捞，

说霾是病之源，都在制。

把钱准备好了吗？不多，二十万。

“小牛，快查卫星定位。”许局长喊道。

“许局，查了，手机只打开了两分钟，定位在朝阳市场。没监控，白定了。”

“许局，微信又来了。”

出生一张纸，开始一辈子
毕业一张纸，奋斗一辈子
婚姻一张纸，折磨一辈子
做官一张纸，斗争一辈子
金钱一张纸，辛苦一辈子
荣誉一张纸，虚名……
活着就好好珍惜踏踏实实过好每一天，俗话说：
花心练大脑，
偷情心脏好，
泡妞抗衰老，
治霾解烦恼，
暗恋心不老，
相思瞌睡少；
既然执法得罪人，
何必东奔又西跑！
人到了一定的年龄，
不和雾霾较真，
因为较不起。
不和污染较真，

因为不值得。
不和朋友较真，
因为不能弃。
不和自己较真，
因为伤身体。
不和同学较真，
因为伤和气。
不和往事较真，
因为没价值。
不和现实较真，
因为要继续人生。
演好自己的角色，
和老婆孩子一起，
健康地活着。
平淡地过着，
才完美、才幸福，
你听我的劝告，
还可以给你减十万赎金！

2月是小月，时间已跨月到了3月1日凌晨。索赎金的手机开一次、发一次、发一次、关一次，反反复复换地方，搞恶作剧，公安办案人员又急又气，逼得许局长向全县城安排了百余名便衣暗警，查找可疑之人。

“许局长，微信又来了。”

“二哈，你主动给他打电话。”

“二哈早走了，他把手机交给小牛，坐车去邻县调查他那个倾倒废酸案去了。”裴娟气呼呼地接上说，“你说他这个破副局长当个什么劲？

两年多没休一天假；两次因夜间值班去厕所跑回来接电话晚了，响三声人家上边查岗的放了，被通报批评，三次因执法力量不足，顾东顾不上西被问责；有责没责天天挨上边瞎批。管事越多，麻烦事儿越多，家里出这么大的事儿，他竟然还去取什么违法排污犯罪证据，说是怕取证不及时没法立案，误了事儿还要被问责。自己被问责是小事儿，还要连带上局里的纪检组长和一把手。这事儿处理完了，死活也不能在环保局干了。再干就离。得罪人太多了，危险性太大了。”

此时，许局长看到，环保局由正改副的甄猛副局长和副局长任京、扈法根都来到了二哈家，他们正在集体倾听二哈妻的怒潮。

“许局，对方又关机了。”

“把微信打开。”

天津快板：

今天下大雾，
一点都别怵，
憋着口气去破案，
嘛事都不误。
这雾真不小，
没嘛能见度，
拐弯有个大厕所，
以为是别墅。
报案还挺快，
破案要稳住，
即使有人抓了我，
可能把事儿误。
别看霾很重，
晨练人不少，

有的戴口罩，

有的打出租，

还有几个老公安，

便衣练跑步。

这雾有点酸，

介雾有点苦，

吧嗒吧嗒品一品，

味道有点糊。

这雾有硫酸，

还有重金属，

楠楠住在化工厂，

抢包挺迅速。

“他妈的，什么狗屁怪论，什么东西？是带把儿的，有胆量站出来！”小牛气急之下，一言出口，才感觉当着裴娟的面这样爆粗口不太合适。“嫂子，原谅啊！”

裴娟没言语、没表情。

三十

“小牛啊，侦察的几位快回来了吧？我看这场事儿有点蹊跷，根本不像是绑架勒索钱财的，好像是在故意戏弄、气人玩的。打电话问问刘队、马队，看他们发现什么可疑情况没有！”许局长正向小牛布置活儿，出去侦察的刑警支队刘队长来电话了。

“许局长，刚才在秀美花园小区门口我们发现一个男人很可疑，但他进了小区就找不到人了。”

“什么情况？”

“那人凌晨五点多从朝阳市场出来，鬼鬼祟祟的。他进小区后，打开了两次手机，都与给死人发红包的那个手机号码相同。”

“盯住，盯死，看哪个单元有开着灯的。盯住，盯死，别暴露自己！”

“查到了，刚才那个人又开机了。定位是在2号楼2单元3楼楼道里。”

“楼道里有几户人家？”

“两户。301关着灯，302开着灯。”

“盯住，盯死，我马上到。”

经过充分准备，许局长决定马上采取行动，突击检查302住户。

“谁呀？”刘队敲门后，室内传出一个男人的声音。

“我们是物业的。”

“黑灯半夜的有事儿吗？”

“楼下说卫生间顶上漏水了，我们检查一下水管。”

“你他妈真不听话，越说别洗澡别洗澡你越洗，惹事儿了吧，净他妈添乱。等天亮了再检查吧！”

嘿，真是无巧不成书，许局听到屋里男人的责怪声后暗喜。

“不行啊，楼下都泡汤了。”

“好吧，好吧，你稍等一会儿，我穿上衣服再开门。”

“好。别急。不过也得快一点。”

大约过了五分钟，门开了。只见一男子喝得醉醺醺的样子，两眼红了吧唧的，好像一夜没睡过觉的样子，但他的大分头却一左一右，特别利落。

“唉，卫生间在西边，你推卧室门干什么，屋里我老婆睡觉哪！”

“客厅里这么浓的烟，这么多的酒瓶子，都是你一个人抽的、喝的？”

“啊，怎么啦？这和跑水有关系吗？”

“屋里除了你爱人，没有别人吧？”

“快查你的水管去吧，真是咸吃萝卜淡操心。”

“唉，别这么凶嘛。我们物业也是对你们业主负责任嘛。”

“物业算个屁，我他妈还是纪委的呢。”

“噢，您在纪委工作呀？”

“怎么着？别问了，查完了没事快走，我这还有工作呢！”

刘队假装去卫生间转了一圈。许局长和小牛、马队站在客厅中寻摸着蛛丝马迹。一会儿，刘队转回来对许局长说：“主任，水管没事儿。”

许局长手指着酒瓶子，一语双关地答复道：“没事儿不可能，那么多水是怎么流到楼下去的？”

“没事你们还不走，我这还有工作呢。”

“你一个人深更半夜在家做的什么工作？你……”许局的问话还刚讲了半截子，突然，居室内传出了“啪”的一声摔碎玻璃水杯子的声音。紧接着，又传出一个男人低沉的怒骂声：“你他妈喝多了，怎么这么不小心？”

“你老婆屋里怎么还有男人说话？”

“是电视节目。”

“开着电视怎么没亮儿？”

“那碍你个屁事儿。快走吧！”

事已至此，嫌疑露端，许局长和刘队、马队交换了个眼色，立马出示证件，亮明身份。但令许局长万万没有想到的是，此时，这个醉酒的大分头，看是公安局的来了，立马转身，迅速开门，欲夺门而逃。

“你跑不了，门口有人堵着。”

住室的门被打开，让人震惊不解的一幕展示在了公安人员面前。屋内，根本没有什么女人在睡觉。打开灯，有四个男人正趴在床上，坐在桌边，直视着冲进来的刘队、马队和小牛。桌子上摆放着照相机、印台和几页C市纪委大案要案询问笔录纸，上面歪歪扭扭写满了黑字。这其中，有两个男人好像很是胆怯和慌乱，而另外两名男人，则打开了窗户，和客厅里的那个男人一样，欲夺窗而逃。

“出不去，外边有防盗网。”马队和刘队几乎是同时发声。

“孩子藏在哪了？”刘队问。

“哪有什么孩子，只有我们五个大人。”

听了刘队的问话，客厅里的大分头突然转惊为静，大声喊道：“噢，我明白了，我明白了，原来是一场误会呀。我知道了，我知道了。听说环保局马局长的儿子被人绑架了，咱们这是一场误会呀。都是吃官饭的，都是办案的。来，来，大家辛苦一夜了，一块儿喝两杯吧。”

“你们这是喝的什么酒？弄了一夜？”

“也没什么事儿，哥几个抢红包，赢了的请客，喝着玩。”

“出来吧，出来吧，都到客厅里来。”许局喊道。

人出来了，许局长认出了一个人。

“你不是政府大气办的胡度吗？”

“是，是。许局长，我给您丢脸了，您帮帮我吧。”

“怎么了胡度，你说说。我不是没抓你吗？”

“说那么多干什么，先喝酒，喝完了睡觉。都是好哥们儿，家丑就别外扬了。小胡，你少说话吧，别给局长大人丢脸。”醉酒大分头男人抢过话茬儿。

“许局长，他们是纪委的。您就帮帮我吧！”小胡扑通一声，跪倒在了许局长面前，“许局长，他们确实不是绑架马局长家孩子的。你们误会了。”

“是县纪委的吗？我怎么一个人都不认识？”

“他们三个是市纪委的，我和徐工程师是被调查的。”小胡手指一名黄头发的男青年说。

“许局长，按说咱们是各管一段，不应该泄密，但今天不说也不行了。我们三个是市纪委抽调到F县办案来的。刚才是误会了。”

“这误会有点太大了吧？知道我们是公安局的，你们跑什么？”

“我们违反了‘三严’‘三实’的工作纪律，办案时不该喝酒，更不该和当事人玩抢红包。我们是怕您举报我们三个。是不是呀？”大分头故意拉出长声儿。

“是呀，是呀，许局长，这是一场误会呀！”除小胡、徐工程师之外的另两名瘦男子，随声点头附和着说。

“胡度啊，他们调查的是什么事儿呀？”

“就是县纪委移交您局里那件事儿。”

“这件事儿市纪委又介入了？”

“是郑书记亲自安排的，千万别误会啊！”大分头抢话。

“好吧，既然是误会了，我也不会去纪委领导那儿举报你们。办一夜案，都很辛苦，喝两杯酒也无妨。但我得证实一下，你们为什么要把F县的案子转到E县，要到小区居民楼里来办。我给郑书记打个电话，证实了，我也不做恶人，我马上走。好吧？”

“别了，别了，您就网开一面，给我们一条生路吧。谢谢您了，许局长。”

“好吧，那我今天就做个大善人，放你们一把。”话至此处，几个人的紧张情绪立即从他们脸上阴转少云。但他们万万没有想到，许局长话锋一转又加了一句，“不过，你们几位每人都得用手机给我打一个电话。有几个手机用几个，有几张卡，打几个，否则，我还得给郑书记求证。”

“把我们手机号打给您，即使今儿个您放了我们，明天还不是想抓谁就抓谁吗？”

“你这话说哪去了？市纪委派来的人，我想交个朋友。即使有违反规定的行为，也够不上公安局抓人的杠杠呀。小题大做了。”

“不能打啊，打了就跑不了啦，准得出事儿啊！”

“得了，这样吧。咱们改改方式，别给我打了，你们几位之间互相打，让刘队长监督。你们也别防着我不守信用，屋里烟太大，我先出去透透气儿，等你们打完了，我们局里的人都出去，一块走。你们接着办案，好吧——？”

许局长故意把“吧”字的音节拉得长长的。刘队、马队早已心领神会。

三十一

马二哈忍着妻子和孩子的巨大压力，离开家后，立即带环监大队的李春锋队长和环安支队的亢星警官连夜奔袭，长途跋涉，赶至二百公里外的异市K县，调查取证非法倾倒、处理危险废物污染环境案的来龙去脉。让二哈没有想到的是，两年来发生在E县的三起倾倒案，竟都是这一伙儿人所为。一案破三案，这也正是二哈面对骨肉亲情，选择尽快取证破案的因果之一。

经了解得知，犯罪嫌疑人查某、霍某在无危险废物经营许可证，且未办理任何环保手续的情况下，通过QQ化工群承接了K县望图公司处理化工废料的业务。2015年6月查某在没有危险废物运输资质的情况下，驾车与霍某从望图公司101甲基噻唑车间运出化工废料7.4吨，公司支付李某乙处理费4400元。

随后，查某将拉回的7.4吨化工废料长途跋涉偷卸在E县一块农用地上。经取样鉴定，这批化工废料的主要成分为二氯丙烯，与甲公司生产甲基噻唑过程中产生的釜残液成分一致，属危险废物。

2015年10月，查某在无危险废物经营许可证，且未办理相关环保手续的情况下，又从望图公司承接了处置一批冰醋酸的业务，并冒用丙危险废物处置公司的名义与望图公司签订了处理协议。

之后，查某通过QQ化工群与同伙霍某商定，由霍某负责处理这批冰醋酸，约定处理费为每吨400元。霍某通过他人联系，决定向E县一废弃造纸厂内排放冰醋酸。

2016年2月，查某第三次雇佣霍某，在未办理危险废物跨界转移相关手续的情况下，再次将33吨冰醋酸从K县运送到E县，但他们万万没有想到，此次竟然栽在了几名农民手中。

案情大白，二哈分析，查某、霍某在无危险废物经营许可证的情况下，伙同多人违反法律规定，多次随意倾倒危险废物，严重污染环境，其行为均构成污染环境罪。望图公司经理等人提供已停产、不具备贮存危险废物条件的工厂用于贮存危险废物，其行为也已构成污染环境罪的共同犯罪，他们都将被判刑。

三十二

公家的环境污染案破了，自家的儿子失踪案还在雾霾中。

两天来，不仅公安机关、环保局12369热线举报电话，包括吕正天县长在内，都始终关注着楠楠失踪案的进展，而且，众多有关这个案件的线索和可疑情况报告，纷纷通过举报电话和“剑客微友群”急飞而来。这些来自四面八方环保、公安和网格员的信息，汇总起来，不仅为许局长破案提供了参考，而且也为吕正天副县长带来了沉重的思索。有些公众意见，甚至引发了吕县长向县党政一把手和市纪委郑书记汇报的欲望。

“郑局长，昨天中午，有人在三小门口见到楠楠上了一辆出租车，奔C市的方向去了。当时上车的好像只有他一个人。”

“郑局长，刚才110接到一个群众举报，说你早上抓的几个‘纪委’诈骗犯里，有两个与正月初二发案的死人抢红包案有关系。其中一人在E县环保局工作过，还挨过马二哈当队长时的什么处分。”

“郑局长，我们秀美花园小区里有一个陌生男人这两天窜了这楼窜那楼，游动着摆弄手机，很让人怀疑。”

“吕县长，谁的儿女谁不疼，谁的骨肉谁不亲呀，马二哈局长就该不顾亲情去破案吗？这种时候，他先放下工作还要给处分、被问责吗？”

“吕县长，说别的事儿你也可能有不清楚的，说环保的事儿，你是最该清楚的了。过去环保执法难，是法软阻力大。现在执法难，是活重缺能力；过去担心被问责，是有车开不动，司机有证车没油。现在担心被问责，是小马拉大车，把式扬鞭马担责。路没修通、车没装实、路走弯了、活没干好、半道上丢东西，凭什么都让马担责任？东家是干什么的？把式是干什么的？扛长、打短工的是干什么的？这样下去，基层环保不给搞垮了才怪，你们县里不能给环保局加加编、添添车、提提基础保障能力呀？”

“法定职责必须为，法无授权不可为，不管是什么活儿，只要有‘生态’‘环保’‘大气’‘污染’几个字，活儿就全推给环保局，什么事都让环保局牵头，他们有那么大能力吗，他们受得了吗？”

许局长听了、看了高兴。吕县长听了、看了刺心。

连日来，面对环保环境监测、监察既将“垂直”的新情况，吕正天和丁铆局长、马二哈副局长进行过多次商讨……

三十三

环保垂直管理早在猴年春节前便启动了试点预告，但只是人员、车辆冻结，其他事儿还是一如既往。

怎么垂、垂什么，垂之前怎么办、垂之后怎么管？当时还是雾蒙蒙。C市就是试点市，F县和E县当然少不了。

困境重重、困难重重、困惑重重、困扰重重。环保局的困惑，就像是摆在公安局许局长面前的这桩案子，迷雾重重。

二哈确实是个信念坚定、不畏风险、敢于担当的人。

自打环保执法上收的信息正式公开后，二哈始终在关注着这个问题。工作之中、工作之余，他时常在思考着吕县长和同事们给他提出的一系列难题……

在马二哈的认知里，实施省以下环保机构监测监察执法垂直管理，即可以有效地遏制地方环保主义对环境监测监察执法的干预，强化执法能力，也可以突破传统思维局限，认识并逐渐适应现代政府的事中、事后监管方式，最关键的是可以更好地依法落实政府与社会共治责任，让地方政府更加自觉、自愿、主动地推进生态文明建设。

但是，在丁铆局长的心里，却时常为“垂直”二字忧心忡忡。“垂直”后，到底是会“垂腰”，还是“直背”，猜不出、猜不到、猜不透。

“县一级环保监测监察机构上收了，如果环保局不再是县级政府的组成部门了，县政府在环保上也就没有了人、眼、手。县级政府无法及时掌握环境质量和污染源等信息，无法查处环境违法行为，无法发挥属地管理职能，也就无法对本行政区域环境质量负责了。到时候，责任不就都成了上级环保部门的了吗？”

丁铆局长分析得津津有味，马二哈开腔“顶撞”的理由也来得及时、充分:“你有这样的思想可不对。你这种思虑极易把人引入歧途。上级文件不是说了吗，此轮环保改革重在遏制环境管理中的地方保护主义，增强环境监测监察执法的独立性、权威性、公正性，解决环境监管失之于宽、失之于软的问题，提高环境监管的有效性。因此，要达成既定的改革目标，地方政府特别是县一级政府的环保职责职能只能强化，不能弱化。我倒认为，实行省以下环保机构监测监察执法垂直管理制度改革，首先是要县级地方政府对本行政区域的环境质量负责，保证县级以上地方环境保护主管部门对本行政区域环境保护工作实施统一监督管理的法律规定落实到实处。”

“你说的话全是上级文件里的话，现实和法规要求是这样吗？你学一学新《环保法》，你再和我争好不好？”

“强化县一级政府的环保职责，符合相关法律法规的要求。我国现行相关法律法规中，都强调了地方各级人民政府要对本行政区域的环境质量负责。如新《环保法》第六条规定：‘地方各级人民政府应当对本行政区域的环境质量负责。’第十条规定：‘县级以上地方人民政府环境保护主管部门，对本行政区域环境保护工作实施统一的监督管理。’我研读了一下，在新《环保法》中涉及地方政府环境责任的法条多达14条，每一条都有深刻的内涵和很强的针对性，是地方政府履行环境责任的基本依据。2016年1月1日起施行的《大气污染防治法》也对地方政府的主体责任进行了规定。如第三条规定‘地方各级人民政府应当对本行政区域的大气环境质量负责’，第五条规定‘县级以上人民政府环境保护主管部门对大气污染防治实施统一监督管理’。由此，可以看出，地方政府尤其是县级政府，在法律上负有环境保护的主体责任，在环境形势依然严峻的当下，地方政府特别是县一级政府，尤其要承担起环保责任。如果没有县级政府对环境保护负责作为支撑和依托，市、省级政府对环境质量负责就成了空中楼阁，那就真的难以实现对本行政区域的环境质量负责了。”

“你哼哼哼说了大半天，不是又说回来了吗。是不是垂直不垂直，执法都是一个样子呀？”

“你这是掉入就环境问题看环境问题的怪圈圈儿里面去了，没有从产生环境问题的根本原因上说话。”

“那你说说是怎么个理儿？”

“在环境监管中，属地管理和体现独立性的垂直管理并不是非此即彼的关系，而是相互补充的关系。监测监察执法机构也好，环保局机关也好，虽然是垂管、派出了，但仍然要做好相关的环保工作。一个区域的环保工作，也不可能出现没有部门去做的情况。通过改革，绝不是本行政区域的环保工作包括监测监察执法没有机构就去实施了，而是地方上的‘赶超压力’‘政绩饥渴’和发展冲动对环保行政许可、监测监察执法的干扰降低了，发展更能够科学、可持续了，监测数据能够更真实、可信了，监察执法更能够少受地方保护的掣肘了。因此，不管垂直管理的具体设计和实施细节如何，县级地方政府应按照《地方各级人民代表大会和地方各级人民政府组织法》的相关规定，支持、协助设立在本行政区域内的环保局、环境监测机构、环境监察执法监管机构的工作，并且监督其遵守和执行法律和政策。对于环保局、环境监测监察执法机构来说，虽然将来不属于当地政府管理，但对于当地政府推进生态文明建设、加强环境保护的相关工作与活动，仍然要按照环保法等国家法律法规的规定积极参与、履职尽责、抓好落实。”

“停——停——停——这回你说错了。上级文件明确说了，垂直后是以上级环保部门管理班子成员和重点监测、监管任务为主，不是说不属于当地政府管理。你可别曲解……”

“管理是个大概念。监管业务上，肯定是听上级环保部门的。其他的，地方政府也有责任。应该是这样，否则，收个什么劲儿呢？”

“谁主管、谁辅管，让我看就是大婆婆和小婆婆换个座位的事儿，工作还是那么多，事儿还是那些事儿，里外咱都省不了心。守家在地的，将来吃喝拉撒睡，还不都得靠当地管吗？本人、老婆、孩子，还不都得靠当地安排吗？你还想怎么着？”

“瞧你丁大局长说的，当务之急，我个人认为不是考虑个人后路，应该是研究一下垂直管理后，应该解决好什么问题！”

“我没你觉悟高，你是全省环保执法的先进、模范。我找找县里，咱俩换换位置，垂直后，我看你怎么当好这个一把。我去当副职，接你去管执法，不论谁管，我都会省心。”

“丁局长，您这是说哪去了。咱们这是研究工作，不是我对您不尊敬，您可不能这么说。”

“我说的也是心里话。我不是不敢担当，是真的不会担当。早点‘退后儿’，比事到临头，大婆婆不满意，小婆婆断我后路，让我里外受夹板气要好！”

“好的。我这人就是敢较真、认直理儿，你要是真让，我还真敢担起来，到时候，您可别后悔。”

“你要敢担，我就真让。今儿个让了以后，环境监察归上边垂直管理了，说不定我还有升处级的机会。否则，我这就升到头儿了。”

“您这叫欲进则退是吧？那我这叫什么呢？”

“你这叫新生牛犊不怕虎，被问责多了不怕事儿呗！”

“好！您要是这么鼓励我，那咱们还得把垂直管理的事儿再往深处研究研究，到时候，别您一甩手，我也没得救了。”

“反正咱俩说了啥也不算数，研究就研究呗！”

“最近我琢磨了一些问题，‘垂直’改革，我看做好加、减、乘、除法很是重要。”

“怎么个意思？”

“有人认为，实行省以下环保机构监测监察执法垂直管理，主要目的是要上收监测执法权，减少地方政府干预。而我倒认为，此次改革更应该立足于转变政府部门职能。不只是环保机构隶属关系调整，也将涉及地方政府层级间事权、政府相关工作部门间职能、环保系统内部职责运行关系等的调整。眼下，有必要重新梳理、调整地方政府和相关部门职能，做好加减乘除，使职能之间各归其位，各尽其职。”

“怎么个加法？”

“加，就是要提高环保部门的督政地位。简政放权要做到放管结合，尤其是加强事中事后监管，并特别提出环境保护是需要严加监管的重点领域之一。应该赋予环保部门更多的监督权、更高的决策权，把所有涉及环境质量的监测、执法、考核等职责统一归并到环保部门，充分发挥出其对地方政府和相关职能部门履职情况的监督作用。”

“怎么个减法？”

“减，就是为环保部门减责、为企业减负。要把以往集中在环保部门身上，但实际上难以承担的一些职能归类调整到地方政府、综合部门以及各行业主管部门。要精简不必要的管理制度，减少对企业的管理环节，更多地用市场手段去调节企业的环保行为。”

“怎么个乘法？”

“乘，就是要发挥出市场手段和公众参与的乘积效应。要把政府部门拥有的部分权力让渡给市场、企业，放权给社会，发挥市场机制、公众参与以及公众监督的作用，弥补政府失灵现象。”

“怎么个除法？”

“除，就是要破除行业间和行业内的壁垒和隔阂，依靠互联网+环境管理。大多数环境行为可以通过大数据进行科学判断、理性分析和有效管理，这样就能有效解决内部不联网、外部不共享、数据不统一、力量不整合等弊端，进一步提升环保治理能力的现代化水平。总之吧，我个人认为，实行省以下环保机构监测监察执法垂直管理，要促进环保部门督政职能转变，推动建立健全环保工作的社会共治体系。要进一步推进简政放权，正确处理权力和责任匹配、统一的关系，解决地方政府、环保部门以及相关部门工作中存在的缺位、越位和错位问题，合理放权于市场和社会。只有加快生态环保制度改革步伐，进一步明晰各界职能，才有助于推动社会共治，群策群力，早日实现改善环境质量这一根本目标。”

“嘿，你马局长倒真是性子急。上边刚说要垂直，除了冻结人事，其他的还没个说法，你就开始‘早日实现’了。你干脆直接到省里当环保厅长去算了。接我，怕是受委屈了吧！”

“好嘞，丁局长。您也别嫌弃我，也别损我，反正我这也是真心实意地想着自己干的这点事儿。对不对的，先有个备份。”

“好啊，二哈呀，要说这事儿我没有考虑是假，但我越想越担心、越想越后怕也是真。其实垂直面临的问题好多都是明摆着的事儿。不解决好县级环保部门的法律地位问题，不解决好垂直后的公平问题，不解决好垂直后环保部门与地方政府的协作机制问题，不解决好垂直后自身的管理问题和垂直后与现行其他改革之间的关系问题，‘臃肿’不能消、能力跟不上、关系理不顺，到时候还不是小媳妇回娘家——走老路吗？”

“慢慢消吧、慢慢提吧，慢慢理吧，不是一两天的事儿，不然，上级还搞试点蹚路子干什么呢！”

“咱们县就是试点县，一切都慢不了，只是坑人的雾霾去得太慢。”

“快刀斩乱麻，未必就是坏事儿……”

“快也快不了哪去。环保部长在国家两会记者会上说了，环保改革要三年完成。”

“全国是三年，我们市、县今年就要改到位，我看应该先从强化县一级地方政府对环境质量责任上发力。让各部门明白，环境问题是发展问题，环保工作不仅仅是环保部门要做的工作。因此，做好环保工作，绝不仅仅是环保部门的事，而是相关经济部门共同的事，更是政府和各职能部门的事。环境保护规划、政策以及相关措施等，必须统筹纳入发改、组织、人事等部门的相关综合规划与工作考核之中；环境保护投入、建设、发展等必须统筹纳入财政、住建、国土等部门的相关投资计划与建设之中；环境污染防治、自然保护、生态修复等必须统筹纳入工农业、林牧业、矿产业等的生产发展与治理保护之中；环境保护监管、监督、执法等必须统筹纳入工商、城管、公检法的相关日常监管与司法打击违法犯罪之中。为此，要充分发挥各相关部门在生态建设和环境保护工作中的重要作用，形成管资源管环保、管行业管环保、管生产管环保的工作格局。在垂直管理下，县（市、区）政府不仅依然要对本行政区域环境质量负责，而且要进一步强化。在这个关键问题上，不能有半点含糊，一旦含糊了，就会动歪脑筋，出一些监测造假、监察视而不见和类似于问题跑道等等一系列毛病。”

“造假也好，问题跑道也好，监察跑风漏气、视而不见也好，缺少的都不是技术，也不是法规、标准，是‘德’、是‘担’。”

丁局长、马二哈那儿正你来我往说得热闹，值班员推门进来喊道：“马局长，又出事儿了，二道河子的代工厂发生爆炸事故了。省环监局已经知道信儿了，派来的人，正往我们这儿赶呢……

三十四

二哈的心思，一天到晚，全都用在了工作上。家里的事儿，孩子的事儿，他很少上心。尽管说二哈的精神状态、生活状态、工作状态，乃至对环保未来的信心，始终是积极的、向上的、亢奋的。但也免不了工作出成果，后院会起火。就在楠楠失踪那几天，二哈还突然接到一封陌生人写来的长信。看过后他才明白，信是原来接他之任当环监大队大队长的常晋国的内弟万勇写来的。万勇在部队服役，市政法大学毕业的专科高才生，知法懂法，但面临军队裁军三十万，他可能要面临转业。信中说：“过去很多战友转业送礼要求进环保，现在是主动要求不去环保。是真的吗？”万勇很是迷惘。面对现实问题的抉择，他想让马二哈局长为他支招出主意。二哈一边处理着工作、一边找楠楠，还一边聚神深思，结合常晋国当年转业时对他敞开心扉讲述的体会，及时给万勇回了这样一封长信：

万勇：

你好！

感谢你对我的信任。

环保系统，是转业干部相对集中的地方。转业军人是环保执法的有生力量，他们最可贵的品质是忠诚、实干、不计得失。从绿色军营到绿色环保，你的姐夫常晋国同志，用奉献与牺牲、担当与尽责，谱写了一曲壮丽的、转业不褪色的绿色奉献进行曲。直到今日，我们环保人，仍然十分佩服他，仍然在进行着他为此拼搏的未竟事业。实话告诉你，像你这样的法学高才生，环保执法队伍是奇缺的。也是环保提升执法能力最期待的人才。

转业，现实问题摆在眼前，你将作何选择？？？

走还是留？成为许多军人纠结的问题。

如果要走，走向哪里？能干什么？

如果条件允许，是选计划安置？自主择业？？还是退休？？？

选择一种安置方式，就选择了一种生活方式。

人生又到了十字路口，你和你的战友，准备好了吗？

或许，你正为这最现实的问题而烦恼，今天，二哈哥和你一起来捋一捋，“饭碗”问题。

“饭碗”是生存的前提。军转干部都有“饭碗”，但“饭碗”与“饭碗”毕竟不同。你的选择决定了所端饭碗的材质。以下是我的个人分析，仅供参考。

A、计划安置=瓷饭碗：

计划安置就是从一种体制进入另一种体制。简而言之，就是端体制内的“饭碗”。体制内的“饭碗”是什么材质？有人认为是很稳当的“铁饭碗”，甚至觉得是“金饭碗”，我偏认为它是“瓷饭碗”。

B、自主择业=铁饭碗+泥巴碗：

自主择业为啥算“铁饭碗”，因为有一笔钱叫“退役金”，数目不算少，年年有“滚动”，且一直拿到你死。你说“铁不铁”？

自主择业还可选择创业或者再就业，只要你精力旺盛，白天上个班，晚上开“滴滴”，身兼数职都行。这样，你又多端一个“泥巴碗”。

C、退休=木饭碗：

能在部队干到光荣退休，那算革命成功，功德圆满了。但，要是“混”到那一天，那就“枉在人间走一遭了”。

我把退休等于木饭碗，是因为“木饭碗”打不烂，但也无法升“质”，而且一旦选择端这个碗，就意味着“仅此一碗，别无它选”，如果端了其他的碗，比如做生意，那就违规了。

如果，你可以在退休与自主、计划安置中选择，请一定三思：饭碗有风险，选择需慎重！

你和战友们考虑的可能还有“圈子”问题。

人是群居动物，活的就是一个圈子。不一样的圈子有不一样的精彩。

听你姐夫转业时讲过，“自主”虽好，但就怕生活的圈子越来越小，越来越落寞。

所以，“圈子”问题就成了大家选择何种安置方式的一个重要因素。

“圈子”，其实就是一个社会网络。在这张网络中，被需要、被赞赏、被认可，你会有一种存在感的幸福。因此，很多人都看重自己的圈子，很多人都希望自己的圈子越来越大。

如何得到“圈子”？大都认为，有一份稳定的工作，有一个能发挥作用的平台才能编织出自己的人脉网，而圈子也就形成了。

所以，大家觉得，选择计划安置，“圈子”会来得更容易。

那么，选择自主择业，“圈子”会越来越小吗？我不这么认为。首先，自主择业，还是要择业，不管是创业还是就业（一心在家颐养天年的除外），都需要与人结伴而行。一路同行下来，志同道合的人越来越多，你的圈子会小吗？

还有，我认为，决定“圈子”大小的核心不是岗位、权力和地位，而是你的情趣爱好和你的人品。

机遇总是垂青有准备的人。当你把前景描绘好的时候，把困难估计足的时候，你离成功就不远了。

转业：不是路已走到了尽头，而是该转弯了！

转个弯，前面还有不一样的风景。

生命，就是一个过程。

你是否在想——在有限的生命里，转业到环保来，发挥你的才干，弥补环保执法内行力量的不足，同时，也使自己领略更多的风景！！

发出信，二哈心里荡出的滋味蕴含了苦辣酸甜，但他也真心期盼着万勇的抉择与到来。此时，二哈的激昂精神，似乎让我想起几年前，他用《百首红歌大联名，披荆斩棘赞环保》演讲时的激昂景况。

但此时，常队长的内弟万勇，怎么也不会想到，此时的马二哈，竟然是在急迫与痛苦之中，忍受着丢失儿子的困扰，给他写出这封情真意切的书信的。对逝去战友的尊重，对献身国防热血男儿的帮助的责任感，对做好环保事业的渴求，集结到一点，此时能让二哈完整表达的，似乎只有忍痛与尽心。

三十五

许局长在公安口上干了38年，还是头一回碰上这么难和谜的案件。尽管结果是一案破多案、一案解多谜，但其间费劲的周折，是他和公安局每一个人都没有想到的。太复杂了。个案间彼此都有关联，但同时也一码是一码。整个案件侦破从2月29日，一直持续到3月3日，三四天，许局长和大家连轴转，除了在途中车上，大家几乎都没合过眼。

3月1日凌晨，许局长以出去到室外透透风为名，让所谓市纪委办案人员放松压力，让刘队、马队继续在秀美花园小区2号楼2单元302室，监督在场的五人相互打电话，目的是想验证这五人中，是否有那个给死人发包、向马二哈索要赎金的神秘手机号码的人。但与此同时，他带小牛走出房间后，立即做了两件事：一是给市纪委郑书记打了电话，验证市纪委是否真的派了人来E县，查办E县发红包行贿案。二是在得到郑书记“肯定没有”的答复后，他判定这很可能是一宗冒充纪委的敲诈案。于是，他立马布置警力，实施抓捕行动。与此同时，许局长也在幻想着，一案破两案，把楠楠救回来。

二十分钟后，当302室的几名嫌疑人还在刘队、马队的监看下，相互打手机的时候，楼下突然传来持续不断的警笛声。几名嫌疑人还没闹清楚是怎么一回事儿，十多名身着制服的警察，便在刘队长事先接到许局长“抓人”信息后，严密布防，开门带人。

“许局长，这有点太误会了吧？”

“是不是误会，到公安局再说。”

三十六

事情果真是如此，但又不是完全如此。

果真如此的，这就是一桩三名不法人员冒充市纪委人员，借街头谣传的给死人发红包行贿案，对胡度和徐二或实施的骗财案。但又不完全如此的是，此案与楠楠失踪案毫无关联，楠楠失踪案仍是一桩难破的谜案。

“你们为什么要冒充市纪委调查胡度和徐二或的红包案？”

“我们是在行使正当的公民监督政府公务人员的权利。”

“这挨得上吗？深更半夜，你们三人把人家胡、徐二人骗到小区来调查人家廉洁问题，你们有这个权利吗？”

“有啊，公众监督，黑社会的人都有权。”

“你们采取这种方法、手段合法吗？”

“合不合法我不清楚，全民治霾、全民反腐，人人有责。方法不对可以改。你们纪委和公安联合办案都查不清的案子，我们一夜就给查清楚了，这应该是贡献吧？行了，行了，询问笔录我们移交，放我们走人。方法不对，以后我们也不再干了，这总可以了吧？”

“这不可以！”领头的大个醉汉正和刘队狡辩，马队带着胡度、徐二或走进审讯室。

“说说吧！”马队用手一指胡度。

“他们昨天给我打电话，说是市纪委派来三个人，作为专案组，要求我昨天下午六点，从F县赶到E县秀美花园小区2号楼2单元302房间，接受调查。还要求我要保密，不要对外人讲，否则，后果自负。我和徐二或先后到达后，他们三人先是拿出市纪委公文、公章，然后要求我们如实交代发红包、开红包行贿的事实。开始我不想讲，他们三人就轮番踢我、打我。后来，徐二或交代了每天去殡仪馆开红包的事儿，我一直想不起来那天那几个红包是怎么从我手机上发出去的，没法深讲，只讲了康求德等人和我喝酒时，曾要求我发红包行贿的事儿。但我真的说不清，他们总是打我，我就瞎编了一通。”

“就这些？”马队问。

“不，还有。他们做了笔录后，又要求我们和他们三人一起喝啤酒。说是要想把事儿压住，让我们俩人，每人于今天上午12点前，给他们送15万元封口费，这事儿就算过去了。否则，马上把案卷向市纪委报告，‘双规’我俩。结果，我俩还没来得及去取钱，你们公安就来了。”

“有凭证吗？”

“有。”胡度和马二哈同时从上衣口袋中掏出一张“封口保证书”，内容基本和胡度讲的相同。封口保证人的签名是：蒙士仁、钱来道、乔笑天。

“你还有什么狡辩的？”刘队问。

大分头此时已哑口无言。这时，他的另外两名同伙也被小牛带来，后边跟着许局长。

“好好交代吧，这样的事儿干多少回了？”许局问。

“唉，昨天租房子时我就听说那个房间死过两名癌症病人，真他妈不吉利。三年了，没想到栽在这儿。”

“大哥，说了吧，我们全说了。”

“你们他妈全说了还让我说啥？”事已至此，大分头转头怒向许局长，“要不是官场上行贿、受贿的心虚，要不是政府工作人员害怕纪委，要不是有人缺正气，能有这么多人听我摆布，让汇钱就汇钱、让来交代问题就乖乖地来吗？我们诈骗有罪跑不了，但我们怎么能把你们办不成的案子办成了呢？”

“你打人，真纪委和公安局不打人。”徐二或抢先说。

三十七

马二哈和李春锋队长分别从外地回来，听说公安局已把敲诈钱财的犯罪嫌疑人抓住了，非常兴奋，可见了徐局长后，心情立马又阴霾密布起来。

孩子的安危不仅牵扯着马二哈两口子、他们亲戚和环保局、公安局人员的心，也让吕正天县长几天来忧心忡忡。吕县长还多次催促盼姐：“快去帮助找找吧，快去发动环保志愿者找，一块去找。”

盼姐知道马二哈一家和自己弟弟甄会民一家的关系来往甚密，也知道两家的孩子大楠楠和小楠楠经常一起，玩得很投机。特别是她听说大楠楠失踪前还和小楠楠通过电话，便两次专门来到弟弟家，了解相关情况。

头天来，弟弟、弟媳告诉她：“公安局的刚走，小楠楠也承认和大楠楠通过电话，但不承认见过大楠楠。”

到了第四天，公安局已经抓住了打电话恐吓威胁马二哈，要他出赎金换孩子的犯罪嫌疑人。但那人只承认打过恐吓电话、发过戏弄二哈的微信，根本不承认绑架了楠楠。面对许局长的询问，被抓人金虎交代说：“我是受人之托，使人钱财，帮人办事儿，根本不知道二哈的儿子长什么样子。你们快去找孩子吧，别误事儿。”

“金虎是谁？”弟媳问盼姐。

“细节我不知道，好像与康求德有关系。我还听说，好像他与给死人发红包的事儿也有关系，两次用的是同一个手机号码。”

“抓住了金虎，红包案就可告破了？”

“听说是，但不知内情。现在大家最关心的不是红包案了，都在盯着大楠楠失踪这个事儿。”

“盼姐，你说现在这小孩们怎么这么缺情少义的。大楠楠失踪的这件事儿，小楠楠都清楚，春节这几天两个人还天天泡在一块玩儿抢红包。这两天，大楠楠找不到了，小楠楠却一点也看不出着急，我去街上帮助找人，她不但不去，还说不会有事儿。这几天她还特别能吃能喝的。我提醒她，小孩子要从小学会讲感情、讲亲情，不能啥事儿都像与己无关一样，天天就知道玩儿。你猜她说什么？”

“她说什么？”

“她说，当大人的、当老人的，别老为儿女操那么多心。儿孙必有儿孙福。楠楠大哥哥是了不起的小剑客，不会出事的。好像这事儿在她心里就一点没动烟火。”

“刚才你说什么？小楠楠这几天还特别能吃能喝的？”

“是啊，不光饭量上涨，能吃能喝，而且还闹着要和我搞分餐制，不在餐桌和我一起吃饭，端盘带碗，躲到自己住的屋里去单吃。”

“妹子呀，怕不是这里边有什么情况吧？”

“会有什么情况？”

“你去她屋里看着她吃那么多饭菜了吗？”

“去过，我也偷查过她，没发现有什么不对劲儿的情况。”

“小楠楠在家吗？”

“在自己屋里和同学玩抢红包哪！”

“我看看孩子。”

弟媳带着盼姐敲开小楠楠的屋门。

“楠楠，盼姨看你来了！”

“盼姨好。”

“楠楠，幼儿园开学了吗？”

“开了。”

“今天是周一，怎么没去上学呀？”

“早上起床她说拉肚子，我帮她向老师请一天假。”

“楠楠，你大楠楠哥哥找不到了，你想他吗？”

“盼姨，看您急的。我楠楠大哥哥是小剑客。能辟邪除霾，啥事儿都不会有。说不定明天就上学去了！”

三十八

盼姐是个有心计的人。她是人离开了甄家，可心里却始终对弟媳讲的小楠楠的异常饭量和小楠楠的突然请假、平淡的心态和她反复强调的“楠楠大哥哥不会有事儿”心持猜疑、猜测、猜想和不解。她把这些异常的情况和自己的想法，马上用电话转告给了马二哈，马二哈“零耽误”，又报给了许局长。许局长知情后立即招来刘队、马队，没容得多商量，几个人开车直奔甄家。

又是惊人的一幕出现了……

三十九

盼姐先前和弟媳讲的，许局长他们巧设陷阱，抓住神秘电话敲诈人的过程，也十分具有戏剧性。

那天，马二哈办案回来前，许局长根据敲诈人手机时开时关的特性，故意连续以马二哈的名义，给那个神秘手机号发短信、微信，以钱准备好放在哪个位置、地点为名，诱导敲诈人，先后去县城三个有摄像装置的场地去取钱。

犯罪嫌疑人起初不相信马二哈真的会主动给他10万元钱，反复用短信、微信试探。结果，他试探的时间越长，许局长他们对他所在位置定位越准确。折腾了一上午，最终在朝阳商场外大街上的一个垃圾桶边儿上把犯罪嫌疑人抓了个正着儿。虽然许局长期待的是一案破两案，人质无伤害，但审讯的结果却让许局长很是惋惜。

折腾了快一个正月的发红包行贿、受贿案，在抓住了康求德的表兄弟仇皮后，终于就此真相大白。但楠楠的失踪之谜，仍未能解开。

抓住了仇皮，根据仇皮的交代，许局长又及时批示，去抓幕后操手康求德。对康、仇二人的询问笔录，已经对上了账。F县大气办的胡度，为此还摆脱了涉嫌用红包行贿犯罪的嫌疑。

四十

那天，也就是大年之夜。康求德用微信唤来仇皮后又唤来胡度，三个人喝得似乎都已大醉之时，康求德突然以十分关心的口吻对胡度说：“胡老弟，你节前下了那么大工夫帮新来的候县长治雾霾，污染状况好不容易好了，你应该借过节的机会谢谢人家徐二或工程师。”

胡度当时酒已大醉，趴在桌上半醒半迷糊。随口问道：“我谢他干吗？”

“人家帮你大气办的忙，让E县的空气质量持续向好。”

“怎么个谢法呀？”

“你自己拿个注意吧。我们喝水是为了活着，我们喝茶是为了活得更好。我们喝酒是为了友情，我们发红包是为了更好的友情。”

“听你的意思是发红包更好呗？”

“给他发红包，发大红包。”

“好，应该谢，应该发！但我没钱呀。”

“咱还缺钱吗，我给你。”

“谢吧！谢吧！”胡度虽然嘴上在说“应该发”，可两只手早已不听使唤，不一会儿，就呼呼大睡起来。第二天，当他接到所谓举报人指点他发错了红包后，他怎么也想不起来自己给徐二或发红包的过程。但作为朋友，既然已答应了的事儿，就应该办好、办到位。胡度就是出于这样的“哥们义气”的想法，才暗暗默认了给对方发红包做报酬，请求对方转发红包的。

其实，仇皮用的这个手机号码胡度从来也没见过。他是糊里糊涂地就上了康求德和仇皮既行贿徐二或，又嫁祸胡度的“一箭双雕”之当的。

那天，三个人喝完了两瓶白酒，但大部分是让胡度和仇皮喝了，康求德根本没喝多少。

酒这东西越喝越热乎。

“小兄弟，用钱花，想当官，找我。钱现成的，不求人。想当官，侯县长那儿我一句话，大气办主任你当没问题。”康求德拍着胡度的后脑壳说。

“有事儿说，没问题就是没问题。”仇皮也学着康求德的样子吹讪起来，“闯红灯、酒驾、乱停车、在城里开黄标车，被扣分找我，交警支队那儿，我一句话能摆平都不算完事儿，哥几个去了，队长还得请客赔礼、道歉、发红包。”

“谢谢两位大哥啦！”此时，胡度虽然舌头长在口里有点绕不过来，但还是强撑着表态，“两位老兄，咱是微友，患难与共。我胡度别的事儿干不了，治理大气污染还是摸出了点门道。两位老哥帮我，我也不能不回报，我也能办一些小事。”

“能办啥事儿？老弟说说。”康求德故意插话，挑逗胡度。

“谁没个仨亲的俩厚的，你们家里要是死了人，想烧，找我，殡仪馆的馆长是我哥们儿，不用排队……”

“说啥呢兄弟，别老是死死的、烧烧的。喝酒。”

“康大哥，国——家——九——九——九……”

“仇皮，给胡老弟倒酒啊，他不是说要加——加——加酒呢吗！”

“不——不——我是说，国家九部委出台新招儿了，鼓励家庭成员死了合葬，不留骨——骨——骨灰。您家哥们儿弟兄多，孩子多，情人更多，抓住这个机会，用好政策，说不定又能挣一笔大——大——大钱……”

“玩蛋去吧，你真他妈是喝到位了。说点别的。”康求德有点上火。

胡度醉了、睡实了。仇皮用胡度手机向他手机上转红包的事儿也办完了。临走时，康求德恶狠狠地指着胡度骂道：“这回有好戏看了。看谁生谁死，看谁去火葬场，看他妈先烧谁，你就等着和你胡叔叔一块合葬吧！叫他妈你啥哥们都敢交，啥酒都敢喝，啥包都敢发、啥钱都敢抢，啥官都想当。”

话毕，康求德又把手指转向仇皮，“别稀里糊涂的，快开机、快转发、快交涉、快举报、快关机。记住，不许用这个手机给任何熟人打电话！”

四十一

前边说过一句话，许局长在公安局干了38年，没碰上过这么复杂加巧合的连环案。但更让许局长和公安人员、马二哈一家、甄会民两口子和所有知情人没有想到的是，当晚当许局长带着大队人马十万火急地降临甄家，突然推开小楠楠的住室房门时，小楠楠正蹲在床边上，用小勺子一口口地给床下一个只见头脸的男孩子喂食二米粥呢。见这么多公安人员突然进屋，小楠楠突然大叫一声："坏了，露馅儿了！"

但此时此刻，床下的男孩子却不慌不忙地爬出来，站起身，一边扑打身上的灰尘，一边沉静地说："这么多警察叔叔来接我呀，吓死宝宝啦！"

真是让人哭笑不得呀！公安局、环保局、众多亲朋好友和环保志愿者忙活了几天几夜要找的楠楠，此时竟安然无恙地趴在甄家床下喝着二米粥哪。

案子破了，但在场的人，却谁也高兴不起来。

"楠楠，你搞这恶作剧为的啥呀？"许局长问。

"过节放假老师留的作业太多，我光抢红包了，没做完。上学第一天上午，老师说下午考试，考完了还要排名并向家长通报，考不好的，要把家长叫到学校来问责。'问责'太吓人了。我怕考不好回家后妈妈再让我咬核桃，我更担心我爸爸新年又被问责，干脆就不参加考试了，看你老师还怎么问责我爸。于是我就躲到小楠楠家来了。"

天哪，可恨的红包。可怕的问责。在场的人无不惊悚：环保局长的儿子怕爸爸被问责，竟玩失踪，难道互联网上抢红包的游戏是祸首吗？

坦然、淡然、默然、谙然、忽然……

家里藏着个大活人，好几天，做家长的竟全然被孩子骗了，全然不知，小楠楠的妈妈深感愧疚："大楠楠，让你受委屈了。"

"谢谢阿姨，谢谢小妹妹，伙食挺好的。"

哭笑不得。公安局许局长和刚赶到现场的环保局长丁铆正对此面面相觑，大家都突然有了一种莫名的感觉：大人们忙于工作，和孩子们的沟通太少了，欠孩子的太多了。此刻，许局长的电话突然大作，"许局长，内奸找到了。"来电人是看守所的李所长。

"内奸是谁呀？是怎么挂拉上的？"

"是副所长钱易来造成的。毛病出在钱易来在手机上收了人家一个红包，然后指使犯罪嫌疑人送来一盆红烧肉，把串供词事先藏到肉里了。"

"真是可耻！先看起来，我马上过去……"

四十二

红包案让胡度在人生见识中增强了面对负面人生的免疫力。这中间，公安局的许局长不仅及时侦破了案件，还成为了胡度人生进步的导师。

此时，行进在办案途中的许局长，在车中摇摇晃晃地给胡度编发了一条"专供"微信：

> 没输过的人，也可能会输得一塌糊涂；没摔过跤的人，跌倒了往往爬不起来；没体会过饥寒的人，贫困注定会成为你的归宿；没历经治霾的人，属于你的蓝天可能还会长久。什么被你轻视了，终会被你看重；只要你专注于一个正直的方向，终会比别人走得远些。一个人，能抓住希望的只有自己，能放弃希望也只有自己。怨恨、悔恨只会让自己失去更多。无论摔倒有多痛，我们都有理由为自己喝彩！跌倒了，不要紧，爬起来继续风雨兼程，且歌且行。擦亮你的眼睛，别让雾霾

迷茫蛊惑了自己。只有心中有岸，才会有渡口，才会有船只，才会有明天……相信自己的坚强，但也不要拒绝眼泪；相信官位与物质的美好，但不要倾其迷茫；相信人与人之间的真诚，也要学会辨别虚伪；相信努力会成功，但也要学会面对失败；相信命运的公平，但也不要忘了，当一扇门。学会接受残缺，是人生的成熟。人无完人，缺憾是人生的常态。人生有成就有败，有聚就有散，有雾就有霾。与其担心雾霾，不如现在尽快行动。这条路上，只有奋斗才能给你健康。不要把霾去的梦想寄托在他人身上，因为健康是大家的。别忘了自己要奋斗的目标，别忘记自己领取薪酬的责任，不管有多难，有多远，霾一定会成为你的俘虏。

许局长的微信发出不足半小时，胡度便回复了许局长：

感谢许局长的指教。人间的路，深一脚，浅一脚，步步皆是故事；人间的情，亲一时，疏一时，时时皆是因缘；人间的缘，善一段，恶一段，段段皆是注定；人间的事，明白一阵，糊涂一阵，阵阵都有因果来报。我不再去试探人心，它会让我失望。掏心掏肺对一个人，会得到一生的知己，有时也会换来一生的教训。雾霾之中，有些事理儿知道了才好。我不想多说。做好自己该做的，时间会验证一切的一切！有人曾对我说，人在没钱的时候，把勤舍出去，钱就来了。——这叫天道酬勤。当有钱的时候，把钱舍出去，人就来了。——这叫轻财聚人。当有人的时候，把爱舍出去，事业就来了。——这叫厚德载物。当事业成功后，把智慧舍出去，喜悦就来了。——这叫德行天下。没有舍、就没有得！我知道了这个理儿，我也知道，这个理儿，有时也会变形。我会记住您的话，做人，不一定要风风光光，但一定要堂堂正正。处事，不一定要尽善尽美，但一定要问心无愧。以真诚的心，对待身边的每一个人。世界是圆的，雾霾是暂时的，珍惜当下，珍惜事业，心存感恩。今天是正月十五，是史传“填仓节”，寓意今年大丰收，所以，今天又有人放鞭炮。在此，我也为您多破案件为民造福而祝福。

俗话说，凡恶必露。公安局里也有埋不住的事儿。果然，围绕红包引发的系列案件被逐一侦破的消息，虽然还未经媒体发布，C市的许多人，就已经传得沸沸扬扬。许局长正在细心品味胡度的微信，当了E县副县长的的哥郝大侃，此时也给许局长发来一段耐人寻味的微信：

生命是一片树叶，绿了枯了，可能是肥，可能是霾，必然；

青春是一朵鲜花，开了谢了，可能是粉，可能是尘，天然；

金钱是一班列车，进了出了，可能是气，可能是烟，淡然；

往事是一道风景，远了忘了，可能是雾，可能是雨，嫣然；

事业是一场博弈，输了赢了，可能是氧，可能是祸，坦然；

感情是一杯茶水，浓了淡了，可能是硫，可能是酸，自然；

生活是一个漏斗，得了失了，可能是硝，可能是氮，怡然；

祝福是一条短信，看了笑了，可能是晴，可能是阴，灿然；

发展是一条曲线，弯了直了，可能是污，可能是钱，突然；

污霾是一桩案件，来了破了，可能是PM10，可能是PM2.5，果然！

唯一让人遗憾的是：漏风是一个怪物，外人内人，可能为名，可能为利，真然！

治霾的路还很长。但，防奸保密、反腐正风的路，也不是风，可能更长。

手机炒鸡蛋

四十三

胡阵雨总结各地防霾治污正反两方面经验，所编写的治霾民谣和环保法规、科普知识，在印成上万副扑克牌四处散发后，收到了广泛的宣传效果。郝大侃听说后，还专门找老胡要了30盒扑克，分发给C市四套班子领导。由于是老胡自费编印，给公众免费发，老胡的作品，这两年成了广场文化的主角。几段乐曲相伴的广场舞之后，大家三五成群，一边玩扑克，一边学知识、背民谣，其乐融融、其教融融、其获融融。这天，盼姐给大铃铛队长出主意，建议大铃铛队长，因势利导，借用老胡扑克牌上的环保知识、治霾民谣，再组织一场以环保志愿者宣传队队员为主，吸纳周边群众参加的“背扑克”竞赛活动。

“这主意太给力了。盼姐，你是怎么想出来的？”

“瞎咋呼什么？我这主意不是什么新鲜招儿，去年端午不是搞过一次了吗？要说新，是老胡印扑克的创意又添加内容，又创新了。”

“现在一提搞活动，我心里就胆小，老怕节外生枝。”大铃铛说。

“不要怕，关键是要调和好矛盾，不要斗气。告诉大家伙儿，谁也别太计较。”盼姐说。

“盼姐呀，您搞比赛的这主意太给我面子了。您去年这一搞，在公众心中，又重新树立了我的良好形象，让我这颗愧疚的心，得到一丝安慰。感谢盼姐，感谢大铃铛队长。”胡阵雨似乎一下子从抑郁中解脱了一般，当场表态：“比赛就得发奖。我再出一个月工资，买点手帕，买点水杯子，买点高档口罩，做奖品，支持竞赛一把如何？”

“老胡啊——说一千、道一万，你还是当过领导干部啊——就是有这个觉悟。咱们就这样说定了。准备一周，下周就搞。”

“好！不过这次要注意保密，可千万别再出大丑婆和老黄手机炒鸡蛋的笑料。”

“听说大丑婆让闺女、女婿带着出去旅游去了，不在家……”

四十四

鸡年惊蛰来了。在京津冀地区，民间把这个二十四节气中的第三个节气很是看重。因为，惊蛰一般赶在乍寒乍暖、气温回升、湿热空气势力较强期的3月5、6日。民间有“春雷惊春虫”“未过惊蛰先打雷，四十九天云不开”“惊蛰刮北风，从头另过冬”和“到了惊蛰节，锄头不停歇”之说。现今数年，当地人把过去传下的季节不等人，一刻值千金及防旱保墒的宝贵经验，运用到了防霾治污上。数年间，C市每逢惊蛰这一天，盼姐他们都早早起床，走上广场，聚会谈污论霾。因为传说中，还有惊蛰时节也是各种病毒和细菌活跃季节之说，所以，人们自然而然地便把防病与治霾联系到了一块儿。因此，盼姐和大铃铛商量着，把“背扑克比赛”日定在惊蛰这一天，也就更加彰显意味深长了。

“大铃铛，响当当，认节气，治霾忙。声儿惊人，事儿惊心，为健康，向前拼……”一大早，老黄的见面礼，让大铃铛队长很是开心。她甜甜地笑着对老黄说：“是咱盼姐定的事儿、定的日子，可别把功劳记我头上。”

盼姐听后一边摆手一边说:“大队长今天可得好好表现表现主持天才，别被老黄的油腔滑调迷惑着喽。”

此时，广场上足已聚集了二三百人。同时，比赛场地上，还有些烘托现场气氛的布置。借树拉绳，广场三面挂起了上百面三角形小彩旗。正面为南，还挂起了一条标语，上书:学法治霾“背扑克大赛”。大铃铛当然是当仁不让的主持人。她声音大，不用话筒，发声就能响彻广场。场地上还专门设了个裁判席，老胡坐中间，一看就是首席裁判。老黄和盼姐，分坐他左右，当副裁判。

你可以不单纯，但你善良；
你可以不漂亮，但你健康；
你可以不完美，但有梦想；
你可以不富裕，但你努力；
你可以不温情，但你真诚；
你可以去忧伤，但你坚强。
做人当自强。
自己强，比什么都强。
脚下的路，没人替你决定方向；
心中的霾，没人替你敷药疗伤。
雾霾中没人替你呼吸，
经历多，懂得才能多，
阅历多，见识才能广。
永远记住，
自强自立，用能力说话，
才不会被别人践踏；
自尊自爱，以豁达与人，
人脉才能锦上添花。

不求事事顺利，但求事事尽心；

卸下包袱，离开枷锁，

只要问心无愧别在乎太多；

不卑不亢，不慌不忙，

一步一个脚窝，让雾霾远去，让自己变得更强……

大铃铛的开场白十分独特。在场的数百人，多是老头老太太，有人知道胡县长，有人根本只知道大铃铛的开场白是针对雾霾而来，不知道内涵还有什么涉及胡县长的弦外之音。胡阵雨听着大铃铛的诗白，脸红红的，闹不清是心愧，还是感动。

“背扑克比赛现在开始。比赛的背景意义、内容，大家去年就知道了，我就不多说了。大家先鼓掌感谢老胡的智慧与劳动，让大家受益。然后，我就宣布比赛规则。”掌声过后，大铃铛接着说道：“比赛规则还是那两条。第一，我喊扑克牌数码后，第一个跑上场的，就可以抢答。不用举手，不用点名，不用谦让。上来的人答不对，下来的人可以再上来抢答，直到答对了完事儿，然后发奖。第二，一个人连续三次答对的，发一等奖，发一个价值百元的玻璃杯子；一个人连续两次答对了的，发一个口罩，发一块手帕；一个人只答对一次的，只发一块手帕。”

“那一等奖是得一个东西，还是得三件东西呀？大铃铛你没说明白呀。”

“老黄，我怎么说不明白了？就你清楚是吧？次次都给奖，这不是明摆着呢吗！”

“那人家要答对四个、五个、六个题呢？”

“从头来，再奖一轮儿。三次为一轮。”

“这回明白了吗？”

“明白了，明白了！”

“人家老黄问得对，刚才大铃铛就是没说明白。”

“大铃铛是官升脾气涨，原来她也挺温柔的。”

“她是嫌老黄倒嘴气她。快找骂了。”

“哈哈哈……没老黄不热闹，没大铃铛镇不住老黄；没老黄闹不起大浪，少了大丑婆的‘滚粗’，老黄的手机炒不了鸡蛋……”

“谁再揭我老底我可生气啦！”老黄瞪眼瞧着大音箱。

“别乱吵吵了，再闹哄，我撤了他当裁判的资格。”

大铃铛一嗓子，立刻把老黄镇住了。他半低头，偷翻眼，看大铃铛是不是要和他动真的……

“第一题：方片A。”

伴随着大铃铛的叫题，一个六七十岁的老汉腾地从前排站起，跑到场地中央。可是，还没等他开口，场上一名老太太，就率先站在人群中答道：

雾是雾，
霾是霾，
霾靠雾儿留下来。
霾是霾，
雾是雾，
风吹霾儿留不住。
下雾天，
留霾天，
天留我不留……

“哈哈哈，违规了，违规了，应该跑上来答。”

“那这奖怎么算？我没听见大铃铛说非得上场去答呀。”

“只允许这一回，下次就不算了。下次谁再违规，明早上在广场上跳舞时，让谁给大家看包、看衣服。”大铃铛话刚出口，那老头不干了，他掖着脖梗子冲大铃铛喊道：“那我这奖给不给？”

“给、给、给，不过您得再背一遍才算。”

老头背完了，和老太太一起，各得一块手帕。事儿总算平息了。

“第二题：梅花7。”

这次跑上来答题的是个中年妇女，她胸前还抱了个男娃娃：

霾走了，
霾来了，
反反复复伤孩子。
霾儿轻，
霾儿重，
害得老人得重病。
霾伤爹，
霾伤妈，
霾儿最终害大家……

“这不是老黄家的儿媳妇吗？是不是老黄当裁判，又提前把题漏风了？她怎么知道要考梅花7？”

“这真不保准！”

“我看不像。”

听着人们的非议，老黄气得直瞪眼，“考哪个题，是大铃铛定的，我知道个屁。”

“你平时就爱干这个，瞎给别人挑刺儿，这回你也涉嫌作弊了吧？”

“你老实交代，否则，我把大丑婆找来，让她拿鸡蛋砸你。”

“得得得，咱好男不和女斗，你也别老是拿守活寡的大丑婆吓唬我……”

四十五

“啵一口”——康求德的老婆——大丑婆，自从康求德锒铛入狱后，再不像以前那样张狂了，也不像以前那样每天早上六点多、每天傍黑儿五点多，有规律地出门到广场去散步、去游逛，去招事儿生非，去找茬骂人了。她现在出门，怕人认出，头上还时常围个黄毛巾，戴个大墨镜，把头脸包严实，一个人拖着她肥胖的肉体，小步快行，到广场上躲躲茫茫转上两圈，然后悄悄回家。

大丑婆因为儿子康生在小区院内搞烧烤和老黄家闹矛盾，康生动刀子伤害了老黄的儿子黄标后，被判刑，至此，康黄两家结下冤仇。此前，也就是“啵一口”被抓入狱前，大丑婆还经常故意到老黄家找闲茬，向老黄“滚粗”要人。同时，大丑婆还对大铃铛批评她在小区院内的花坛中毁花种菜，一直表示不满，继而和大铃铛所带的环保志愿者团队，也结下冤气。

今天在广场上，大家伙儿拿大丑婆来吓唬老黄，来由就是大丑婆不讲理的泼妇劲儿，早已闹腾得老黄打心眼儿里够够的了，简直到了谁一提到“炒鸡蛋”和“大丑婆”几个字，老黄就有点心惊肉跳的程度。

大丑婆耍泼妇的招法很不一般，她那张会骂街的臭嘴很令老黄生怯，羊年端午节，大铃铛和老黄他们在时代广场上第一次搞“扑克谣”宣传活动时，大丑婆竟使出泼妇熊招儿，用鸡蛋炒场子，搅得环保志愿者们精心组织的一场环保宣传活动，结果不欢而散。时至今日，只要有人一和老黄谈起那天的场面，老黄都会连气带吓，一声不吭地听人召唤……

四十六

老黄嘴上说着不怕大丑婆，此时心绪早飞到大丑婆身上去了。

广场上，你问我答的热烈场面，对此时的老黄，好像没有一点吸引力似的。

“第三题：梅花J。”

“老黄应该抢这道题呀！”人们看到，老黄正在那里发呆之时，一位大光头冲上了场：

造霾的有我也有你，
受害的有你也有我，
过去的事儿别再提，
我说一声对不起。
大企业，
小作坊，
控制雾霾可预防；
大电厂，
小电镀，
天上地下一块儿控；
大汽车，
小卧车，
制霾说不清谁最多；
大锅炉，
小煤炉，
劣质燃煤是霾魔；

大饭店，
小烧烤，
油烟制霾都不少；
大秸秆，
小树叶，
污烟遍地添霾气；
大垃圾，小塑料，
一旦燃烧毒来到；
大发展，
奔小康，
治不住污霾都遭殃……

“这题这么长，能印到一张扑克上去吗？”

“你说对了，他把梅花J和梅花Q一块背了。这是一分为二的长题。”

“背题的这位大光头老头是谁呀？”

“是宣传部退下来的干部，外号叫大音箱。”

“怪不得呢，这么长的题，这么响的声儿，背得这么熟。”

“背这道题可以得两个奖。”

“是给杯子吧？”

“得杯子不够格儿。下边有一道题谁能全背下来，可以得一等奖。不过，还得等一会儿。”

“第四题：黑桃Q。”大铃铛公布完题牌号后，场上先是既鸦雀无声，也没人跑上场，继而有人喊道：“黑桃Q没人会背，念算不算？”

“不算。这么多人，一个会背的都没有？”

眼看要冷场，老黄试探着问大铃铛：“这题我背算吗？”

“算，算，下边没人会背的题，裁判也可以背。反正是我定的题。”

得到肯定，老黄开背：

关起窗子骂娘，
走出门去祸害，
戴着口罩烧纸，
吃着烧烤恨烟。
盼着别人心动，
自己无动于衷，
人为伤害环境，
报复不等明天，
如果地球病了，
没人会有健康……

“这题就该老黄来背，别人背了，生活经历不够。快给他发个口罩。回家帮儿子打烧烤的康生时好戴上。”

老黄听后，气得又翻白眼儿。

老黄气鼓鼓领了个口罩，下场后，大铃铛宣布：“第五题：红桃9。”

“我来答，我来答。”和大铃铛闹过别扭儿，爱踢毽子的冬梅大姐，一边喊叫着，一边上场开答：

应急兴师动众，
限行让人不便。
响应宁早勿晚，
可能有时扑空。
宁听一时骂声，
别等事后哭声。
关键不在损失，
生命健康最重。

筑起治霾防线，

防灾防祸保命……

冬梅大姐笑盈盈从盼姐手中接过奖品后，还没下去，大铃铛大声问道：“冬梅大姐，你能把老胡编这段子的背景和大伙讲讲吗？”

“能是能，不过，还是音箱大哥和秋菊妹子讲得好，让他们来吧！”冬梅推托。

“咱俩一块来吧！”大音箱说话间，已经拉着秋菊奔上台来……

四十七

近年来，随着各级政府、专家对大气污染形成因素的客观认知不断深刻，应急响应越来越受到重视。从2016年11月11日“双11”开始，省里开始采用“调度令”的方法，督导应急响应限停限排。这个措施，过去只针对特大自然灾害才使，用到大气污染防治上，可谓力度超前。公众对污染虽然深恶痛绝，但对政府时不时地就启动应急响应，仍有许多不解，甚至发声变味。污染来袭不治理，说你不作为，治了，说你是为了应付检查，不仅环保人被夹在政府与公众的夹缝中，时常被冤枉，政府也时常背一些舆论黑锅。

此前不久，C市的一些网民面对仅一道之隔的A市与C市两个村庄，在电代煤治污补贴资金标准上C市与A市差六倍，心存不满，便开始对治霾行动故意发泄一些情绪。郝大侃和马二哈同时在网贴上发现了这个问题，并写了一封长信给盼姐和大铃铛，长信的题目是：《环保参与需要理性发声》：

盼姐、大铃铛大姐：你们好！

以大气污染防治行动为重点的环境保护工作，近年来受到社会各界的广泛关注。以互联网为平台，媒体和公众广泛参与、多方评论，积极发表自己的观点、看法和意见，无疑是一件好事。但笔者发现，近期一些围绕大气污染防治工作，特别是围绕重污染天气应急响应举措在网上发出的声音，有点儿“跑偏”。

如“某市频繁启动重污染天气应急目的是为市领导争政绩”“某市拦车进城涉嫌为了监测数据好看”“某地禁止在市区露天烧烤保的只是监测数据下降”“某地强迫工地停工并在街头洒水有造假嫌疑”等。其实，在重雾、静稳可能导致重污染天气形成的情况下，及时启动应急响应的减排、控污举措，可以大大减轻大气污染程度和对公众健康的伤害。这些本来应该是减排的基本措施，但有些人却带着情绪对这些工作进行不恰当的解读，一些不明真相的网友也被误导进而跟帖炒作。

这些评论和网帖，意在批评大气污染防治应急响应工作中一些单位工作有偏差、不实在，甚至认为是在造假。我们认为，不论是媒体还是网友，对于大气治理工作的关注、热情值得充分肯定。为了促进大气环境质量得到切实改善，我们需要社会的广泛参与和监督。特别是对数据造假、工作不实的行为必须严厉批评、坚决打击。但对于大气污染治理工作，尤其是应急响应过程中采取的紧急措施，还需要得到社会各界包括舆论环境的支持。因为不恰当的观点态度，不仅不利于有效推动大气治理工作，还会影响到地方政府和相关部门的工作热情和治污信心。

实际上，以保障公众健康为根本目标，全面掌握大气污染状况、科学分析污染来源，为精准防治服务而开展的大气污染监测，监测点按国家规定一般都是设置在各地的主城区、人口密集区。所以，遇到极端重污染天气，启动应急管控措施，一般也都是把应急管控区域划定在主城区、人口密集区，目的就是将污染峰值削减下来，最大限度减轻对公众的伤害。由此引发的一些误解和非议，也是源于一些人不知道监测点设置与公众健康需求关系和其相关法规要求造成的。

由此，我们认为，有必要将应急响应的措施对照相关法律法规进行梳理，让更多人了解、支持为了改善环境质量采取的必要措施，从而引导公众。

对于重污染天气启动应急响应，《大气污染防治法》第九十四条明文规定："省、自治区、直辖市、设区的市人民政府以及可能发生重污染天气的县级人民政府，应当制定重污染天气应急预案，向上一级人民政府环境保护主管部门备案，并向社会公布。"第九十五条规定："可能发生重污染天气的，应当及时向本级人民政府报告。省、自治区、直辖市、设区的市人民政府依据重污染天气预报信息，进行综合研判，确定预警等级并及时发出预警。预警等级根据情况变化及时调整。预警信息发布后，人民政府及其有关部门应当通过电视、广播、网络、短信等途径告知公众采取健康防护措施，指导公众出行和调整其他相关社会活动。"

对于拦车进城、禁止露天烧烤，《大气污染防治法》第九十六条规定，启动应急响应后，应"采取责令有关企业停产或者限产、限制部分机动车行驶、禁止燃放烟花爆竹、停止工地土石方作业和建筑物拆除施工、停止露天烧烤、停止幼儿园和学校组织的户外活动、组织开展人工影响天气作业等应急措施"。同样，国家相关交通法规和车辆管理法规也做出

“禁止大型车辆和尾气排放超标车辆在人口密集区域通行”的严格规定。此外，《大气污染防治法》第八十一条规定：“排放油烟的餐饮服务业经营者应当安装油烟净化设施并保持正常使用，或者采取其他油烟净化措施，使油烟达标排放，并防止对附近居民的正常生活环境造成污染。任何单位和个人不得在当地人民政府禁止的区域内露天烧烤食品或者为露天烧烤食品提供场地。”

对于工地管理，《大气污染防治法》不仅在第九十六条中明确提出了停工的要求，而且在第六十九条中还对工地日常的管理有下列规定：“施工单位应当在施工工地设置硬质围挡，并采取覆盖、分段作业、择时施工、洒水抑尘、冲洗地面和车辆等有效防尘降尘措施。建筑土方、工程渣土、建筑垃圾应当及时清运；在场地内堆存的，应当采用密闭式防尘网遮盖。工程渣土、建筑垃圾应当进行资源化处理。施工单位应当在施工工地公示扬尘污染防治措施、负责人、扬尘监督管理主管部门等信息。暂时不能开工的建设用地，建设单位应当对裸露地面进行覆盖；超过三个月的，应当进行绿化、铺装或者遮盖。”

对城区洒水，《大气污染防治法》第六十九条不仅对工地日常洒水抑尘有明文规定，而且第七十条还有这样的表述：“装卸物料应当采取密闭或者喷淋等方式防治扬尘污染。城市人民政府应当加强道路、广场、停车场和其他公共场所的清扫保洁管理，推行清洁动力机械化清扫等低尘作业方式，防治扬尘污染。”其实，在城区实施洒水，有时不仅仅是为了降尘。在夏季，京津冀不少城市的臭氧不降反升，污染严重。臭氧的活泼度较高，在常温常压下臭氧在水中的溶解度比氧高约13倍，比空气高25倍，臭氧分子结构是不稳定的，它在水中比在空气中更容易自行分解。所以，采取洒水措施可以起到有效降低空气中臭氧浓度的作用。

由此可见，限车、洒水等减少大气污染物排放的措施，都属于应急状态下必须采取的行动，这也是法定的行为。如果没有采取这样的行动，应该说治理措施落实不力。但采取了这些应急措施，反被人误认为是造假，就有失偏颇了。这样不仅对于改善大气环境不利，反而会伤了人心。

让我们来看一看到底什么是真正的数据造假。环境保护部2016年1月下发的《环境监测数据弄虚作假行为判定及处理办法》通知中对此有明确的规定，并列举了14种情形为篡改监测数据。如未经批准部门同意，擅自停运、变更、增减环境监测点位或者故意改变环境监测点位属性的；采取人工遮挡、堵塞和喷淋等方式，干扰采样口或周围局部环境的；人为操纵、干预或者破坏排污单位生产工况、污染源净化设施，使生产或污染状况不符合实际情况的等。此外，有8种情形为伪造监测数据，如纸质原始记录与电子存储记录不一致，或者谱图与分析结果不对应，或者用其他样品的分析结果和图谱替代的；监测报告与原始记录信息不一致，或者没有相应原始数据的等。

此外，对于打击监测数据造假，一些地方相继出台了配套管理办法。如河北省环保厅出台《河北省环境空气自动监测数据弄虚作假行为认定办法》，不仅明确要求严格落实环境保护部的要求，还细化办法，提出了有17种情形的均视为人为干扰空气站采样设备正常运行造成监测数据异常的造假行径，如擅自变更、移动、增减环境监测点位；人为遮挡、干扰、破坏采样切割器或采样管道，采样切割器与监测项目不一致；擅自遮盖或转动室内（外）监控设备，逃避监控，造成数据异常等。

从上述法规、办法等条文中可以看出，认定监测数据是否造假、是否人为，是有规定可循的，不应被随意猜测和怀疑。公众参与、媒体监督也需要依法依规行事。因此，在参与环境舆论发声之前，有必要先学习了解一些基本法律、法规和技术常识，理解透了再发声。这样不仅不晚，而且会更加有理、有据、有力，更能体现公众参与的合情、合理和合法性。否则，不仅不能达到积极参与的良好初心，还会误导他人，造成消极影响。

媒体也好、公众也好，对大气污染防治发出的很多舆论、建议和批评，在不同时期都有一定的道理，这是事实。但要坚持在科学、公正的基础上，真正做到“剔”杂音、“净”舆论。只要这样，才能发挥公众参与环境保护的积极作用，共护一片蓝天。

感谢两位大姐向公众和环保志愿者宣传这些道理和法规知识！

谢谢！……

此时，冬梅大姐和大音箱要做的“解释”，其实就是盼姐和大铃铛，根据郝大侃和马二哈的书信建议，所做的一个“有意”安排，是想借老胡编的谣，向众人讲明白启动应急响应的必要性和提前预防才会使公众少受伤害的道理，启发大家正确认识什么才是监测数据造假，以期配合政府的治霾行动。

“多次事实经验证明，提前、超常、持续干预可行有效；精准的提前预报、预防，可防‘害’于未然。”冬梅大姐首先开讲。继而，她和大音箱二人，你一段，我一段，开始向众人讲起应急响应的奥秘。

大音箱：“我们早就听PM2.5专家组的师博士讲过，大气污染防治，

‘防’和‘治’是一件事的两个方面。‘防’是源头的预防，‘治’是末端的治理。防也是治，治也是防，防和治相辅相成，是一项综合施治的系统工程。只有防得到位，才会超前做实基础工作，保证重雾天气，雾重霾不重；只有治得彻底，才会保证现有的污染源得到长期、有效控制，二者缺一不可。”大音箱搞宣传就是在行，他讲话手舞足蹈，让人听着、看着都来劲儿。

冬梅：“大气污染防治行动计划实施四年多来，我国空气质量恶化趋势得到一定遏制，京津冀重点区域大气环境质量改善初见成效，虽面对近期连续出现严重的重污染过程，治霾成果仍不可否认。但是，目前污染物排放总量仍然大大超过环境容量，中国环境状况公报显示，全国开展空气质量新标准监测的地级及以上城市中，多数城市空气质量仍然超标。压减燃煤、严格控车、调整产业、强化管理等治本之举，还需加大力度，坚持标本兼治，应急减排和常态治理并重，空气质量才能逐步改善，灰霾现象才能逐渐减轻、消除。”

大音箱：“大家都看到、感受到了，去年入冬以后，受污染排放和不利气象条件影响，京津冀及周边地区，反复经历了一轮加一轮的灰霾过程。为此，环境保护部专门要求相关区域积极做好应对工作，按空气质量预报结果上限确定预警级别，做好应急响应，对雾霾应急预案启动不及时的城市和相关责任人将严肃追责。此景之下，河北多地先后启动三级又升至二级的应急响应，而北京，直接将应急机制启动到了顶级——红色，这是根本没有过的。企业限产、车辆单双号限行，已成普遍。我们C市是全国距首都较近的一个市，在12月6日至15日，持续启动了长达前10天的雾霾重污染天气应急响应机制，其过程之长、反复多变，前所未有。首先是6日启动了零时至9日中午12时的三级应急响应，随后，6日又升至二级并延时至10日中午12时。前两次启动与升级、延时，均是根据气象、环保和PM2.5小组专家会商建议，采取的相应举措。再后，8日晚上20时，省政府召开紧急会议，通报未来一周天气有可能持续出现重污染天气，会议明确要求各地立即行动起来，以保护人民身体健康为重，深度采取管用、实效、针对性的措施，确保科学治霾，精准应对。根据上级要求，经与专家组会商，市政府应急办随即于9日发布将二级应急响应再次延时至15日中午12时。超常规、超严格、超以往时间段的超常举措的持续出台，不仅足以证明此次重污染过程的严重性、危险性、危害性，也显示了政府对空气重污染提前预测、提前预警、提前采取措施的能力与重视。”

冬梅：“‘提前’‘超常’‘延时’，六个字不仅让广大市民在雾霾遮日的状态下“闷”上加“闷”，同时，也给企业、市民正常的生产、生活带来诸多不便。”

大音箱：“防霾治污近四年多了，霾，是越治越重了吗？专家的回答：不是。只是此次的重雾过程百年不遇。重雾之下，市区的综合污染指数比2013年大幅度下降的数据是铁证和事实，这是全市上下共同防霾治污的成果。专家说，前一阶段重雾污染过程，如果退回到几年前出现，后果将不堪设想。市民们说，雾虽重，但呼吸到的空气却明显没有前两年那么刺激、那么难闻、那么难受了，这是大实话。”

“是的，这个我感受很深刻。”老黄插话。

冬梅：“雾霾来袭启动应急响应，为什么要提前，前几年为什么不搞‘提前’？专家说那是我们过去经验不足。治理雾霾，在我国是一项全新的行动，史无先鉴。但是，‘如果在污染到来之前不采取提前干预，雾霾就会在一定程度上大量累积，提前响应，可以大大减轻重污染的程度，减轻污染物对人体的伤害。’这样一个事实，是专家和一线实际工作者在认真总结近年空气重污染过程应对工作的经验和不足后，得出的科学结论。已有多次事实经验证明，提前、超常、持续干预可行有效。2014年的阅兵蓝，2013年的APEC会议、南京青奥会，以及更早一些的北京奥运会，成功的空气质量保障得益于提前采取措施。有数据统计，提前干预使APEC期间的PM2.5减少了六成以上，使阅兵期间PM2.5减少了七成以上，这些大量的提前减排在一定程度上降低了雾霾的发生概率和影响程度。有专家讲，治污并非一日之功，但在大气污染物短时间内难以大幅下降的情况下，提前干预显得尤为迫切和必要。就目前来看，提前干预包含应对重污染天气采取的临时性提前减排和针对季节性特征污染物的提前减排两个方面。为应对重污染天气，从2013年开始，我国多地都启动了应急预案编制工作，也做了大量探索和修正，但效果却难尽人意。究其原因，就是虽有干预，但缺少提前量。”

大音箱：“凡事预则立，不预则废。在应对空气重污染过程中，面对一些企业的不支持、群众的不理解，一些地方往往以关注民生为由，降低确定预警级别，滞后发布空气重污染预警，从而难于保证应急预案各项措施落实到位。有媒体说，预防重霾，广东防台风理念值得借鉴。他们明确要求：不怕‘兴师动众’，不怕‘十防九空’，宁听群众一时骂声，不听群众事后哭声。从而引导浙江确立了‘关键不在损失，而在生命安全’的防台风理念，筑起了防灾、减灾、灭灾‘安全网’。”

冬梅：“防重霾和防台风极具相似性，‘两灾’都对人民群众生命可能产生极大的危害，影响人口众多且广泛，而精准的提前预报、预防，均可防‘害’于未然。既然提前预防的出发点和落脚点都是为了人民群众的健康、安全，从公众健康的角度出发，宁可提前早一点、级别‘过’一点，也应避免‘不及’。无论是政府还是企业、公众，如果对提前、限行、限产还有不解或对于牺牲一些生活上的便利，来保全生命，还有‘异议’，那至少也应该站位大局，为维护多数人的利益去行动，谁也不能‘慢半拍’。”

“对了，对了。去年12月连续10天启动应急响应时，还有位女士上网发牢骚、骂市长，太缺少涵养了。甚至有个大丑婆，骂政府限产是坑人、害人，其实全是为了一己私利。”

“老黄说‘丑’话时小心点，她一会儿来了你可吃不消的。”

"怕啥吗？谁也不能私心太重。"

大音箱："当然，应急措施的适度提前，要依靠准确的雾霾预测与预警。预警愈是准确，不仅愈能有效防范重污染对人体的侵害，还能更好地赢得群众的信任与支持。强化提前雾霾预警能力，不仅需要气象、环保、专家的有力配合，为政府决策'引路'，还应更广泛地搞好宣传发动，让公众参与进来，深度了解政府决策缘由，引导公众齐心协力，行动起来，一起向污染宣战。"

冬梅："我俩讲了大半天，不知大家是否听明白，这样，我把老胡编的一个公式告诉大家，即可一目了然。大雾+静稳潮湿+污染排放+囤积＝重霾+伤害；大雾+静稳+应急+减少污染排放＝轻霾+减灾。"

"嘿，还真没想到，老胡的几句谣，内含还蛮丰富的。知道了这个理儿，咱可不能再发政府的牢骚啦。"老黄说。

"对呀，对呀，政府是为咱大家好啊！"

"太对了。"

"大家过奖了，其实这公式不是我编的，是师博士的创造。"老胡说。

"不论什么事儿要是老黄都没有意见了，就好办多喽。"话至此处，老黄突然发现，大音箱的两只眯缝眼，正死死地盯着他笑。

"大音箱，你又想什么坏主意呢？"

四十八

广场上越聚人越多，很多人是看了电视台的现场直播后，急忙跑来的。大音箱天生有才又爱逗闷子。他拿老黄开心是常有的事儿，老黄拿他也没法儿。

"大家刚才都听了，重雾天气来临，应急响应削峰减污，真的很重要、很关键、很有科学性啊。以后我们搞治霾文化活动也要有应急预案，防止手机烧了裤子没得换，大家要多备条裤子，应急用啊。”大音箱终于把话说出来了。

“哈哈哈——”众人大笑之时，老黄有点不乐意了。

“快进行正事儿吧，别老拿我开心。”老黄不耐烦地说。

大铃铛见老黄真的要急了，连忙大声喊道：“第六题：黑桃4。”

“这题我会答。”秋菊话刚出口，题却被人抢答了：

防霾治污求雾净（悟净），
区域共治怕悟（无）能，
勿烦反复雾（悟）空出，
产生不老甜糖增（唐僧）。

答题的又是大音箱。大音箱答过题后，还主动解释了一下这道题与《西游记》的关系。众人听后才闹个明白。

“这第七题也与四大名著有关系，谁答对了，可以得两个奖。题牌号是梅花K。”

“我来。”

“你别老是来呀。轮别人个得奖的机会不行吗？”

“好，好，你来。”大音箱听后下场座下，让瘦刀脸儿老刘上场。

防霾治污劲勿（武）松，
挥刀斩霾盛凛（林）冲，
勿认霾儿送将（松江）去，
精准打死白骨精。

“哈哈哈，老刘啊，白骨精是水浒人物吗？”

“错了，错了——精准打死西门庆行了吧？”

“不行不行，西门庆与霾无关。”

“肯定有关。VOC的C，就与西门庆的西字同音。老胡编这个段子，就是要提醒人们，摸准治霾的科学门道儿。这样行了吧？”

“勉强、凑合。”大音箱说。

“稀里糊涂吧！我不行，那你来。”

治霾保家事关（关羽）邦（刘邦），
张（飞）曹（操）像雨（项羽）添倒忙。
李逵（理亏）微信挥大棒，
妖（谣）言惑众像二娘……

“什么玩意儿，东一榔头西一棒子的，像你这样不着调，这霾还去得了吗？”

“我也是让老刘头儿给气得乱了名著了！早上我劝他步行来广场，他非得开代步车来。结果呢，路上车多，堵了他半个多小时不说，滞车排放污染更多的罪责，也有了他一份污功。他简直就是‘黑桃8’的反面人物了。”

“黑桃8是什么内容？让大音箱给大伙说说。”

“说说就说说。”

大音箱言毕开讲。

黑桃8：绿色出行

绿色出行方式多，
首选步行公交车。
新能汽车虽然好，
发展过快不得了。
技术管理有隐患，

上路滞车害人多。

一哄而上求奖补，

废旧电池成祸窝。

各位市民志愿者，

能走不买代步车。

“铃铛队长，刚才大音箱最后这条还行，但前边三个人没凑齐整一道题，不能发奖吧？”

“这些题挺有意思的。那么较真干吗？”

“不较真霾就治不好。”

“霾都治好了，还要《环保法》干什么？”

“定法规就是为了把环境保护好。重点是防不是治；重点是做不是说；重点是宣传落实好，不是搞形式发奖品；重点是有保护意识，而不是编经验、讲故事。”

“说得好。说得好！仨人一人一份奖。”大铃铛快刀斩乱麻，立转话茬，宣布第八题：“黑桃2。”

这次率先冲上场的是个中年妇女。她很泼辣，上场便开腔道：“我和那位挣黑心钱的‘啵一口’是邻居，这黑桃2的内容，正好与他有关。大家听好啊——”

黑桃2：银行卡与医保卡

当你把用违法排污换来的黑钱，存入银行卡的时候，许许多多人银行卡里的钱，会自动转入到医保卡里。这其中，包括你的家人、亲友和不相识的人。一笔“制”霾费，亲人两行泪。甚至，流泪的，也有你自己。

背完了，大家正在喊“好——”，谁也没料想，这女人又突然反客为主大声说道:“大铃铛，我不是你队里的人，你也别拿我当外人，我叫女汉子，我也想当志愿者。干脆，借这个机会，我把‘黑桃3’也答了，省得你叫号了。这两题，还是一个意思。”

这女汉子的心态就是豁亮，不等大铃铛说“同意”，叭叭叭，直接开背:

黑桃3：流泪与喝汤

当你无视法规，违法造污的时候；

当你面对污染，不去行动，无动于衷的时候；

当你动摇治霾决心，开始懈怠的时候；

你猜想，霾兄霾弟们在干什么?

它们在聚会、在反攻、在喝汤……但，这道汤，是用人的眼泪做成的……

等女汉子背完了，大铃铛一边开心微笑着，一边给这女汉子发了个水杯子，还加了个口罩。

“大铃铛，你还有点原则性没有啊？怎么上来个女汉子，自问自答也给发双奖了？”

“老黄，你怎么又急了？群众性活动，哪有那么多的原则。你愿意答，我也单给你问一个:红桃3。”

既然大铃铛叫了号，老黄也不客气，上场答道:

红桃3：警告

如果有人想用恐吓拔掉马二哈的执法钢牙；如果有人想用流言削弱吕正天的治霾意志；如果有人想用生活中乱放鞭炮、乱烧垃圾、乱排油烟……的小污染，抵消企业关停并转换来的治霾业绩，那么，霾，就会带着病毒，成为你终悔的朋友。

“大队长，既然你对外人都可以自己自问自答一个题，我也想自点一个题行吗？”

“行，你自问自答吧。但不发奖品。”

“不给奖品我也认了。我讲红桃2。”

红桃2：预言

霾究竟能何时去？我预言：如果有现实的劲头，借势推进，未来五到十年，蓝天白云常驻京津冀的日子，至少可以达到三百天。但前提是：全社会必须一起真诚行动，一鼓作气地干下去，谁也不能懈怠。

“老黄真是爱出个风头，不给奖，他也自问自答。干脆，让老黄给大铃铛队长出个题答答散了。”

“可以呀，老黄你问吧。”

“嘿，没想到啊，大铃铛队长也民主了。给权不用，那叫半傻不奸。大铃铛，你给大伙背背‘黑桃5’，好吧？”

大铃铛不慌不忙，张口就来：

黑桃5：治霾杂货铺儿

防霾毒：眼、耳、鼻、喉、口，

心、肝、脾、肺、肾。

治霾污：煤、烟、尘、硫、氮，

法（方法）、技（技术）、众（公众）、狠（狠抓）、投（投入）。

防“制”霾：仁、义、礼、智、信，

德（道德）、法（法规）、标（标准）、减（减排）、源（源头）。

“好——好——大铃铛，响当当，治霾不忙又不慌，主持比赛贡献大，接着主持别打架——别——打——架——”

老黄一边嘟嘟囔囔地用顺口溜拍大铃铛的马屁，一边一溜小跑，退回裁判席。

提到打架，场上立马有人叫起来：“怎么今年立鸡蛋的大丑婆还没来呀？老黄还等着吃炒鸡蛋呢。”

闲听此言，众人大笑，老黄此时也在笑，但他笑得不自然，一脸苦相……

四十九

“门插艾，香满堂。吃粽子，撒白糖。龙舟下水喜洋洋。”每年公历6月9日前后，都适逢农历五月初五传统的端午节。端午节始于春秋战国时期，传承至今已有两千多年历史。时至今日，端午节仍是一个十分盛行的隆重节日，但文化内涵不断丰富。

“这几年每到端午节，都有人提起端午不只是吃粽子。任何一种流行现象的背后，都对应着复杂的文化心理。在这一观点背后，折射着当下传统文化式微，以及人们对文化式微的警觉。客观地讲，这一现象近年来有好转，在人们看来，现代意义上的端午节，既要粽子飘香也要文化飘香，现在的端午节也越来越有文化味道。”还是羊年端午的时候，我和大侃探讨起端午的话题，大侃说：“端午文化内涵丰富。端午文化首先是屈原文化。‘节分端午自谁言，万古传闻为屈原。堪笑楚江空渺渺，不能洗得直臣冤。’在中国的传统节日，还很少有一个节日，像端午这样与一个人紧密相连。在民间传说里，屈原在端午这一天投江而死。这一天，也成为了纪念屈原的日子。屈原文化中最值得一提的，就是爱国主义情怀。这是一个流行情怀的时代，其实最伟大的情怀是与国家联系在一起的。在和平年代，爱国主义情怀绝不是可有可无，而是应该融入血液里。因此，纪念端午文化，人们首先要把爱国情怀放在首位。”

在我表示对大侃的观点赞同后，大侃接着说：“端午文化其次是端正文化。端午节也有端端正正的意思。对官员来说，就是要做到‘既严以修身、严以用权、严于律己，又谋事要实、创业要实、做人要实’，要堂堂正正做人，干干净净做事；对普通人来讲，就是做老实人、说老实话、办老实事，要做一个大写的人。很多人都在感慨，当有一天端端正正文化蔚然成风时，自然也就不需要办事求人了。端午文化还是健康文化。经过一代一代流传，在端午文化中，屈原越来越突出，甚至被说成是端午节的‘起源’。其实不是这样。经过学者考证，从文化传承上讲，是先有端午，尔后才有纪念屈原。夏至时节，天气湿热，疫病易生，人们需要一个‘卫生防疫节’，这才是端午节的最初由来。端午节期间，人们用雄黄水、雄黄酒消毒，佩戴香囊荷包，乃至家中放几株艾草，都体现了这一由来。在全民越来越关注健康、越来渴望亲近自然、齐心向污染宣战的当下，正视并且提倡端午的健康文化，有利于增强端午的文化认同。”

“文化不能从上向下压，因为它应该是从下面高涨起来的。”我和大侃交流说，“一种有生命力的文化，必然是融入人们生活的文化。当我们讲文化自觉文化自信时，自信的前提是自觉，自觉的前提是‘以文化人’，要让文化真正走进人们的心里。端午文化具有这样的特征。端午节不只是屈原文化，屈原文化、端正文化、健康文化共同构成了端午文化。这些文化并不只是宏大叙事，而是就在人们身边，就为人们践行。”

大侃接上我的话茬子说：“今天我们讲端午文化，应该着重讲好屈原文化、端正文化、健康文化等三种故事，努力通过包括互联网在内的现代手法，让端午故事深入人心，让端午文化温润人们的心灵。过去，在不少人眼里，端午节就是粽子节。现今，盼姐、大铃铛那些志愿者，已在端午中加入‘诗意’。以诗谣润节，以诗谣育众，以诗谣治霾，生态端午，在诗歌的积淀中愈发厚重。”

我和大侃有同感。文化是大众的。是大众，就不可能“清一色”。端午时，除了吃粽子是共性外，各地各人个性化的活动还有许多，在盼姐和大铃铛组织背诗谣活动的同时，还有人划龙舟、戴香包、喝黄酒，其中，“立蛋”亦是民间广为流传的活动，只是那天大丑婆找来她三姑四亲，带着一大篮子鸡蛋，来到广场，却是有大大的不怀好意的成分……

五十

大丑婆和闺女、女婿一块儿，带着孙子出去旅游观光，给今天的广场活动增添了不少的“稳定”因素。

“啵一口”和大丑婆的女儿康霞，是一位聚知识、才华、明智、贤德为一身的优秀青年。康霞的跨国恋，由于母亲的坚决反对，最终告吹，去年她和一名海归闪婚后，一起在师博士PM2.5专家防治团队创业。在师伏德博士的专家团队里，锻炼成才，现今已是能独当一面的部门主管。她和师伏德、王气风博士诚心合作，奋争三年多，奉献才华，为C市的大气污染防治工作，做出了骄人的成绩。特别是她在那场师博士与伪专家庄伏君的法庭风波搏击中，大义灭亲，支持正义，揭露她父亲康求德与庄伏君的作假、骗财丑行后，大家对康霞更加尊重和热捧。

在“法庭风波”中，康霞当时因为不明原因地丢失了手机“录音”

的关键证据，使她的父亲康求德和庄伏君暂时躲过了法律制裁，但事后不久，康霞就“意外”地找回了证据，使丑行者们得到了应有的惩罚，也使师伏德博士和他的PM2.5小组专家团队，在蓝天下得到公众的爱戴和政府的大力支持。

但是，康霞虽然通过那次“意外风波”找回了她的录音证据，但同时，那场“风波”也在她纯洁的心灵上增加了“意外”的创伤。她更加愤恨自己的父亲了……

此时，当广场上环保志愿者们正热热闹闹地搞环保宣传活动的时刻，康霞已和丈夫，带着孩子、陪着母亲，坐上了飞向海南的班机。

康霞十分了解妈妈的性格和不够和谐的为人、处事习法。几天前，当她从盼姐那里得知，环保志愿者又要搞集体活动时，她生怕妈妈又节外生枝地去和老黄找茬打架，便不动声色地提出，带妈妈出去散散心。谁知，妈妈听后马上就同意了。自从她父亲康求德被判入狱后，她妈妈始终深陷于纠结与郁闷之中，尽管丈夫制造的“车震风波”既伤天又害理、既伤家又伤她，她还是不愿意一家人到了这等年龄却被拆散、被分开，要是时光转回到她年轻时，康霞的妈妈早和她的父亲各奔东西了。他的丑行，已深深地伤害了她、伤害了这个家……同时，也伤害了更多的无辜的他人……

在康霞的心里，“不想再认这个父亲”的想法，越来越浓重了……在他父亲首次被抓半年多关在看守所的时候，她一次也没去看望过。后来，她妈妈四处使钱，才把她父亲暂时接出看守所，但她对她的妈妈的同情始终在心。在后来她父亲终于二进宫被判刑后，她又用半年多的时间对妈妈进行情理感化，加上盼姐数次的登门说和与劝慰，她的妈妈甚至产生了要找大铃铛，甚至找老黄，去赔礼道歉的心……再甚至，她还有了要加入环保志愿者团队的想法……

但让康霞及盼姐、大铃铛等人万万没有想到的是，就在康霞带她妈妈从外地旅行回来的第三天下午，她妈妈意外地死在了自家的卫生间里。消息传出，网上立即有人发帖，说康霞母亲的死，一定与老黄有关系。老黄看后又气又怕，没等公安局找他，他就主动“投案”去为自己开脱，并带着大铃铛等人到派出所，去证明他当天根本不在城里，他和环保志愿者团队一起，到南旺乡宣传气代煤去了。派出所所长见老黄急得直冒汗，连忙向他解释说:“你不用急，我们正在调查是谁在网上诬害你呢。康霞的母亲意外身亡，是因为她在家里清洗卫生间坐便器时，同时使用了洁厕灵和84消毒液，导致化学中毒，而后晕倒，因抢救不及时最终撒手人寰的。”

“这点污染会有那么厉害？能致人死亡？”

“两者混用会发生剧烈反应，并释放出刺激性气味，形成害人的剧毒。厂家应该在两种物品的瓶身上都注明不可以混用，但都没这样做。平时，我们都十分关注大气的污染，但对于家庭生活圈污染对个人、对大气的污染却十分淡漠。比如碘酒和红药水混用会伤害皮肤、不锈钢碗和醋一起放会产生化学反应、洗衣粉和消毒液混用会使功效减弱并排放污染气体等，都不是小事儿，你们志愿者可以直接向群众做一下宣传，防止患从家生。”

“好，好，我们明天到医院去找专家咨询咨询，汇集一下这方面的知识，然后和媒体一块儿去向群众做宣传。”大铃铛紧紧拉着派出所所长的手说。

“我陪你去……”老黄看着派出所所长和大铃铛手拉手有点眼热，于是，他一边说着话，一边也把手伸向大铃铛。大铃铛一甩手，瞪着老黄的大圆脸说:“收回你的咸猪手。汗刚下去是吧？没你事就快回去吧！”老黄闹了个没趣儿……

五十一

时间返回到羊年端午，那天，大丑婆来到广场后，她先是心怀叵测地在广场四处走动，继而，她把大铃铛等志愿者给群众发放的新《环保法》《大气污染防治法》《大气污染防治条例》和当日C市刊有数年大气污染防治成果的报纸等十几种宣传材料，各要几份，抱在怀中，随后，当她看到了大铃铛给答题群众发奖品时，便故意闯入人群，气势汹汹地对大铃铛说:“给我一份奖品。”

“你答题了吗？”

“我没答题。”

“答题才会给奖品，不是随便发的。”

“少来这套，我懂。你们花公家的钱，把奖品全发给了你们的亲戚朋友，这不是以权谋私吗？”

“答题是公开的。买奖品也不是花公家的钱，是老胡自己出钱。谁答对了题，给谁发奖品，没有一点猫腻。”

“呸，老黄当裁判，他儿媳妇来领奖，这不是猫腻？”

“大丑婆，你少来这套。愿意答题你就答，不愿意滚出去，少来这儿捣蛋。”

“这是你们家的地方呀？兴你在这玩答题，就许我在这里‘立蛋’。告诉你姓黄的，你别烟卷和打火机较劲儿——找抽，小心老娘生气。”大丑婆瞪着大眼珠子，用她厚足三寸的大嘴片子，气势汹汹骂过老黄后，恶狠狠地把宣传材料摔到地上，转身走出人群……

广场上，大铃铛这边组织背诗谣，热热闹闹。就在众人的旁边，大丑婆却组织她的少数亲戚，搞起了“立蛋”活动。

在广场的水泥地上让鸡蛋立起来，可不是一件容易的事。可大丑婆就有这样的技能。她一口气并排在地上立起了二十多个鸡蛋，她一边立还一边大声地和这边背诗谣活动搞对口。

“露天烧烤烟雾大，男女老少都害怕……”老黄这边抢答。

“黄鸡蛋，白鸡蛋，多管闲事儿下三烂……”大丑婆那边骂闲街。

“广场文化讲文明，诗谣继世战霾熊。粽子包枣又沾糖，破坏生态骂祖宗……”

老黄的即兴打油诗刚背半拉子，啪啪啪，突然，几只大鸡蛋从场外飞向老黄，老黄头上、脸上，立马黄球拉汤儿……老黄冲出人群，直奔大丑婆而去，三下五去二，把大丑婆立在地上的鸡蛋，全部踏烂，继而抄起大丑婆的一篮子鸡蛋举向天空。可就在此时，大丑婆和她的几个亲戚一跃而起，把老黄团团围在中间，老黄见状，慌忙放了蛋筐，夺路而逃。大丑婆等人随之一边追，一边用鸡蛋砸向老黄。

“哎哟，哎哟……”伴随喊声，众人看到，老黄一边“哎哟”着，一边停下脚步，急不可耐地松解腰带，脱下了自己的裤子。

“老黄耍流氓喽。老黄打不过大丑婆，开始玩脱裤子游戏了。”

老黄那边一边“哎哟”一边脱裤子，大丑婆这边一边骂老黄耍流氓，一边把数十枚臭鸡蛋投向老黄。搞得老黄满头、满脸、满身、满大腿根子都是鸡蛋黄子、鸡蛋壳子。

“老黄为什么脱裤子？”众人多有猜疑、有笑有骂地瞧热闹，但有人发现，老黄的裤裆里，突然冒出了一股黑烟。

原来，老黄脱裤子的原因，不是让大丑婆打怕了、骂急了，而是他放在裤袋里的手机，突然发热自燃，烧着了裤子，老黄是在脱裤子自救。

只见老黄一边把手机从裤袋里掏出来，啪地甩到地上，一边双手捂着下身，蹲到了地上。急中自救，老黄竟脱得连内裤也没剩。

“老黄也学会‘滚粗’啦！”有人喊。

众人闹清了老黄脱裤子的缘由，在场的女人全都下意识地扭身转头，哭笑不得。年轻的女孩子们，一下子全跑光了。大音箱等人走向前，一边帮老黄灭掉裤火，一边用纸帮他擦去脸上的鸡蛋黄，一边让他先凑合着穿上烧出大洞的裤子，一边把他围在中间，劝说他不要着急，还有人帮他到附近的商店买裤子去了……

老黄这半辈子没少因爱贪小便宜吃亏，发生这次裤兜里炒鸡蛋的事故，还是和他爱占小便宜有直接关系。这部手机，是他在网上看了一则虚假广告后买的水货，花200元买名牌水货，让老黄不仅在众人面前出了丑，还帮大丑婆出了一口恶气。

“他妈的，什么名牌？平时就老是发热，我没当回事儿。刚才就吱吱响，我又没当回事儿，裤子烧着了，实在是太烫了，否则，我也不会脱掉裤子不是？”老黄结结巴巴地向大音箱解释着。

老黄的大腿内侧被烧伤，手被烫伤，好在无大碍……但沾在大腿上和裤腿上的鸡蛋清子、鸡蛋黄子，经火一烤，早结成了鸡蛋饼子了。

五十二

“老黄，散场了，你还在那儿想去年手机炒鸡蛋的事呢是吧？”

老黄不语。

背扑克比赛整整搞了一上午，由于大丑婆没有出现，可谓顺顺当当，但老黄始终是惊惊咋咋的。竞赛了一副扑克的46张牌时，大铃铛宣布：“下面是一道联题，要连背6张牌，抢答者全答对了，可以得到两个一等奖，一对水杯子。胡县长说，这奖叫夫妻乐。”

“大铃铛，不对吧？一副扑克54张牌。你前边只抢答了46张，下来是六联张，还缺两张牌呢！”

“还有两张是大小王。老胡说，这两张王牌上，只印了霾头儿和母霾头儿的动漫丑态，没有文字。文字在他心里。”

“在他心里大家怎么去读、去学、去感受？还是说出来吧！”

“说出来吧，让我们也受受启发。”

众人有求，大铃铛不好决定，只得把目光投向老胡。老胡小思片刻，轻声答道：“就依大家。”

“好！那我就宣布倒数第二题牌：梅花A至梅花6。”

又冷场了。

“大铃铛，老胡印的治霾扑克牌，和平时的扑克不一样。梅花A至梅花6是空缺。只有48张牌。”

“老胡，是吗？我没注意到这个问题。”

“大家说得对！梅花A至梅花6，不是没印，是我没送。其实，这6张牌的内容，就是大小王的解说词。”

“哎呀，老胡啊，你可真能整。看来，你的心霾还是很重啊？”

“有一天，霾去了……”老胡站起身，面对众人，顾不上大家在说他些什么，开始诵道：

有一天，霾去了，我去了，
恨我的人，翩翩起舞，仰望蓝天，
爱我的人，眼泪如露，为我开脱。
第二天，
我的尸体头朝城西污水渠埋在地下深处，
恨我的人，看着我的坟墓，
一脸笑意，爱我的人，
不敢回头看那么一眼。
一年后，我的尸骨已经腐烂，
我的坟堆雨打风吹，
恨我的人，
偶尔在茶余饭后提到我时，

仍然一脸恨霾的恼怒，
爱我的人，夜深人静时，
还在用无声的眼泪帮我哭诉。
十年后，我没有了尸体，
只剩一些残骨。
恨我的人，
只隐约在提起当年治霾时还记得我的名字，
已经忘了我的面目，
爱我至深的人啊，
想起我时，仍有短暂的沉默，
头上的蓝天白云把一切都渐渐模糊。
几十年后，我的坟堆雨打风吹去，
唯有一片荒芜，
恨我的人，把我遗忘，
爱我至深的人，
不论是否深度受到过霾的侵害，
也跟着进入了坟墓。
对这个世界来说，
等霾去了，我也彻底变成了虚无。
我奋斗一生，
带不走一霾一毒。
我一生执着，
没带走一分虚荣却因霾来了留下污辱。
今生，无论贵贱贫富，
无论治霾还是制污，
总有一天都要走到这最后一步。
到了后世，霍然回首，

我的这一生，没因治霾而成虚度！

我想痛哭，却发不出一点声音，

我想忏悔，却已迟暮！

用良心去尽责，

别求个人的政绩去添污。

爱恨情仇其实都只是对自身活着价值的倾诉，

每一个人全都幸福就好。

珍惜内心最想要珍惜的，

三千繁华，弹指刹那，

百年之后，不过一捧黄沙，

借助风力首先飞起来的是PM10，

细粒沙尘与烟气会合，

检测结果，那就是PM2.5。

老胡言毕，场上众人，齐刷刷把似是同情、似是怀疑的目光，投到了他似是伤情、似是忏悔、似是冤枉的表情上。

直到比赛活动结束，谁也没注意、谁也没在意、谁也没起意，比赛期间，所谓的裁判，形同虚设，始终没有发挥过作用。从开头到结束，始终是大铃铛一个人在那儿主持、念题、裁决、发奖、平和矛盾和再念题、再发奖。我想，要真是掺和的人多了，上午半天，一副扑克的题，肯定答不完。

“把公家的事当成自家的了，独断、专行、自己说了算。腐败就是这样产出的！”老黄像是和我想到一块去了。

面对质疑，大铃铛也似乎有些尴尬。她正要解释什么，恰在此时，不知是谁，用录音机，在现场放起了一首大家都备感亲切的老电影《艳阳天》的插曲。老曲新词，乐曲悠扬，不仅立马吸引了大家的注意力，而且还帮大铃铛解了围。

曲曰：

燕山高又高——

滹沱水长流——

群燕高飞头雁领——

书记带咱向前走——

C市人民的主心骨——

敢斗雾霾的好带头——

和咱心连心——

汗水向一块儿流——

雾霾被吓走……

悠扬的乐曲声刚刚停下，不知是谁在人群中大喊一声："老黄，大丑婆又来了。"

"大狗熊来了我也不怕。她比霾头儿还厉害呀？"老黄嘴上发狠，却见他两眼不停地四下慌乱地张望着……

"走，今儿中午我请客，大伙一块去吃饭。"

"老黄，你请大家吃什么呀？是请大家吃手机炒鸡蛋吗？"

"呸，以后别再提这事儿了……"

五十三

连续两年，盼姐、大铃铛这些环保志愿者，在C市市、县政府和环保局的支持下，采用群众自我教育的方式，利用各种节日，广纳贤言，把治霾文化融入佳节娱乐活动之中，用广大人民丰富多彩、喜闻乐见的形式宣传治霾，解惑误解，真的让人很受启发。

受“雇”于环保，编写C市四十余年环保史，我的任务还没有完成，责任的驱使，从广场回家后，我连夜把环保宣教工作与公众与媒体的融合关系，和自己的体会写成了一篇题为《锋矛铸盾强能力适应环保新要求》的评论式建议，一方面以“顾问”的身份，递交给了甄猛局长，一方面，送给了C市日报社，并很快发表。

文稿虽说是我动笔写的，但从很大程度上体现了大侃的思维。在动笔前，我和大侃用微信深聊这个话题，大侃说：“‘十二五’期间，基层环保宣教工作，在正视新挑战、适应新常态、提升创新力中即将走过困惑、艰辛、挺进、不平凡的五年。面对国家‘创新、协调、绿色、开放、共享’协调发展新形态的‘十三五’，已经把保护环境、建设生态文明，日益强劲地摆在更加重要的位置。改善环境质量已经成为广大人民群众越来越浓烈的期盼与追求。切实把各项环保工作落到实处，助力推进生态文明和美丽中国建设，已经成为基层环保宣传工作面对的深切责任、重要使命。面对公众希望良好生存环境的迫切期待和不断强盛的参与欲望与监督能力，基层环保部门如何适应新情况、新常态、新要求，有的放矢地做好环保宣传工作，已经成为难于回避的考题与问号。从环保宣传实践中我深切体会到，大气污染防治新常态下的基层环保宣传工作，迫切期待做到接地气、解误气、送暖气。”

大侃讲的“三气”让我十分感兴趣。我索性直接向他讨教，大侃也不客气，干脆在微信中改文字为语音。他说：“首先应强化责任意识，解决‘不够重视、不接地气’问题。当前，在一些基层环保部门，宣教工作摆不上位的现象较为普遍，如有编制，没科室；有科室，没能力；有兼职，没专职；有分工，没考评；有人管，没业绩；有要求，没落实等。缘何如此？有人认为，环保部门主要职责是执法、检测、环评把关就行了，宣传教育作用不大；有的人认为，基层环保部门编制人员少、经费有限，应把有限的人力、物力用到能立竿见影出成果的地方，宣教工作是软指标，摆不上政绩考核的打分表，可多做也可少做。

这些想法显然不对。但导致的问题是对公众的所期、所盼、所思、所想不够关心、不够了解、不知道、不明白、不清楚。换回的是群众的不够理解、不够配合、不参与、不买账。不能满足公众需要，不能回应公众关切，使工作很显被动。‘十三五’是环境保护重要战略机遇期，各级环保部门应把宣教工作放到重要位置，纳入工作全局同研究、同部署、同考评，建阵地、搭平台、提能力。环境保护离不开群众参与，环保宣教的目的是广泛动员群众。群众有什么疑惑，有什么诉求和建议，政府部门的工作人员坐在办公室里想当然显然不行，只有多接地气，多倾听、多了解、多关注，才能号准脉搏，对症下药，只有相互关注，才能相互融合，只有通过多手段、多形式、多推动、多引导，环保宣传工作才能摆脱困惑、短板、怠慢、气馁问题，把环保宣传真正引上接地气之路。”

听大侃这一点拨，我也有了灵感，我接上大侃的话茬说：“强化敏感问题宣传，解决‘不够满意、难解误气’问题应该是其次了？”

大侃肯定地说：“对。基层环保部门不仅直接面对环境问题，而且直接面对群众对环境问题的申诉、上访与举报。当下，一些群众对环保部门工作‘不满意’，分析、梳理和解读敏感问题形成的症结，主要原因是三个不够：一是一些基层政府和环保部门对宣传群众的诉求研究不够，缺少对民情、民意的分析研究甚至有的单位对群众上访等诉求不够敏感，存在一慢、二拖、三应付的现象；二是公开透明不够，一些基层政府和环保部门对当地空气环境的监测数据，往往是内部掌握，对外很少公布。群众不知内情；三是环境法规、环保行业专业标准知识宣传不够，导致误会难解，困惑积压，雾气重重。上述问题，特别是因不明法规、不清大事引发的误会、误解，普遍存在。误会误解的长期存在，又延伸导致了公众对环保部门的不理解、不支持、不说好。由此可以看到，解决当前公众与环保的焦点问题，应从解除误会做起。否则，后果将会更加难堪。因此，一要通过对具体敏感问题的公开曝光，大力宣传国家环保方针政策、行动措施和成果经验。二要发动日益壮大的环保志愿者队伍，发动群众自发地加入到环保宣传的队伍中来，让公众在亲身参与中化解误解。三要进一步拓宽宣传渠道、宣传手段、宣传形式、宣传内容。四要增强宣传的针对性、实用性和公益性、时效性。总之，环保宣传只有适应'以秒计算''光速扩张'的信息时代的要求，坚持'准确、主动、及时、公开'的原则，走为了群众、发动群众、依靠群众之路，才会在强化相互理解，尽快解误解中更有作为。”

大侃讲话的声音很清亮，腔准字圆。这不仅仅是大侃的手机充电很足的原因吧？我想。

“第三个气，是暖气。”大侃说，“强化媒体素养，解决'不会应对、难送暖气'问题，也尤为重要。有人把环保宣传比做是供热站，把媒体比作是输暖管和暖气片，没有媒体的输送，环保的暖气就很难送到公众的心坎上。但相反的是，实际工作中，因为环保宣教人员没有具备接待、应对媒体的能力，结果往往又想送暖又不会利用管道，导致事与愿违。出现问题的原因是一些单位对媒体特点不了解、出现问题不会应对、害怕媒体不敢应对的问题。环境宣教工作者的媒体素养是指其对媒体及其所传播信息的认知、应对和运用方面的能力素质。要增强媒体素养，首先应该了解媒体、懂得媒体。宣教工作者应该了解媒体常识，明白媒体的传播方式、传播特点和传播规律，掌握传统媒体与新媒体的不同特点。其次，对待媒体贵在有一个'诚'字，应该把媒体和媒体人当作朋友，平等相待，坦诚相见，力所能及地支持媒体工作，尤其是当自己或所在单位因工作存在失误受到媒体批评时，不能推卸责任，干涉媒体的舆论监督，而是应该真诚地欢迎舆论监督，主动提供真实情况，公开检讨自身错误，尽快消除不良影响。第三，要善用媒体，一方面要通过媒体吸取能量，充实自己，提高实战才干；另一方面要借助各种传播方式及时介绍本单位的新成就，宣传新典型，塑造新形象，特别是可以通过新闻发布会等形式有效地引导舆论，规避或化解可能出现的各种危机。一旦出现了情况，要学会利用媒体做好应急宣教，解决自身和公众‘不知所措’问题。面对环境突发事件，各级环保部门应全力以赴，扎实解决好与媒体缺沟通，解决缺少宣教力度问题，切实克服‘暖气’管道不通的问题。”

其实，类似的话题，过去我就和大侃探讨过多次。“矛”是法,“盾”是知。环保宣教要做到锋矛、盾硬地扭转环保工作被动局面，是一项综合、复杂的工作，不可能短时间内一蹴而就，需要基层环保部门静下心来认真梳理被动的原因、症结与不足，针对问题拿出对策，并坚持用真劲、用实劲、用巧劲、用长劲加以解决。一时的问题解决了，新的问题还会随着形势的发展而产生，但只要我们充分认清各级政府正史无前例地高度重视支持环保工作，人民群众正积极热情地支援和参与环保工作的大好形势，不断强化环保宣传工作的事业心、责任感，通过做到不等、不慢、不冷、不火、不虚、不假、不让、不软，向公众表诚心，向媒体表真心，向公开表热心，向曝光表耐心，向社会表决心，当好环保法规与公众和媒体之间沟通的“红娘”“大使”，通过宣好“矛”、筑硬“盾”，把法规明给公众，把真相亮给媒体，充分尊重公众和媒体的知情权，一切被动都将转向良性轨道。在这些观点和认知上，我和大侃总是一个调门。

文章发表后，大侃第一个给我打电话说：“你给环保局当顾问，都当出‘油儿’来了。文章写得就是深刻。你在环保局再帮两年忙，都可以转正了。”

“转啥正啊？想当公务员，不过考试关门都没有。百里挑一，我个半拉子老头儿，谁要啊？再说了，我的文章都是你的思想，我只算是整理。”

“整理和治理差不了多少，都不易啊！”

“应该这么说，这篇评论稿的军功章，有你的一半儿，也有我的一半儿？”

“我看行。”大侃说。

“想吃什么？你说！”

“吃什么都行。不是手机炒鸡蛋就行！”

“哈哈哈哈哈哈哈——”

“哈哈哈哈哈哈哈——”

“光笑不行啊。在治霾治污中，广场文化越来越丰富，大家相聚的机遇越来越多，如何避免环保问题升级为社会问题，如何避免公众矛盾，在广场升级为公共事件，你们政府也要及时研究应急对策呀！”

“对——对——对——不过，我倒是想给你望元先生也提个建议。”

“啥建议？请直说。”

“我建议哪天在广场上搞一次现场直播的治霾故事会，你把除夕夜你梦见‘霾兄霾弟’吃所谓散伙儿饭的事儿，编成故事讲一讲，让大家明白，霾不是在吃散伙儿饭，是在喝壮行酒，让大家受受教育，提醒人们，治霾可千万不能有丝毫的懈怠啊——！”

“猫，猫——看那只大猫，太像盼姐家那只猫啦……”老黄喊叫着，众人把目光齐刷刷聚向了嫩绿的草坪……

闹猫乡长的烦恼

五十四

今天是中秋节。是猴年的中秋节。

八月十五天门开，天上人间共团圆。大团圆是民间最重要的民俗信仰。中秋赏月，本质是一个圆、一个明，核心话题无非是如何让生命有常，以一种面对天地祖先的真诚和虔敬，度过生命中的每一天。用吕正天的话说是“活在真实中，生命才更有意义”。

但眼前，当了乡长的任京，却在这个月圆之夜守在乡里，没能与家人实现千里共婵娟的美愿。

造假！造假！造假！提起监测数据造假，任京气就不打一处来。E县和F县，彼邻两县，同一天地，邻乡造假者少治污染却因有检测数据帮忙多受表扬，而像南旺乡这样真诚治污者的政绩，却偏偏要等到造假者被抓后才能见到天日，天理何在？

任京正因为当月本乡污染排名在全市倒数第一，生着闷气闷头在中国环境网上读报，两条醒目标题映入眼帘：

京津冀优良天数比例同比提高逾二十个百分点；

×市环保大练兵直捣监测数据造假。

手机响了，信息来了。是南征发给任京的一条对联：

上联：老天出尔反尔雾霾积尔去尔

下联：应急偶尔逆尔举措施尔得尔

横批：尔尔尔尔

任京随手既做既发，回复南征一条对联：

上联：生活不能像吃烂梨总挑烂的吃总心堵

下联：工作要学会嗑瓜子总挑大的嗑总快乐

横批：嗑吃嗑吃

手机又响，还是南征：

月明月空月圆时，战士战场战斗急。唯有英雄驱虎豹，四面楚歌险为夷。不试一番降妖路，哪知真经取不易。不为秋云遮望眼，早对寒气顽凶逼。开弓没有回头箭，出水才看两腿泥。

任京又回：

一夜一风一场雨，几人忧愁万家喜。斗天斗地斗空气，保气保质保工期。

手机再响，仍是南征：

人品：以正直为贵；

心地：以善良为贵；

行善：以孝顺为贵；

情感：以真挚为贵；

修身：以品德为贵；

待人：以诚心为贵；

处事：以谦让为贵；

行动：以稳健为贵；

做人：以诚信为贵；

做事：以尽心为贵；

为官：以担当为贵；

治污：以恒心为贵。

任京看后，没有再回……

手机重复响着，仍然是南征。这回是直接通话。

“任乡长，听说你又捅娄子啦？”

“你少和我逗闷子，看哈哈是吧？有话直说，我又捅啥娄子了，别哈拉叭西的。”

“不是我和你逗闷子，关键是你在当今这官场上总是端不平把缸子，当副局长时该担当的，你不担，耍滑头。党组会上挨点说，就手你就颠了，你以为乡长这一把手就好当啊？”

“麻利点，有话说，有屁放，别兜圈子，烂饽饽匣子，趁我正在走背点儿，就手把你对我的怨气再发发。”

“哎哟喂，你是人精啊，怎么在当下官场上干事这么冷的气候条件下，突然越过规则，大义凛然起来了？吃了闭门羹了吧？”

“你丫找抽呢，提这事儿我就生气，你小子快成大骗子了。前年你一个屁电话，推炉子、推鬼煤，去年你又一个电话，推改气、清神煤，你拿公家钱造啊？你拿我开心啊？”

“你不开心了？这能怪我吗？我只管传个话、下个通知，不满意找上边去。我要是你，接二连三地受这瞎丫折腾、吃这瞎丫亏，挨这瞎丫整，早就归置归置，麻利走人，找个老板打工挣大钱去了。”

“你还有点屁事儿没有啊？光会拍马屁、传瞎话，你的党性、官责都哪去了？”

“哎哟哟，我这是给你打手机，要是面对面，保准看见你现在的表情是怯不溜丢儿的。不服气，你给我发来一张自拍看看？”

“你这人就是热水窜子，能用不能沾，有热盖不住，好话也不会好说。我谢谢你的衷心问候好了吧？”

“好了好了，你闹猫乡长要是不服个软，今天咱就不收摊儿，我非把你在法庭上的尴尬和背后乱议上级机关的事儿，像魏发县长折腾胡阵雨县长一样，编成小品，捅出去，让你留下美好的追忆。”

“算你小子狠。看我不在局里工作了，你就嚣张起来了。不定哪一天，上边给执法单位搞行风评议时，我给你南征臭副局长添点丑儿。逼急了，我可能会把你们班子成员集体欺骗组织，轮流私分处分的悲壮之举编成小品抖搂出去，让你也变成网络名人。”

“别别别，你别等上边评了，包括你在环保局工作那么多年，公众评议，环保局什么时候当过先进哪？这两年群众通过大气污染防治，刚闹明白部门责任，刚给环保点笑脸、蓝天，刚说环保局两句好话，你就别再公报私仇，给局里添彩啦。你要对我有什么意见，踏板儿就手儿，今天就说透透儿的，实在不行，你也损我两句，消消气儿，别因为我害了班子其他人，这靠谱吧？”

“去你的吧，有我骂你那工夫儿，还不如去抓紧磨磨你下达的那个‘强剑’措施，把散小乱污企业清理工作落实得正经点呢。改天，你请我一顿，我也不和你个副职计较了……”

“好了，好了，借坡下驴，我个小副职，不和你正职大乡长斗了，咱还是工作上见吧。我给你打这个电话也不是为了和你逗闷子，是想问一问你，咱们乡今年年底前，完成煤改气、散烧煤清零的任务到底怎么样？”

“你来当这个正职吧。你以为这是小孩过家家呀，说清零就清零啊！电从哪来？气从哪来？钱从哪来？群众的支持从哪来？眼前把煤再停喽，把炉子再收喽，群众生活怎么办？冬季取暖怎么办？长期补贴怎么办……你南征又是一个电话帮我解决了吗？别站着说话不腰疼。你也弓下腰来，到村里问问老百姓，问一问该怎么安排这些事儿才叫科学发展、才叫实事求是好不好？”

“你和我发哪家子邪火，这回的事儿是上边安排的，气电保证没问题，我只管通知你、抓督导、问进度，别的我也管不了。”

“钱怎么补县里出政策了吗？”

“不给钱你不是也得干吗？”

“就这么个态度？”

“就这一点点责任。”

“好啊——你知道你还有责任就好，哪天你也放下架子，和王气风博士和雯雯一样，来南旺实地调研一下，直接和老百姓见个面，你也摸摸网上谣言的真情，体会一下最最基层工作的难度。”

“行啊，后天下午吧，你安排车来接我。”

“让我安排车干吗？你自己来。”

“局里车改了，公务用车以保障执法、监测为主，其他公务，基本上排不上号。”

“你车改我不车改呀？我上哪给你找车去？”

“要说也是，上上下下都车改，可我们局里还经常接到上边这个长、那个主任的要求去接他来我这儿检查、开会。有个别的，甚至还让我们到百公里外的家里去接、去送。上上下下的公务用车大都临近清零了，你来我这里检查，还让我去接，我到哪去弄车呀？我老是租车去接你，开销费用找谁报销呢？你难我不难呀？不是发给你车补了吗？”

"好，好，你这话说得好，算是你替我回复你的请求了。"

"算你任京是'人精'，哪天我给你变变招儿，把安排下去调研全变成让你上来接圣旨，你就老实了。"

"你随便，你不把组织上的话当回事儿，早晚会吃亏，你等着。"

"你还吓唬我，你小子因为对'长'不敬，吃的亏还少呀？你那几个破小火堆、小污染是怎么变成登大报、播大台、写进大文件、挨上大领导批示被问责的，接受点教训吧。机关多大兵多大，别拿大机关跑腿儿、看大门的不当回事儿。让你在雾霾中站着，让你的小污染变成大问题，就是一句话的事儿。"

"南大爷，我怕您了行了吧？你南大爷真是'难整'啊！哪天等你碰上个大机关的，假把式、比你还难揍儿、还不靠谱的，你就老实了，你就知道我的难处了……"

"你说话文明点好吧？破嘴……"

"污水在下，屋漏在上；污染在空，根子在人……"

"这年头儿，越是大官越有看齐意识。前几天省厅一把厅长来E县调研，都是自己坐火车来的。但是……你也别太狠、太较真，检查组马上就来，你还是有所准备吧……"

"好，检查组来喽我就说实话、表决心。把'老底'全给你们揭出来……"

……

五十五

E县环保局党组副书记、副局长任京，是羊年落实新《环保法》后的第一个环境日、也是世界第44个环境日后没多少日子，奉命到南旺乡履新任乡长的。

任京到南旺乡来当乡长，不是他个人跑来的官，是县里在事先一点没通气儿的情况下，突然宣布的决定。当时，县里上下很多在副科位置上熬了几年、十几年的干部对任京都好生羡慕，但任京本人并不感到庆幸。围绕任京为什么能升职正科，由县环保局副局长当上乡长，当时也是说法不一，传言各异，有褒有贬。

有人说任京能提职，是吕正天副县长保举的。因为，任京在保吕斗胡的过程中，始终是支持吕正天严格落实环保法规，不支持粗放发展、制造污染的；有人说，任京离局下乡，是明升暗贬，是因为他不太讨甄猛局长喜欢，让甄局长给“活动”到下边去了，原因是任京平时处事太滑头，不和甄局长真心配合，特别是在很多会议场合乱放炮，让甄局长很没面子；还有人说，任京下去，是自己找关系、托门子才升的官，他离开环保执法的“地雷阵”是因为他面对长了牙的新《环保法》，守家待地，关停违法排污企业下不了硬手，怕得罪人，干脆，一走了之。到乡里当一把乡长，怎么也比当管环保执法的副局长安全系数大；还有一种说法更为新鲜，说任京能当上乡长，主要是县里领导考虑到南旺乡散乱污企业太多，大气污染防治过程中，关停并转任务太重，任京过去管环保执法时缺乏力度，作为“处罚”，让他去南旺乡“补课”“补短”、攻坚，扭转南旺乡水和大气污染恶劣局面，否则，到时新账、旧账一块儿算，再撤了他，让他当环境污染的“替罪羊”；还有一种说法，说是让任京去当乡长，是因为任京在上级安排的集中教育中态度有“三个”不够端正。一是他以执法任务重、加班多为名，没有按上级要求，亲笔书写三万字以上的读书笔记；二是对办公室用房比上级的要求多出2.5平米，局里给他加宽窗台子“补过”表示不满，经常讲怪话；三是他在局里班子召开个人对照检查会议时，对自身存在的“四风”问题，认识不够深刻，还故意借和南征副局长“逗嘴”之际发牢骚，问题通过上级工作组反映到了县领导耳朵里……

对南旺乡，社情民况特别是水和大气环境严重污染问题，任京十分清楚，明因知底。报到前，县里主要领导找他谈话时，更是给他施予了重大压力。任京其实是个干事儿很精明、很有头脑、很有办法和能力的干部，面对压力，他并不是直不起腰的人，而是挺着、拼着、协调着乡里的方方面面，把治污的工作干得有声有色、有成有绩。

在任京来南旺乡前，该乡在E县虽不属最富，GDP委居第二，不是全县第一名，但该乡有两个荣誉曾保持数年，名声在外，令人又叹服又不解。这两个荣誉，一个叫：E县民营经济自发发展示范乡；另一个叫：C市开展爱国卫生灭鼠行动先进乡。

不知内情的人，只知叹服南旺乡民营经济发展迅速，却不知道少数人发家致富了，多数人却在忍污受害有多难受。因为，遍布全乡的小电镀，不仅把地表水搞得连蚊子、苍蝇都不生长，而且直接污染了地下水。不仅污染得全乡百姓吃水靠买罐装纯净水，而且水汽蒸发，污染空气，导致南旺乡成为臭氧污染重灾区；很多不知内情的县内县外人，都到南旺乡学习、考察过该乡的灭鼠经验。乡里对外讲的主要经验做法，从县长到村民，都是一个通稿“三句话”，“稿”外的话，一个字都不多说：省市县领导得好、全民灭鼠人人上阵天天抓、让老鼠死在窝内堵在乡外办法实。其实，真的“内情”“经验”，根本就与这三句话不着边儿，其内中奥秘与暗情，直到前任乡长胡阵云伴随着他堂哥胡阵雨县长被革职县长，他本人也被调整到县直机关任职后，才有了内情大曝光……但一年多后，任京却伴随着从根本上“解除”南旺乡灭鼠先进乡荣誉，他也给自己“捞”来了个“闹猫乡长”的雅号……

五十六

虽有各式各样、许许多多利与不利的传说压在任京头上，但任京用扎扎实实落实上级大气污染和水污染防治政策、规定，切实用教、帮、劝、奖等许多符合民情、民意的土办法，通过有效解决危害乡民健康的水和大气污染问题，很快树立了新一届乡政府全乡民众赞在心里的良好形象。

在上上下下的大力鼓舞、鼓励、支持和帮助下，南旺乡以政府主导、公众参与、企业支持、环保志愿者和各级党员干部为主体组织的水和大气污染防治网格化监督、监管体系形成了全天候、全方位、全时段运行机制，一举被县政府评为水和大气污染防治先进乡。全县原有的一千多家开办在乡村大院黑屋里的所谓散乱污“三无”企业，基本整治，偶尔有外地人偷着到南旺乡扒拉“死灰”，也是到处碰壁。据传，F县的魏县长，曾在下台前，对吕正天和任京领导下的南旺乡在水和大气污染防治上，发生改天换地的变化表示过怀疑。如此“污地”突变“净地”，哪来的邪劲儿？魏县长指派“啵一口”——康求德，到南旺乡摸根底、找毛病、探虚实……

“啵一口”到南旺乡后进了三个村。他先是以找投资合伙人为名，动员一农民在自家院子里合办小电镀，保利不赔，结果被拒；他又找一村干部行贿，只求允许他在村里开办小电镀厂，结果被否；他又用买十个新书包作诱饵，让一个小男孩，群发一条骂任京乡长坏话的段子，结果被骂。他像《地雷战》里渡边偷地雷一样，贼贼咕咕跑了半天，结果是两次被大人明确拒绝，一次被小男孩歪打正着地骂得猪血喷脸。

“小朋友，你好啊，听说你们村是文明村呀？”

小男孩点头露笑。

“小朋友，听说你们村最近闹猫很厉害呀？是不是任乡长闹鬼呀？”

小男孩不笑不语目视。

“小朋友，听说你们村过去连老鼠都没有，但老鼠不是人灭的，是自己死的是吧？”

小男孩仍旧不语。

“小朋友，我说的对不对呀？”

小男孩仍然不言语，但脸色见怒。

“小朋友，你是最讲文明的好孩子。这样，我给你写一个信息段子，骂一骂任乡长买老鼠招猫闹鬼的事儿，回家去，用你爸的手机群发一下，我明天给你买十个新书包怎么样啊？”

小男孩嘴角抽动但没发出声儿。

“小朋友，讲文明的孩子是要听大人话的。你认识我吧？我是县里的干部，是最喜欢讲文明的小朋友的叔叔……”

还没等“啵一口”把话讲完，小男孩突然怒气爆发：“×他妈的，明知污染害人害己还他妈干。谁都知道，村里没有老鼠不是正经人干的。邻村有个叫‘啵一口’的，用化工厂污染害得我姥姥都得癌症了，听说他才不是人养的，到处做非法污染的事儿。叔叔，您认识他，帮我给他捎个话！”

童言无忌，童言含恨。

“啵一口”稀里糊涂挨了孩子一顿臭骂，心里好生憋气。回去见了魏县长，他没头没脑甩出一句话：“E县治污真成人民战争了。过去贪功求荣灭老鼠，原来真不是正经人干的。小孩子根本不认识我是谁，他对您倒挺服的，还让我给您捎句话。”

“捎什么话？”

“感谢您对私营企业发展的支持！”

魏县长听后满脑子雾气。而“啵一口”藏在心中的污霾，此时，正悄悄借助甜言蜜语，向魏县长的脑雾中转移……

五十七

和南征与任京用手机逗闷子讲得一致，任京尽管费了九牛二虎之力，让南旺乡环境污染问题打了一场翻身仗，乡里还得到了“先进”

荣誉，但任京本人，当乡长三个年头两年时间，却自始至今也没有得到一点点“好”；自始至今都是在气愤、着急、挨批、烦恼和被批评、被通报、被约谈、被问责、被罚款、被责令写书面检查、被责令到电视台公开“露脸”表决心、做检讨中度过的。

那天，当我先后听吕县长、马二哈，给我讲任京所经历的几件事儿后，有的把我气乐了，有的把我气晕了，有的把我气急了，有的把我气得自己一个劲儿地问自己：你要是在官场上总碰到这样的事，还有心思尽责吗？还会踏踏实实干事吗？还能防治雾霾吗？还能活到退休吗？

五十八

用过微信的人，可能都会有这样的感受：每天都有几篇热门文章、几个搞笑的段子，在群里和朋友圈里相互转发，成为千万人的精神食粮。有人感慨新媒体带来的传播革命，也有人担忧社会文化的同质化、“鸡汤文”。而对政府很多工作人员来说，它还带来了不太熟悉的新挑战。一个地方的一个小众事件、新鲜事件，都可能瞬间变为大众舆情。一些自我感觉不错的创新之举、正面业绩，也可能换来网民众批绯议。

E县南旺乡闹猫风波起始于猴年春节，也就是任京到南旺乡任乡长八九个月之后。

任京在吕正天副县长的大力支持下，率先在全县开展打击散乱污违法企业，并取得丰硕战果。为此，E县政府还专门在南旺乡召开了现场经验交流会，任京新官上任，光彩地踢出头一脚，受到了吕副县长代表县政府的口头表扬。

可就在数月之后，有人开始给任京添彩啦……

当时，正值上级环保督察组对E县政府落实环保责任情况实施督查督导，接受群众对各地环境污染问题的举报。

这天，任京正和乡里几名干部研究如何通过网格化管理，开展秸秆、落叶、垃圾禁烧工作，办公室的女干部常丽平突然闯进来，大声喊道:“任乡长，不好了，网上有人说我们乡里的坏话。”

“说什么坏话？”

“说您在大气污染防治工作上搞花架子、搞封建迷信活动、干扰上级的环保督察工作。”

“无中生有吗这不是！”

任京疾步来到办公室，常丽平把网页打开，只见胡仙网的首页上，赫然显示出一条醒目的大标题：任京官小牛逼大，南旺治污搞作秀。主要内容先是用一段顺口溜表达的：

大构思、大规划，见了任京百姓怕；
大手笔、大格局，最属任京耍赖皮
大举措、大决策，任京这人特别硌；
大动作、大步化，任京干事准打架；
大跃进、大速度，任京挨告天天吐；
大收鼠、大闹猫，任京天天想歪招；
大治理、大霾头，任京来了没盼头；
大牛逼、大家骂，滚回县城找妈妈。

结尾是：任京要把南旺乡大气污染防治引向何方……

任京眼瞧着电脑屏幕，头大，心气，“这是谁干的，什么玩意儿？”

在场的人劝任京：“任乡长，网上有些东西就像农村爱传老婆舌头的娘们，没个分寸，更没个吊准儿。您别生气。”

任京说：“前两天刚炒完我买官要官，这又来个直接大骂，能不生气吗？太没脸面了。”

任京正在发怒气，手机响了。

“是我。你说吧。”任京光顾得发气，两只手忙乱着去抓手机，免提不知怎么被打开了，他和南征的通话，变成了现场直播。

“任京啊，你是刚受过表扬就又开始闹闪呀！”

“我闹什么屁闪呀？”

“网上说的是一方面，有人打电话把你举报到上级环保督察组那儿去了，说你组织乡里干部四处去收购老鼠，故意把野猫招引到南旺，显示你治理小散乱污企业的政绩……”

“这不是胡说八道吗。南旺近期闹猫不假，但怎么成了我让人收购老鼠招引野猫了呢？肯定是有人对打击小散污企业不满，故意给我出洋相。”

“举报者还说了，说你挑逗群众斗群众，用网格化监督方式，打击和你闹过意见的村干部。上级已经安排工作组，准备去你们乡里实地调查。”

“查吧。快来人查吧！”

当天夜里，任京躺在办公室里翻来覆去搞得床头咯咯响。到了后半夜，迷迷瞪瞪之中，好像刚要睡着，突然，一只蚊子趴到任京的脸上，上来就把长长的吸血针扎进了脸巴子的肉里。啪的一下没打着，啪的又是一下还没打着。情急之下，气愤之中，任京把内裤脱掉，把全身都捂得严严实实，唯独把屁股蛋子翘得高高的，关掉灯，自语道:“来吧，来吧，只要不咬脸。咬吧，咬吧，送你个机会，让你随便咬。”

后来，任京实践出真知，还借此编了一句歇后语，用来和南征嘲讽自己，“我是蚊子叮屁股——不咬（要）脸了。谁爱告告吧，谁爱批批吧，不影响我和吕县长同步、稳妥落实《E县治霾五年规划》，确保治污、致富、治安、致小康科学运行就算了。”

天亮前，任京似乎是晕晕乎乎睡着了一会儿。一个人住办公室，任京自从当了乡长，似乎已经习惯了。天亮后，任京准准儿地看见，一只肚皮吃得圆圆的像个小红灯笼状的大蚊子，趴在他床头的墙上，好像是有些飞不动了。任京刚刚抓起苍蝇拍，大蚊子却好像有所察觉地晃晃悠悠地飞了起来，但没飞出两米，就一头朝下，栽到了任京的办公桌上，肚皮突然爆裂，一摊浓浓的黑血，恰巧留在了一页文件纸上。更恰巧的是，那页文件纸，正是下午南征给乡里打电话下通知的那份电话记录。通知的主要内容是E县政府决定在全县乡村深度开展小散乱污企业“强剑”治理行动。要求南旺乡在年底前，深度实现小散乱污企业“清零”。还明确要求南旺乡试点先行，为全县蹚路。当时，任京看了一眼炸破肚皮的蚊子，只剩了一层皮，沾在血堆儿上，根本没在意再去收拾残局，但让任京做梦都难以想到的是，这只蚊子、这滩血迹，正堆在两个关键字上，为日后任京又一次被网炒、被问责，提供了“血证”……

五十九

自从2013年全国防霾治污，被上上下下列为“国家话题”后，社会上，特别是京津冀、长三角、珠三角地区，便出现了这样的现象：首先是一部分公众提霾色变，时时恐惧，好像霾会吞食人类，发烧感冒、邻居被盗，嗑瓜子崩掉了一块牙；去澡堂子洗澡丢了衣服；出门碰上鸟拉屎，正掉到自己嘴里，都要问一问，是否与霾有关系，恨不得一晚上就把霾治没喽。政府怎么做都不满意；再是一部分公众，视霾无睹，好像与己无关，任霾侵蚀，俨然一副健康问题无所谓、治霾没我事儿的态度；三是借霾发挥，将生活中的许多自然现象和非自然的人为问题，变相与霾挂钩儿，编造故事，以讹传讹，制造传闻，吸引人们的眼球，借此，掺杂进个人或某个小团体利益，于是乎，霾，忽地变成了各种利益的焦点与“红娘”。

为把霾为何物说清楚，C市还有位细心的文字研究人士，费了两个双休日，夜查书山、昼倒辞海，进一步论证望元先生说“霾”是一种动物的学说，把霾的形象勾落出一个动漫画面，再加上雾霾知识，欲借望元小说公布于众，借此让公众一方面消除恐慌，一方面提升警惕，增强公众对霾认知的印象感。

霾到底是个什么样的形象？望元先生自会在雾霾小说三部曲结束前，公布于众。但眼前接连发生在雾霾之中的连篇怪事儿和发生在C市、E县、F县和南旺乡的系列奇特怪象，真的让人急得够呛，需要有人尽快解谜破惑。甚至，在很多人看来，特别是类似南旺乡“闹猫风波”这样的事儿，都与霾来霾去，雾霾成因，有直接关系。但这些现象、怪象，你根本也说不明白、讲不透彻，到底是怎么一回子事儿，大家都盼着有人出来白活白活，也算是精神上有个安慰……

六十

任京在南旺乡正生着网气之时，盼姐的女儿雯雯和女婿克克这边，也在闹气。

一大清早，雯雯就收到隔壁房间克克发来的一“系列”微信：

人活着，没必要凡事都争个明白。知足的人，虽然睡在地上，如处在天堂一样——比如说我；不知足的人，即使身在天堂，也像处于地狱一般——比如说——大美女，您。

人生，心灵富有最重要，若囿于物质欲望，即使拥有再多，也会觉得不够，这就是贫穷；反之，物质生活清贫，并不影响心灵的充实，知足而能自在付出，就是真正的富有。今天再大的事，到了明天就是小事；今年再大的事，到了明年就是故事；今生再大的事，到了来世就是传说，我们最多也就是个有故事的人。生活中、工作中遇到不顺的事，对自己说一声：今天会过去，明天会到来，新的一天会开始。心简单，世界就简单，幸福才会生长；心自由，生活就自由，到哪都有快乐。得意时要看淡，失意时要看开。人生有许多东西是可以放下的。只有放得下，才能拿得起。多一些宽容，多一些大度，挥挥手，笑一笑，一切的不愉快都会成为过去。

积德虽无人见，行善自有天知。人为善，福虽未至，霾已远离；人为恶，霾虽未去，福未远离；行善之人，如春园之草，不见其长，日有所增；作恶之人，如磨刀之石，不见其损，日有所亏。福祸无门总在心，作恶之可怕，不在被人发现，而在于自己知道；行善之可嘉，不在别人夸赞，而在于自己安详。给自己留点空白，会使心灵更畅快地呼吸，当你春风得意时，留点空白给思考，莫让得意冲昏头脑；当你痛苦时，留点空白给安慰，莫让痛苦窒息心灵；当你烦恼时，留点空白给快乐，烦恼就会烟消云散，笑容便会增多；当你孤独时，留点空白给友谊，真诚的友谊是第二个自我。留一点空白，这是人生的真理；留一点空白，这是生活的智慧。感激伤害你的人，因为他磨炼了你的心志；感激欺骗你的人，因为他增进了你的见识；感激鞭打你的人，因为他消除了你的业障；感激遗弃你的人，因为他教导了你应自立；感激绊倒你的人，因为他强化了你的能力；感激斥责你的人，因为他助长了你的定慧。感谢所有使你坚定成就的人，要生活在感恩的世界里，生活才会更精彩。

人生，不过一杯茶，满也好，少也好，争个什么；浓也好，淡也好，自有味道；急也好，缓也好，那又如何；暖也好，冷也好，相视一笑。人生，因为在乎，所以痛苦；因为怀疑，所以伤害；因为看轻，所以快乐；因为看淡，所以幸福。我们都是天地的过客，很多人事，我们都做不了主，但愿霾去不回头！

雯雯和克克从结婚后还不够半年，小两口就开始闹离婚。至于原因，外人谁也说不清楚。盼姐能说清楚一部分，但也不完全清楚，她说，因为雯雯不和她透实底儿。小两口结婚半年，分居的日子比同居的日子多百分之八十六点六六。由此看来，八和六，不一定都是发和顺。两个人的情感，之所以前些日子闹腾得差点儿离喽，这两天又有点阴转半晴天儿，原因都来自南旺“闹猫风波”的传闻。当然，内中奥秘不仅如此，还有其他……

雯雯看了克克的微信，心烦意乱，但她打开电视后，却更加意乱心烦。电视里正播放梁宏达主持的《老梁观世界》节目，节目话题是：什么微商月入百万！别再被骗了，把陷进去的亲朋好友拉出来吧！

电视里老梁叨叨叨：雾霾之中，微商成了一个非常时髦的词。在微信朋友圈和微博上做生意的人统称为微商。眼下一段时间微商为什么这么火呢？那是因为它不仅仅是大众创业万众创新的时代体现，同时也是互联网思维接地气的一种表现。最近几个月，随着媒体的大量披露和报道，微商的口碑直线下降，这是什么原因造成的呢？是因为在微商一片繁华景象背后，总有传销的鬼影在晃动。起先，微商和传销这两个概念是八竿子打不着的，但是这些年我们看到，由于政府加大了对传销的打击力度，传销的形式也开始千变万化，也开始借助网络的掩护，悄悄地进村打枪，很多人在互联网上也上了传销的当。那么说，微商和传销是怎么结合到一块的呢？《老梁观世界》曾经做过一期节目，有关于微商卖面膜的，说这面膜很多都是假冒伪劣产品，也不是什么国际大品牌，它成本就几块钱，到你手上可就不知翻多少番了，而且这面膜里面含有荧光剂、雌激素等等等，对你健康不利，现在与时俱进的这种所谓的微商传销式，它关注的已不是你什么人买了这个东西，买了多少，它关注的是有多少人在卖这个东西，咱拿个具体例子，河北有一个微商吕女士，朋友告诉她说，可以用微信的朋友圈做生意，就卖这个面膜。说比方你从我这儿拿一盒，120元一盒，能卖198元，所以你卖出去的时候，一盒挣78元，一天卖十盒，能挣780元……日子长了，朋友们相信了这真是个好道，弄弄就和吕女士一样，全上当了……我们说互联网+的时代，就有可能衍生出大量的泡沫，雾霾之下，对微商传销的打击绝不能手软，因为，大众创业、万众创业缺少了安全性问题，就如同治霾中的伪专家、伪技术，伤天、伤人、伤理、伤德行……

老梁那儿白活儿，雯雯那儿憋气。什么吕女士，老梁所述的这些经历、这些事儿，不就是自己吗？此刻，雯雯的心里，已是烦上加烦。因为，就在上周，她还在大学闺蜜的微商圈套中被套走了整整两个月的工资，六千多块钱，换回来的是过期的化妆品，永远也不过期的教训。

“雯雯，求求你，别太任性，太任性会增加被老虎叼走的危险。”克克的短信、微信还在持续给雯雯发着。

六十一

E县南旺乡突然传出的“闹猫风波”，雯雯早已在网上看到。南旺是距县城周边最近的乡镇，治污之年，一改数年无猫的历史，黑的、白的、黄的、黑白花的、黄白花的，各类各样的大猫、小猫、老猫，好似突如一夜春风来一般，足有上千只，突然向南旺涌来，很多人四下传说，四处张扬，各类猜疑、猜测，比几年前该乡的猫，突然纷纷逃走时产生的传说效能、热度，不知要强烈出多少倍。

有人传说，猫多是从城里跑到乡下的；也有人说，有许多的猫，根本不知来自何方，好像是从天而降，是吉是凶，更不得而知。为此，有人编了顺口溜，还把回乡探亲的老黄加了进去：

猴年E县闹夜猫，
这里奥秘很难详。
老黄杀鸡给猫看，
怕是霾回危害多。

老黄听了，一改过去急赤白脸的老常态，反而还笑盈盈地对盼姐和大铃铛说道："自从胡大县长给我送礼，求情加入咱们环保志愿者广场舞宣传队，现如今，我也是坐着飞机吹喇叭，名声上天了。连老猫返乡抓耗子这点屁事儿，也和我联系上了。当名人可真有意思。"

"老黄啊，你可别借机又造谣生事什么的啊——"

"盼姐啊，大铃铛队长可太会冤枉人了！前几天，我和你家雯雯说，我在E县南旺乡后营村见到你家大黄猫的事儿，可真不是造谣生事啊——太像了，太像了。我前边听说您收养亲家的那只老猫吃日本冻饺子后死了，我真的不敢相信这会是真的。太像了——太像了——真是太像了——那神态、那头型、肚皮上那块红毛，特别是看上去那猫的年龄段，看哪哪都像。"

"老黄啊，你说的可能还真的是真事儿。我听雯雯和我说了这事儿后，专门到我妹妹家去了一趟，她家那只大黄猫还在家里，没有跑出去。整个C市、E县，过去除了我亲家母家和我妹子家有肚皮上有一大块红毛标志的大黄猫外，就没听说过还有其他人家有这样特征的猫。"

"大铃铛队长，你瞧是不是，我不是瞎说吧？"

"不过，自打你和雯雯说了这事儿后，雯雯和克克的感情就一天不如一天了。”

“这和我有什么关系？”

“有啊，老黄。不过，这也不能怪你。”

“盼姐，这到底是怎么回事儿呀？”大铃铛问。

“一言难尽。”

“您透一点儿，省得让我跟着着急了。”大铃铛追问。

“亲家母和我说大黄猫吃冻饺子后死了，其实没死。她和克克、雯雯不住一块儿，雯雯和克克也不知内中实情。老黄和雯雯说在E县见过大黄猫后，克克便回家去问过他妈。他妈也不说为什么，只是一个劲儿地向他解释，大黄猫前天又跑了……雯雯听说后，心里很不舒服，觉得她不该和自己说假话，害得自己听说老黄毛死了，几天几夜没吃好睡好，想猫想得还流过泪。至于她到底为什么说这样的谎，我也猜不出个一二三。她告诉克克，说是怕我太想那猫了，和她要。兴许她也是怕再给我添麻烦，给猫买吃买喝的。我是没太计较，但雯雯却因此和克克闹了一场气。她这一闹，克克有点受不了啦。克克是个孝子，便和雯雯因此拌嘴，闹开了矛盾。”

“小两口就因为这个闹离婚吗？”

“是不是，是不是完全是，我也闹不清楚，反正，这几天因为要一块做南旺乡气代煤、电代煤的应急计划，两个人因为工作上掰不开，关系又好多了。现在的年轻人，真让人猜不透。结婚离婚的，好像根本不严肃、不当回子事儿，和咱们一比，简直不是过去说的有代沟了，像是有代码、有代霾、有代网速了……”

六十二

现今的政府，已不再像过去那样冷漠公众言论了。对公众关注、反映、举报的事儿，甚至，哪怕是在公众中和网上留言传播、议论的话题，各级都十分敏感、十分关注、闻声而动、闻风而动、马上就动；民有所议，我有所复；民有所愿，我有所办；民有所问，我有所答，已成常态。特别是在C市，特别是公众广泛关注的环境污染问题，在各级政府的尽责日程表上，已经成为风雨无阻、昼夜兼程、事无空项、事事俱实的全天候、全方位服务与担当项目。

即使这样，吕正天副县长仍从心里认为，政府和他分管的部门，现实的工作姿态、工作状态，距真正建成法治型政府、服务型政府、生态型政府，还有相当大的差距。吕正天说："马上就办还不行，还要办就办好，让公众打心眼里满意才算到位。"

发生在南旺乡的野猫返乡现象，表面上看去，可能与公众的生活没有什么干系，但既然公众已如此关注，必然会对社会生活带来影响。对此，吕正天找来环保局甄猛局长、马二哈副局长和相关部门领导一起研究后，决定把这个异常现象，作为一个专门的调研课题，请海创智库PM2.5防治专家组的师博士和汪齐风博士，亲临E县做调查研究，争取尽快给公众一个科学、实在的答复。

实际上，南旺乡闹野猫下乡真正最热闹的时间是在羊年临冬那段。整个京津冀的天空，异反"阅兵蓝"时的晴空常态，伴随冬来雾重，最长的时候，有大约十一二天，太阳就没和E县人见过几次面儿。人们把闹猫与闹雾、闹霾、闹病联系到一块儿，东说是天灾，西说是猫害，甚至网上有人造谣说，是任京捣的鬼花活儿，是任京招来猴王精下凡，要杀羊害人，给未来的金鸡一个下马威。对此，很多人产生了担心与恐慌。

任京有口难辩，最后，还是汪齐风博士和在专家组实习的雯雯，通过深度调研和论证，帮任京解了这个围……

六十三

南旺乡的“闹猫风波”，与雯雯和克克的婚姻矛盾到底有何干系？那天，老黄反复问缘由，盼姐也没深说。她是怕老黄那张嘴。事后，我和盼姐提起此事，盼姐若有所思地对我说：“亲家间的小心眼儿，有时会给小夫妻间的和谐招来麻烦。雯雯和克克俩闹矛盾的事儿，不仅和南旺乡闹猫风波有很大牵连，也和亲家母耍了个小心眼儿有关系。”

家庭是社会的细胞。社会上发生的很多事情，七拐八拐，像PM2.5污染物一样，见缝就钻，最终会把很多人、很多家庭，变成受害者……

这天是周末，雯雯一大早就催着克克快起床、快吃饭，然后和她一块到老姨家去看猫。提到猫，克克突然神秘兮兮地对雯雯说：“雯雯，你是诈我吗？”

“我诈你什么？”雯雯反问。

看雯雯一副认真的样子，克克说：“我妈不让我和你说，但我心里总是打嘀咕。”

“什么事儿，神经兮兮的？”

“说了你可别生气啊，啊——”

“你快说吧。我哪能生咱妈的气呢？”

“雯雯，E县南旺乡闹猫，城里的家猫、野猫全都往乡下跑，去捉老鼠尝鲜，这事儿你不是知道了吗？”

“知道啊！我妈昨儿个说，我老姨家那只猫在城里和它玩的伙伴少了，待着也有些不安稳了。怕它也跑掉，我妈说让咱俩去我老姨那儿看看，让老姨把猫看好喽。这只猫，可是你们家原来那只老猫的遗子呀。”

“说的就是嘛！它妈上周就跑南旺去了。”

“你瞎拉拉啥呢？咱妈养的那只老猫不是早就死了吗？”

“你我全被我妈蒙了，老猫根本就没死。”

“什么，你是不是病得不轻啊？老猫死了两年多了，还能活过来呀？”

“是。真是！”

“是！真是！老猫是神不是猫，能在雾霾之中死而复生，而且是死过两年又活了。昨天还在教训小京巴别随地便溺呢。老猫成精了？瞎胡咧咧什么？”

“雯雯，是真的，我没骗你。老猫不是死而复生，是根本就没有死。”

“没死好。没死你给我抱来看看。别瞎胡咧咧啦。快吃饭、快动身、快去我老姨家看猫。”

“雯雯，你咋不相信我对你的忠诚呢？老猫真的没死。”

“好！好！好！老猫真的没死，真的成霾猫精了。你再吓唬我，我可真生气了啊——”

“我就和你直说了吧，老猫根本就没死过，是我妈怕你妈以你妈替我妈代养老猫要条件，我妈又怕你妈和老猫有了好感，你妈向我妈要回老猫我妈才说了假话骗了你妈，告诉你妈说老猫吃饺子撑死了，我妈说了假话后也挺后悔，但又怕你妈知后好生气，我妈还怕你知道后影响关系，因此我妈就一不做二不休干脆一直隐瞒下来，没和你和你妈说出真情，老猫一直养在我二大爷家，我妈说不让我和你和你妈说，事到如今我妈不让我和你和你妈说也不行了，我就和你说了，你和你妈去说吧，反正老猫又跑了我妈不和你妈说也是这么回子事儿啦……”

“停，什么你妈我妈的，你说单口相声呢？你妈怎么会这样骗我妈，我妈对你妈一片真情，你妈怎么能这样对待我妈，你妈的行为要是让我妈知道喽你妈不得气死我妈，你妈……”

“雯雯，你可千万别生气。我妈心眼是小了点，但她也是好心，她主要是考虑我爸生前很喜欢这只猫，怕你妈给要回去。”

“呸，你们家怎么这个德行，你妈怎么这么不仁义？”

“雯雯，你骂我都行，你怎么能骂我妈呢？”

“你妈太不仁义啦，不能说吗？”

“你再骂我妈我可不客气了！”

“好，好，好！你妈不仁义，你也没情义，我就骂了，你说怎么着吧？”

“散了吧你。急归急，气归气，你也太过分啦！”

“散就散。谁怕谁呀！”

“我是说咱俩散了吗？”

“你刚说完。”

“我是说你……”

“明明是你妈做得不对，你还说我，散就散——”

……

……

小两口你言来，我语去；你雾来，我霾到；你从小耍性子，我也是独生子。一来二去，小两口就这样开始了隔墙如隔山的分居生活。

有专家研究表明，双独生子女婚后离婚率普遍较高，原因主要是从小就过惯了自己说了算的生活，受不得逆来之气，更缺乏“和”“让”，缺少为他人着想的意识。就像官场上失去约束的权力一样，唯我独尊，放纵失规……

盼姐确实是一位十分善良和理解他人的人。那天，当雯雯把她和克克闹矛盾的原委诉说之后，盼姐不但没有责怪克克和他的妈妈，反而对雯雯说：“你公公去世早，你婆婆一个人拉扯着克克，家里家外的不容易，因为一只猫，因为一句假话，你不该出言伤人，更不该对长辈语言失礼。一个女孩子，让人听了，怎么这么缺乏家教呢？还是有文化、见过世面的大学毕业生呢，和家过日子，你还真的没有毕业资格。”

雯雯听后委屈地哭出了声儿，“妈呀，你也太仁慈了吧？你为了找回他们家那只猫，吃了多少苦，操了多少心，她用小人之心欺骗你，对得起人吗？”

“雯雯，你真的还是个孩子。是人重要还是猫重要啊？老猫没死，这不是好事吗！”

“是诚信重要，还是自私重要啊？”

“诚信当然是重要，那是你对人，你不能在亲情面前像是对待日本鬼子那样。你更不应在有恩于人的时候，强求他人给你什么回报。否则，因为一点点小事儿，就伤了亲情，甚至伤害你和克克的爱情，这值得吗？凡事选择时，都要掂量掂量，哪头轻哪头重，特别是当生活欺骗了你的时候，一定要有平常心，切不可燥而生悲，切不要因小失大。像你爸，像你环保局的叔叔们，他们为什么能成就事业？为什么能受人爱戴？做人做事做官之道，非一言两语所能讲明白。你应该主动去向克克道歉，请他和你婆母原谅你。但你自己要永远记住这件事儿，永远都不要放纵、原谅自己，只有这样，才能去除心霾，成就仁事儿……”

六十四

任京治污有功，却变成了闹猫风波的受辱者。翻翻旧账，看看新事儿，任京接二连三被网炒、被通报、被问责，其实都是既蹊跷又不蹊跷，但件件都很令人回味。

在闹猫风波前，任京就已经成为了网炒名人。有人说，如果在那次“索贿风波”中，任京能让人家一把，后来的“花圈”风波、“强奸”风波，都有可能会避免。

六十五

任京在配合市县政府大刀阔斧整治、取缔南旺乡散乱污企业过程中，通过广泛动员，深入宣传，很快使南旺乡广大公众认识到了污染的危害，健康的重要。其实，多数的群众，对发生在身边的污染，早就已经是深恶痛绝了。无奈的是缺少法规的支持，缺少执法的力度，缺少任京这样的治污猛虎，缺少群起而攻之的合力。

其实，整治生存于村街的散乱污企业，工作的最难点，不在普通群众，而在于当地的村街干部。因为，中国特色的领导体制，启发着普通群众，不怕上边的大官，怕的是直接卡着他脖子的村官，特别是那些脾气大、敢动手的村官；还有一点，村街的散乱污企业，很多都是村街干部自己开办的。村街干部不带头取缔自己家的散乱污企业，全村街谁也不会动，村街干部也没法子、没脸面、没理由去管别人。麦收来临的时刻，南征到北塔村调研，正巧赶上盼姐和大铃铛组织环保志愿者到南旺乡巡回宣传秸秆禁烧。大音箱站在人群中，正兴致勃勃地表演快板书：

打竹板儿响连环，
麦收已经到眼前。
全市上下都知道，
三夏防火最重要。
焚烧秸秆害处多，
听我老表说一说。
碧水蓝天环境年，
秸秆禁烧是底线。

市县乡村齐动员，
横幅标语到处见。
家家张贴承诺书，
禁烧告知贴门边。
一天一夜查不断，
床铺铁锹带手电。
禁烧战斗已打响，
乡村干部上战场。
家家说，户户讲，
嘴干舌燥嗓子痒。
夜夜巡逻到天亮，
四面八方要瞭望。
麦收如有现火光，
问责处分没商量。
火光如果被拍照，
一月工资全罚光。
大爷大娘你别慌，
兄弟姐妹请体谅。
虽然麦收急又忙，
秸秆还田不要忘。
你有难处我帮忙，
只要不烧都好讲。
您要执意去点燃，
构成犯罪后悔晚。
全市都在忙禁烧，
共保白云和蓝天。
治雾霾，法律明，

谁烧秸秆也不行。

又罚款，又坐监，

最少拘留十五天。

我说这话是实言，

宣传政策为了咱。

禁烧秸秆记心间，

不是老表瞎胡编。

“音箱大哥，这快板书编得真棒啊，您太有才啦！”任京说。

“任乡长高抬了。这哪是我编的词呀，是郑州老表李建川老弟从微信中发给我的段子。”大音箱兴致勃勃。

“治污防霾，全国都动起来了。华北七省市联防联治，群众都发动起来了，真成了打人民战争了。”盼姐更加兴高采烈。

任京心里存着事儿，和盼姐说了会儿客套话，就地便和一名叫支竖高的村民聊起了散乱污企业治理的话题，使吕正天对此备受感触。

“任乡长，我也知道污染不是好东西，我个人挣钱，大家一起受害。可这污染不是我支竖高一家造成的，比起村主任莫需友，我这点污染差远了。他家开着一个小电镀厂、一个小岩棉厂，还有一个烧木炭的土窑，是全村的第一大污染户。我名叫支竖高，但真的论大气污染指数，真高的是老莫家。他村主任对政府的法令都莫不上心，你抓我小老百姓，是不是有点欺负人呀？”

任京听后心里不由一惊。怪不得前天乡里开会部署整治散乱污企业，莫需友接到通知后却先是请假说头痛。今天我来村里调研，他又说去医院输液去了。后来又说村委会要换届了，在这火候上得罪人多了，不是落选，就是丢票。原来，北塔村的散乱污企业清理取缔工作的肠梗阻，是阻在了他村主任的身上。

“取缔散乱污企业，村民们有什么要求吗？”

“停就得补亏，拆就得补钱，不让干就得给活路款。这是莫主任教育我们的，要我们大家拧成一股劲儿顶着。你当乡长的也得考虑民生吧？否则，你为谁做主？”

“补，怎么个补法，补多少，你才满意呢？”

“你给村主任家怎么补，我也不能少！”

“村主任的企业要是不要政府补贴就停了、就拆了、就取缔了，你们怎么办？”

“一视同仁，我没意见，反正也赚不少了。”

“要是依照国家新《环保法》《大气污染防治法》、省市《大气污染防治条例》条文，不给你补贴，还要处罚，还要收你多年的违法排污费，你怎么办？你会答应吗？”

“任乡长，别这么着呀！乡村企业谁家有排污证呀？谁家有环评呀？谁家正常缴过罚款呀？你早罚、早治、早停，还会有今天吗？你做事看上边的，我们做事就看村干部的。只要不抓人、不关人、不判人，罚也认，但要大个小个一个样儿，不能分出三六九等，更不能专找软柿子捏。如果那样，我们就去上访、告状。”

“好，你说得对！”

几天后，全乡44个村街，除了北塔村，全部开始了清污大动员、大停产、大拆除，唯独北塔村风平浪静，水面无波。但任京很快听入村的干部反映，北塔村的支竖高住院了，原因不是有病，也不是逃避企业关停，是他与任京乡长对过话后的第二天深夜，他正在街边一家小饭馆里和几个朋友吃饭，突然间电就停了。黑暗当中，他头上突然被人恶狠狠地打了几大棒子，晕倒后又被装进一个大麻袋里，扔到了自家门口。第二天早上苏醒过来后，他发现自己已经躺在县医院的病床上，正输着葡萄糖。

派出所的干警来了。

“谁打的你？”

"停电没看着人。"

"是和你一起喝酒的人打的吗？"

"不知道。"

"你猜谁会打你这样狠？"

"不知道。"

"装你的麻袋是哪来的？"

"不知道。"

"是我们自己家厂子里用来装小岩棉下脚料的那条破麻袋。"支竖高媳妇抢答。

"是谁把你丈夫送家里去的？"

"几个醉汉。全是村里人。"

"他们挨打了吗？"

"没有。他们说，电一停，他们三个人就跑到门外头去了。"

"他们三个有人见到是谁打了你丈夫吗？"

"他们三个都说，天太黑，只见几条黑影一闪，进屋直奔老支而去。然后，打完人装进麻袋就抬走了。再然后，突然又来电了，人全走光了，饭店老板也说没见来人脸面，只见几个黑影在夜幕中闪动，听到了用木棒子打人的声音和老支'哎哟'了两声。"

"你先休息一下，慢慢回忆一下，你办企业得罪过人没有。有什么可疑线索和情况，及时报告派出所，争取早日破案……"

"我他妈认了吧，不然还会出大事儿……"

六十六

其实，"闹猫风波"根本就没有那么多的神秘，只是人为的一场莫须有的闹剧，只是一个生态回归的未解之谜，只是网格管理的绿色缺失，只是网民公众群体还需要增添更多的智者……

为了弄清“闹猫风波”的原委，那天，我专门去市环保局找王气风博士探究。恰巧雯雯也在，她在和气风博士一起帮E县制定大气污染防治“强剑”措施的具体工作方案。

讲明来意，气风大笑。

王气风博士告诉我，通过实地调查，南旺乡闹猫的事儿确实是真有其事。但经过分析、论证，南旺乡闹猫的事实，恰恰证明了是任京治污的政绩。为什么呢？过去南旺小散污企业过多，污水遍地，小电镀的污水钻进老鼠窝，老鼠都被淹死了。老鼠的天敌是猫，猫在南旺失去了食物链，全都跑进县城。县城里的人过去不讲节约，大鱼大肉都往垃圾桶里扔，导致满县城野猫成群。这几年，通过大气污染防治的强力宣传，城里人倡导节俭、绿色生活的氛围越来越浓，浪费食品的少了，野猫在城里的生活受到威胁。恰巧这时，紧邻县城的南旺乡，治污复绿，恢复生态环境，老鼠又多了起来。猫狗认家呀，老家有了食物链，野猫们携朋带子，一起迁返了南旺。多年未见的景观呀，通过网上网下的热传热议，野猫回家的景观，很快被传播成了“闹猫风波”。不知是哪位别有用心之人，以猫造讹，把一盆子“作秀”的污水泼向了任京。

“只会作秀的干部会干出这样的实事吗？”我问。

气风博士说：“孔子有云：‘古之学者为己，今之学者为人。’意思是说，古人学习是为了提高自己的修养和水平，而现在的人学习却是为了做给别人看。这话至今仍有启发意义。防霾治污，是着眼长远，精准攻坚，讲求实效，科学安排，还是一味追求急功近利，早出政绩，再留后患？对于这个问题的回答，不仅有官场的评判，还有公众的火眼金睛。正如一位领袖所言，‘什么是作秀，什么是真正联系群众，老百姓一眼就看出来了。’实际工作中，哪些只是为了应对考核、应对检查而‘作秀’出来的工作，也真的会让一切好政策走味变样。”

王气风博士的论点，任京早有触心感受。他说："现代政治，已是一种参与政治。身处新媒体时代，讲话办事出现纰漏并不可怕，有了负面舆情也非不可挽回，但在这一过程中，应该有所反省、有所收获，并时刻在这种互动中保持初心、不忘本心、稳住良心。及时了解群众所思所愿，收集好群众的好想法好建议，诚心正意、拒绝作秀，把有事情做得既有意思又有意义又有效果，应当是我们所追求的。"

讲到激情之处，任京表情十分凝重，"我就套用保尔·柯察金一句话吧，退休后，当我们回首往事，不因碌碌无为懊恼，不因官场作秀而悔恨，自己敢对众人说，我已经做到了用良心尽责、用真诚敬业、用担当还愿自己的退休金，那才算是一个纯粹的人民公仆，一个情调高尚的国家公务员……"

六十七

任京近一段时间脑海里始终盘旋着一个人——莫需友。

虽然这个北塔村的村主任，后来因村民支竖高向任京泄露了北塔村整治散乱污企业工作难开展的天机，任京在先后两次找莫需友个别诫勉谈话后，起到了教育作用，蔓延着也推进了北塔村的治理工作，莫需友也在表面上全力支持了乡里的工作，并带头停办了自己的三家污染企业，但他日后的许多言行，始终是对任京耿耿于怀，心存不满，找茬发泄。

"闹猫风波"后不久又发生的"索贿风波"和"花圈风波"一件紧连一件，内在因素，都可能与莫需友有直接干系。再甚至，在任京的判断中，村民支竖高夜间被打案，也与莫需友有着不可分割的内在牵连……

时值羊年三伏天，闷热潮湿，天候静稳，雾霾交织，令人发闷发汗并易发脾气……

这天，正值任京在单位值夜班。他心情郁郁地思考着全乡散乱污企业整治的每一个头绪，最后把令人头痛的焦点定格在了北塔村。北塔村整治行动慢、阻力大，不仅群众有上访，还有几个企业小老板，反复拿“莫需友家不停我不停，他家偷着干我也偷着干”为借口，抵制彻底关停自家的污染企业。特别是还有人举报，莫需友家是昼停夜干，木炭窑始终在停停、干干的状态下，干扰北塔村的整治顺利开展，甚至招致一些“大院污企”死灰复燃。

昨天晚上，任京从县里开会回乡，突然发现办公室里多了两箱东西，打开看，两箱都是名贵水果。常丽平告诉任京，是北塔村莫主任送来的，他说是自家地里的特产，请任乡长尝鲜。

“莫需友家地里产南方特有的水果，这不是瞎说吗？这两箱水果，按市场时价，少不下八百元，你打电话请他来，取走。告诉他，来后，我在大厅等他，有事和他说。”

常丽平马上给莫需友打电话。

“莫主任，您好。我是乡办公室主任常丽平。任乡长说请您一会儿来乡里一趟，把下午您忘在他办公室的东西取走。他说他在乡办公楼一楼大厅等您，还有工作上的事儿和您交代。”

“交代工作可以。水果不是我忘在他那儿了，是我专门从网上给他买的慰问品。他来当乡长后，为了防治大气污染工作，为群众担责、操心，废寝忘食，日理万机，体察民愿，照顾困难户，人都累瘦了，我给他买点水果吃，让他败一败心火儿，静下心来想想今后的事儿，这还不应该吗？”

“任乡长说了，他不爱吃水果。”

“他爱吃什么？”

“这我不了解。我只看到他每天忙忙碌碌，晚上还经常加班加点闷在办公室里一边不停地抽烟，一边琢磨着动笔写‘强剑’工作落实方案。”

“噢——噢——好——好——我明白了。我马上过去。”

任京在一楼大厅等了许久，莫需友也没到。恰在这时，马二哈给他打来电话。

“任乡长，我和局里的执法人员正在北塔村夜查。近些天，这个村的小污染企业死灰复燃，我们在这里抓了三家偷排偷放的小企业，但村民对执法不够配合，你能来一趟吗？”

“二哈呀，你稍等，我马上带派出所的人去。”

马二哈刚走一会儿，莫需友就到了。他走进一楼大厅，既没有看到任京，也没见到常丽平，仰头却见到了门厅上方的电子屏幕上，断断续续有两行红字：第一行：值班领导任京。第二行：欢迎——无烟——了。

莫需友见状，脸上马上露出了略显奸诈的微笑，“还真让我猜对了。看来是当官的，都怕比他大的官。他敢收我的礼，肯定是想为我办事保护我的污企。”

莫需友手提着一个平面鼓胀的布袋子，直接上楼，见任京的办公室门开着，两箱水果放在门口。

“投其所好，避其所烦，该送来的送来，该拿走的拿走。”莫需友嘴里小声地自言自语着，把烟放到任京的床上，然后搬着水果下了楼。上车后，他又回头望了望一楼大厅，心里暗想：“这任京就是精，索贿也摆空城计。”

三天后，胡仙网突然又冒出一条令任京更加瞠目结舌的帖子：

任京索贿排污人，不要水果要香烟

E县南旺乡乡长任京，在搞购鼠招猫、虚假政绩“作秀”后，近日为袒护北塔村一非法排污企业主，竟在事主送水果后表示不满，用乡办楼电子屏幕做广告，公开启发排污人送香烟6条，开支数千元。据悉，事后迫于县环保局执法压力，任京又被迫将香烟退还。如此乡长在南旺，祸乡害民，早抓早减霾，早滚早安宁。

经县公安局侦查，网贴发自一台流动的非法网络攻击车。

任京气急之下，把莫需友找到乡里问道："这是怎么回事儿？"

莫需友故作冷静又显出十分委屈地答道："任乡长，这小子太恶毒了。我给您送烟、送水果的事儿，全村除我表弟外，只有支竖高一个人知道。也他妈怪我表弟，他和支竖高一块喝高了，什么都往外吐。"

"你家的炭窑怎么样了？"

"工房全拆了，窑坑全填平了，剩下的木柴全卖光了，雇来打工的人全解散了，原来的污染烟气也全让风吹跑了。我怕留痕迹，辜负了您对我的期望，昨天还专门安排人，用三台电风扇，把遗留在窑址周围的余灰，全都吹净了。您放心——您放心——这回死灰绝对复燃不了啦！全村企业一块儿清零，谁要再干，到乡里的园区去干！"

虽然莫需友点头哈腰，说得天花乱坠，可任京心里还是十分明白，"无风不起浪"。因为，在昨天网上"索贿风波"还没有出现前，他就听下乡干部回来说，莫需友在村里放风说，任京既用电子屏幕摆空城计，公开向他索贿，同时，还设计了一个苦肉计，先是把他调到乡里，尔后又招来环保执法人员，抓他家污企现形，封他家财路。收礼不办事，还玩阴的，纯属找死。

任京问常丽平："电子屏幕索贿是怎么个意思？"

常丽平胆怯地说："这事儿全怪我工作不够细致。昨天，大厅的电子屏幕出了毛病。原有的字幕'瞎'了几个字：'欢迎您光临南孟。您已进入无烟区，别吸烟了'，变成了'欢迎——无烟——了'。正赶上您是值班领导，您名字写在'欢迎'前边。结果让莫需友误解了，被他人利用了。"

"和大气治理一样，机关管理贵在细，不然的话，小节上就可能铸成大误解，不精准细致，就可能造成大浪费、大失误。”任京说。

“有人说，为了让人关照一下莫主任家的污染企业，有县领导帮他给您打过招呼是吗？”常丽平问。

“有。是有。但不是E县的领导……”

六十八

C市E县纪检监察局《关于给予北旺乡乡长任京、县环保局副局长马二哈等4人党内记过处分的通报》：

各乡镇、办事处、县直各部门：

京都大阅兵期间，全县上下，广泛动员，为确保京都空气质量，做出了我县力所能及的重大贡献。但令人遗憾的是，经上级通报、媒体公开报道，“阅兵蓝”期间，我县南旺乡北塔村，被卫星拍照发现有一处火点，严重违背了上级要求的“不着一堆火，不冒一股烟”的严肃要求，我县因此受到上级通报批评，受到媒体点名。南旺乡虽然是我县秸秆、垃圾、落叶禁烧工作先进乡，日前县政府还在该乡召开了专题现场经验交流会，大气污染防治工作做得也很有力度，但发生这样的问题，仍然不能原谅。借鉴南旺乡在“禁烧”中创建的“属地管理、分级负责、无缝对接、全面覆盖、责任到人、有误必究”的管理经验，经县纪委认真研究，决定给予负有不可推卸责任的南旺乡政府乡长、主要负责人任京，县环保局主管环境执法的副局长马二哈，北塔村网格化管理网格长、北塔村村主任莫需友，网格化管理网格员、南塔村党员刘气球，分别记党内严重处分各一次。

希望全县各单位、各级党员干部和全体网格员，认真汲取教训，认真查找大气污染防治工作中存在的各类问题，切实把工作压力在基层传实在、传到位、传到人，努力实现二十四小时有人管、有人抓、有人及时灭火，切不可再发生类似南旺乡的问题。据调查，发生在北塔村的火堆，虽只是送亡者下葬期间烧了几个花圈，此前烧花圈也未被上级列入追责范畴，但卫星高高在上，只见火堆不见燃烧物为何，上级的通报批评，因此也是正确的，各级都不要强调客观理由，在治污面前，都要做到无条件执行、无理由可讲、无理解可言，乡土风情、公私人情，都要服从于治霾没商量。此类问题虽然在全县各地经常发生，但追查的标准是：被卫星拍了、被上级抓了、被群众举报了、被媒体曝了。请各地在严防点火冒烟的同时，还要切实做好防拍、防抓、防举报、防曝光的每一个环节的各项工作，切实让教训变成工作动力、变成攻坚克难的努力方向。

任京看过通报，脑海中突出冒出一个问号：莫需友根本就不是党员，他怎么也挨了个党内警告处分呢？

事后查明，通报中说的情况基本属实；烧花圈的事主，不是别人，正是莫需友，是莫主任为其逝母下葬时，明知上级有不让在野外、空间点火、冒烟要求的情况下，在坟地烧了四个花圈。因当时天色已晚，夜火显大，才被卫星拍下。其实，当时上级已传下文件要求调查原因，及时上报，报后，上级也认为是在可“理解”范畴，但因事后又有村民向上级环保督察组举报此事，才又引发了“不可原谅”；不知是哪个环节出了毛病，事后不久，举报人的电话号码，被莫需友打听到了。很快，刚刚出院不久的村民支竖高，再一次发生“麻袋事件”，导致再次住院……为此，任京乡长在查案无果的情况下，再次找来莫需友谈话，提醒他，村民两次被打，村主任无论如何都有不可推卸的责任。当村干部的，应当勇于正视村民的批评……莫需友当时还点头哈腰地一边称“是”，一边表态要“协助派出所调查，坚决要查出伤人之人”……

六十九

从《霾来了》到《霾之殇》到《霾爻谣》，我始终在关注着这样一个问题：胡县长、魏县长们，包括吕县长、马二哈、甄猛和任京，他们为什么会在办事中犯错？

那天，我把这个问号“送”给了吕正天。

“细想起来，有时候我们为了追求某个目标，工作中可能就会出现失误。”吕正天向我直表心白，“胡县长由于过于追求GDP，忘了环境的承载能力，导致大气污染不堪承受；魏县长为求本地发展，不顾大局，在治霾中继续‘制’霾。而且两个人为了个人的仕途之争，竟然明争暗斗到玩互相‘举报’的程度，实在是有伤官场大雅。”

“胡、魏之间相互斗气举报，不是因为工作吗？社会上传得沸沸扬扬，这里边还有更深奥秘吗？”我问。

“魏县长和胡县长本是邻县，水面互波。两人都看准了一个升副市长的位子。找到省里，又是一个大官相帮，结果两人立马就成了竞职对手。胡县长被贬下台，到市大气办当副主任后，因F县大气污染防治不力，他多次如实向C市领导汇报F县的问题，结果，互成了‘仇家’。魏县长借不法人员之手，到网上告胡县长的劣迹，还编小品，让老胡出丑；胡阵雨不忍其辱，和魏网拼，并用‘小报告’毁魏不倦，结果，二人先后倒台。”

“噢，原来是这样啊，怪不得民众如此关心胡、魏之争哪！”

“胡魏之间相互‘举报’，这戏唱得有模有样。从来龙去脉看，相互‘举报’，确实有些复杂，但最终的结果却非常清晰，那就是相互间的烂事都浮出了水面，每个人的屁股都成了外人的靶心。在这个过程当中，两人都貌似出演了‘正义’的角色，但其实，根本上就是一场扒他人树皮擦自己屁股的游戏，但屁股上的污物，注定会越擦越显眼，其最终结果都是五十步笑百步的洋相。二人的行为，还颠覆了人们对‘官官相护’的认知。因为在一般情况下，官员之间并不想发生相互撕脸的事，即使有些不同见解，也会不了了之，免得有辱斯文。但是，这样的官官相护，仅限于工作职责之外的事，而当涉及到自己仕途的时候，就会斯文皆无，剩下的只有撕脸。官员眼中，为了工作上的事相互撕脸不值，只有为了自己的仕途才会使出吃奶的劲与其他官员互撕。”

“你说的这意思，和前些日子异地发生的三厅官互相举报的闹剧很是相似，只不过没那么严重而已。”

“胡、魏二人互相‘举报’的戏，和发生在异地的三厅官互相举报闹剧一样，人们之所以喜欢看，就是由于人们对日常官场真实现状的饥渴。尽管这样的官场相互‘举报’客观上会对反腐败和推进大气污染防治工作起到一定的作用，但这样的歪打正着，不应成为反腐、反污工作的常态。反腐与治污工作，都必须建立在充分透明的基础之上，让百姓看到每一个治理项目的来龙去脉，和决策依据，而对于这些，百姓本来就有知情权。但现实中，这样的知情权却被一些人封锁在了官场里，而且还不能及时拿出来给大多数官员看，这就使得决策过程成了少数人的官场江湖‘仇杀’秘籍。而只有当有的官员间因仕途之争开始撕脸的时候，才会以‘举报’的形式拿出来，而这样的‘举报’，必是建立在之前对真相‘窝藏’的基础上。”

“现今的官场发生官员互告的情况，也不算是新鲜的事儿了，但问题的根源，可能千丝万缕。”

“我和县纪委的严书记也探讨过这样的问题。”吕正天说，“现在官场上的问责条款过多、过严。多在凡事都有问，严在有些不问青红皂白。县环保局的马二哈，工作兢兢业业，干了一年，挨了三次处分。一次是夜间值班去厕所，正赶上政府查岗，电话响了三声，他赶回来没接着，结果，按值班不在位挨了处分；第二次是深夜里某企业偷排偷放，马二哈接报后火速出击，走到半路上车坏了，比省环监局的执法人员晚到场一小时，结果被定性为工作懈怠，又挨处分；第三次更惨了。北京有特殊活动，保障空气质量期间，正赶上有个村一位老人去世，出殡时，村民按当地习俗，在坟地里烧了四个花圈，恰巧被卫星拍照了。上级通报说，E县空气质量保障不给力，让马二哈陪南旺乡长，再给二哈一个处分。二哈气得差点撂挑子不干了。类似这样的事儿，把一批干事业的好干部的心都快伤透了。”

“二哈这些受处分的背景，和胡县、魏县都不是一个性质啊？”

“性质不难确定。总的看，老魏挨处理不冤，老胡基本恰如其分，二哈有点冤枉。”

“我听说，您不也挨处分了吗？”

“我那就不用说了。但我特别期待，在官场上，能给因干事出错、出误的干部一个容错的机会。”

我和吕正天聊得兴趣正浓时，郝大侃突然来个电话：“唉，中纪委网站把魏发写的检查登出来了，我给你转到微信上了。”

“好，我马上看。”

七十

打开微信，一个标题映入眼帘：《魏发百余公里驱车逃窜今流泪》。网文说：

“2015年7月21日晚，当我踏进审查室那一刻，真是天崩地裂，整个人都彻底崩溃了，泪流满面，悲痛欲绝……悔恨交加。”魏发在悔过书中写道。其实，当魏发指使其司机驱车在F县北大桥以一百三十多公里时速仓皇逃窜，最终被拦截带走之时，其内心已然崩溃。

在接受审查的日子里，魏发终日以泪洗面，短时间内交代出其在任职期间收受多名企业主特别是康求德660万元钱款的事实。

向组织交代完一切，魏发一身轻松。“组织上对我的查处，是正确的，应该的。要不然在我的晚年生活中，直到我生命终结前，我将是恐慌的，不得安宁的，会受到自己良心的霾责。”

魏发在悔过书中说：

我当了F县政府“一把手”后，政府工作特别是乡村企业发展取得了突出成绩。我片面认为，这成绩主要是因为自己，走到哪里都到处显耀自己的能量和作用，躺在功劳簿上，滋长了享乐主义和拜金主义思想。这个时候，我的思想认识和觉悟逐步下滑，开始蜕变。我认为自己的工作成绩再突出、贡献再大，由于年龄因素，想再往上提升的可能性很小，已经是“船到码头车到站”，还是该考虑晚年生活该如何过。这时候的思想认识出现了波动，使我在看待问题、处理问题上灵活性大于原则性。工作中冲劲不足，干劲减退，感到精神疲倦。但在这个阶段，接待应酬占用的时间却多了起来，我常受邀去参加同乡会活动，以及到外地参观考察企业。企业老板都非常热情好客，住的是星级酒店，吃的是山珍海味，都是高规格的接待，酒桌上说的都是恭维你的好言好语，让我顿时觉得飘飘然，忘乎所以，身价好像高很多，本来自己虚荣心就比较重，（听到恭维话后）感到很中听、很舒服。正是这种状态让我的思想觉悟有很大变化，看问题逐渐失去辨别能力。以前烟酒茶等礼品都不要，而这时对企业家馈赠的礼品，手表、金首饰等贵重物品都收，最后发展到对企业老板送来的几万元、几十万元甚至上百万元的钱也收，丧失了原则，丧失了方向，丧失了人格，触犯了党纪国法。更为可恶的是，这些企业家给我送钱，并不是因为与我感情有多好，其实都有目的，是地地道道的权钱交易丑剧。有了第一次就有第二次，（我）接二连三收受了企业老板的钱，走向了一条犯罪的不归路。我悔恨万分，深刻剖析犯错的原因和危害有六个方面：

一是私心严重、以我为中心。当初我提干，心里想得最多的就是光宗耀祖，出人头地，任一官半职能为家人和朋友办一些事情。我是这样想也是这样做的。特别是当县长后，对兄弟姐妹、亲戚朋友管教不严，让他们做了一些项目，造成很坏的社会影响。我自己也在项目建设、土地利用、干部提拔中，为他人、为企业家打招呼，办事情，收了企业家的钱和物。

二是虚荣心强、爱面子思想严重。工作中，这几年公务接待和私人宴请繁多，接待标准一年比一年高，喜欢讲排场、摆阔气，造成严重铺张浪费。比如，每年接待外商经贸考察团都严重超标准接待，群众很有意见，社会影响很不好。平时参加企业的公益事业、慈善事业和各种救灾活动，我错误地认为这是给企业家个人捧场、给他们面子，让企业老板还要感谢我、赞扬我。这是多么幼稚、多么可笑。

三是工作浮躁、好大喜功。这几年，虽然在F县做了一些工作，特别是大气污染防治工作上，自己工作作风不扎实，提出了一些不切实际的空口号，但很少落实。连一些环保工程项目也存在实际到资率低、发展后劲不足、能耗高污染重等问题。群众意见较大，我没有及时化解，导致信访问题突出。

四是违背组织原则、买官卖官。我当县长后，提出要在经济发展一线、项目建设一线、矛盾调处一线选拔干部。刚开始确实是这样做的，当时干部群众反映较好，包括老干部也比较满意。可是后来我丧失了组织原则，听从各方面打招呼、企业家说情。比如，康求德为了帮助他的朋友提拔任用，以及今后找我办事，送给我100万元，我竟然胆大妄为地接受，现在想起来都很害怕。

五是无视党的纪律、把自己凌驾于组织之上。自己思想滑坡，在大气防治工程上，为企业老板办了不该办的事，收了不该收的钱物。无视党的纪律，经常是说一套做一套，口是心非。俗话说“上梁不正下梁歪”，由于自己的蜕变，对干部教育不严，教育不力，管理松散，致使一些干部也变质，出现违纪违法问题。这都是我的责任。

六是践踏宗旨意识、损坏党的光辉形象。虽然平时也组织政治学习，但往往是摆摆样子、走走过场。因此，服务群众的意识逐步淡化。我的主要精力放在了忙吃喝、拉关系、为企业家办事、收受企业老板的钱，成为地地道道、以权谋私的腐败分子。我痛心，我悔恨！我愿意谢罪，痛改前非，重新做人……

我和吕正天边看网文边议论，最终得出一句话：“魏发有今天，很遗憾，但不冤枉。”

稍稍沉默后，我俩的话题又回到刚才“容错”“容误”的话题上……

七十一

“吕县，你刚才讲的‘容错器’是什么新物件？”我问。

“作为外行，我日前第一次听说‘高端容错服务器’这个说法时，心里不禁纳闷：计算机要求的是准确，怎么还可以容错？容错，容许到什么程度才能确保安全？专业人员解释说：先进的高端服务器，即便出现一些硬软件故障也不会停机。所谓容错，就是在系统控制下允许一定范围内出现错误情况。我想啊，计算机运行尚且能遵循这个道理，干部管理是否也可尝试？山东某市近日出台关于支持党员干部干事创业，建立容错免责机制的实施办法，对单位和个人在改革创新、推动发展中出现的工作失误或无意过失，法律、法规没有明令禁止或是符合上级方针、决策精神，给予减轻或免除相关责任。失误可以免责，我看体现出的不仅是制度的关怀与包容，也是向干事创业者传递的鲜明的鼓励支持信号。要保护作风正派、锐意进取的干部，调动干部积极性，提升工作精气神，不仅要靠个人去激发，也有赖于组织的热情关心与保护。‘容错免责’，可以说，就是为干部松绑解套，为敢想的人‘开绿灯’，为敢干的人‘兜住底’，为‘解释清’‘免追责’。”

“你讲得很有道理。人非圣贤，孰能无过？世间很多最好的好人，都是犯过错误的过来人。没有人是永远的‘常胜将军’，习惯于以成败论英雄，结果只会是气氛压抑、士气低沉，甚至可能‘万马齐喑’。袁隆平成功培育高产杂交稻，屠呦呦提炼青蒿素，说到底都是一个屡败屡试的过程。一位知名企业家也说过，他三十多年的创业和发展，实际上是一个不断试错的过程。顺风顺水、马到成功是少数，不知要经历多少次失败才能前进一步，这就是事物的本来规律。”

“成功奠基在失败之上，其实大气污染防治也是这样，仓促上阵，有病急求医，免不了走点弯路。就像改革攻坚、大气污染防治，每前进一步、每降低一个百分比的污染指数都不容易。给干事创业者提供宽松的环境和氛围，就是最好的支持。如果干部在改革中不容犯任何错误，干事创业积极性肯定大打折扣。如果干部队伍中不求无功但求无过、怕出事而不干事的人多起来，就不会有大刀阔斧的改革创新和工作落实。干部队伍从整体上看是充满干劲和活力的，营造‘容错免责’的良好环境，使广大干部可以安心实干、放心改革，才能让干部心中的热火化作改革攻坚、发展转型的燎原之势。”

“我同意你的看法。记得有位前辈说得好，‘错误是不可避免的，但是不要重复错误’。‘容错免责’是‘尚方宝剑’，但只能用在改革发展上。哪些是因缺乏经验、先行先试出现的失误和错误，哪些是明知故犯的违纪违法？哪些是在上级尚无明确限制的探索性实验中的失误和错误，哪些是在上级明令禁止后依然我行我素的违纪违法行为？哪些是为推动改革的无意过失，哪些是为谋取私利的故意行为？像这样的问题，有必要做细致梳理、明确界定。既防止有人滥竽充数、滥用制度红利，也为干事者提供明确行动准则。”

“领导班子要有威信，就要敢字当头，横下一条心。对干部而言，无论任何时候，都应秉持敢字当头的精神，放下因错得咎的心理负担，到事业工作中一展抱负。唯如此，方不负事业、不负人民。我和你不是外人，今天发了这么多牢骚，你别给我宣传出去。”

“有位名人叫刘成友，我用他的名字和他的思想回复你的担心，就是：留下真情，成就事业，即使在雾霾之中也会有挚友。”

“我看你就是最理解官场的友人！”

“我是友人，但我人微言轻，在官场说话不起作用。我最希望的还是老胡和老魏通过这些教训，别再闹洋相了。”

“就他俩那性格、那脾气，不争不斗了，我还真不敢保准儿。老魏是消沉了，老胡说是抑郁了，其实，两人都还很活跃。”

“老胡其实是个事业心很强的人。”

“说的就是。他现在也不当官了，当了环保志愿者，成了大铃铛的广场舞伴。他还总结各地治霾于死地的成功经验，编民谣、印扑克、搞宣传、警后人，很有意义。我用微信发给你一张牌上的内容，你瞧瞧，很有意思。”

微信来了。看后，我不仅产生很多感悟，还又添了担心。

梅花7：会场谨防低头族：

治霾要做好，
压力需传导。
合力大不大，
会场见分晓。
县长讲尽责，
下边上微博。
县长讲大局，
下边发微信。
县长讲治霾，
下边玩桥牌。
县长讲治水，
下边查流量。
县长讲减煤，
下边点提速。
县长讲改气，
下边开震动。
县长讲合力，
下边打游戏。
县长出乱子，

下边编段子。
县长出新招，
下面抢红包。
县长说降污染值，
下边一笑抠电池。
县长气得破口骂，
下边假装接电话。
会场谨防低头族，
县长姓魏不姓胡。

“事儿明摆着，老胡编这个段子时，魏县长肯定还在F县任职呢。”我对吕正天说。

“是呀，魏县长胳膊伸得很长，他为了帮助亲戚，可以放下架子，把制污的黑手从F县伸到E县南旺乡里来，他软硬兼施地给任京出难题，但任京没买他的账，到底还是配合马二哈，把魏县长的表哥——莫需友的三个散乱污企业全端了。为此，任京先后数次挨网炒、挨处分、挨批评、挨通报。据查，从‘索贿风波’到‘花圈风波’到‘血书风波’，让任京、马二哈受委的案子，全都牵连上了魏发，是他指使‘啵一口’玩阴招儿，花钱找网上黑客发黑网帖，网炒任京的事儿，现今已经查实，结果他表弟莫需友现今也被定故意制造环境污染罪，判了三年，可能哥儿个都在一个‘队’里哪。”

“听说任京现在学得更‘精’了，乡长当得有滋有味！”

“刚顺当，没些日子。全是莫需友抓晚了。莫需友被抓前，还和任京打了一场心理攻坚战，结果是任京前边吃了一堑，后边真的长了一智，硬是吧一块硬骨头啃掉了。”

“什么硬骨头？”

“看你前些日子肯定没上网，上网就该早知道。‘强奸风波’啦。”

“你说说。你细细致致地和我说说。”

“你先看看任京给我发过的这条微信，我再和你讲任京的故事。”

七十二

“吕县长，大气污染防治现在都火上房了，但现在层层讲落实、天天讲落实、大会小会讲落实，可上面的精神有的就是不到位、不落地。日前，我的朋友徐文秀，给我发来一个帖子。他在媒体工作。他把我讲的这事儿，称作‘软落实’。他说，这种‘软落实’实际上就是没落实。据说某地广场上，有一个雕塑用三根粗钢管斜向交叉，架着一块‘由天而降’的大石头，以‘落石’寓意落实。有人辛辣地半开玩笑：巨石被钢管架着，并没有落地，这哪里是落实，分明是落不实嘛。这种‘落不实’或‘不落地’的落实，正是一种‘软落实’。从县直到县镇，我看到，一些单位、部门落实的文件似乎都发了，诸如‘关于关于的关于’被称为‘蛋生蛋’式的文件不少，各种各样的会议也都开了。但有的是跟着上面‘照虎画猫’，不结合具体实际，不针对存在的问题，因操作性不强而难落实；有的是开头搞得轰轰烈烈，接下来便松松垮垮，最后成了‘烂尾楼’，可谓虎头蛇尾、半途而废；有的是出台的细则、制定的措施和办法听起来挺鼓舞人心，就是跟群众的切身利益不太挂钩，让老百姓缺乏获得感。凡此‘软落实’，只开花不结果、好看不好用，如拳头打在棉花堆里，使了劲却够不着力，最终在一片落实声中落空。‘软落实’有很大的欺骗性，可谓误事而蒙人。‘软落实’往往‘规定动作’一个不少，‘自选动作’一个没有；该有的数据一个不落，评比检查起来一个不缺，但实际效果一点没有。说到底玩的是‘假把式’，却造成一种假象，给人感觉似乎很勤恳，甚至很卖力。而落实不下去，似乎是因为任务太重，或困难太多，或条件太差，好像不是没抓而是抓不了，不是没做而是做不好，都是客观原因，而不是主观不努力，让人猛一看挑不出问题、找不出毛病。只求“过得去’、不求‘过得硬’，只图对上‘交差’、不图对下‘交代’，这种‘软落实’乃是十足的形式主义，是典型的假大空。面对‘软落实’，追起责任来可能一时不知板子打向谁、怎么打。因而甚至可能成为一些人相互效仿的‘模板’，产生出负面的示范效应。然而，这终究不会成为一些人不干事、应付事的‘避风港’。只要细心甄别，就很容易识破‘软落实’的“假把戏’。尽快形成能者上、庸者下、劣者汰的用人导向和从政环境，‘软落实’者就很难逍遥自在。千招万招，不落实都是虚招。面对‘软落实’，既要该打板子打板子，又要该钉钉子钉钉子，如此才能倒逼抓落实成为一种风气。但是，我也不想看到您这样的人，在硬落实中受什么委屈……”

本来和吕县长讲好，等我看过任京给他发的微信后，他继续给我讲任京的故事，但此刻，吕县长突然变卦了。

“有件事儿我先和你说说，不然憋在心里堵得慌。”吕县长似是感情凝重地说。

“好，你说吧！”

“这件事儿你前边问过。其实我并没因此事儿挨上级处分……”

七十三

羊年三伏，雾大气闷。

此时，上级下达的城区燃煤锅炉提标改造的任务压得吕正天一时喘不过气来。

上级的任务是下达了，技术标准、技术指南也给了，但技术单位缺少一个关键性的“证明”，没有实际成功的范例。

在这种特殊的情况下，周边县采用等、看、拖的办法，一边喊着坚决落实上级要求，一边却迟迟不见谁有实际动作，实际上是正进行着“软落实”。

“第一个吃螃蟹”的人又是吕正天。他翻遍了上级产业协会下发的技术推介文件，终于选中了一家自称“三脱”（脱硫、脱销、脱尘）独有技术的公司，在经过召开专家论证会，县政府和县环保局分别与该公司签订严密框架合作协议和技术保证标准协议后，仓促上阵，在京津冀率先开始了40蒸吨以上燃煤锅炉提标改造工程。

投资逾亿元的大工程，在依法经历政府招标、网上公开竞标、技术单位公司与治理单位公司严格鉴定相关合同后，时间已入深秋。

县城十几台大型燃煤锅炉，在技术单位的“仓促”努力下，终于赶在供暖期开始后的第三天，全面完工，进入供暖运行。

但万万没有想到的是，锅炉开炉后，硫、硝、尘的排放量，经过持续监测，虽然达到了国家相关排放要求，但却始终没有实现技术单位承诺的超低排放目标。这下，惹来了一连串的祸端。

先是上级环保部门依照新《环保法》的要求，按日计罚。县热力公司，被处罚上千万元；继而是热力公司不肯接受，上访上告，说是该罚的应该是技术单位，因为是他们的技术不过关惹的祸；技术单位强调，干式除污法是一项新技术，没有实现超低排放，是与原有的锅炉排放系统不够匹配，再加上工期短，政府催“活”太厉害，导致工程技术细节出现了问题，应该得到谅解；政府说，我提标改造的初衷是要实现超低排放，你们没实现双方都该罚；热力公司说不是我想改，是你政府压的。技术单位也强调，既然是新技术，就会有失败的可能，只能作为“成功之母”，不该一棒子打死；环保部门说，用什么技术我不管，不达标，我就依法办事……

这边因超标被罚谁也不服气，那边，县纪委、县审计局的又来了。纪委要调查工程实施的来龙去脉，看有无违法违纪违规行为；审计局要调查工程款花出去了，为什么没有实现预期目标，相关领导、部门，是否有尽责不够到位的责任。

各方压力一股脑儿全都压在了负责环保的吕正天副县长和负责工程推进工作的环保局头上。

“先行就可能先死……”

“敢为人先干事儿，就有可能担当失败的责任……”

这些良言，吕正天和环保局的甄局长事先就听不少“好心人”劝说过，但落实任务的压力和工程落实不了也将被“问责”、被“处分”、被“追究”的现实，迫使吕正天和甄局长也不得不在两个都可能是死路的“胡同”里，左右必须选择一条出路。

在上级的“调查”中，没有找到吕正天和环保局在哪一点“过程”上有什么“失职”“渎职”“不作为”“欠作为”“乱作为”的痕迹。工程是政府常务会定下的，实施是在法规的严格约束中，按程序走过来的。这一点，市县领导心里都明白，也没有责怪任何人，但总归技术单位的承诺没能兑现，花出去的钱，还没能“买”回“超低排放”的预期目的。直至日前，超低排放工程，还在各方努力配合下，紧张地进行着全力整改、全力达标的努力。这个努力，不仅仅是实现超低排放达标的努力，它还是一场洗清所有“决策”和“参与”此项工程运作的人，各种各样“可能责任”的一场大拼搏，也可能还是大气污染防治进程中，对官场“敢不敢再作为”的一次大教育……

“吕县长，刚才我们就探讨过为官有为的问题，你现实遇到的这个事儿，应该又是一次考验。这个考验，恐怕是很多人都在看着的吧？”

“刚才我们探讨过这个问题时，强调的是期望组织上为干事业的人，有个容错机制。若论眼前这件事儿，‘错’我都不想说，最多只是容‘误’。”

“为什么呢？”

“‘错’和‘误’完全是两码事儿。大气污染防治仓促上阵。污来自哪里？治从哪下手？什么样的技术才算成熟？防治理念和方法应该是个什么套路？我相信，开始时上上下下都很迷茫。只交任务、只给压力、只强调问责，是不合适的，下边的责任太大了、太重了、太危险了……”

“像你这样的领导干部都有消极思想了，这个问题，我一定向市领导好好汇报一下。”

“你要真去汇报，我还得和你深说说。当前，干部队伍中不愿干事、不敢干事的原因，主要就是有‘四个担心’：一是对不同历史发展时期中采取的一些不太规范的做法和一些非常规手段，担心‘秋后算账’。二是对一些不合时宜的制度不敢突破，对尚无明确规定的领域不敢探索，担心‘先行先死’。三是觉得改革创新的风险难以掌控，缺乏上下级责任共担的机制，担心‘求助无门’。四是环境治理等工作突发性不可控性问题较多，管理难度大，责任追究力度也大，担心‘百密一疏’。因此，有必要建立容错机制，为有为者‘撑腰’。”

“何为履职容误？”大侃问。

吕正天说：“简单来说就是，单位或党员干部在改革创新履行职责过程中出现失误，本应接受组织处理，但根据其失误的具体情况，如果符合当地出台的履职容误机制实施办法，可以从轻、减轻或免予组织处理。履职容误机制的核心，是把握好失误与腐败、为公与谋私的政策界限，对尚无明确规定时的探索性试验、推动改革的无心过失等做好区分。明确了可以免予责任追究或从轻、减轻处理的情形，以及‘零容忍’情形。例如，在决策中执行民主集中制、重大行政决策、‘三重一大’事项集体决策等规定，充分评估和积极防控决策风险，最大限度实现决策公开透明的；立足全局谋划和推动改革发展，主动争取上级支持，为解决改革难题而大胆探索、先行先试的，如果在工作中出现失误或者错误，可以根据问题性质和情节轻重，免于责任追究或者从轻、减轻处理。这样，可以极大激发和提振党员干部改革创业的活力和士气，形成你追我赶、奋发有为干事业的态势。”

“好——好——好——你的主意不是站在个人小利益圈子上出的，确实是切中时弊。我一定尽快向市里主要领导汇报……”

七十四

来自上边的文件也好，或者，打着哪级政府、领导名义传下来的信息也好，很多决策都是以维护群众的利益目的传达下来的。但是，我们也看到，很多的政策措施，并不是那么受老百姓欢迎。为什么？原因很多。但有一个值得注意的问题，可能是出在了中间环节上。中间的环节又是谁？就是给决策者，给决策群体出主意、递材料的这些人。当这些人在对“实事”都不太清楚的情况下，所提出的一些建议、要求，很多都缺乏“求是”。

每一个蓝天来得都不容易，是上上下下众人一起拼出来的。为了这个蓝天，上边有上边的考虑，下边有下边的难处。但是，最终的难处是在基层，是在那些直接和老百姓打交道的最基层。上边的很多调研，调研者来时是带着讨论稿来的，但走了之后他的讨论稿一个字都没变，不是下边没意见，而是他们根本听不进去。很多漂着草根智慧的建议，就这样被默默地诛杀了；很多决策者想听到的民生民意，就这样悄悄地被淹没了；很多本质是抱着好心、抱着善心、抱着为民之心需要落实的事情，就这样活活地被弄伤了，甚至是变态了。可能也是因此，很多政府的形象就这样一次一次地在被埋没、被诛杀，被弄伤中黯然失色。领导者身边一旦缺少了说实话的人，很多人事就很难做进人心。决策者啊，把你的身边人用好就是最大的争取民爱，就是最大的保护民生、捍卫民意。

……

……

任京的段子、任京的感受，让我既有享受又有难受。我认识上边这样一个什么“长”，他因为给领导出了不客观的建议，导致在大气污染防治中决策失误被问责。我问他：“你当时为什么不把群众的意见反映给你的领导？”他说：“我怕提问题多了领导会不高兴、不满意。”我问他：“你为什么不怕群众不高兴、不满意？你为什么不怕国家受损失？”他一声不吭。

有位领袖说：为民干事，我们要跑好最后一公里。你在调研的路上，跑了九千九百九十九公里，结果在最后一公里却得了心脏病，倒在了良知不支上、倒在了良知缺失上。

任京曾诚实地将这些话用微信发到了朋友圈，并好心发给了一位怕官不怕民的什么长。我问他是什么长？他顺口就告诉了我，但扭过头来，很快我就忘记了。他到底说的是科长、处长、局长、厅长还是司长什么的？模模糊糊，我已难以准确回忆。

但我和任京探讨他当乡长的体会时，他语重心长的表达，让我久未忘怀：“我们抓基层工作不怕有困难，千难万难老大一抓就不难。但现在，有的事儿老大都抓不动了，到底是真难还是假难。我们追求的目标是不是符合实际。难不难要看老大抓得动抓不动，要看人民群众配合不配合，要看我们真正追求的目标是什么。我们追求的是真想落实、真想作为，还是迎合、作秀……”

藏进骨灰盒的秘密

七十五

水面无波。

鸡年阳春首日零点，是C市环保系统正式落实垂直管理的“第一时间”。

环保管理体制的“局部”垂直，对环保系统来说，其实并没有什么“翻天覆地”的“巨变”，只是环境监测、环境监察执法和市县环保局领导班子成员人事“上交”，有了新的“管”法。

星星，还是那颗星星呦，
月亮，还是那个月亮，
天也，还是那片天呦——
云也，还是那片云。
车子还是那——旧车子呀，
钱呀还是——那点钱，
只——有那——责任单——
变得变得变得变得——更加的长——
啊噢——啊噢——
只有那责任单——

越变越觉得长——

在那单上边，

写满了，写满了，

问责状——

问责状——

……

在“第一时间”,C市环保局局长雷厉，就被手机的“叮当”声叫醒。迷迷瞪瞪中，他半睡半醒地一边看着任京给他发来的短信，一边失去了“久别”的睡意。

垂直改革，上交下收，人心浮动；治霾加快，强化推进，“双改”任重；气候多变，应急频发，专家无奈；环保督察，压力加大，“丑”担“子”责；一岗双责，下错上联，“一把”难当……

人收了，事收了，告状信收了。纪检部门发来的，推促对E县环保局班子成员“私分处分、欺骗组织”问题的督办函，与上垂同步，同时送到了雷厉局长手中。

关于E县环保局班子成员，集体“私分处分，弄虚作假，欺骗组织”的告状与调查，其实早就有了“查无此事”的结论了。但是，由于一个深藏不露的“地下”推手的反复上告，所以，这桩“定”而“再”悬的告状案，不得不伴随着E县环保局班子成员“任命”“管理”关系向市环保局的移交而“移交”。

其实，这桩告状案，完全可以留在E县，不用移交市环保局。因为，县级环保局的党务工作，在“垂直”后，仍是属地管理。此事谁来主查，虽有相互推辞，但碍于目前刚刚“垂直”，多有不顺，因此，这件事被雷厉局长列入“急办”但“勿躁”的“议程”。

“不当家不知柴米贵。不干环保不知什么叫经受主动尽责的考验。干环保不当一把手，不知道什么叫天天过除夕夜……”索性离开环保，下乡当乡长后，仍继续经历环保尽责艰辛考验的任京，算是“拍马屁”也好，算是体谅他的老上级也行，把几句话用短信发给了雷厉局长，算是他第一时间给雷厉局长“祝贺”环保垂直管理的礼物。雷局看后，多云的脸上，稍微有了些放晴的意向，“好你个‘人精’（任京），自己的‘强奸风波’好不容易刚刚擦巴干净喽，又意气风发啦？好好干吧，不定哪一天，我会把你‘招’回县环保局来……”

雷局长一边自言自语着，一边顺手又拿起了《C市大气污染防治强化措施实施方案》，他在反复掂量着到2017年年底，全市散煤“清零”的任务，该如何如期完成……

七十六

猴年端午，E县和F县同时接受了上级下达的大气污染防治“强化措施”特殊任务。按照任务的要求，两县要在2017年10月底前，实现“五个清零”：一是在2016年10月底前，两县10蒸吨以下燃煤锅炉全部取缔，实现小锅炉清零；二是对两县散乱污“三无”企业在2016年12月底前实现全部关停并转，无排污许可证散污企业实现清零；三是在2016年底前，对所有VOC排放企业，按照上级新制定的VOC排放标准，实现百分百治理，企业无序排放VOC行为实现清零；四是钢材退火炉和木炭烧制窑及各类烘干窑取缔清零；五是分别于2016年10月底前和2017年10月底前，先后在县城建城区和全县域全部采用气代煤、电代煤方式，对城乡所有居民供暖、生活、经营活动等停止供煤，除县城保留的三十五蒸吨以上大型集中供热锅炉外，两县用煤实现清零。

为了大气污染防治，在E县、在F县乃至在C市，“清零”二字，已不算什么新鲜词、新鲜事儿、新鲜要求、新鲜举动。此前的几年中，黄标车清零、黏土砖瓦窑清零、水泥生产行业清零、矿山开采行业清零、城区露天烧烤清零、无油气回收设施加油站清零、规定场所之外的鞭炮销售场所清零、市区内大型柴油车通行清零、本地人占道经营冒烟及不冒烟行为清零、县城内各类废品收购站清零、饭店油烟净化装置非正常运行清零、启动应急机制后限号车违规上路清零、城乡垃圾秸秆落叶露天焚烧清零、建筑工地土堆无苫盖清零、建筑土方拉土车无封闭改造清零、网格员有职责无尽责现象清零、燃煤锅炉正常添加氧化镁监督员偷着睡觉不尽责清零、各部门之间工作相互推诿扯皮清零、雾霾中偷着闯红灯行为清零、人和狗一块逛大街狗拉屎人不管欠担当行为清零……“清零”多如牛毛，但不知啥事儿真的已“清零”……

面对两步并作一步走的大气污染防治新形势，面对缺钱也要干成事的新要求，面对公众不理解、不支持也要先试先闯的新困惑，C市市委、市政府，既感到特殊支持政策下的气、电保障来之不易、机遇难得，又备感条件欠缺的重重压力。

“责无旁贷，没有退路；坚决执行，雷厉行动。压力大，才会出油多。”

“工期紧张，任务艰巨。请大侃秘书长和雷厉局长牵头，抓紧制定我市落实大气污染防治强化措施的具体实施方案，力争早一天、早一会儿，展开会战。”

C市环保局局长雷厉，面对汪书记、马市长的批示，眼睛有些发直。两位主要领导简明扼要的批示中，都提到“雷厉”二字。前一个“雷厉”，是精神动员；后一个“雷厉”，是拍到了脑门子上的任务。雷厉备感千斤压担。当了八年的C市环保局局长，他天天工作、生活在“压力”中，一年比一年任务重，一天比一天责任大，一事比一事更艰巨。

家里，九十岁的老父亲在医院的病床上；单位，每月不少九十次的会议、九百份的文件他要参加、要批示。九九重阳节那天，他和班子成员研究燃煤取缔工作至深夜，当场晕倒，连输液带小憩，九小时后，他又带人赶到九十公里外的一家非法排污企业，去现场督察上级环保督导组下达的督办函件。

从2013年大气污染防治战役打响后，在一连九百九十九天的时间里，他除去因长夜难眠，身虚体弱到医院输液治病的九天外，加上所有的星期天、节假日，他没有和家人相守过一个完整的二十四小时。

白加黑、五加二，连轴转，工作上辛苦点，甚至天天挨批，天天挨骂，天天提心吊胆，对雷厉来说，都无所谓了，但不帮正忙反帮倒忙的老天爷，在所谓厄尔尼诺现象的招牌下，时常夹云携雾带着污染向C市袭来。2015年，全市上下奋战退出倒数排名的战役打了十个月，眼看就要成功，但从11月起，直至2016年元旦，反复几个大雾潮湿静稳天气，竟让C市一下子回到了倒数中端的排名之中；2016年开局虽好，但从6月份起，逆雾反复来袭，应急三天两头折腾C市，黑8月，让C市经历了史无前例的倒排惨剧。到了9月、10月，整个京津冀好像同时得罪了老天爷，应急响应的警报声一浪高过一浪，一月密过一月。在环保部统一指挥启动的应急响应中，甚至连最敏感的一号城市也因个别区域应急响应措施落实不够到位，而被环保部“冷脸”通报、媒体曝光。C市应急响应虽有板有眼，未被列入通报黑名单，但恰在此时，雷厉局长却听到一个很不顺心的消息，C市的D县突然做出一项决定，调整环保局长到县教育局当局长，教育局长到环保局任局长。原因是教育局长没有落实开学第一课开展生态环境教育。县里认为教育局长在生态环境教育上占有空间面积大，没有尽责，作为处分才让他当环保局长。而环保局长因治理大气污染有功，作为奖励，才有机会当教育局长，从长远考虑，可以更好尽责、更有切身体会地开展好环境教育。

雷厉听了这事儿开始还觉得好笑，但后来琢磨透了，才觉得在理儿。

“霾依附雾而存，一旦风来雾去，霾必随之而灭。治霾之道与治官之道相通，治霾有利人心和善、家庭和睦、社会和谐、世界和合，但是，治霾非一日之功，情急必生心霾。从前而论，治理大气污染，污染指数下降率稳不稳，关键看精准防治准不准；老天爷和人较劲谁能赢，关键看应急举措行不行；持续攻坚成果是好还是孬，关键看我们工作热情高不高；区域相邻，谁污染谁用不着官说民议法院判，静稳天气下的污染指数，一个数字能堵死一万张嘴的争议。谁的嘴和心的距离绕地球转的圈子越多，说明谁对地球污染的真实内幕最不了解。”

雷厉听说，D县环保局长和来接班的局长交接班时，有感而发讲了上边这一堆的话后，又满含嘱托性地对接班的局长说：“记住，霾去如抽丝，一定要从法规落实抓起，一定要从源头抓起，一定要从娃娃抓起。”

新来的局长随机回应：“好，从法规落实抓起，从源头抓起，是你过去工作的不足，我去补。抓娃娃，以后可是你的事儿啦。”

……

……

“雷局长，明后两天双休日加班是到你局里，还是来政府这边？”郝大侃打来电话。

“在哪加班是小事儿，关键是下边的底数咱们市里还不太清楚。先让各县报个台账吧。”

“台账是肯定要报的，我已经拟定好了一个通知，强调了‘六有两全一明确’的思路，要求各县市区先报一个基本方案。但我有一个问题也想问问你。”大侃说。

“啥问题？”雷厉问。

“燃煤污染成分复杂，要求改气，但京津冀大面积改烧天然气，氮氧化物同时大排放，会不会形成臭氧污染大爆发，治了咳嗽带来喘，病会更难治？气代煤是不是就是最好的办法？治污，清洁煤是不是还比不上劣质天然气？”大侃说。

“大侃啊，你想得还真是够细呀，不过你提的这个问题很较劲儿，还是找专家去问问吧！”雷厉边答边把话茬扯开对大侃说，“你刚才讲的‘六有两全一明确’具体都是啥啊？”

“‘六有’，是有2016年至2017年两年度，本县大气污染防治任务总体方案、有国省规定要求完成的散煤清零任务的子方案、有VOC防治工作方案、有领导组织机构、有向乡村延伸的详细工作台账、有具体的保障措施和工作要求；‘两全’，是散煤清零村街要全、VOC治理企业的现实情况信息要全；‘一明确’，是散煤清零村到底是改气改电或改其他什么清洁能源要明确。”

“我看行。但咱们年度定的其他整治任务也该包含进去才对。一个方案管两年，2017年的事儿，一块儿布置了，以便县里操作。否则，年年是方案滞后、资金滞后、目标滞后，下边又窝工又不好操作。”

“对呀，雷局长。前边市里定的清理小散乱污企业的‘强剑’行动内容也应该写进去吧？”

“好，就这么着。明天上午咱环保局五楼会议室见。你叫上你的人，我带上PM2.5防治小组的专家。”雷局长嘴上和郝大侃絮叨着明天加班的事儿，但此时，占据他脑海核心地带的“影子”，却是刚才大侃和他讲的两个字：“强剑”。还“强剑”呢，就因为这两个字，去年被南旺乡办公室主任常丽平在接记通知时，错写成了“强奸”，乡长任京至今还背着那个来自网上炒作的思想“包袱”呢……

七十七

凡事都有两重性。散煤“清零”的艰巨任务来了，全市上下多数参与者都在忧心忡忡，但也有人高兴。

任京自打当了乡长，他所面对的历次“清零”，唯独这次接受起来是最舒心、最愉快、最解脱、最想接受的。尽管任务很艰巨，但在任京的心里，有说不出的激动与兴奋，“这真是歪打正着啊——”“这真是因祸得利啊——”“这真是该我挺起腰杆啊——”“这真是救我命的英明举措啊——”

“强化措施万岁——！”梦中，任京举起右手，振臂高呼后，自己都吓醒了。

“砰——！”他把暖瓶从床头的桌子上，“万岁”到了地板上……

任京如此狂热地支持上级大气污染强化措施的落实，从出于公心上讲，他和C市上下的领导者和群众，心情一致，是真心支持大气污染防治进程快些、再快些，让人民群众早一天享受到持续、稳定、更加清蓝白的优越生态环境，呼吸到舒服、可心、不致病的新鲜空气，让小康与健康与民众同行；从私心方面讲，任京狂热地支持强化措施的落实，是这个措施可以把任京从“搭错车”“骑虎难下”的极端困境中解脱出来。此前数月，他太难受了……他和F县的侯永续县长一样难受……

但此时，比任京和侯县长当初更难受、更忧心的，是E县环保局的局长甄猛和他的班子成员。他们也被人告了，而且有鼻子有眼儿地告他们“私分处分、欺骗组织”。这可是十分严肃的政治错误，而且一告就是持续两年……状告不是子虚乌有，但甄猛等班子成员始终没有任何人承认……

七十八

据传，E县环保局“私分处分、欺骗组织”的事儿，发生在猴年春节前。

这是一个集体约定的秘密。这个秘密，是后来与这个秘密毫无关系的郝大侃，偷偷向我透露的。

腊月二十三，小年糖瓜沾。

当千家万户喜庆团聚，过小年的时候，E县环保局的几名班子成员，却在这个隆冬的深夜，悄无声息，神神秘秘地召开着一场已经长达三个半小时的紧急专题会议，研究着一件既涉及个人前途利益，又涉及E县环保大局利益的事儿。说这个会议神秘，是因为往日开班子会，都是由办公室主任通知组织，今天，办公室岳主任却不知情。是甄猛局长一个一个地亲自打电话，叫来的。

“同志们，事情我和大家都说清楚了，就不多说了。我们在座的四个人，过去、现在、将来，都将一如既往地踏着老局长的尽责、担当之路前行，我相信谁也不会掉队，更不会退却……”

“甄局长，自从局纪检组长调走，局班子只有咱四个人，今天的事儿要是说出去了，咱四个都得挨大处分，我看咱有必要立个字据、签个君子协定，并按上手印。”

“我看行！”

“搞那么严肃干什么？”南征不太同意扈法根和马二哈的意见。

“南征啊，少数服从多数吧！我不仅同意二哈的建议，而且我认为还要把绝对保密的话写进协定，警示大家互勉。”

“好吧，甄局长，我少数服从多数。不过有一条咱今天也要说清楚，今天写了协议，你把它放在哪，很让我担心。如果有人告咱私分处分的黑状，同时又拿出了字据，那可就像咱政府签的大气污染防治责任状一样，开弓就没退路了。”

“协议放哪很重要，我有一个好主意。”扈法根说，“把协议藏骨灰盒里，埋到……”

扈法根话至此处，突然“砰——叭——”一串连响儿传来，打破了深夜的沉静。紧接着，南征看到，一块鸭蛋大的石头，冲破窗户玻璃，直接飞进会议室，尔后，又重重地砸到了会议室的北墙上。北墙上的白灰墙，立刻被砸出了一个能看清红砖衬底儿的坑儿……幸亏甄局长的头躲闪及时，否则，见红的肯定是他的脑壳。但让人遗憾的是，有一块玻璃，还是扎破了甄猛局长的左臂……

环保局紧邻路边。茫茫冬夜，伴随着石头冲窗而入，后面紧跟着又传来歇斯底里的叫喊声：“环保局听着，你关我的门，我砸你的庙！”

深夜之中，这声音传得很远、很远……

七十九

大侃和雷厉局长牵头，三天时间连轴转，《C市大气污染防治强化措施实施方案》讨论稿出炉。按预定计划，原本在端午节上班后头一天召开的《方案》讨论会，由于上边连续来了三大气污染防治工作检查组，都需要主管市长、大侃副秘书长和雷局长陪同，被迫推迟了一周多，最后，终于赶在一个大雨天召开。周二上午，C市政府召开扩大的政府常务会议，开始讨论《方案》。

“同志们，从今天开始，我们落实强化措施的行动，就开始倒排工期了。为了体现倒排的压力，我也创新讲话方式，把会议要结束时讲的要求，挪到前边做开场白。同志们，我们C市落实强化措施治大气污染，没有什么捷径之路可走了，必须日赶早、夜贪黑、分秒必争，向倒排前十决斗。”马市长慷慨陈述道，“要讲政治，抓落实，贵在服从大局。讲创新，抓落实，分管市长、县长，管行业必须管大气。讲科学，抓落实，治大气必须走专家引路之路。讲持续，抓落实，必须以天保周，以周保月，以月保季，以季保年，才能退出倒排前十名。讲担当，抓落实，谁的孩子谁抱着，谁不落实问谁责，治黑烟黑煤黑气黑企黑车，必须先治有责不担、小肚鸡肠儿的小心眼子、假心眼子、懒心眼子、软心眼子、黑心眼子。精诚所至，定能实现奋斗目标。”

先是马市长主持会议，讲了几句开场白，继而由雷厉局长宣读方案。

“为全面落实上级大气污染防治整体任务要求，持续推进环境空气质量改善，结合我市大气污染防治‘冬病夏治’相关工作部署，以去煤、减煤、煤清零为工作重点，制定本强化措施实施方案。工作目标：C市全年空气质量综合指数排名稳步退出全国74个重点城市“倒排前六”。2016年，C市区空气质量PM2.5年均值达到77微克/立方米，2017年达到65～60微克/立方米。”

“这目标任务是不是定得过高了，能完成吗？”会场有人发问。

“目标是上级定的，这个没商量，我们只能背水一战。”马市长的表态斩钉截铁。

“重点工作任务共七个大方面。一是散煤污染治理：禁煤区煤炭市场综合整治。我市全部区域，要按照上级禁煤区煤炭管控要求，于2016年底前，采取‘取缔一批、整顿一批、规范一批’的方式，对全市现有煤炭经营单位进行深度整治。加大全市煤炭质量抽查监测力度，对销售和使用不符合《工业和民用燃料煤标准》要求（硫份小于0.4%，灰分小于16%）煤炭的，依法从严惩处。2017年10月底前，全部取缔禁煤区内所有散煤销售网点；全市煤电、集中供热和原料用煤企业，采取直购方式采购煤炭，确保煤炭质量达标。2016年10月底前，市、县两级建成区完成散煤清洁能源替代，基本实现无煤化，同步推进农村地区‘电代煤’工程建设。2017年10月底前，包括农村地区在内的全部区域完成清洁能源替代，实现散煤‘清零’”。

“实施散煤清零工程，改气也好，改电也好，要本着一村一式、相邻互仿的原则，不能一个村搞多样，更不能打乱仗，具体方案还要细化。”马市长插话，雷厉局长答“好”后，正要继续宣读方案，会场上传出一个女人的清脆声音：“马市长，关于气代煤工程，我想提点建议行吗？”众人随声望去，看到是新奥集团燃气公司的赵总。

“好啊，赵总，有什么建议你说说。”

得到马市长同意，赵总口清言利地讲道：“政府在煤改气的导向上，要注意给村民以正确的引导。首先要讲清国家的大气防治政策，节能减排的需求；其次，要让村民认识到煤改气，是给村民创造好的生活环境，提高村民整体生活品质，造福村民和子孙后代的大好事，这样才能赢得老百姓在改造过程中应给予全力支持和配合。不能像过去那样，工作没做好，就逼农民干。第三，要让农民知道煤改气真能得实惠。现在老百姓生火做饭基本采用液化气，目前液化气市场价格在120元/罐，按普通家庭每个月一罐气计算，全年需要1440元。改造天然气后，每月约10方气（含洗浴用气），需要22元/月，全年需要264元。改气后老百姓在做饭上每可节省约1200元。每户村民冬季取暖烧煤平均使用3至4吨，按清洁型燃煤每吨500元计算，冬季需花费约2000元。如改气后，费用增加至4000元到5000元。加上炊事节省，每年每个采暖季只需增加800元到1000元成本。另外烧煤锅炉需倒炉灰，又脏又费事，如果每年只增加800元到1000元成本就可以享受清洁能源带来的高品质生活，我想换位思考，村民也是能够接受的。通过采取政府补一点、村街补一点、百姓拿一点，三方共同努力的好政策，不仅可以打造舒适干净的生活环境，还可为大气污染防治做出一份自己的贡献。最后我想提醒大家，从前期准备阶段工作看，有的部门工作效率太低了，这样下去，10月底前完成任务很危险。”

“赵总提醒的几个问题很好。特别是最后一条，各部门要特别注意。拖沓扯皮的作风一定要纠正。两办督查室要加强你们的督导力度。时间不等人哪，同志们。”马市长讲到此处，双眼巡视会场，尔后道：“雷局长，你接着说吧！”

“二是燃煤锅炉淘汰治理：加快推进燃煤锅炉淘汰，2016年10月底前，完成全市3000台10蒸吨及以下燃煤工业锅炉的清洁能源改造；彻底淘汰市、县两级建成区剩余的333台10蒸吨及以下燃煤锅炉；完成全市党政机关、事业单位1333个燃煤设施的清洁能源替代。2017年10月底前完成全市域所有10蒸吨及以下、市建成区35蒸吨及以下燃煤锅炉‘清零’任务。大型燃煤锅炉改造治理，2016年10月底前，各县（市）20蒸吨及以上大型燃煤锅炉完成环保设施除尘、脱硫、脱硝提标改造，确保达到《锅炉大气污染物排放标准》（GB 13271-2014）中特别排放限值（烟尘≤30毫克/立方米，二氧化硫≤200毫克/立方米，氮氧化物≤200毫克/立方米）要求，同时加装烟气在线自动监测设备，并与市环保局联网。三是扬尘污染治理……”

“这条别念了，老话题、老顽固的问题，为什么总是治不好？强市长，下一步，我们要把这件事纳入县区党政领导干部考核问责范围。把板子打到具体人头上去！把处分装到档案里去！”

“好的，马市长，下来我们马上安排。”副市长强挺说。

“四是机动车污染治理……”

“这也是个老话题了。下一步要重点强化机动车尾气检测。加强机动车尾气检测，督促超标车辆治理。完成机动车尾气遥感监测系统建设，并与公安交警部门机动车监管执法平台联网。环保与公安交警部门联合执法，强化对市城区道路行驶机动车尾气排放的监督检测，对于超标排放机动车违规上路行驶的，予以劝返或依法处罚。同时，还要加强油品质量监督。全面加强油品质量监督检查，确保全市销售的汽、柴油达到国五标准要求，每月开展一次油品质量检测，严厉打击销售不达标油品行为。”马市长讲这些话的时候，交警支队队长、商务局长、技术监督局局长，三人不约而同，把目标“对视”到了雷局长……

“五是工业企业污染治理。对重点企业提标改造。钢铁、水泥、玻璃、石化等重点行业对照新排放标准要求，加快实施脱硫、脱硝、除尘等环保设施升级改造。2017年7月1日前，结合钢铁行业产业结构调整，开展钢铁行业对标，以唐山钢铁集团有限责任公司为标杆，完成钢铁行业环保治理提标改造，达到标准要求。同时，要大力开展VOC

达标治理。严格落实国家和省VOCs治理工作部署，按照《重点行业挥发性有机物达标治理工作方案》要求，对医药制造、石油炼制、石油化学、有机化工、炼焦、钢铁冶炼和压延加工、木材加工、家具制造、交通运输设备制造、表面涂装、包装印刷等重点行业实施VOCs达标排放限期治理，2016年底前完成全市石化、化工等重点行业VOCs综合整治工作。其他工业行业和餐饮、汽车维修、服装干洗等生活服务行业，也要对照相关排放标准，采取控制措施，并加强监督管理。加大加油站、储油库、油罐车油气回收装置的运行情况的监督检查力度，对油气回收装置运行不正常的一律停止营业。要关停淘汰散乱污企业。按照上级环保违法违规建设项目清理整治工作要求，全市2016年6月底前完成'散、乱、污'企业聚集群排查摸底，并制定综合整治方案开展综合整治，2017年10月前，完成'散、乱、污'企业聚集群清退工作。特别要高标准分别完成胶合板企业群燃煤锅炉和窑炉、各种建材窑和金属熔炼窑、保温建材和铝制品企业窑炉的清理整顿任务。”

“治VOC，我们确实该加劲儿了。臭氧一再升高，形势逼人啊。治散乱污企业，E县的、南孟乡的那个任京，不是摸索了很好的经验吗？开个现场会，让大家去实地学习、考察、借鉴，不是很好吗？”

“好的，我们马上组织。”马市长有明确要求，大侃副秘书长有回声。但马市长好像还是不太放心。他接上说：“近年，京津冀臭氧超越PM2.5，成为首要污染物。师博士认为，随着对PM2.5的治理力度加大，空气能见度提高，臭氧污染会愈发凸显。从国际经验来看，臭氧污染治理会比PM2.5治理的难度更大。师博士，你说说这个事儿。”

“好。各位领导，说到空气污染，我们眼前浮现的一定是雾霾弥漫的场景，和阳光明媚、天空碧蓝的大晴天儿根本不沾边儿。不过如果您注意一下我们的监测数据，就一定会知道：因为有臭氧污染的存在，这大晴天也有可能会是个污染天。说到臭氧，咱们都知道它是地球的'保护伞'，别看只有薄薄的一层，却可以吸收99％的短波射线。像紫外线、X射线、伽马射线都属于短波射线。这些短波射线如果直接照射在人体上，会有致癌和杀伤性作用。但需要说明的是，真正给我们提供保护的是离地面二十到三十公里处的臭氧层。但我们可千万不要把臭氧层和对流层中的臭氧混为一谈。臭氧层中的臭氧是在雷电、太阳高能射线辐射等自然条件下产生的，而对流层中的臭氧则是由人类活动产生的，对于人体来说是个健康杀手。在城市中，直接排入大气中的一次污染物比如氮氧化物和挥发性有机物在太阳光与热的作用下，经一系列化学反应形成臭氧，属于二次污染物。夏季光照强、气温高、云量少、紫外线强，更容易形成臭氧污染。不只我们国家，在欧美国家的夏季，臭氧污染也是占主要地位。臭氧反应活性强，易分解，几乎能与任何生物组织发生反应。当它被吸入呼吸道时，会导致肺功能减弱和组织损伤。同时，臭氧会刺激眼睛，使视觉敏感度和视力降低。它还会破坏皮肤中的维生素E，让皮肤长出皱纹、黑斑。但是因为臭氧看不见，所以就一定要知道如何避免臭氧污染。一般来说，臭氧污染从每年的4月份开始会一直持续到10月，其中6月到8月份浓度最高。从某一天来看，随着气温升高紫外线增强，臭氧浓度会不断增加，在中午1点左右出现峰值，之后处于高值稳定状态，下午3点左右达到最大值，到傍晚5点左右开始下降。所以要避免在臭氧浓度高的时间段户外活动，这时候关闭门窗，在屋里待着才是最好的保护。有人说，臭氧污染来了我们惹不起躲得起，但最根本的还是要加快防治。”

抓住个说话的机会，师博士一口气讲了五分钟，直到马市长说：“好，雷局长接着讲方案吧。”师博士才“被迫”停下。

“雷局长，你再等一下，我再说几句。”会场上，大家看得出来，马市长对VOC的防治是真的上了心了。“这两年我们市的VOC治理，应该说做了些工作，现实的情况我也清楚。前几天雷局长和我汇报说，天津有一家塞纳特环保工程有限公司、上海有一家安居乐环保科技股份有限公司、江苏有一家永春环境工程有限公司，在工业废气治理、挥发性有机物治理上技术很先进，企业很诚信，治理业绩也很突出。我要和大家说清楚，我们政府和相关部门在推介和工程招标中，绝对要市场化，绝对不能轻视域外企业。也是前几天，大侃送我一副治霾扑克，上边说了这样一段顺口溜：‘谁有门头儿谁来治，谁有关系谁中标，VOC治理市场乱，政府该来管一管。’今天咱们就说清楚，对于技术先进、诚实守信、担责奉献的企业，无论是VOC治理技术企业还是其他类型企业，我们都要从政策上、市场上、服务上给予大力支持。对于那些善于搞合同欺诈、技术落后和与企业串通一气、以劣充好、弄虚作假骗取政府奖补资金的不诚信企业，要坚决打击。要把它列入黑企名单，追究法律责任，绝不姑息。”

“强化‘高架源’监管。2016年底前，全市电力、钢铁、水泥企业按新要求申领排污许可证。排污许可证载明各排污口应执行的污染物排放标准、许可排放总量、主要生产设备及配套污染防治设施。按照国家标准规范要求，同步加快固定污染源在线监测设施的规范性建设和正常运行，监督企业落实自行监测、记录、报告及信息公开责任。强化排污许可证现场监督检查，加强事中事后监管，落实季节性应对措施和重污染天气应急管理等环境管理要求。依法对无证排污或不按许可证规定排污的企业实施停产整治，被责令整改，拒不改正的，依法进行按日连续处罚。情节严重的，责令停业、关闭。”雷局长接着讲。

“好，这一条你们几位副市长和相关部门，要在具体工作中配合好、组织好。要把关停和安排下岗职工再就业，把治污与维护社会稳定工作，绑到一块儿去安排、去谋划……包括前边讲的电代煤、气代煤工作，都有大量的群众工作、宣传动员工作要去做。否则，清不了、关不了、禁不了、拦不了、管不了、守不了、改不了不说，还会出乱子、闹矛盾。”马市长打断说。

“是呀，马市长提醒得非常对，治霾为民，好事要好好办。”

“有好条件，还要有好的工作思路和方法，否则，干不好事还会出事。”几位副市长随声附和着马市长的要求。

“六是对各类烟气污染整治。餐饮油烟、露天烧烤治理很重要，要严格餐饮业油烟排放标准，督促餐饮服务场所全部安装高效油烟净化设施，并正常使用达标排放。C市要制定并实施露天烧烤治理专项方案，对市县两级建成区露天烧烤摊点（含流动烧烤摊点）全部依法清理取缔，实现入店规范经营，并在营业前安装高效油烟净化设施，确保达标排放。市县两级建成区餐饮行业全部取缔柴草和燃煤大灶，实现天然气和液化石油气替代。烟花爆竹禁放和废弃物禁烧。要按照‘属地管理、分级负责、无缝对接、全面覆盖、责任到人’的原则，在全市行政区域内，全面开展秸秆、枯枝落叶、垃圾等废弃物禁烧工作。”雷局长接着讲方案。

“小污不小啊，同志们。几年中，我们关停并转了那么多高架源，为什么污染还这么重啊？生活中的小污染源，是持续根治的关键啊！”马市长说。

“七是强化重污染天气应对。完善和强化重污染天气联合预测预报机制，结合京津冀及周边地区空气质量预测预报中心和我市空气质量预报结果，提前发布重污染天气预警。按照京津冀城市预警统一要求，重新修订完善重污染天气应急预案，统一预警分级标准，实施京津冀地区重污染天气区域联动；以控制PM2.5日均浓度不超过300微克/立方米为原则，制定各级别预警减排力度；结合排污许可证管理，严格电力、钢铁、水泥、铸造等重点行业和‘高架源’应急期间污染物排放，明确不同行业减排措施的具体工艺流程和停限产设备。组织第三方机构，对应急预案有效性、可操作性和减排措施进行量化评估，公布评估结果。组织开展重污染天气应对情况督察，对应对不力的进行严肃问责。利用大数据和认知计算等先进技术，实现对重污染天气应对全流程的实时监控与效果评估，为决策和管理提供技术支撑。实施工业企业生产调控措施。按照上级大气污染防治强化措施要求，对上级下发的重点调控企业名单中企业，在每年11月1日至翌年1月31日实施生产调控。停产类：水泥、铸造行业和除承担居民供暖、协同处置城市垃圾和危险废物等保民生任务的生产线外，全部停产；燃煤发电机组除承担居民供暖任务的机组外，未达到超低排放标准的全部停产。限产类：钢铁行业根据污染排放绩效水平进行排序，不能稳定达标排放的实行停产。燃料调整类：玻璃行业生产燃料全部更换为天然气、集中供应的煤制天然气或电等清洁能源。各县区要严格落实调控措施要求，确保名单中相关企业停产、限产到位。电网公司按照上述生产调控要求加强电力调度。”雷局长接着讲。

“应急响应这项工作大家要特别引起重视，这是科学的启示啊。不知各位看了没有，昨天报纸上登了专家组王气风博士写的一篇专题评论，讲的就是重视应急响应的必要性、重要性、客观性和科学性。各位回去好好看看，到县里指导工作时，给大家提个醒儿，一是要尊重科学，对大气污染防治的全过程实施科学指导。二是要把互联网用好，要把大数据用实，尊重科学，不是搞花架子。”马市长讲这些话时，特地抬头看了一眼F县的侯县长和E县的徐县长。

“落实强化措施的要求。首先是强化领导，明确分工。按照‘属地管理’和‘谁主管、谁负责’的原则，各级各有关部门务必高度重视大气污染强化治理工作，进一步细化措施，量化任务，于2016年6月15日前制定完成本地本部门的达标实施方案，并报PM2.5专家组进行评估。各县（市、区）政府，是大气污染治理强化措施实施的责任主体，要按照党政同责、一岗双责的要求，迅速部署，周密制定工作方案，细化分解工作任务，明确具体时限和责任人，定期调度督导，及时研究解决阶段性问题，加快具体工作的组织实施和推进，确保各项任务措施落实到位，实现空气质量改善目标。市直有关部门要严格按照方案要求，认真履行牵头、配合工作职责，各司其职、各负其责，协调联动、密切配合，努力形成治污合力。积极发挥部门职能作用，加强对部门系统工作的指导、协调、督促和推进，采取定期召开现场会、推进会、通报会、督办会等形式，及时开展调度督导，解决具体问题，确保圆满完成各项强化治理任务。”

“停、停、停。”马市长对着雷局长大声说，“这里边套话太多了，下来要根据目标任务要求，进一步往细里讲，往实里说，要写出C市的特色。”

雷局长和大侃同时答：“好。下来我们马上按您的要求改。”

“其次是完善政策保障。严格落实排污收费政策，足额征收排污费，实行按日计罚。制定全市‘电代煤’‘气代煤’政策。完善天然气供应体制机制，减少中间环节，取消不合理加价，降低供气成本。加强管道运输和城市配气价格监管。大规模实施电力、浅层地能等清洁能源替代农村散煤工程，电网企业加快‘电代煤’配套电网改造，同步实施电网建设。出台相匹配的峰谷分时电价政策，适度提高峰谷电价差；对居民电采暖用户采暖季暂不执行阶梯电价，并可选择执行峰谷分时电价等。配合国家电网统筹农村‘电代煤’工作的规划和实施，各级政府对配套电网工程给予补贴，承担配套输变电工程的征地拆迁前期工作和费用，统筹协调农村‘电代煤’用地指标。”

“这一条相关部门要特别注意，要抓紧协调相关企业把具体工作、标准落到实处。既不能坐等电来气到，也要防止急躁情绪。南旺乡的教训，一定要牢牢记取。”马市长说。

“再次是严格考核，严肃问责。将全市强化措施实施方案工作任务完成情况纳入挂图作战内容，每周进行集中调度，强化措施落实情况纳入各地党政领导班子和主要负责人政绩考核。对工作不力、履职缺位、重点任务滞后、未完成质量改善目标和环保部考核、督察中存在严重问题的政府和部门，按照《C市大气污染防治党政同责、一岗双责工作制度》给予严肃追究问责。”

没等雷局长吧方案念完，马市长就急不可耐地说道：“同志们都知道了。最近中央审议了《问责条例》，估计很快会下发执行。有责必问，问责必严。工作中如何避免失职失责，同志们都该时刻警醒啊！好吧，关于今天这个方案的内容，下来大家再好好提一提意见，尽快印发实施吧。我建议你们修改时，把强化信息公开和鼓励有奖举报的事儿也写进方案去。政府各部门都要建立健全信息公开平台，加大信息公开力度。特别是环保局，要曝光环境违法行为，公布重污染天气应急预案措施清单，及时公开每次重污染天气应对措施启动情况，接受公众监督。同时，还要建立有奖举报平台，畅通信息渠道，鼓励公众对企业违法排污、仍未‘清零’的燃煤锅炉、重污染应对措施启动不力、黑烟车及违反限行规定等行为进行举报。根据线索难易程度、对环境危害程度、举报人协查情况等给予举报人相应奖励，充分发挥人民群众的监督作用，形成舆论震慑……”稍停片刻，马市长又不无担忧地说道：“大家千万要记住我今天说的话，改气也好，改电也好，都是为了控煤，今天的基础工作做不好，明天就会‘反弹’，就会前功尽弃，劳民伤财……比南旺乡的教训会更深刻。这里我还要特别强调一句话。环保执法是保护环境的命根子。权力下放不应成为责任下推的借口，能力不足不应成为不尽责任玩忽职守的借口，人弱言轻不能成为耍滑头怕得罪人的借口……”

马市长在那儿讲要求，大侃在那儿笔不停步地做着记录，但雷局长此时的思绪早已借着马市长讲到南旺乡的话题，飞向了任京……

八十

任京可谓是根正苗红有胆有识的人。他祖爷爷当年曾是刀劈八国联军的勇士；他爷爷曾是平津战役英勇支前的老模范；他父亲曾是砸锅炼铁的老先进；他本人参加工作进环保，一干就是28年。

羊冬猴春，任京出“洋相”了。这“洋相”出得还不老小，不仅闹到了市政府，闹到了网上，甚至还有人放风，如果政府不处理任京，不把他调离南旺，就要进京群访，把事儿闹得惊天动地，闹得比霾还厉害。放这个风的人，正是在北塔村煤改气征求意见会上，和任京叫板、提条件，要求多吃政府补贴的壮汉骆多捞——莫需友的小舅子。

北塔村部分村民因冬季供暖问题集体上访，原因始于任京极端冒进，实施不切实际的大气污染防治工程。按“对口负责”的原则，当时还是负责环保工作的副县长吕正天，奉命带任京到市政府“接人”。

“任京，你怎么办这么糊涂的事儿？怎么不向县政府报告一下，就把北塔村煤改气的事儿定了？那么多群众的取暖问题、吃饭问题还没解决好，怎么就把煤和炉子全给人家收了？”

“吕县长，北塔村煤改气这事儿不是县里定的吗？”

“谁定的？”

“石县长？”

“他亲口和你讲的？”

“不是，是环保局的南征副局长电话传达的？”

“他告诉你是石县长定的了？”

“他说是大县长定的。大县长全县不就一个石县吗？”

“他说肯定能供上气了？”

“说了，说大县长和燃气、供电都谈妥了，保证没问题。”

“你找石县长请示汇报过这事儿吗？”

“没有。南征下达任务后，我就一直忙活这事儿。他在环保局分管大气污染防治，我想，听他的不会有错，谁知后来竟成了这个样子……”

当日中午，吕正天带南征把北塔村上访群众接回县里后，立即紧急研究确保村民取暖不受冻、确保北旺乡村民思想稳定的对策。县直各部门齐上阵，有的登门入户送煤、送炉子，有的找情绪激动的村民做思想工作，有的帮南旺乡谋划下一步深度落实煤改气的工作举措。但即使这样，仍然没有阻止住不良用心之人，加不良网站，对这件事“节外生枝”的黑炒作。

任京胆大煤改气，
不合北塔村民意。
上级通知他篡改，
强奸行动留血迹。
科学治霾他不懂，
不良手段求政绩……

任京和吕正天正同时在电脑前看黑网黑段子，办公室主任常丽平敲门进屋，带着哭腔对任京说：“任乡长，是我对不起你。前几天，县环保局下电话通知，说开展大气污染防治执法‘强剑行动’，我当时接了通知，急着去找栾副乡长安排人到北塔村灭火，记完通知没核定，就放您办公室去了。结果，我把‘强剑行动’，错写了一个字，成了‘强奸行动’，给您惹麻烦了，给乡里丢脸了，您看怎么处分我吧。”

“你刚才找人说情了？”

“我怕您太生气，找了市环保局的厉局长，请他劝劝您！”

“找什么厉局长？这事儿也不能全怪你。但因你们办公室的工作马马虎虎，总是被人利用，你也应该好好总结一下教训！你回去想一想，这个通知还有谁看过？”

“您是说见血前，还是见血后？”

“这不明摆着是见血后吗？否则那个破段子上怎么会说‘血’呢？”

“您批件后，外人只有北塔村的莫主任那天来给您送烟时到过您办公室……”

“好了，处理完了，你休息吧。”

“任乡长，您别这样开除我，我不当主任了都行啊！”

“谁说处理你了？”

“您不是说让我‘休息’吗？”

“我是说让你回去休息休息吧，我看你也是累晕乎了。”

常丽平出门后，任京悄声对吕县长说：“常丽平是市局厉副局长的表妹。”

“市局有个雷厉局长，还有个厉副局长呢？”

“俩人姓与名正好反着。一个雷厉，一个厉雷。”

“真是奇巧、浮窍、犄角。我就没闹明白，‘强剑’也好，‘强奸’也罢，咋还见‘血’了呢？你小子是不是还有其他什么事儿？”

“吕县长，您可别多想，我可担不起。我还是把我接受煤改气任务的前三后五，‘强奸风波’的来由，跟您一五一十说透了吧！”

八十一

羊年端午刚过没几天，南征正在按吕县长要求撰写南旺乡整治散乱污企业经验，手机突然响铃。

“南局长啊，老同学，求你帮个忙吧！”

“候大县长，你这是说什么呢？有事儿说，要用‘求’字，你还找我干吗？不过，话说前边儿，我是个副职，我做不了的事儿，你也别难为我。”

“在我这儿叫难事儿，到你那儿最多是一个电话的事儿。”

“啥事？说吧！”

“人上床、火上房、小孩爬在井沿上——事儿急。大气污染防治，迫在眉睫，任务艰巨。上级号召各县要发挥主观能动性，主动求作为，我这新官上任，绝对不能怠慢呀。你也知道，我前边魏县长在治大气上，耽误了很多事儿，还干了一些不该干的事儿，在全市影响很不好，F县政府的形象，急待我三把火烧开新姿态、新作风、新业绩、新空气……”

“候县，你直接说事儿吧。”

“你别急，三两句话也说不明白。我谋划了一个大工程，我要把靠近市区的北宫乡、西宫乡、东宫乡烧散煤、造污染的问题给它办喽。通过实施煤改气、煤改电工程，让空气好起来、让全县人民乐起来，让市里领导夸起来，让我的形象立起来……”

“煤改气、煤改电，气从哪来？电从哪来？”

“我和前锋燃气公司牛山总经理见面了，马上要签合同了，气源由他们公司保，气源供不到位的‘边角’街巷，改电，供电公司马总满口答应了，只要有市场，绝对没问题。”

“气没问题，电没问题，但老百姓取暖、做饭花得起钱吗？这两个可比烧煤贵多了。”

“要治大气污染嘛，你就不能把什么困难都往桌面上堆摆，这也难、那也缺，这不行、那卡口，那就什么事儿也别干了，让大气污着、霾着算啦！”

“我是替你想。这事儿可不小。一个县从城里到乡村，上百万人口的大县，把散烧煤一扫光，全用气用电，可别瞎干、蛮干出乱子。我是好心提醒你，干事光有热情还不行。”

“嗨，你想大了。我不是全县都一块儿动，先把靠近市区的3个乡干喽，特别是北宫乡。我找你主要是解决任京的问题。”

“任京不是南旺乡的吗，你解决北宫乡的问题找他干吗？”

“南旺紧靠县城，燃气公司建在它地边上，管道要进北宫，南旺是必经之路，但我听说任京这人‘难整’，不见利益不放话。”

“哎——哎——哎——你说任京就骂任京，可别把我搭上。你叫我外号干什么？”

“无意、无意。南征局长不难整，比任京好整。”

“你再闹腾我可要放电话了。”

“别——别——任京是你们局里下去的，听说你俩明斗暗贴心，他很听你的。现在他又下乡了，更得听你的了。帮帮忙，就说县里定了，让他全乡和北宫乡一块，全改气、改电，去掉散烧煤。”

“这事儿你和他说还不行？”

“我要说了能行，还找你干吗，我怕他见了县里的文件摇头。”

“好吧，我试试吧，但不保准儿。”

八十二

南征太了解任京了。他要想干成的事儿，干起来比谁都“精”，一定能干好。要是他不想干的事，你压他、挤他、派给他，他那双永远是停在九点一刻平衡钱上的眯缝眼儿，只要眨巴两下，就能想出个把事儿“精”黄喽、“精”没喽、“精”散喽、“精”乱喽的“精”主意。因此，南征在接到F县侯永续县长的求援电话后，首先考虑的不是帮不帮侯县长这个忙，而是琢磨着、掂量着、算计着，用什么招法，怎样、如何把任京的工作做下来，让他顺当、愉快、心甘情愿地把这个活儿认下来。

侯县长是F县的县长，管不着E县的南旺乡。这是南征首先想到的第一大障碍；大气污染防治工作中，最难做的是涉及千家万户老百姓的禁、限、关、拆、停、改工作，这是南征想到的第二大障碍；枪打出头鸟。老百姓告状已不用出门。再加上任京在这之前已屡遭网炒，这是南征想到的第三大工作障碍。

南征苦思冥想了一天两夜，最后竟横下一条心，想出了一个好心相伴地给任京打马虎眼的歪主意……

但让南征万万没想到的是，他这歪主意，竟让任京毫无条件地痛痛快快地一口答应下来。更让他没有想到的是，在南征给任京打电话正式下达歪主意的前半个小时，北塔村的十几位村民，已经开始无约相助地，为任京接受南征这个歪主意，做了一个十分过硬的民愿铺垫……

“任乡长啊，您可是最能为我们老百姓干事的好乡长啊。”

一大清早，北塔村十几名村民自荐的村民代表，就围到了乡政府的门口。任京上班来，老远地看到乡政府门口围了这么多人，他心里便开始敲鼓，疑是又来上访的了。结果不是。十几名群众，是来向任京请愿煤改气的。听到有群众夸奖他会干事儿，任京心里是又喜悦又感到这词儿用得有点别扭。

“乡亲们，有什么事儿，就照直说吧，别夸奖我了。”

“任乡长，今天我们来找您就想办成一件事。煤改气。”人矮声高的桂英嫂讲话直截了当。

“桂英嫂，你说话那么大声干什么？别把任乡长吓着喽，还是我来和任乡长汇报汇报吧。”号称女汉子的村妇女主任张杰讲话有条有理，“是这么回事儿，我们听邻村F县的亲戚说，他们村马上要煤改气啦。燃气管道还要打我们村里过。放羊打兔子，我们村里的乡亲们就想和您说说，您给帮助联系联系，把煤改气的活儿，一块干了得了。您看行不行？”

“反正管道要从村里过，这便宜不占白不占。咱不占也是浪费不是？”桂英嫂没等张杰把话说利落，就大声喧喊起来。

“事儿是那么回子事儿，但咱不能这么说。”站在人后，半天没说话的支竖高，话一出口，就惹得桂英嫂不太待见。

“你别装蒜假文明，村里烧煤最多的户就有你一号。你一家三代，冬天三个屋点着三个煤炉子，让环保局去测测，煤烟子污染指数，肯定是你家里指数最高。不然你怎么会叫支竖高呢？”

“哈哈哈哈，桂英嫂真有才啊。”

“别闹啦，别吵吵啦，听我说。”张杰说，“乡长啊，现今煤改气，村里人不仅想的是为大气污染防治做点贡献，燃气与燃煤比，家里还干净不是。还不光这个呢，村里有几户还没过门的媳妇，都是邻村的。人家托媒人来村里说了，邻村煤改气，生活现代化了，北塔村要是不改气，不光让外人看不起，将来人家过了门，家里的孩子、大人都要跟着遭煤烟罪。支竖高和桂英嫂家未来的媳妇说了，先改气，后结婚。不改气，吹——”

“哈哈哈哈……”

“笑什么笑？这是真的！”桂英嫂有点心急了。

“好——好——好——乡亲们放心，前一段县里已经有过通知了，要求实施煤改电、煤改气。我马上就去县里问一问，如果真的定下来了，我一定争取县里给乡亲们办成这件事儿。说不定，国家和县里、市里，还会用大气污染专项资金，给乡亲们发点煤改气的奖补资金呢。”

“好啊！”

“好啊！”

“那真是太好、更好啦。”

“这事儿大家先别当真，等我和县里疏通好了再定。请乡亲们先回村，一边听信儿，一边先合计合计怎么改好，改气、改电，改什么好。”

“好啊，好啊。我说什么来着，咱们任乡长，就是给大家伙儿干实事儿、干人事……”

“桂英嫂，哪有这么夸人的，堵着你的快嘴吧！”

“哈哈哈……”

八十三

“任乡长，在单位吗？”

“在呢，南整先生又有什么指示呀？”

“不开玩笑，是正事儿。”

“啥正事儿说吧！”

“说了你可得答应，答应了就要办，办了，就要办好。”

“你别绕弯弯儿了。你要是不说，我先和你说件事儿吧！”

“好，你先求我更好，咱俩相互有求必应更好。”

“我向你打听一下，是市里要安排城边村煤改气、煤改电的事儿吗？F县要接气，有几个村的管道要途经我们乡的北塔村，你能不能帮助协调一下，把北塔村也煤改气喽。刚才北塔村十几名村民代表来找我，刚从我这儿走，他们也想改。”

“嘿，你小子就他二大爷的是人精。英雄所见略同，我给你打电话就是要说这事儿。县里已经定了，借船下海，我建议你们北塔村先行试点，先干一步，咱这儿离首都这么近，去煤是早一天晚一天的事儿。”

“全村都改气，气源能保障吗？”

“能啊，县长已经和燃气公司讲妥了。”

“有奖补政策吗？”

“一定会有啊，上边肯定会安排。县长都表态了。”

“太好了，太好了，这事儿我应了。”

“太好了，任大乡长就是又‘精’又有火力。那你就准备工程启动吧。”

“启动是可以。不过，我得先到北塔村去一趟，听听群众的意见，看怎么个干法，别干半截子出乱子，这事儿过去没搞过。”

“好啊，你就是想得细、做得实。”

“别来这套，我再问你一遍，气源有没有问题？”

“没问题，县长亲自和气老板谈的，亲口和我讲的。”

“好。那你就听好儿吧！”

“好！我等着听好儿。”

放下电话，任京心喜。但比任京更心喜的，当然是南征，他真的做梦也没有想到，候县长托他办的这件事儿，竟如此简单、容易、和谐地敲定了下来……

八十四

金鸡报喜。

吕正天当了一把县长，但他仍旧在他当副职时的“标准尺寸”的房间里办公。

郝大侃能屈尊副秘书长之位，来E县当副县长，这是鸡年令吕正天最欣慰的一件喜事。他把原来一把县长用的办公室，“提前”让给大侃，并让人特意给大侃座椅后墙上挂上了一方字框：不忘初心，继续前进，团结治霾，共同打拼。

任京此时此刻来县政府找吕县长，是想向他汇报2017年南旺乡全乡域35个村街，同时煤改气的事儿。

“怎么突然学得更‘精’了？知道先汇报、后动手啦？是不想再闯祸了吧？”

“吕县长，真是太惭愧了，前年那件事儿办得实在是太幼稚了，以后绝不会再犯偏听偏信、极端冒进、目无组织、异想天开的错误了，扎扎实实把每一件都干得有鼻子有眼的，让老领导放心，让政府放心。”

“任京啊，你和我倒是不用这么客套。但目前的机遇确实是十分十分难得的。通过电代煤、气代煤，不仅可以把大气污染防治的工作先人一步做到位，而且还会提前周边一些地区，率先实现清洁能源的利用。百姓生活会又添干净又添方便又添健康。最最关键的，如果没有上级的保障到位的‘强化措施’，没有充足、稳定供应的气、电资源，你怎么实现新农村、新民居新能源的小康加健康的目标。再说喽，如果不是国家及时下达这个‘强化措施’，你和侯县长‘跟风跑’的‘强奸风波’，怎么收得了场啊？”吕正天语毕生笑。

任京自感羞愧，红脸低头，慢声细语：“老领导，给个面子吧！”

“好，好，给面子，以后我绝对不再抠巴你这个疮疤啦……哈哈哈哈……”

在大气污染防治中，推进散烧煤替代，改电改气，控制煤气污染排放，这项工作在C市不是新鲜事儿了。但全市域“清一色”“全包抄”地干，确实是史无前例。别看吕正天县长半是玩笑半是认真、半是奚落半是嘱托地和任京面对面地抠“疮疤”，要真是说实话，任京2015年先行一步的煤改气之举，虽然在日后因被实践证明了是“极端冒进”之举，并被人在网上炒作成“强奸风波”，但是，他却在2015年风来霾去之后，时运大转，歪打正着地为2016年至2017年全市强力推进电代煤、气代煤工程，先行提供了许多可贵的经验。为此，任京本该到“案”的处分，来了个逆向“急转弯”。由于县纪委对他实施了“容误”保护措施，最终，任京不仅功抵消过，还捞了个马市长口头表扬的重大奖励。

其实，任京心里明白，为了他能受到马市长这句表扬，市环保局的雷厉局长、厉雷副局长，在多次听了常丽平的“内情”反馈后，做了很多的“技术”工作，他们是想保护那些在基层为大气污染防治又做贡献又出过错的人啊……

八十五

C市的大气污染防治工作，近年借鉴邻市廊坊的经验做法，党政同责，专家引路，精准防治，持续攻坚，应该说成绩斐然。候永续县长给任京打电话求援的那个时候，C市的空气质量，还排名在最差十城的前几名，而到了鸡年，环保部公布1月至5月逐月空气最差十城时，C市的名次已变成了“尾巴”多、“中间”少，有一个月还退出了最差十城名单。

探求C市打好大气污染防治翻身仗的经验，有媒体盯上了C市的“党政同责”四字经。

羊年以来，C市通过落实“党政同责”，将县一级地方党委主要负责人纳入环境管理和大气污染防治考评、约谈的工作范畴，并通过把这个考评约谈机制列入向媒体和公众公开监督的范畴，促使县级党委主要领导人，不仅要做地方经济发展的指挥者，还要做改善环境的引领者、推动者，通过落实“一岗双责”，调动了县级党委主要领导对环保工作真重视、真参与、真干事的积极性、主动性，从而有力推动了大气污染防治工作的深度、持续开展。

那天，大侃作为政府大气办新闻发言人，在向媒体介绍情况时说：“让县级党委主要负责人认责、明责至关重要。以前，在C市，大都认为，《环保法》有规定，县级以上人民政府对本地的环境保护工作负有主体责任。但忽视了推进生态文明建设，是项政治任务，体现着党的主张、国家意志和人民意愿这一根本属性，片面地认为，在环境保护上，政府的责任和党委的责任是不一样的，党委务虚，政府务实，是有差异的。因此在给县一级部署环境保护工作任务时，往往是把文件只发给政府、责任只压给政府，约谈和问责也只是强调政府为主要责任人。而对县级党委主要负责人，只是从形式上强调要高度重视、加强领导。但从实际中看，一个地方污染问题长期得不到解决，上级的很多要求传导不到基层，很多环境保护工作难于落实到位，与党委主要负责人没有真抓、没有真管有直接关系。落实‘党政同责’‘一岗双责’后，C市自我加压，在本地大气污染防治相关规定中，明确提出了抓好大气污染防治工作，是县级党委主要负责人分内的事，和同级地方政府有同样的责任甚至有更重要的领导责任的新要求。同时施行了环境保护工作领导小组‘双组长’制度。下达工作任务时党委政府同步、明确责任时党委政府同标、考核问责时党委政府同样。甚至把原来置身于事外的县级党委主要负责人的责任，在讲评工作时、在要求写检查和约谈问责时，放到了比政府负责人更显要的位次。”

媒体记者普遍对C市改革环境管理方法的创新之举很感兴趣，因此提问一个紧连一个，大侃应接作答:“给县级党委主要负责人分责、定责、问责必须从严落实。把‘党政同责’的原则用在环境保护工作上，是深化改革的一大制度创新。它之所以能对地方党委主要负责人在执行力上和积极性、主动性上产生重要影响，能对环保领域的改革产生强大冲击力和带来强大的正能量，原因就在于这项改革切中时弊，扭住了环保发展症结的命脉，切中了用认责强明责，用担责强同责，用问责追责强尽责的要害。在大气污染防治之初，C市的工作是上边急得跳，下边等靠要，县长被问责，书记当说客，县长会上做检讨，局长桌上玩手机，压力传导不下去，治污热情难持续。究其原因很多，但县级党委主要负责人压力小、责任没尽到位，是关键原因，也是普遍问题。很多人认为，书记抓啥，啥才算是大事。书记不主抓，工作可拉瞎，书记不说话，问责不用怕。通过严格落实‘党政同责’‘一岗双责’，C市自上而下，形成了党委主要领导与政府主要领导一样，承担环保各项具体工作任务的责任。通过党委领导主要领导主动把自己的名字写到责任书上、列在被问责被追责的责任状上、排在一线调度集中攻坚任务的工作方案上、站在真抓实干解决难题的工作现场上，引导全市上下很快形成了跟着党委政府干，学着书记县长样子做，主动担责任，主动抓落实，主动创业绩的良好氛围。当然，C市对县级党委主要负责人约谈、问责不但没有走过场，而且逐步变成了强化铁面问责，从而有效防止了基层党委环保责任虚化，党委主要负责人尽责形式化、表面化、会场化的问题。半年以来，C市在落实以大气污染为重点的环境保护工作中，通过对县级党委主要领导落实环保责任定'铁规'真约谈、真检查、真追责、真处罚，有效改变了党委负责人尽环保领导责任，多尽少尽一个样，真尽假尽一个样的问题。根据《C市大气污染防治问责办法》之规定，年不能完成空气污染指数下降率、月污染指数小组排名最后一名、周大气污染防治工作不能保质保量完成计划指标的县（市、区）党委、政府主要领导，都要分别写出书面检查、书记要带头到媒体做公开整改承诺、书记要带头接受约谈和年度不得评先评优的规定，两年来，全市县级党委主要负责人，已有6人次写出书面检查，已有3人次被约谈，已有12人次被媒体批评曝光。被约谈、被曝光后，县级党政主要领导觉得很没面子，没法向人民做交代，因此，工作备添动力，由此，比学赶帮防治大气污染的热情在当地形成氛围。"

为此，受到媒体热捧的不仅仅有C市的市委、市政府，师伏德博士所带领的PM2.5防治专家团队更是红得发紫，备受媒体和公众推崇。甚至，有一家网站，不仅大篇幅、多数量、分角度、深挖掘、细总结、全方位报道了师伏德团队在C市防霾治污的艰辛历程，而且，还把团队的22名专家的名单在网上向公众公布。22位专家，施展十八般文武之艺，他们是：师伏德、甘仲学、习佳风、国之校、魏健康、权民上、柴解源、宫预警、贺克难、周作战、毛限梅、程控焉、冯抑臣、齐治威、王气风、管得住、扈联网、池发力、荆防治、展蓝添、胡海戈、仁称道。

网上公布专家名单后，郝大侃率先看到，并马上打电话给市环保局局长雷厉。

“雷局长，网上公布了C市大气污染防治PM2.5专家小组22名专家的名单，我看了以后，怎么感觉着与E县老县长胡阵雨扑克牌上所编的某段治霾诗谣的治霾经验有很大内涵关联呢？还有一点，名单中有几位专家好像不是咱们C市的，我在廊坊见过。”

“是吗？我看看……”

一会儿工夫，雷局长给大侃回电话说：“C市和廊坊两个专家团队好像是若分若合、若一若二，这里边不是有‘猫腻’，就是有合作……”

和C市环保人一样，师伏德博士旗下的海创智库PM2.5防治专家组，在大气污染防治中，通过“互联网+”，开发大数据，立足C市，着眼全国，孵化周边，治管并举，主动担当，科学推进，创新搏击，奋勇向前，不畏邪恶，敢立潮头，为京津冀大气污染防治立下了汗马功劳。

“师博士，祝贺您用正义与担当，带领团队，战胜庄孙子那个假博士呀！”

“雷局长啊，谢谢你的支持啊！正义必胜是历史的规律，污霾必灭是防治的必然，专家组今后的工作，还需要您多支持啊！”

“师博士，明天上午，上级要来一个检查组，对C市大气污染防治几年来的工作进行综合考察，请专家组有个准备，把咱们科学治污的经验、做法，捋一捋，万一检查组的领导细问起来，咱们也别懵场……”

“经验是现成的，做法是成熟的，体会都装在心里，随时都可以往外抖搂，请雷局长放心。”

“有些做法，也别全抖搂出去，排名逼人呀！”

“好，好，我悠着点吧……否则，C市排名太靠后喽，我也脸上无彩呀！”

八十六

“七七事变”纪念日前两天，天气闷热。此时，南海仲裁、长江抗洪、中央巡视组出击“回头看”，在一个比一个更热的新闻点中，2016年第一批中央环保督察组，以雷霆万钧之势，布向八省区的新闻，以史无先例的规模和高级别“配备”而尤显热心热眼。也恰恰就在这两天，上级一个督导大气污染防治工作检查组如约来到C市。组长姓南，叫南信，副组长姓致，叫致传化。

C市马市长对这次迎检十分重视，连夜亲自动笔，准备了汇报稿。但在工作组到来当日早上，却因上级安排的另一个在外地召开的重要会议，连迎检汇报会也没参加成。于是，向检查组汇报的任务，由主管副市长宫为担负。临行前，马市长还一个劲儿地嘱托强挺副市长，“讲成绩，一定不要讲过头话；讲经验，一定不要模式化；讲困难，一定不要情绪化；讲建议，一定要说得具体化。”

马市长滔滔不绝“点睛”，强副市长点头称“是”。

原定九点半召开的迎检汇报会，到了十点，检查组却还没到政府来。大侃反复询问，工作组副组长致传化才“传话”给他说：“南信组长早晨带工作组。出宾馆门就看到路边上有三个年轻小伙，手拿四个木质米尺，在路面上摆成四方框，然后，蹲在主干道上，用小笤帚往小簸箕里扫路面的积尘，还用天平现场称重、记账。南组长看着新鲜，于是停下车来，跟着三个年轻人，连续转了三条街巷，越看越带劲儿。一边跟着看，还一边问这问那……”

“你们搞这个干什么？”

“以克论净。”

“干什么用的？”

“这是给环卫工人定月工资的依据和市大气办讲评环卫局大气防治月工作成绩的证据。”

“噢噢噢——我明白了，我明白了……”

又等了个把小时的工夫，检查组成员才兴致勃勃赶来。进了会议室，南信组长便催促道:“简单说说吧，关键是看实际的。”

没了寒暄与客套，强副市长一边配合着南组长的笑脸，一边开始汇报。

“2013年以来，C市认真贯彻落实国务院‘大气十条’和本地大气污染防治行动计划实施方案的各项要求，坚持把大气污染防治作为改善生态环境的中心工作，积极探索适合我市实际情况的防治办法，坚决向大气污染宣战。市委常委会、市政府常务会多次听取情况汇报，进行专题研究，市人大两次审议大气污染防治工作开展情况，市政协组织开展了多次专项视察。市委、市政府先后出台了《大气污染防治行动计划实施方案》和《C市重污染天气应急预案》，并配套制发了八十多个各类文件，涉及措施三百多条，具体落实大气污染治理各项任务。组织开展大气污染防治攻坚行动，持续加大治理力度。经过坚持不懈的努力，基本形成了科学管理与科学治污无缝融合，‘政府+公众’‘传感器+大数据’的‘互联网+生态环保’治理大气新模式，治理成效初步显现，空气质量明显好转。2015年我市市区共采样365天，达标天数为199天。PM10、PM2.5、SO_2、NO_2、CO浓度与2013年相比分别下降25.5％、22.7％、47.8％、2.1％、22.7％，达标天数增加了66天，重污染天数减少46天。”

“强挺市长啊，多捞干的吧！”

“好！一是大力度开展了四大行业的专项治理。我们以壮士断腕的决心，对四大行业实施了关停、淘汰治理。2013年以来，全市共淘汰水泥产能1999万吨，压减炼铁产能199万吨，压减炼钢产能166万吨，淘汰平板玻璃落后产能444万重量箱（格法玻璃产能全部淘汰）。按照环保部关于京津冀及周边地区重点行业大气污染限期治理方案的要求，我市四大行业涉及大气治理工程21项已全部完成。全市222座实心黏土砖瓦窑全部拆除。二是强力推进优质煤替代，消除农村散烧煤面源污染。坚持把散煤替代作为控制燃煤污染的关键，强力有序推进。以市城区周边为核心，实施完成农村清洁能源开发利用工程23万户，配套建成了13家型煤厂，年产能达到166万吨。三是多策并举，加快燃煤锅炉治理。按照上级《燃煤锅炉治理实施方案》要求，我市10蒸吨及以下燃煤锅炉淘汰改造任务为4111台，2013年以来，全市采取并网、拆除、改气、改电等方式，已淘汰10蒸吨及以下燃煤锅炉3888台，实现削减燃煤300多万吨。对主城区33个供热站、99台20蒸吨及以上集中供热锅炉，引进第三方治理公司，完成提标改造，实现超低排放。四是全力开展各类烟气专项治理。2015年，C市完成了全部666座加油站、12座储油库、250辆油罐车的治理工作；完成餐饮行业油烟治理939家，全市规模以上饭店全部完成高效油烟净化设施的安装；去年入夏后，我市主城区露天烧烤点曾多达六百多个，对大气质量造成严重污染。市政府及时颁布了禁止露天烧烤的通告，组织联合执法，在不到一个月的时间内，将露天烧烤全部取缔。对入店经营的烧烤点，强制性安装达到环保要求的油烟净化设备，政府给予补贴40%，对拒绝安装或不正常运行治理设备的，一律停止经营并处以5000元以上5万元以下的重罚。”

“强市长啊，我昨晚上住下后，就去街上暗访了，街头烧烤还是有啊，冒烟的小烟囱还是有啊，饭店油烟有净化设备但不用的，还是有啊……可不像你说的那样完美啊。好了，你接着说吧！”

南组长两句话，让强副市长感到有些脸红。

“南组长说得对。冒烟行业久治不绝的问题，也让我们十分头痛。请您多多指导。第五个方面，我汇报的是严打违法排污情况。连续四年多来，我们组织环保、公安部门，先后六次开展了‘利剑斩污’专项打击攻坚战，对非法排污、恶意排污、超标排污的企业，进行拉网式、滚动式排查；对存在的问题，制定切实可行的治理方案，明确完成时限；对偷排偷放的企业和个人，加大处罚力度和依法打击力度；对达到“两高”司法解释等法律认定标准的，及时立案侦查。市、县两级环保部门与公安部门开展联合检查2888次，出动执法人员17777余人次，共检查企业10999余家，累计下达整改通知书666余份，关停取缔非法企业555家，对企业立案处罚365家，移交公安99起，抓获犯罪嫌疑人88名，两级法院共审结一审污染环境犯罪案件66件，判处被告88人。”

“这个成绩不错。打击不狠肯定治不住、管不住、止不住。一些地方执法看关系、看脸色、看税收，处罚多少和企业商量着办、关不关停和领导商量着办，这种执法就成了渎职了。你们市有没有执法人员袒护违法企业，向企业通风报信儿的？”

“过去有过，E县环保局，有个叫徐八荣的执法队副队长，现在还没出来。自己身败名裂，妻子溺水身亡，只留个儿子，和奶奶相依为命。”

“教训很惨痛啊！”南组长表示惋惜后说，“你接着讲吧！”

“南组长，干的我就唠完了。”

“不可能吧，你讲这一大堆数字，在你们上报的材料中我都看过。几年来，C市大气污染防治工作做得这么好，一定会有很多很精彩的经验吧？”

“经验不敢说，体会我倒真是有一些。”

“你说说，还是捞干的、捞实的，不讲套话。”

“不套不好讲，不套还真讲不出来。”

“那你随便说吧！”南组长说完淡淡一笑。随之，强副市长也淡淡一笑，但他接过南组长的话茬后，并没有答应是他自己接着讲。

“南组长，下来的体会，请我们政府的副秘书长郝大侃来向您汇报，雷局长做补充。”

大侃虽然根本没什么准备，但强副市长已经发话了，大侃只得“应变”而言……

八十七

人生的哲理告诉我们，忍能养福、忠能养禄、乐能养寿、动能养身、静能养心、勤能养财、爱能养家、诚能养友、善能养德、学能养识。这道理一点不虚不假。思维敏锐、善于担当的郝大侃，对会场“应变”汇报的能力超过常人。这主要是来自于他日常的善于思考和善于总结。前些天，他一周先后接待五次上级检查，脚后跟忙到屁股上，但他仍不忘见缝插针地学习一些业务知识。那天，当马市长“号召”大家抽空学一学王气风博士在报刊发表的《雾霾如何一“网”打尽？》的文章后，忙了一天，回到家里，已是深夜，但他仍没忘记打开电脑。

大侃看到，现今的中国网站，面对环保，已俨然布满黑、红、绿三种颜色。黑是无情揭露污染的报道；红是尖锐抨击违法纵霾的评论；绿是倡导生态文明绿色发展的文章。仅在人民网、凤凰网，大侃几分钟就浏览到有数十篇这样的网文：

用“眼睛”和“生命”比喻生态环境振聋发聩

中国的生态文明何以走向世界？

大气无边界携手共减排

京津冀协同治霾建立强有力机制

如果地球病了没有人会健康

在绿水青山中收获金山银山

抓环保“亮相”更要“亮剑”

环保局长不能再“紧急处理”

“环保警察”：好不容易抓了人怎么又放了？

水和大气污染问题亟待同步整改

中央督导组刮起环保风暴：刀架到脖子上了

环保工作与百姓期待差距有多大？

环保执法岂能“摇号”和“商量着办”？

史上最严《环保法》一年咬了十五个市政府

环保部督察京鲁豫：应急措施未落到实处

地方环保作假干部终身追责

环保部揪出东北雾霾“病因”

某市让有污不治企业“滚出去”

不能让编外人员再当环保“替罪羊”

治霾战场有十五种为官不为现象

为何天空蓝天白云空气质量却不达标？

看看地方治霾的“三种心态”

生态红线如何才能划得清守得住？

“软落实”岂能成为污染“避风港”？

大数据助力治霾现代化

互联网是人类生态文明的家园

治污岂能只靠政府

首起雾霾公益诉讼迈出关键一步

治污染盼蓝天谁也不能当看客。

“十三五”：环境短板怎样“补”

环保督察新机制让环保压力有效传导

漫游网上世界，大侃毫无睡意，看到气风博士的《雾霾如何一网“打尽”？》文章时，时间已是凌晨三点。大侃感到，气风博士的文风既朴实、又很泼辣！

气风博士在文章中讲道：

如今，打开手机就能实时了解污染指数是多少、主要污染物是什么；轻点鼠标，当地、区域和全国重点监控城市大气污染状况和名次排列一目了然……“互联网+治霾”正在经历从空间到指尖的深度变革。

不可否认，“互联网+大数据+治霾”技术的广泛利用，从一定程度上加速了大气污染防治的进程，有效推进了防霾治污、降低污染物浓度的工作进度。但互联网、大数据只是支撑治霾的工具，不能直接起到治霾效果。要治霾必须对症用药。治霾成效关键看“服药”的过程，看“互联网+”中“+”后面的事情做到了没有。如果只在建网上用功，不在用网上用功，只追求互联网这个概念，不注重用科学治霾，就会误入歧途。

在雾霾防治过程中，一些地区通过实施“互联网+源解析+一地一策+真抓实干”，防治成效十分显著。但在有的地方，“互联网+糊涂账+政策落实生搬硬套”，污染物浓度下降程度十分微弱，甚至不降反升。这就说明，这些地区对本地污染源还缺少深度的了解，对发挥“互联网+”作用的真正意义和方法还缺少足够的认识。持续、深入做好大气污染防治工作，要深度挖掘“互联网+”后面的防治潜力和功能，把相关工作做得更精、更快、更细、更实。

一是以“网”解源要更精。精准治霾需要精准的源解析做支撑。要实现“互联网+一县一案+一企一案+一情一策”，精准、全面、持续地把污染源头搞清楚。再运用“互联网+成熟经验+具体工程技术”实施综合、深度治理。只有“互联网+”技术与实际工作实现有力结合，才能达到事半功倍的效果。如果不号脉，不搞清病因，开不出好方子，就照搬、照学、照套他地的所谓经验，很可能会把治污不力的教训推到“互联网+”上去。不仅劳民伤财，而且会使社会失去对新技术运用的信心。

二是以“网”应急要更快。如今多地通过运用“互联网+大数据”技术，已经能够做到提前5天~7天预知未来天气状况。但一些地方，明知“虎”要来，却不用“武松”。有的对重雾天气污染物不易扩散，不及时防范会导致极端重污染天气的科学规律认识不到位；有的认识到了科学规律，却碍于实施应急响应会耽误企业生产、会让群众有意见、会因专家误判影响政府形象等错误认识，能推则推、能延则延、能晚则晚、能过且过。结果是“污”到临头方知晚，反反复复吃霾亏。这种做法必须改变。遇有霾情必须早一些启动应急响应，该停该限该禁该打该防的不手软、不迟缓，早一点应急，少一分伤害。宁听群众怨声，不让群众受害。近年来，多地通过提早启动应急响应避免了监测数据曝表，而另一些地方因应急响应不及时被上级问责，这些教训非常深刻，值得反思。

三是以“网”推进要更实。在一些地方，专家和相关技术单位通过运用“互联网+”技术科学分析，对本地的污染成因一清二楚。但给本地政府领导提工作建议时，却时常存在看领导脸色行事、按上级文件要求行事、按过去老经验行事的现象。政府领导让治什么就说什么、文件上说抓什么就做什么，照猫画虎，不按技术成果推动大气污染防治，专家提建议变成了随声附和，政府治污变成了墨守成规，导致防治工作不讲科学、不求实效，钱花了、事干了、累受了，却达不到预期的防治效果。还有的地方，表面上请专家作指导、用大数据做科学预测，但到实际工作上，却主观武断瞎指挥，使“互联网+”变成了实际上的摆设。由此导致很多污染物被源解析证明之后，却很难得到有效的防治。相反，一些花架子工程和急功近利的工作却花了很多冤枉钱。改变这些现状，亟待着眼长远，持续从根源防治。要在用“网”中探索科学治霾之道，不断从大数据中获得治霾新智慧。

科学防霾治污，需要一个过程，既不能急于求成、拔苗助长、搞花架子，把互联网看成是神药，企图一“网”打“尽”污染；也不能片面忽视“互联网+”的实际运用。要让互联网技术更多地在大气污染防治中得以运用，切实为政府精准分析、精准预报、精准决策、精准防控、精准施治、精准求效、持续攻坚发挥正能量。通过正确认识、发挥互联网的作用，克服唯“网”是从、弃“网”蛮干两种倾向，促进“互联网+本地实际+防霾治污”工作的科学、健康、持续和深度推进。

读罢，大侃深感受益。他随笔在当天的日记中写道：

治霾之路也沧桑。不忘初心，坚定信心，勇于变革、勇于创新，永不停滞，继续前进，在绿色发展的新征程中，在这场披荆斩污的历史性考试中经受考验，努力向历史、向人民、向人类生存必须依赖的大自然，交出新的更加优异的答卷。

面对强副市长突然把汇报C市大气污染防治体会的任务转给自己，大侃连“啵”都没打一下，马上接过了话茬。

“南组长好、致副组长好。大气污染防治攻坚集中行动开展五年来，我们C市最明显的成果是以2014年为界，之前是遇有潮湿静稳天气就爆表。而2015年之后，一次爆表的严重污染也没有过。我们最深刻的体会，有四个方面，也可以说是形成了‘四个良好氛围’，所以才有了今天难以想象的防治成果。”

“好，好，我就是想听听这方面的体会和认识。你们C市大气污染防治形成了哪‘四个良好氛围’，你快说说。”南组长有些急不可耐了。

“一是形成了党政同责，市县乡三级党政一把手真抓真治的氛围。历时数载，C市汪书记、马市长和强副市长，坚持每周雷打不动地实施周五‘挂图作战’举措，党政一把手亲自指挥全市向污染宣战！”

“什么是挂图作战？”

“下来我再向您做具体汇报。二是形成了依法担责，各部门主动‘认活儿’干的氛围。全市依照新《环保法》和《大气污染防治法》等要求，实施了‘推活加载’举措，部门之间，由过去的‘见活儿’就相互推诿扯皮，变成了‘你不干我干’和‘主动配合干’意识。”

“什么是‘推活加载’？”

“下来我再向您做具体汇报。三是形成了持续攻坚，上下同‘压’，自我加压的氛围。通过层层传导压力，市县乡村形成了用‘双控’压县、用‘网格’压责、用问责压人、用挂图作战压落实的‘四压’并施良好局面。”

“这个‘四压’中有一点我不明白。什么叫‘双控’压县？”

“下来我再向您做具体汇报。四是形成了专家引路，‘七措并举’抓要害、抓精治、抓精管、抓精控的良好氛围。”

“什么是‘专家引路’‘七措并举’？”

“下来我再向您做具体汇报。”

“哎呀，大侃秘书长，你怎么总是下来下来的，现在你就现场从头说，怎么总是掖着捂着藏着盖着遮着埋着的？”

“哈哈哈哈……”会场上的人，同时发出笑声。

大侃随声说道：“南组长，不是我藏着盖着，真是一句话两句话说不清楚，该吃饭了……”

“有什么说不清楚的？今儿上午我在半路上就现场看了你们专家组的‘以克论净’‘冬病夏治’，你是想让我反过来给你介绍介绍你们自己的经验是吧？告诉你，专家引路才是科学治霾的正路，国家层面也是依靠专家团队的智囊作用来支撑政策出台和强化行动的，你们的经验，很值得推广。”

“不是呀，南组长，马市长临行前有交代，讲经验不要讲得太具体化。”

大侃话音刚落，强副市长马上拦住大侃的话头说道：“大侃，你听错了吧？马市长反复交代的是，讲经验一定要具体化，不是不要具体化。大侃秘书长可能是有思想顾虑，因为我们C市的经验，大都是从邻市廊坊学来的。虽有创新，但不是原创，讲多了怕有沽名钓誉之嫌，是吧，大侃？”

大侃点头称“是”。

“哈哈哈，看来大侃是饿急了。那就先吃饭，别让食堂等咱们。饭后不休息，接着来……哈哈哈……”南信组长发话了，大家照办。但大家起身离座这工夫，南组长又加了一句话：“你们环保局的雷局长，怎么像是有什么心事似的，人在会场上，却心不在焉，怎么不做汇报补充老是一个劲儿地接电话，说什么悄悄话呢？”

“南组长，对不起啊。垂直管理刚刚落地，扯不清的事儿太多。我确实有点失礼啦。您多包涵。”

“别急啊，慢慢适应……”

“不急不行啦，纪委天天追……”

雷局长这句“纪委天天追”，南组长听后是一头雾水，大侃听后倒好像是一副心知肚明的表情……

饭桌上，说话间，南组长突然问大侃：“你们C市实施强化工程，开展气代煤、电代煤治理有什么大的困难吗？”

“缺电、缺气、缺钱。”

“钱的问题，倒是可以通过借、贷、欠的方式，先克服一下，但电网建设至少需两三年，气源问题目前还没有完全解决，通了气的，也不能持续保障，很让人头痛。”强副市长插话。

“听说你们市的F县和E县有些乡镇改得挺好啊！”致传化副组长以讲代问。

“热心有余，保障不足，决心有余，底气不足，信心有余，规划不足，闹出了不少洋相。大面积改电、改气，下来还得请您帮助我们基层解决一下我们自己啃不了的硬骨头。”

“别别别。别和我提气、提电、提钱。我只管检查、传话，干不了实事儿。不给钱，你们不都得干吗？气和电的问题，早晚会解决。”

“要求我们这两年内要把事儿干完，气和电要是供晚喽，可就真的晚啦、完了。”

“落实‘双改工程’，下边的心态也不一样，有些想法，我看也很现实、很科学。有人还编了这样的顺口溜：要是不想干，快定煤改电——供不上；要是怕心烦，改气等两年——早改臭氧会早升高。今年治煤，明年就得治‘氮’。”

“这两句顺口溜编得挺好。你再说一遍，我记下来、我记下来。我传回去，我传回去。”致传化副组长一边兴致勃勃说着，一边拿起本子记起来。

“老致又开始发挥‘会传话’的特长啦。应该传上去。”南组长夸奖道。

“和南组长比，我还有老大的差距。南组长下去搞调研，从来不相信你材料上说的话，他都要到现场去‘见证’，让我受益匪浅啊！”

“在基层也好，在机关也好，干什么工作都要认真，都有巧劲。在机关就看你下去调研是否认真、求是。在基层干，就看你一把手的智力，地方的财力和干部的执行力。否则，啥事也干不成。传化刚才要是不说我有‘见证癖’这句话，我还差点忘记了，下午我想现场看看你们的挂图作战是怎么个搞法儿。”

“南组长，对不起了，挂图作战我们是每周五下午搞，今天是周三。”强副市长解释说。

“噢，噢，太遗憾了，那就找机会再说吧。哈哈哈哈……不过，我也要提醒你们一句，你们有的村街干部在煤改气中吃回扣，一台炉子好几百呀，将来可别闹出气炉家家挂，苍蝇村村飞的事来呀……”

八十八

“互联网+大数据+工匠精神+治霾”，是C市海创智库PM2.5防治专家小组，学习借鉴廊坊海宏环保科技治霾小组经验，创建的一个新的防霾治污工作思路。

大数据背景下的C市治霾行动，大数据管控中的C市治霾成果，大数据支撑下的C市治霾细节，不仅充分体现着C市治霾行动的高端层次，也成为互联网治霾时代的尖端理念，它不仅深刻影响了C市防霾治污行动的进程和质量，也颇受南信等检查组成员的青睐。那天，当南信组长亲眼所见C市PM2.5专家防治小组在街头实施“以克论净”的过程后，给他留下了极为深刻的印象。不同路段，摆尺，现场扫尘，现场称重，现场记录下尘积量……“这一个个的细节，无不体现着专家小组踏实、专注的气质，如琢石磨的认真劲儿。这背后，体现的不正是对品牌、口碑和责任的敬畏之心吗？有这种工匠精神厚植于C市治霾的深深土壤，专家组一定能经得起‘引路’的考验。”南信组长暗暗赞叹。

“不怕困难、不怕打击、不怕挑战。这是我们专家组的性格。”

“好，好，好——！专家组这‘三不怕’精神总结得好。”南信组长面对师伏德博士介绍PM2.5专家小组的情况和指导C市治霾开展防霾治污行动经验的开场白，一连说了三个“好”。这让在场的强副市长、郝大侃副秘书长和雷厉局长，脸上备感有荣。

“治霾是一项系统工程。它的复杂性、艰巨性、持久性，决定了我们的工作必须具有科学性、坚持性和系统性。急不得、慢不得、停不得，更轻视不得。要静下心来谋划、细下心来实施、恒下心来攻坚。”

“好，好，好——！师博士这些认识十分到位。”南组长又是一串“好”声过后，师伏德博士开始介绍C市治霾的一些做法。

“立足持久攻坚，适应不断加速，C市不仅坚持党政同责、专家引路；不仅抓大治煤、治车、治尘、治VOC，还坚持从小处入手，出计策、谋精细；不仅立足平时真抓实干，还早抓重雾天气应急响应，削峰减排，防大害、急减污。”

“好，好，好——！”

“‘党政同责’是根本，‘专家引路”是途径，‘挂图作战’是牵引，延伸至具体工作上，诸如‘微信会商’‘微信报警’‘探头管控’‘喷淋抑尘’‘以克论净’‘急病速治’‘冬病夏治’‘夏病冬防’‘巢杀黄牛’‘人机合战’‘子时斩污’‘样板加补’‘强清百污’‘拌菜抑烟’‘万户擒油’‘散煤清零’‘推活加载’‘扯皮曝光’‘电视问责’‘扑克传谣’等等等等，小办法、土办法、实办法，至少有二三十个招儿。”

“好，好，好——！俗话说偏方治大病，很多土办法在治霾中都彰显大力。就像人身上痒痒得受不了，手抓不着，药进不了，结果，拿起痒痒挠儿，一蹭，一挠，人立马就舒服了。你们的‘挂图作战’，今天搞不了，你们的‘专家引路’，让我体会很深，你们的‘以克论净’，让我眼见为实，你们的‘微信会商’‘扯皮曝光’和用‘扑克牌宣传治霾民谣’之类经验做法，我一听就明白了七八分，你能不能把‘强清百污’‘拌菜抑烟’和‘万户擒油’细说一说？”

“说起来神秘，做起来复杂，习惯了简单。‘强清百污’，实际上就是一种靶向精准治霾的方法。我们专家组，坚持每个月通过监测和现场查看，在人口密集区域，围绕冒烟儿的、扬尘的、排气的和释放VOC的，找出一百个污染源产生点位，然后提出解决办法、明确治理时限和标准，由各县区政府，以开展阶段攻坚行动的办法，强力整改、强制达标、强力处罚、强迫取缔。这个土法子看起来没有啥高科技含量，但实施后，取得了事半功倍的效果。这‘拌菜抑尘’的办法，实际上更‘土’。根据群众的建议和重雾天气污染物不易扩散的严重情况，我们在建议C市尽量提前启动应急响应，要求工厂限产、停产、错时生产和车辆单双号限行等措施的同时，大力倡导市民在应急响应期间，少吃炒菜，多吃拌菜，控制一家一户一店的油烟排放，最大限度地减少烟气排放，最大限度地减轻空气中的污染物浓度。这项倡议提倡之初，不仅我和专家组遭到了庄孙子的网上攻击和谩骂，还给政府添了很多负面影响。但久而久之，通过市民对污霾形成原因的认知和觉悟，‘拌菜控烟’，已在C市民间形成‘特殊时期’的‘特别行动’。效果甚佳，效果甚佳呀！这个‘万户擒油’的行动，尚未展开，这是下一步精细防治的一个新招，也是个土办法。”

“好啊，好啊，土办法见大效，真的是好啊！精准治霾，持久攻关，下一步市民家里的油烟机，真的要挂上号了。”南组长真情含笑，对师博士充满信任；致传化副组长不失时机地迎合着南组长说道：“传回去，传回去，我一定要把这些好经验传回去、传出去……”

雷厉局长听致传化副组长说“要把C市的治霾经验传出去”，嘴里不禁忙不迭地问了一句：“74个城市排名什么时候结束啊？治霾主战场就这样盯住京津冀了吗？”

面对雷局长的发问，会场上的人，你看我，我看你，没人言语……突然，王气风博士憋不住了，说道：“不论向，不论方，全国治霾建小康；不分穷，不分富，倒十排名应同步。”

“全国一块倒排也行啊，倒排前五十名，你们还跑不了，是吧？哈哈哈……”南组长笑，致传化陪，别人都低头没表情……“我借一位伟人的话提醒大家，如果成功的机遇有一天降临到我们面前，我们就应该果断、坚定、毫不犹豫地抓住它！为找回昨天失落的梦想，为夺回因霾曾经失去的一切，为改变人生，我们不能等待，不能彷徨，不能观望，不能落伍，更不能安于现状，立刻行动是唯一的选择，坚持是唯一的法宝。现代社会是知识经济时代，一切都在变，日新月异，人们装饰变了，发型时尚了，房屋的建筑美观了，生活空间干净了，这世界一天一变，你不变，那就会落伍，就会渐渐远离这个时代，我们一定要记住，思路决定出路，观念决定幸福，做事先做人，做人就该认清现实，不断接受新观念、新事物。”南组长说完，自己一边吧唧嘴，一边点头……

八十九

“伴随着防霾治污攻坚行动的成功、成熟、加速和深化，中国治霾，到2017年，已从第一阶段的以防治PM2.5污染为主，逐步向防治以混合污染物为主的第二阶段转化。同时，从区域+大气污染浓度综合指数到2017年底下降率目标要求+治理力度的综合要求和布局特点上讲，中国治霾已经形成了一个倒金字塔式的完整框架模式和创新格局。”王气风博士说。

位居倒金字塔最底层、最尖端的是北京市。

第二层是1+2模式：北京市+河北的保定市+廊坊市。

第三层是2+4模式：北京、天津+河北的保定、廊坊、唐山、沧州。

第四层是小1+1+1模式：北京+天津+河北全域。

第五层是3+4模式：北京、天津、河北+山东、河南、山西、内蒙古。

第六层是大1+1+1模式：京津冀及周边七省市+长三角+珠三角。

第七层是中国+X国+一路一带国家+国际合作。

倒金塔新模式，体现的不仅仅是核心+力度+联防联治+国际合作，更深刻的内涵是科学、担当与决心。身处倒金字塔核心层的几个城市，已经成为“资金直拨、督察直给、汇报直上”的“直辖市”，在“京津冀”“长三角”“珠三角”“直辖圈”中，尤显耀眼。

对此，位居其内核心地缘的C市市委、市政府，备感压力与责任，而当这种压力与责任，通过雷厉局长的细化与诠释，传导到师伏德博士和他率领的专家团队后，师博士首先想到的是该如何把压力变加力。

“是甘博士吗？我想向您求援啊！”

“别客气，有事儿就直说吧。是不是治大气污染的事儿啊？”

“是呀，是呀！我想带人去您那儿一趟，专题学习您实施科学治霾的经验，特别是您在廊坊通过建立生态产业研究院，整合人才和产业，实施科学、综合、精准、持续治霾的经验。”

“好啊，你能来，我欢迎是欢迎，但一定不能说是来学习。咱们两个治霾团队，各持一地，各占一方，各有其主。咱们同时也是治霾‘对抗’的红蓝军。你若真的来廊坊，必须先把你在C市治霾所施展的高招儿，先向我一五一十地说出来，否则，我可要保守机密喽。”

“您才是国际治霾大牌，我在C市做的这些小战术，还不都是向您团队学来的。您就别控告我了……”

明眼人其实都清楚，甘博士和师博士在京津冀治霾战场上，虽然各居一市，多有合作，但面对毫不留情的大气污染指数排名，两市相争，十分激烈，两名博士私下约定，两个团队通过开展友情+担当的合作模式，在治霾战场上开展“红、蓝军”治霾对抗赛。看谁提议的精准治霾更科学、看谁提出的靶向治霾办法更见效、看谁的团队实战能力更居上、看谁所在的市退出全国74个重污染城市倒排前十名更迅速、看谁的团队在对抗中更具新生能力与活力。从已经过去的几年看，甘博士团队的治霾战果与社会正能量的“网红”影响力，明显强于师博士团队，但师博士团队，后起孵化新经验，再生治霾新招法的能力，也足以让甘博士刮目相看。

师博士要带C市治霾专家组到廊坊学习甘博士团队建立生态产业研究院的经验，这是甘博士所没有想到的。因为，研究院才刚刚起步，他的眼前和长远设想，是要把研究院建成，集全国治霾精英为一伍和覆盖全国的环境立体监测网络，实施多城市本地化生态环保服务新战略。通过“一大平台”：E—GRP环保政务云平台、“两大功力”：专家智库+智能研析+第三方服务和互联网大数据+智能硬件+靶向治理产品、“三大主业”：PM2.5综合防治和环境数据服务和机器人航检、“四大方式”：驻场服务和远程监控和专项咨询和专家引路，持展现科学治污之功力。

“研究院还在襁褓中，‘大智移云’超前发展理念才刚刚起步，师博士是从哪得到的这个信息？”甘博士带着这个疑问在思考。突然，王气风博士闯进屋来。

“甘博士，我是向您做检讨来了。”

“做什么检讨？”

“贪杯了，贪杯了。那天，C市师博士手下的美女专家玲玲，借进京开大气污染防治研讨会的机会，晚上请我吃了顿饭。没想到，席间那玲玲比我还能喝。我吐了，她却没事儿。后来我才明白，她请我吃饭，是为了套取咱们的治霾机密。我醉意之中，口不设防，把咱们建研究院的事儿吐露出去了，今天师博士打电话给我，向我讨教，我才如梦初醒。”

“师博士刚才也给我打过电话了。你也别自责了。治霾是全社会的事儿，我们不能有力不用像个‘装’博士。天天围着人家环保局的人转，也该学习人家所具有的大局观念、担当精神和奉献意识。雷局长不是说了吗，联防联治，贵在‘连心’‘同治’、相互支援，不能藏着、掖着的太小气喽。”

“有您这话，我心里就踏实多了。不过，以后工作中我不能光防污防霾防庄孙子，还要防美女美酒。”

“哈哈哈哈哈，你有这样的体会和认识就好。不过，我可真的要提醒你一下，本周五‘挂图作战’任务完成后，你马上回内蒙古，你可是五十八天没沾上媳妇啦……”

“哈哈哈哈哈，谢谢甘博士提醒。说句错话，泄露天机，在所难免，但您的这个担心，大可放心啊！”

“哈哈哈哈……”

九十

“互联网时代的‘互联网+大数据+云计算’，互联网就像是个大鸟的身子，大数据就像是大鸟的翅膀，云计算就像是运用与开发的飞翔空间，‘三合一’才会生成其真正的最大动力。”基于这样的认知与理念，师博士率他的PM2.5防治专家团队，在C市马市长的大力支持下，率先于国内其他城市，2014年就在C市建立了‘一网、一端、一中心、一平台、多应用’并加‘十大功能’的，专门用于大气污染防治的E—GRP综合信息平台。利用这个平台的内网信息门户系统、信息发布系统、移动门户系统、大气污染防治网格化监管平台系统、重点工程任务调度管理系统、网上考核与通报系统和环境违法案件信息管理系统、综合分析系统、数据中心及业务数据采集系统与交换系统等，在与C市政府签订长期购买第三方服务框架协议后的数年中，让C市的大气污染防治工作，走上了全部核心内容、全天时多功能，在线管理之路。”

周三那天，面对上级检查组，师博士讲到“平台”功效时所说的“六个实现”，让南信组长既赞叹又怀疑。南信组长手执汇报稿，一边来回看，反复看，心里一边犯嘀咕：实现了环保数据综合分析，能够对空气质量、在线污染源污染状况、执法处罚、重点工程任务进度等内容进行系统分析、预警，能准确识别污染区域、重点时段、重点污染物及污染状况，为环境管理决策提供技术支持。这条好做到。但实现“三无”信息化管理，市县两级平台可展示网格员、专职网格员、道路清扫车行动轨迹，实现管理无死角，可将违法案件管理系统与移动执法，支持网格化事件闭环管理，实现监察无盲区，支持环境空气质量自动监测、污染源自动监控、建筑工地自动监控，实现监测无空白；这恐怕就有工作难度了。

“你们的‘挂图作战’也是依靠应用这个平台系统展开实现的吗？”

“是呀，南组长。全市大气重点工程的完成情况如何，只需进入重点工程任务管理系统，就可以看到全部624项年度重点任务工程进度。除供环境管理者使用外，公众也可以通过配套开发的‘大气重点工程’手机APP随时查看全市重点工程完成情况。哪个部门、哪个县区承担的年度重点任务完成情况，在这里都可一目了然。综合信息平台还实现了对管理对象分布状况的分析。目前，平台完成了空气质量、重点污染源、工业堆场、扬尘工地、机动车检测、网格化事件、燃煤大户等图层的开发，将来还可以将水、土壤等要素的图层都集成在平台上。”

周三傍晚，南信组长带着“综合”怀疑的目光，离开C市。临行前，他左手紧紧抓着师博士的左手，右手紧紧抓着雷厉局长的右手，三个人站在车门口，手抓手，四只胳膊摆出了一个大“乘”号模式后，南组长意味深长地说：“找机会，我一定再来，看一看你们的挂图作战到底是啥模样儿。不过，这周五我是没时间来的。”

“好啊，南组长，我们随时欢迎您来C市检查指导……”

送走工作组，王气风博士悄悄凑近强挺市长说：“强市长，有个事我得向您汇报。最近市直和个别县，有人对我们专家组唱黑脸挑他们工作中不作为、软落实的问题，有些发‘急’，上门来威胁我们，有两名巡查组的专家被吓得辞了职。”

“什么？会有这样的事儿？你给我说说，是哪个单位、哪个人？怎么这么不敢担当，这么不求作为，这么缺乏品行？”

“强市长，今天我先不说了，只要市里领导能够给我们小组一个公正的评价就行了，攒足喽，我再向领导汇报！”

“王博士呀，要奋斗就会有矛盾、有挫折、有牺牲。前两年，那个外号叫庄孙子的假博士，四处造谣，说你们的团队是巫师团队，结果不是正相反吗？全国上下都知道了，你们是天师团队，是有实战技术、有奉献意识、有敢唱黑脸精神的利器般的治污团队。不能听蝲蝲蛄叫唤就不种庄稼了，下来我就和汪书记、马市长汇报，看是谁在‘两学一做’教育中竟然还敢这样不明不白。”

“强市长，您别生气，今年我们顶着压力也要坚持下去，明年，第三方服务合同到期了，我们想转移战场了。”

“老九不能走。没有专家团队的引路，C市不会有今天持续攻坚的成果。远的不说，周边的城市倒数排名几年不见好转的结果，就是对你们专家引路C市大气防治所做贡献的最好证明。专家组不但不能走，下来的工作还要从唱黑脸的结果点评，向全过程参与跃进，实施超前指导、过程引路。”

“谢谢强市长对小组的肯定，下来，我向师博士报告您的讲评和要求。工作中，我们也要尽最大努力注意方法，力求更佳效果。”

“好。有事你直接找我，谁再找你‘王包公’的麻烦，谁就是和市民对美好生活的向往与期盼过不去！”强市长此话强劲有力，甚至像是在呼喊一样。

自从工作组离开C市，中间隔了三天，周日到了。C市雷打不动的周五大气污染防治挂图作战会议，由于省里召开重要会议，汪书记、马市长不在市里，会议推迟到周日下午。会在C市政府办公楼10层V045“生态室”召开。

按照C市汪书记、马市长的批示精神，这间“生态室”不仅房间的门牌号，要随着世界环境日的延年而变化，而且，室内的65把椅子，都固定式地安排到了市直各相关局委办头上，除记者席外没空位。从马年到鸡年，会议室的房间号由V043“涨”到了今年的V046。这个会议室的科技含量很高，不仅有贯通全市16个县区、60多局委办的远程电视电话视频系统，还有“互联网+大数据+国省市三级监控企业+治霾平台”的全部功能。师博士向工作组介绍的E—GRP综合信息平台，正是其室主要功能之一。

主会场上，汪书记、马市长、三位分管有大气污染防治任务的副市长和市直相关部门一把手、新闻媒体，两点半前，全部签名到场。16个分会场上，除了两名请假外出开会的县委书记外，各县与市里各局委办的“对口”单位和县区相关领导，全部到会。

会议主持人是副市长宫为。按惯例，“挂图作战”会议，只讲大气污染防治，不讲客套话。首先是专家组分析前阶段污染防治形势、历数本周重点工作进度和问题，然后是对未来5～7天天气状况进行分析，遇有不利于污染扩散天气，专家组还必须提出相应对策。再后是各县区和市直相关责任部门，汇报重点防治工作情况，最后是市领导讲话提要求。

“各位同志，我首先汇报一下市区7月份第一周空气质量概况。”讲话人是王气风博士，“首先说空气质量概况。7月1日至10日，我市市区共采样10天，达标天数3天，全部为二级天，达标率为30%，与去年同期（4天）相比，达标天数减少了1天;超标天数7天，其中三级天数6天，四级天数1天。未出现重污染天数，与去年同期持平。在超标的7天中，6天首要污染物为O……市区1月1日至7月10日空气质量概况是：2016年1月1日至7月10日我市市区共采样192天，达标天数为112天（其中一级天数18天），达标率为58.3%，与去年同期（86天）相比达标天数增加了26天，达标率提高了3.3个百分点；重污染天数为12天，重污染天数比例为6.2%，与去年同期（20天）相比重污染天数减少了8天……”

“同志们，形势不容乐观啊！上半年一直六个月，我们的达标天数虽然整体上比去年同期增加了26天，重污染天数比去年同期减少了8天，但NO_2和O_3浓度与去年同期相比却上升了14.6%和11.9%，在74个重污染城市中的排名，也是忽上忽下。进入7月，综合污染状况，不是向好啊，而是还在下滑。”马市长随机插话说，“什么原因呢？客观地说，今年以来，蓝天越来越多，既是‘人努力’的结果，也离不了‘天帮忙’的助攻。各县、各部门紧锣密鼓调结构、压煤炭、治污染，在随时见效。但6月份以来，我们虽然持续经历了不利于污染物排放的静稳天气，但我们采取的措施，明显没有冬春季力度大呀！昨天晚上师博士和我打电话说，面对前五个月的大好形势，我们有些县区和部门的工作，开始骄满、乏力啦。听听专家怎么说！”

“各位同志，进入6月以来，全市正在主推的燃煤锅炉取缔、VOC污染防治、城区扬尘管控和烧烤油烟治理等八项重点工作，除去燃煤锅炉取缔工作进展顺利、如期推进外，城区综合执法局负责的露天烧烤治理工作，十分缺乏力度，至昨天深夜，专家组共在市主城区内发现有93个露天烧烤点，在向空气中直排浓烟……”

王气风博士讲话有板有眼，墙上的电子大屏上，伴随着王气风博士的情况介绍，随时在有录像和图片做“佐证”。

“露天烧烤，已成为市县两级主城区烟雾污染之首，这一痼疾，反复性极强，需相关部门合力攻坚，再不能等闲视之了。再一点，市建设局负责的渣土运输车管理，虽然通过封闭改造和更换新车，管理有了很大进步，但近期督查发现，一些没有遮盖的渣土运输车，又在偷偷上路运营，上路苫盖不完全、车身不清洗，遗洒严重。大家看一看大屏幕，清洁工前边扫，渣土车后边洒，扬尘十分严重……”

“执法局长、建设局长、交警队长，你们对大屏幕上显示的图片和专家组指出的问题，做何感想？”汪书记开始说话了，“虽然蓝天在增多，霾天在减少，但我们政府、部门和企业防治污染的决心与力度决不能减弱啊！作为地级市，我们的工作承上启下，既是落实大气污染防治各项工作任务的责任主体，也是指导和带动县一级落实具体工作的指挥部，地位重要，作用重大，当好这个带头人和指挥部，必须在强化领导责任上带好头、做表率。必须在强化科学指导上带好头、做表率。必须在强化措施上带好头、做表率。必须在强化本级政府部门责任落实上带好头、做表率。请你们三个单位下来一块研究一下，对症下药，扶正祛污，加紧落实相关法律和政策措施，深度动员公众广泛参与，下周如果还是这个样子，你们三位自己提出‘认罚’建议！”

“好的汪书记。”

“好的，您放心，这段的工作我们是有些放松。”

“持久攻关，贵在‘持’，贵在以久‘攻’求真‘功’，否则，霾就会向我们宣战，人民群众就会戳我们的脊梁骨！”面对汪书记的要求，各部门的表态，马市长深有感慨地说道，“过去我们对县级政府主体责任的落实应该说是到了，但市直部门的责任压力还不够。下一步，我们要研究对部门推动工作的考核奖惩。要采取购买第三方服务方式，由PM2.5专家小组负责按照强化措施实施方案的要求，聘请第三方专家团队，对牵头部门和配合部门所承担工作的履职尽责情况，进行随机性抽查抽检，达不到时间进度要求和规定标准的，由市委、市政府对相关部门进行精准问责。”

“马市长这个提议好。市直部门的主体、配合和推动责任不落实、缺奖惩，很多工作就会出现‘肠梗阻’，必须通。王博士，你接上说吧。”

“各位同志，刚才我们通报了近期臭氧污染持续升高的情况。臭氧污染防治应该说是未来我们大气污染防治最艰难的一件事情，它很顽固，成因也很复杂，国内外专家都很为之头痛。但我们C市所面临的情况是，从市直相关部门到各县、到企业，对臭氧形成的前体物——VOC无序排放的治理，普遍不够重视、不够动真、不够到位。甚至有的单位领导，对落实VOC排放治理存在畏难和松懈情绪；有些企业存在‘等国家补贴’和‘观望’态度。我市E县、W县、T县，近两年对VOC排放企业治理工作进展较大，而F县、B县、C县，虽然明知本地VOC带来的臭氧污染严重，但对推动企业主动依法尽责、依法防治的工作，存在放任自流的现象和问题……

“以克论净。本周市环卫局总达标率为75.47％，以上周相比下降5.03％。旺发区总达标率为75％，下降3.57％。东山区是50％、西山区是40％，均无变化。整体上看严控区城中村以及建成区外环路需要进一步加强保洁。尤其注意的是农业大学监测点远远高于其他三个监测点，请相关部门重点关注：农业大学监测点、祖各庄东口、祖各庄西口、祖各庄南口、建设北路与祥云道交口、友谊路与高速公路引线交口、东山道东段、爱民道东段、永兴路南段、西山南路、东环路北段、北环路东段、南环路和西环路的道路遗撒和积尘清扫……

“未来一周气象扩散条件分析及启动应急响应建议。下周，我市整体上以南风为主，相对湿度均在50％以上，湿度较大，混合层高度较低，尤其以夜间明显。11日12日13日主要以中度以上污染为主。未来一周，今天夜间开始我市受西南、偏西气流控制，11日局部有雷阵雨，地面风速较小，湿度较大，大多大于50％，气象扩散条件较差，以三级为主，部分时段可达四级。12日夜间至14日，受南下冷空气影响，局部有雷阵雨，以二级、三级为主。12至13日气象扩散条件更加差，以三级为主，部分条件为四级，建议我市明天零时至14日24时，启动三级应急响应，加强管控……”

王气风博士讲到此处，稍作了一下停顿。因为，按常规，每当专家组讲完一个问题，或讲到一个严重问题时，汪书记、马市长一般都会顺势插话，或批谁一顿，或表扬谁两句，或讲一些道理，或提一些要求。而此时，马市长正要开口讲话，大侃却疾步来到马市长面前，嘴贴马市长耳边，说了几句什么。大侃语毕，就听马市长随口责备道：“你们怎么不去对接一下？你们怎么不早点说？你怎么还不把领导请到主席台上来？”马市长一边嘟囔着一边站起身，靠向汪书记说：“前几天来咱们市检查大气污染防治工作的南组长，今天到会场暗访来了，一直坐在后排的记者席上……”

“快请上来，快把南组长请上来呀……”

“防霾治污，如何通过‘挂图作战’实现精细化预报、防控和推进治理，靶向治理，持续攻坚工作方式应该是个啥模样，今天我算是开眼了、见真了、证实了、相信了。我今天来的目的，不是什么暗访，主要是想求证！接着开会，接着调度，别因为我来影响你们工作。”南信组长一边和汪书记、马市长握手、客套、解释，一边坐到了主席台正中“加座”的位子上。

“南组长，您前天走时不是说这周出差来不了C市吗？”强挺副市长强挺笑脸相问。

“我是说周五来不了，今天不是周日吗？”

“周五其实南组长也带我们来过一趟……”致传化副组长插话。

“老致呀，你怎么自揭自短呀？我就实话和你们说吧，我最反对那种花拳绣腿式的工作检查，应该提倡务实，只有这样，不受欢迎的‘欢迎’才会减少。我今天给你们搞了小把戏。我只不过是想掌握点真实情况而已。小把戏，小把戏。接着开吧，接着开吧……”

“哈哈哈……南组长工作认真……我们应该好好学习……”

“下面进行会议第二项内容，各县区汇报。汇报要围绕三个重点：一是国省市三级环保督察组发现问题的整改情况。二是气代煤、电代煤和VOC治理等重点工作进展情况。三是强化问题导向，重点汇报工作中存在的问题、解决的办法和意见建议。一般性的工作过程、老话、大话、套话，就不要讲了……好吧，首先从E县开始，F县做准备。”

伴随强副市长“从E县开始”话音落地，电子大屏上，立即映出E县分会场全景，进而“特写镜头”推进，聚焦向吕正天……

九十一

我在C市环保局帮忙编十年环保史期间，所见所闻所经所历，让我始终被环保人那种不忘初心的忠诚、不计得失的坚守、不离不散的忠诚和不怪不怨的精神感动着。通过资料、故事、传说和直白的讲述，让我把C市的许多环保局之“谜”，一一解开。但有一个谜，至今未解。

其实，对于E县环保局一些事的底数，身为主管县长的吕正天，当时也不十分清楚，倒是郝大侃明白个底调儿。

那天，上级检查组因为晚到了一个多小时，借这个空当儿，在我再三逼问下，大侃向我偷偷透了这个“底儿”。但他一而再再而三地向我强调，决不能向外人讲，尤其不能向雷厉局长说，否则，会让雷局长对这个事情的调查处于两难的境地。我满口答应下来后，话题便首先从马二哈挨了那么多的处分，怎么还又当上了环保局一把开始了……

“马二哈年年挨处分，怎么还当上一把局长了？相反，甄猛局长年度内才只挨了两个处分，还不够辞职条件，怎么就‘被迫’引咎辞职了呢？”我问。

“你问这两个问题，其实我用一个事儿就全能解释清楚喽。”大侃说，“羊年E县组织部，按上级要求，对全县所有在职干部进行了一次大清整。清整的主要内容既有干部年龄阅历，也有历次任免过程，既有奖励核实，也有处分核对……目的是打假清实，以此为证，提升全县干部队伍网格化管理质量，强化依法管理干部档案管理的严肃性。组织部安排核实档案材料那天，正巧甄局长和马二哈去C市开大气污染防治调度会。局人事科的女干部毕勉，因为急着要回家给不满半周岁的孩子去喂奶，草草地看了两眼，就分别代表甄局长和马二哈副局长签了‘同意’二字，算是认可了两份档案表格材料。可恰恰正是毕勉这‘同意’二字，为马二哈‘避’了‘祸’,‘帮’甄局长‘免’了正职。”

“怎么回事儿？你细致说说。”

“你别急，急了说不清楚。”

“我不急，你慢慢说。”

“你要真是不急，我就先和你说说任京乡长‘强奸风波’的事儿。”

“大侃，你怎么在官场上待久了，学起油滑来了。你还是先说完甄局长和马二哈这件事儿吧！”

“怎么样，你还是急着呢吧？其实，比任京那场‘强奸风波’内幕和E县环保局‘私分处分’这件事儿更热闹的，还有一件事呢……”

在大侃和我说事儿这空当儿，雷厉局长始终是在不断地接着电话。放下手机，雷厉局长自言自语道：“一喜一忧一乐子呀。”

“喜的啥、忧的啥呀，雷局长？”大侃问。

“喜的是E县环保局新来了一位懂法的转业干部，叫万勇，工作能力像个律师。他上班刚一个月，就借助自己的法学知识和京博公司生产的烟气监测仪器，在证据链不太充实的条件下，硬是打赢了一场非法烟气排放案，把违法企业老板绳之以法。环保局要是多几个万勇这样的干部就好了；这一忧啊，有点太烦人了。纪委逼着让报E县环保局私分处分信访件调查结果。让我咋个查法儿？这第三个电话接的倒是真有点乐子！”

“啥乐子？”大侃问。

“是个生号。生号也得接呀，万一是群众举报电话呢？接了，他问我，是环保局长吗？我说是呀。你是哪位？他说，我是殡仪馆的武馆长。我问，你有什么事儿？他说，您买我骨灰盒的钱该给了吧？我听了心里就是一惊啊！我说，我什么时候买你骨灰盒啦？他说，您是贵人多忘事了吧？您前些日子来我这儿买骨灰盒，我告诉您，骨灰盒是随骨灰走的，不空卖、不外卖。您说，我先借一个，等有人来火化，不要骨灰盒时，搭个车，买一个。我说行。现在‘车’我是给您搭好了，可‘车’钱人家不管付呀。快俩月了，您也不来，我这不就得找您要吗？我说，您搞错了吧，你是打错电话了吧？我半年都没去过火葬场啦。他说，哎哟、哎哟，我还真是打错了，您是市环保局的局长吧？我说是呀。他说，那还真是打错了。那天来的环保局长是县里的。

他不仅来买骨灰盒，还现场查了我们火葬场大烟囱用机油烧死人冒黑烟的事儿，让我们限期整改。临走时，他给我留了两个手机号码，告诉我找他要盒钱，找您要奖补。两个号码前边都一样，但尾数一个是1059，一个是1573。光留号码、没有姓名，时间长了点，我也忘了哪个是市里的，哪个是县里的了，本来应该打1059，我却打了1573。虽然我有点对不起您啦，先给您道声歉，但我们治理黑烟购设备、搞改造的补贴资金，听说是找您批呀，您可别一生气再卡我一把呀！我说，你那笔补贴市民政局早写报告批过了，找县环保局验收工程后，县财政局就把钱拨给你了。你就别客气啦，下次打电话先'对号入座'，可别再闹笑话了。他说，好！我说，我还得感谢你一下，你们火葬场的大黑烟囱治完了，就标志着全市的高架源污染全源覆灭了，关键是要保证正常运行啊！他说，这您放心，我们一定做到。您和我也别客气，朋友们有事儿，您就找我。我听了他这话，也没法再多搭茬，我就说，你快打1059去吧，两笔钱一块儿要。哈哈哈哈哈……我一听那号码就是E县甄猛的……哈哈哈……"

"哈哈哈哈哈哈……这事儿听起来又好笑，又不好笑，火葬场也是个事业单位嘛，防霾治污责无旁贷。不过，你县里那局长，冷不丁的买个骨灰盒做甚？"强副市长这句笑后加"尾巴"的发问，好像也是有点儿很冷不丁的，让雷局长一时无法作答……

但雷局长急中生智，把话题一转，对强挺副市长说："师博士的两件'利器'，今年可帮了咱环保执法的大忙了。我建议您一会儿向检查组说说。"

"啥利器？"

"一件是飞翔的'天眼'，一件是抓贼的'鼠夹'。"

"飞翔的'天眼'是什么神器？"

"廊坊的专家甘博士，去年研究出了'真气环保系列多旋翼无人机'，对人工难以掌控的大区域污染状况、小区域污染物定点、定性的环境问题，只要‘无人机’一上天，PM2.5、PM10、一氧化碳、二氧化硫、二氧化氮和臭氧等近10项污染物，就成了难逃难避难跑难推的瓮中之鳖。‘无人机’在天上飞着，超级清晰的画面、图像和定时检测数据，就传回到了环保局的环境监察大队，特别对监测和认定违法排污的时间、地点、恶劣程度，简直就是一件神器。猴年春天，甘博士的发明参加了中国（宁波）第三届机器人峰会展销，咱们师博士，不仅如获至宝地买回来了四架无人机，还从甘博士那儿‘挖’来了两名有飞行资质、飞行经验的专业控制手。有了这几台无人机，环境管理网格化真的是如虎添翼啊！”

“你要说的第二件‘神器’，是不是人家霸州京博集团研发的那个β传感器式快速烟尘测试仪呀？这小东西别看它个头不大，但相比传统检测设备，需要车拉人抬、‘干活’磨蹭、要求条件高来讲，它不仅灵活方便、出数据快速，而且能解决高湿、低浓度检测难的困境，数据精确度高，让人一目了然，很是适用。前两月，我听央视新闻、《中国环境报》《燕赵都市报》报道说，这个产品已经正式通过产品质量认证了。不仅国内首例、国际领先，而且对环境执法起到了快速定污、现场定数、支撑定性的作用。我听说很多企业见到这个东西，也都争着买，他们要这个执法工具干什么？”

“有烟气排放的企业，通过使用这个测试仪，不仅可以及时准确地掌握本企业生产过程中烟气排放的真实情况，及时自我整改存在的超标排放问题，遇有不科学、不公正的执法，企业还可以拿出自己的‘铁证’给自己维权。现在我们环保局去企业检查烟气排放情况，往往都是你测他也测，测完了现场就比对。你违法了，它就是‘鼠夹子’，让你跑不了，你受委屈了，它就是‘流动法庭’，当场‘判决’。”

“这个产品和咱师博士有什么关系？”

“京博集团的曹总是咱师博士的小表弟，产品供不应求，不找师博士买不到。首批千台测试仪，除去被甘博士‘抢’去几台，多数被师博士和碧水环保有限公司的解总给‘包’销了。我们C市目前是用量最大的客户群。”

“雷局长，有了这两件‘利器’，你们环保执法就‘空地一体’，无缝对接了，真是更‘牛’了！”

“不敢牛。双刃剑……”

“我不是说你们要牛，我是说，企业有了守法自律意识，再加上‘利器’做科技支撑，等于你环保执法力量社会化程度提升了，这不牛吗？”

“噢——强市长说得对……”

“目前，高科技型环保产业发展迅速。随着国家对大气、水和土地污染防治攻坚战的全面展开，环保部门和相关企业，都迫切期待着有更多的环保型高科技产品在防治、管理和执法上给予有力支撑。京博公司的成功经验告诉我们，企业的发展，只有伴随社会的需求，加快高精尖产品研制步伐，才会在如滔的竞争中站稳发展的脚跟，才会求得企业和社会效益‘双赢’啊。”

“是呀，强市长说得对……”

九十二

大侃要给我讲的更热闹的事儿，其实就是“啵一口”被拘留前“中元节闹鬼”和“寒衣节闹车震”两件事儿。

2016的立秋赶在中伏里，中元节赶在三伏里。老天不公，从6月至8月，C市的天空始终是多阴少雨，潮闷、静稳的天气，导致各类污染物在C市积淀百天，与2015年年底至2016年年初，连续百日污霾压城一样，构成了C市与廊坊相似的灾难性污染，连续数月积累的良好治霾成果，在急剧升高的综合污染物指数面前，几乎让人们对退出倒排前几名的期待化为泡影。

就是在这样的不利气候条件下，C市人迎来了中元节。

所谓中元节，即是每年的农历七月十五，史传叫“盂兰盆节”，也称“鬼节”。中元节与除夕、清明、寒衣节（也称重阳节），是中国传统里祭祖的四大节日。在京津冀，一般把中元节祭祖时日分为三日，按逝者去后的年头开始推延，第一年在农历七月十三祭祀（也叫作麻克），第二年在七月十四祭祀，第三年以后，为每年七月十五祭祀。祭祀一般是到坟地烧纸，如出门在外，烧纸则要选在十字路口，意为路路畅通，以便逝者收到后人的财物和心意。近些年空气污染严重，许多城市把在城区内烧纸祭祖列为禁区，但许多市民并不适应这一新规。特别是离老家较远的外地人，每逢祭祀日，便成群结队，成包成捆地大量在城区的十字路口边上燃烧冥币。南苑小区便是外地人居住的集中区，紧邻大铃铛居住的迎春小区。每逢祭祀日，小区门口大小火堆，一个紧连一个，搞得小区内外乌烟瘴气，让人难以承受。甚至，有些城市有些部门，每逢这些时节，专门在街头为祭祀者摆放烧纸炉，但许多人仍然是见地就烧，不愿和他人共用一个炉子，怕的是自家寄出的钱，让别人家收喽。2015年中元节，也就是“啵一口”他母亲去世后的第一个中元节，七月十三的夜里，“啵一口”和大丑婆，从路边买回一大麻袋纸钱、冥币、纸马车船，从小区内出来，嚷嚷闹闹着走向街头，选在路口中央，一边把纸点燃，一边用根木棍挑拨着纸堆，把火引大，嘴里还一边振振有词地嘟囔道：“妈妈，拿钱花去吧。爸爸，拿钱花去吧。”

“啵一口”之所以故意把本该肃静的祭祀搞热闹，是为了向旁人显示他是个孝子，以此来遮掩他母亲生前他见病不救，缺情缺德，遭人绯议的真实面目。

“啵一口”和大丑婆烧纸兴趣正浓时，本来静稳无风的天空下，突然刮来一阵狂风，不仅把火堆立即吹灭，灰烟还立时迷住了他和大丑婆的双眼。“啵一口”还没闹清是怎么回事儿，耳边却从高空传来一个老女人颤巍巍的声音："你烧这么多废纸干什么？这能表明你有孝心吗？我活着的时候你不孝敬，我死了，你却拿祸害空气害人来表达你的虚情假意，还让我替你背个破坏环境的骂名，你太让我伤心了……"

秋夜之中，"啵一口"尽管满身是汗，但此时他听到这样的声音，仍然似寒风袭骨，吓得双腿颤抖，不知所措。这声音太像他的母亲了，怕是老母有灵，找他算账来了吧。他吓得拉一把大丑婆，就想往回逃。但此时，极似其母的声音又向他耳中传来："二孬子，你别跑，你给我跪下，听我跟你说……"

二孬子，是"啵一口"的乳名。听到母亲喊让他跪下，他一点不敢怠慢，急忙跪地听训。

"二孬子，我问你，你住在这个城市里，你把它当成家了吗？你吃喝不愁，出行方便，对别人给你的付出，你知恩思报了吗？你把文明和国法忘到脑后，不按政府的要求检点自己的行为，你还有点良心良知和社会责任吗？空气质量这么差，别人都在想方设法减少污染，你却胡糟乱造，难道你还要把自己的丑行传给家族的后人吗？你好好想一想，你妈我的左眼是怎么瞎的？不就是你爸死时你放鞭炮给我崩的吗？你想想，你妹妹的腿是怎么瘸的，不就是因为你带着去烧纸引着了街边他人的汽车让人给打的吗？你想想，你媳妇是因为什么光着屁股从街头跑回家，让人耻笑的，不就是那年烧纸，引火烧衣，不得不脱衣自保造成的吗？没记性、没德行啊，你可别再给我丢脸啦，你就让我在九泉之下安安心吧！你要真有良心，每年给我送束花就行了……"

听着母亲的训教，"啵一口"和大丑婆又心惊又害怕，两个抖颤的身体挤成了一团。

"这是真事吗？"我问大侃。

"是小区里的人给'啵一口'搞的'中元节闹鬼'恶作剧。声音是从架在路边大杨树上的录音机里传出来的，大风是事先准备好的一台大电扇吹过来的，电风扇藏在树丛中。"大侃说。

“怎么这么巧？”

“说巧也不巧，他年年在那老地方烧纸，早就被小区里的环保志愿者们盯上了。”

“噢，现在的市民已经开始对污染同仇敌忾了，可以理解。你接着说，‘车震风波’又是怎么回事儿？”

“这件事儿对康家来说，那才是既有辛酸又有巧合。”大侃说。

“啵一口”的老婆——大丑婆，虽然有花不完的黑心钱，但她的日子过得并不舒心，儿子康生因刀伤老黄的儿子黄标被判刑后，她又经历了一场与小三争夫的精神伤害。

和她争夫的人是个年轻的女子，也是她妹妹的儿媳妇，叫于华。于华和杨爱康是在“小模特”——康求知被判刑后不久的羊年秋天结的婚。

于华不是本地人，是南方人。据传，出身很苦。从小无父，母亲将她寄养在一对无儿无女的老人家中。后来，又被一个多儿缺女的家庭收养。但不幸的是，父子兄妹四人在西部打工期间，因贪占不义之财，卷入了一场官商勾结的行贿受贿案之中。无奈之下，爷四个深夜远逃，不幸的是，一次外出，正遇雾霾，客车司机大晚上的酒后吸毒加疲劳驾驶，山路之上，翻入山沟，车毁人亡。幸亏于华那天身体不适，没有随行。两个哥哥加养父，她连面都没见到，就被通知火化了。爷三个“生命”加丧葬费，总共给了不足三十万元。

于华和杨爱康在康求德的化工厂相识不足两月，便闪婚成功。但婚后不久就发现，二人没有怀孕的能力。经医院诊断，责任在杨爱康。

于华想在本地安家乐业，养育子女，过安静生活，怀不了孕，便提出离婚。

“爱情的小船说翻就翻吗？”婆婆杨琴不干，来找姐夫“啵一口”商议对策。“啵一口”贼眼珠子一转说：“你别管了，我保她离不了这个婚。”

事后，于华果真不再提和杨爱康离婚之事，但杨琴却发现，从生产车间调到“啵一口”化工厂办公室的于华，不久便身怀有孕了……

转眼到了猴年三伏，被判刑两年半的“小模特”，因为在狱中劳动改造表现优秀，被减刑半年，并因为患有严重肺病被保外就医。“小模特”为追求他所谓的爱情，长途跋涉，远行西部，烧了几十年的燃煤锅炉，呼吸了几十年的煤烟煤末煤硫，只得肺病，算是万幸。

这天，“小模特”借去医院输液、取药之机，骑着自行车，绕道出城，他想到城北的果林边上转一转，呼吸一下绿青的味道。长时间的监狱生活，他看得最多的不是绿荫，而是铁窗铁门铁丝网。

还没出城，老远的他就见前边围了足有上百号人。走近一看，人群中还有一台进口的名牌汽车。

“你个臭不要脸的小骚货。你个母野种，跑到我家里去勾引我丈夫还不够，今天还跑到野外玩车震来了。老娘非打死你不可……”

“别打了，别打了，她怀着孕呢，打坏了，你要犯法顶命……”

“呸，亏你还有良心，我跟你半辈子，没听你说过一句心疼我的话。”

“小模特”挤进人群，见“啵一口”的老婆，正手抓一年轻女子的长头发，发疯般扯着、骂着。她的妹妹——“啵一口”的小姨子，站在一旁，脸半红半青半紫半白，好像是左右为难地左顾右盼着……

“大姨妈，您打两巴掌出出气，也就得了，她是我媳妇，我都不在乎，您都那么大岁数了，还那么醋了吧唧的干什么？”说话的是杨爱康。

“好没种性的东西。你算个男人吗？你杨姓爱康——你大姨夫姓康，你问一问他，你该把他叫啥？”

大丑婆正在气头儿上，最怕别人瞎劝。没想到，假博士庄伏君这时却走上前，对大丑婆说：“康大嫂，你怎么这么想不开，康大哥找小三，并没动摇你老大的名分是吧？忍一忍海阔天空，把事闹大了对谁都没好处不是？”

“庄孙子，你少放这狗屁话，活大半辈子了，你这个人‘三从四’‘厚载物’，就是他妈缺‘德’。我今天就是要把事儿闹大。一会儿回去我就把康霞掌握的那个手机录音的证据交到法院去，让你们全完蛋。叫你俩狼狈为奸，叫你们合伙欺侮老娘……谁也别想好……”

大丑婆正在哭闹着，突然，从路边的树林中窜出一群猫，足有二十多只，打头的正是一只老猫，那只肚皮上有一片圆圆的、红红的皮毛的老猫。只见它腾空一跃，跨过“啵一口”的车顶，进而带队消失在绿野之中……

“乱了，乱了，全他妈乱了。”“啵一口”差点被老猫抓破脸皮，幸亏他躲闪及时，但他还是吓了一大跳，他气得好像有些神经发乱了。他跳上车，打开了发动机。

“警察来喽——”

自从那天“啵一口”因野外与于华搞车震引发不稳定因素，被派出所带回训问后，他就再也没出来。原因是大丑婆说到做到，真的把从康霞包里偷的存有“啵一口”和庄伏君犯罪录音的手机还给了女儿，并很快交到了法院……由此，法庭风波宣告结束，“啵一口”、庄孙子银铛入狱，一直到今天，他们还在监狱里。当时，对于康求德为什么进的派出所，当地很多人并不知详情，但多数人都认为，派出所抓他是为了“侦察”魏县长受贿的事儿，是敲山镇虎，不承想，“啵一口”是依仗手里有俩黑钱，坑人不断、制污不断、“黄事”不断、犯罪不断……

也就是从“啵一口”与于华搞车震出丑那一天起，“小模特”已经连续数月卧床不起。沉重的精神打击，让他肺病、心病两相依，痛苦痛心两份情。那一天，他在现场认出了一个人。他万万不会想到，在分手两年多后，那天他看到了他在西部烧锅炉时，认他做干爹的干女儿——梅艳。

他百万千万万万地更不会想到，那个站在人群中间，被大丑婆厮打的年轻女子——于华，竟是隐姓埋名的梅艳，竟是他和雅茹风花月夜，留下的那个亲生女儿……

他没有勇气认这个女儿，他更没有勇气写信把这件事告诉正在服刑的雅茹……他痛恨霾，他更痛恨自己的行为，“害人者报己啊——！”

九十三

大侃为了和我逗闷子，故意绕开我最关心的“私分处分”的核心话题，讲完了“车震”，话头又转向任京。

他说：“其实任京抓煤改气这件事儿的全过程中，除去他对燃气是属于约束性能源，使用很受限制缺少了解和没有找县长去汇报，去核对细节情况外，有很多工作，做得还是十分‘慎重’的。”

当时，他听信了南征的口头承诺，有气源、有电能，有奖补，群众又有愿望和要求，任京和班子成员一拍即合，下定决心，要把煤改气的事儿办成。

工程实施前，任京决定先到北塔乡深度征求群众意见。进村后，任京看到，从村口中，农家的房墙上，刷了很多涉及大气污染防治的标语：咱村散煤多空气不一定比县城好，全村80%出租房户都在城里买楼了；花国家的钱治污染，大家的利益要公担，责任也要公担；傻瓜男人用烧煤省下的污钱征服二手女人，聪明男人用烧气带来的干净征服一手女人；不能什么事都听乡里干部的，村民也有民主权利；治污尚未达标，全村仍需努力……

看着这一条条站在墙上的历史，任京自言自语道：“通俗易懂几个字，有时比长篇大套的话还厉害呀！”

“任乡长，您是奔着煤改气来的吧？”

任京听问，抬头见是支竖高。于是，他直言反问：“村民们对煤改气、煤改电的事儿都认同了吗？”

“那您得去问问五六七。”

“五六七是谁？”

“是经常和您打交道的一个人，您还不知道他外号叫五六七呢？”

“你说说，我还真不清楚啥是五六七。”

“无视法律、六根不净、欺下骗上。五六七。”

“六根不净是啥意思？”

“‘六根’是六个黑：贪得多、赌得大、欺村民、造黑谣、搞破鞋、造污染。这就是村民们背地里给那个黑村官下的定语。”

“是说莫主任吗？”

“我可没说是谁，我怕又挨黑揍！”

“邪恶必除，苍蝇必拍。你放心。”任京主动伸出双手，紧紧握住支竖高的手……

按照事先电话通知的约定，北塔村的村民在莫需友的组织下，集中到了村委会院中。村民们席场有坐有立，有老有少，有男有女，有说有笑。一张普通桌子摆在屋檐下，五把椅子除莫需友坐一把外，其余四把坐的全是南旺乡干部。任京恰好居中。

“乡亲们，煤改气的事儿县里已定了，县长亲自联系的气源，还有奖补，看看乡亲们还有什么想法？”任京和乡里的干部们，冒着酷暑，来到北塔村，在村委会大院子里开上了征求意见会，“每家每户今天都来人了，大家说一说，有多少愿意改气的，有多少不愿改气的，再说说为什么！”

“也别改气、改电了，直接改造吧，这是我们真期待的。”

“为什么？”

“又住楼房又发补贴，又过好日子又有钱花呗。”

“改造眼前搞不了，还是说改气、改电吧。”

“全村333户，1365口人。目前都说愿意改气，但有几个前提条件必须先讲前边。”村主任莫需友首先说话。

“有什么前提条件？”任京问。

“大家伙儿说说吧。乡长大人在这儿。都让我一个人说喽，好像我有什么私心似的。”莫需友面露难色。

“我说。”说话的壮汉是莫需友的小舅子。“第一个条件，首先应该是政府包办，不能让各家各户掏钱。治大气嘛，就是政府应该花钱干的事儿。”

“煤改气，利国利民；用清洁能源，利家利大气。我们村民有愿望，国家有支持、有奖补。但若是全让国家掏钱、政府掏钱，恐怕做不到。虽然我们村是试点，但下来全县、全市、全国有数不清的村户，都让国家掏钱，恐怕没这么大财力。”

“没财力就先等等再干吧！”

“等，恐怕也等不起了。大势所趋，公众所待，污染害人，大家还等得下去吗？”

“不能等了，再等，我家儿子连媳妇都娶不来了。人家邻村能干成，咱们北塔村，就背气了吗？”

“国家奖补一点，各家各户拿一点，应该是合情合理的。”

“施工时大家出点义务工，每户也拿不了几个钱。”

“人不能光为自己算计，大家伙儿都要活着不是，有难同当吧！”

“对对对，我赞成！”

“我还有第二个条件。各家各户拿一点钱也行，但我家的房子多，不能按一户补，应该房多多补。”

“我家房子也多，但是，我们是祖孙三代住一个大院，一个户口本，你家人口少，四口人住着二十多间房子，全让国家补，恐怕不太合情理。”

“胡说你那是，谁家四口人呀？你家三代九口人，我家有二十多号人呢，有什么不合理的？”

“你家是有二十多人不假，但除去你户口本上的四口人，其他都是租你家房子住的外地人。有的还住着房子做着买卖。你出租房子自己创收，能让政府掏钱为你家保气保暖保创收吗？”

“支竖高，你小子找死怎么着？政府的钱又不是你们家的。”莫需友的小舅子发火了，“你们改吧，我家不改了。燃气管道也不能从我家门口过，更不能在我家房墙上打眼过管。”

“那怎么行呢？你家住在村中间，门前不让过，墙上不让安管，半条街怎么供上气呢？”

“太不讲理了吧？”

“太霸道了吧？”

“怪不得娶了媳妇人家又跑了。生不了这气……”

“这个问题大家伙儿不用讨论了。昨天燃气公司已经和乡政府口头说定了。此次煤改气，燃气公司的补贴政策也出台了。今年一起改的，院外管道费用由燃气公司负担，燃气炉具费用减半，数额不小。但此次不改，以后再接气，费用全部由各家各户自己花钱买。接不接各家各户自定，但是两年内，全县除县城的大型供暖锅炉外，要禁止使用一切散烧煤。到时候，肯定会有人后悔的。”

“哈哈哈，太好了，改不改、接不接自己再想想吧！哈哈哈哈……”

任京掌控着会场上的情绪，适时地宣传着这煤改气的相关政策。忽然，一个问题闪现在任京的脑海中：“村支书咋没到会？”任京心里这么想着，嘴上已经大声地问出了声。

“任乡长，我来了，我早来了。”随声望去，任京发现，村支书马布担坐在人群的角落里。

“马书记，到前边来呀，怎么躲起来了？”

“不是躲呀任乡长，桌上也坐不下。要换届了，有老莫就行了，有老莫就行了。”

任京听后心里很不是滋味，他由感而生，迅速在笔记本上写下“关键要有一个好支部”后，正要继续和马书记说话，一串“嘀嘀”声告诉任京，他的手机上有人发短信来了。任京一看，还是个生号：

要是不想干，快定煤改电——三年也建不成电网，可以推卸责任；

要是怕心烦，改气等两年——冬季说断气就断气，夏季臭氧会猛增；

要想真干好，规划不能少——基础不牢后患多多，切忌顾此失彼；

干事太着急，肯定出问题——好心不一定成好事，小心又被问责。

“是谁这么添堵？”任京看过短信，心里直犯嘀咕：“这是胡阵雨扑克牌的内容吗？什么都不急，让煤烟子熏着就好吗？”

“哈哈哈哈——”那天任京向吕正天叙说完南征给他下通知搞煤改电的情况后，吕正天乐了，“任京啊，听你这一说，你小子看来也是有犯糊涂的时候啊。你这明摆着是治霾心切，被南征给忽悠了啊！”

“也不完全是，南征也是好心。加上F县的侯县长，我认为从动机上都没错。只是心愿、梦想，与现实离得稍远了点。在大气污染防治中，有些企业还在抱着过去抢占市场的心态乱许愿、瞎签合同，政府必须防着点儿。这次因燃气公司的承诺与实际保障能力大相径庭，不仅导致北塔村没有按合同供上气，惹出大麻烦，更大的麻烦，其实在F县。F县的群访事件闹到北京去了，但F县以涉嫌合同诈骗，把燃气公司告到法庭上去了……”

“你说南征没骗你，那么他和你讲的徐县长给你安排活儿、联系气电的事儿怎么解释？”

“南征事后说了，他说我是和你讲过有县长批示、县里联系好了气电的事儿，但你也没问我是哪个县、哪个县长啊。我当时说的就是F县，是侯县长……”

“上当了吧？你说了半天，我还是有一点不明白。开展‘强剑行动’那个通知，与你抓煤改气这事儿有何干系？”

“啥干系也没有，就是被人借题发挥了。全是我打死那只咬我的蚊子惹的祸。全是他奶奶的‘合同诈骗’招的灾……”

听到任京说到“合同诈骗”这四个字眼，吕正天的脸色顿时布满阴云。此时，他想到了，通过积极实施整改，目前已稳定运行一冬天的县城燃煤锅炉提标改造工程，他十分后怕今后会再次碰上这样让人闹心、恶心的事儿……

大侃后来对我说，虽然说任京在盲目煤改气的问题上没有深度怪罪南征“半开玩笑”带来的麻烦，但面对任京后来在困境之下的质问，南征尽管嘴上还十分硬朗地狡辩着，但实际上，在他的内心里，早已布满了深深的愧疚，他也没有料想到，事情的结果会是这个样子。带着愧疚、带着自责、带着虚荣与心绞痛般的追悔，猴年大暑那天，南征向雷局长提交了要求提前退休的报告，缘由说是自己有心病。

任京通过扈法根的电话传递的信息了解这一情况后，立刻给南征编了这样一段短信发了过去：

贵宾移位通知书

主人公：难整

主题：辞职、退隐

主因：自责、悔过

目的：逃避垂直管理

想年：56周岁（指萌发提前退休想法的时龄）

发送时间：2016年7月22日（指向市政府上报告时间，不是发送逝者的意思）

主送签收单位：……

收签人：武馆长

南征知道殡仪馆馆长姓武，见到任京的短信后，二话没说，抄起手机就给办公室主任打电话说道："岳主任，把我写的那个辞职报告撕喽。告诉雷局长，早一天我也不会退！这不明摆着是想咒死我吗……"

九十四

大侃和吕县长搭了班子，我和他俩接触的机会就更加多了。关于E县环保局班子成员"私分处分、欺骗组织"的话题，几乎我们每次见面都要提起，但大侃始终是只逗哏不甩"包袱"。但我从他断断续续的介绍中，也逐步理清了这个事情的"脉络"。伴随着我对这个"私分处分"之谜的不断了解，在我的心中，一个勇立潮头，敢于担当的英雄群体的光彩形象，时常在我脑海闪现，而不是告状人所枉言的"欺骗组织"。

原来，E县在清整全县干部档案后，专门下发了一份文件，强调此次档案清整后，今后在干部提拔使用等问题上，一律以此为证，任何人无权再更改、变动和怀疑……但恰恰正是这条严肃要求，加上工作人员的疏忽，给了马二哈顺利提升为正职的机会，也帮甄猛圆了不想再继续当一把手的辞职梦。

档案清整归档后，E县组织部把全县干部的情况全部上网公示，十天里没有任何人对环保局干部的档案提出异议，于是，"文件要求"正式生效。

文件生效后，甄猛很快接到了组织部要求他写引咎辞职报告的要求。一开始，甄猛还有点"晕"，"怎么一年才受两个处分就让我写辞职报告了？不是三次以上吗？”打开网站一查，原来，在档案表格上，他2014年12月因土地部门对矿山开采管控不严，导致二郎山生态环境遭受破坏所受的一个“连带”处分，被错写成了2015年2月。这样一来，再加上2015年他因上级环保督察时，发现县城有三台10蒸吨以下小燃煤锅炉没有按时取缔，和有一个乡镇在上级有重大活动时发生两起秸秆燃烧问题“招来”的一次问责，他正好够上了引咎辞职的条件。

网上看过自己的档案，甄猛先是一惊，继而庆幸，继而又深感内疚。他惊的是档案清整如此不够严肃，竟没和他本人见面；他庆幸的是他三番五次找县领导要辞职一把手，都没办成，没想到，竟然因工作人员的一点儿小疏忽，帮他办成了一件大事；他内疚的是，在签订“四兄弟”私分处分的君子协议时，他竟在南征和扈法根的仗义要求下，把处分分给了他俩。既保护了甄猛自己，还保护了马二哈……

甄猛引咎辞职，谁来E县环保局当一把手呢？

一周后，县组织部一纸任命，接甄猛一把手的人，竟然是马二哈。

“马二哈怎么能当一把手呢？他年度内已经有了两个处分了。”

马二哈被蒙在鼓里，来找甄猛问缘由。两人一块上网打开马二哈的档案一看，方才真相大白。原来，2015年马二哈因故所受到的一次处分、一次被问责，在档案里根本没有记载……

“甄局长，这我可受不了，我马上去找吕县长，去找组织部，这一把手我坚决不能当。”

“二哈，你冷静一下好吗？”

“我能冷静吗？我这不是揣着明白装糊涂，抢你的官当吗？”

“你说错了。历史就是这样，错中有对，对中有错。没有粗放的快，哪来今天的污。没有今天的污，哪会有群众这么快的富，国家这么快的强？”

“这是两码事儿。错了就要纠正，冤了就要洗清。还是那句话，昧良心的事儿，我坚决不能干。这昧心的官，我也不能当……”

“那马二哈后来怎么还是塌下心来当这个一把手了呢？”

“县里主要领导说了，给县里纠错的权力在市里。既然档案里没处分，谁也别再纠缠了。要维护任命的严肃性……”

“马二哈那脾气、那自尊心，就这么认下了？”

“哪呀，甄猛都给马二哈写保证书了，请马二哈理解他，他一定会像马二哈支持他一样，当好副职。否则，如果马二哈再不答应当一把手，甄猛就要上交提前病退的报告了。这下，才把马二哈给‘镇’住了……”

“担当啊，这也是一种担当啊。他是认准了马二哈比他有朝气、有经验、有这个能力啦……”

“还是你有眼力，你看问题真是准准儿的。其实县里领导心里比谁都明白。他们是给环保局选了一周的一把手，结果白费劲，没人敢当。没有办法，县领导装着糊涂办了一件明白事儿，赶在市环保局通知县级环保局班子人事冻结，准备垂直前，向市环保局提出了准备让马二哈任一把手的建议……”

九十五

从古至今，中国人就世代相传着一句俗话:“没有不透风的墙。”

E县环保局“四兄弟”集体签订“三保一分”血书的事，据说，是被当晚值夜的门卫马师傅，隔着门缝儿传出来的声音听到了。于是，很快在环保内部成为传说。数月后，竟有人以“私分处分，欺骗组织”的匿名信方式，状告到了县纪委。白平到县纪委开会后，接受了“严肃调查”的任务。但“四兄弟”守口如瓶，始终没人承认。倒是郝大侃和我讲起这件事来，像背课文一样，说得一清二楚。

E县环保局四兄弟“一分三保”协定书

最近，E县政府、纪委、组织部和“两办”督查室，联合做出决定，对在大气污染防治中因工作不利、工作失职、工作疏忽、工作麻痹、工作失察、工作扯皮、工作失误等21种情形造成大气污染防治工作任务没完成目标任务，或遭受损失，或影响工作质量的，将给予严厉的追责、问责和组织处分。同时规定，年度内凡受过一次追责、问责处分的，当年不能评先；受过两次问责、追责或处分的，年内不能评先或提拔使用；受过三次问责、追责或处分的，是行政一把手的，引咎辞职（可改任副职），是副职的改任一般干部；同一年度内，受过四次或四次以上问责、追责或处分的，就地撤职或开除公职。

在大气污染防治中，环保有不可推卸的重要责任。千头万绪的工作头尾、千门万户的责任单位、千条百款的问责、追责、处分条款，无论主责单位是谁，无不与环保部门有千丝万缕的连带关系。因此，环保成为问责、追责和处分的“重灾区”。上榜、陪榜都是榜；问责、尽责都是责；处理、说理都是理；法规、办法都是法……面对困境我们别无选择，只有科学担当。

今年以来，局班子成员，因为各种各样“可以理解”的原因，都有了一次或一次以上的被问责、被追责、被处分的记录。其中，局长甄猛同志已受到一次问责，一次处分；马二哈副局长也是受一次处分，一次问责。南征和扈法根副局长，分别受到过一次问责。最近，出了两件事儿，处分都要分到环保局。一是南旺乡大气污染防治工作“急”端冒进，工作失误，导致群众上访。上级说，乡长任京是从环保局下去的，再加上大气污染防治不论出什么问题，都能与环保局拉上，所以，环保局一把手理所当然要摊上一份问责；二是冬至那天夜里上级督查组明察暗访时，发现有一处早被取缔的小污染企业，深更半夜又有烟囱冒黑烟。虽然事后查实是两名刚来E县的外地人，误入传销组织后刚刚逃脱，深更半夜没处去，寒冬腊月穿着单衣冻得难受，躲进废旧厂区烧柴取暖。但因为是上级来人发现的问题，E县环保局负责监察工作的领导，必须承担失察之过的责任。

按局内一把手处分从先，和分工担任的惯例，前一个处分，应给一把手甄猛或负责分管大气污染防治工作的南征副局长；后一个处分，应给一把手甄猛，或负责环境执法的马二哈副局长。

但目前的“危机”是：如果甄猛局长再得一个问责、追责或处分，将够上引咎辞职当副职的条件；如果马二哈再得一个问责、追责或处分，将够上被撤职的条件。

患难是兄弟，事业重如山。天下环保是一家，班子成员是同甘苦、共患难的亲兄弟。我们要牢记老马局长的临终嘱告：“唯有渎职，才是最肮脏的。用忠诚对待组织、用宽厚对待同志、用奉献成就事业。踏石留印、抓铁有痕。求木之长，固其根本，实事求是，面对考验……”

只有先保住位子，才会后有担当尽责的机会。为保班子成员政治生命安全，为保不因班子变动，使E县大气污染防治工作受损失，为保守秘密之需，甄猛、南征、扈法根、马二哈环保“四兄弟”决定，以大义为重，以感情为重，私分处分，共渡难关。特立协定如下：

一、以2015年度“四兄弟”已有处分为基数，已达到或超过两个问责、追责或处分的，此次即将到来的两个问责、追责或处分不再分担。年度内如果再有类似的处分，班子内部可采用临时调整领导分工办法来科学分担处分的方式，最大限度地不让一个同志“掉队”。从2016年起，班子内部所有即将来临的处分，都要采取无“险”自担，有“险”分担的方式，通过集体讨论，做出合理分享。以示“四兄弟”保人在、保事业有人干的意志。

二、为防止因私分处分，导致欺骗组织，我们研究决定，以经常调整班子成员工作分工的方式，适时、及时地合理调整各类问责、处分与个人的关系，搞好分担……特事特办。此举尚不伤害公共利益和他人利益，属“四兄弟”相互理解范畴，但对外需严格保密。为防止有人借题发挥，乱告黑状，给环保局班子制造混乱，影响E县大气污染防治进程，给老局长们丢脸，我们“四兄弟”血书宣誓，绝不泄密。口说无凭，立字为证，“四兄弟”签字、按手印画押，以示共同保守秘密的决心。

三、此协定装入骨灰盒，并永久性封存。

协议人：甄猛、南征、扈法根、马二哈

2015年13月32日

“怎么还闹出了‘13月32日’了。我只知道到2016年2月29日24时，天文时间会多出一秒，不知道2015年怎么冒出这么多呀？”

“忙中出错，在所难免。说不定这还可能是‘四兄弟’争取‘错’中取‘胜’，皆大欢喜的策略呢。马二哈的档案表不就是填错了，没有了处分记录，才当上一把手的吗！”

“‘错’中也不一定全是‘胜’，甄猛局长的处分时间填错了，不就将‘错’就错，引咎辞职了吗！”

“其实你看的只是表面现象，内在的东西你根本就没有体验到。甄猛为了不当这个局长，已经先后三次找吕县长和大县长要求辞职了……将错就错，借坡下驴，难得糊涂啊……否则，甄猛拿着处分通报去找政府、纪委、组织部一核对，不就啥事儿都‘核’无了吗！”

“这当环保局长的咋就‘逃’不出来了呢？过去有法不依受夹板气，现在看着有权有势的，怎么又被问责、追究、处分压趴了呢？”

“时代特色，大势所趋，正在好转……”

“我怎么看这个君子协定，有点儿广东小岗村农民偷着搞土地承包的味道呢？”

“两码子事儿！但也有‘无奈’的共性……”

“君子协定最后到底藏哪去了？”

“你还傻着呢？放骨灰盒里后还能藏到哪里去？前边郝会民不是一再追问马二哈，为什么E县环保局的人到了老马局长的坟茔前，都要绕着大松树转三圈吗！”

“噢——噢——这我就明白了。不过，我听说‘四兄弟’写的‘三保一分’协定，是咬破手指写的血书、手印儿也是按的血印，是吗？”

“那是谣传。协定是南征执笔用碳素笔写的。但按手印时，办公室主任不在，没找到印盒。南征一眼瞄见了甄猛左臂上的血，四个人严肃对视后，完成了按手印的全过程。”

“有点壮烈味儿了……”

“这不仅是壮烈，是忠诚，是担当。”

“欺骗组织也叫担当？”

“基层组织也不是十全十美。善意的‘欺骗’，有时就是担当。不担当，半点忠诚都没有。现实中，一些干部接受任务时拈轻怕重、挑肥拣瘦，碰到委屈就忘记责任；遇到考验就退避三舍；推动工作蜻蜓点水，瞻前顾后；推进改革前怕狼后怕虎，信奉‘中庸之道’，不敢为人先；解决具体矛盾，左推右挡，踢皮球、打太极拳。明明不作为、不干事、不担当，却还想要位子、握权力、上台阶，怎么办？便在形式上、表面上挖空心思做文章，时时把上级精神挂嘴上，口号喊得震天响，表态比谁都早，会议传达不过夜、一开到半夜；把喊口号、表表态、开开会当作‘忠诚’，一副积极先进的样子，可就是不爱找差距、不愿触矛盾、不敢碰具体问题，害怕一具体就露馅儿。这些干部错误片面理解‘忠诚’，也唱歪了忠诚曲。其实，群众评价一个党员是不是对党忠诚、对人民负责，主要看敢不敢担当，有没有作为、出没出实绩，不仅在于你学了啥，更在于做了啥。忠诚，绝不是几句口号、轻松表态，不仅在于形式，更在于内容，担当是一名党员干部是否忠诚的试金石。不担当，半点儿忠诚都没有。如果没有担当，不能尽职履责，本职工作都干不好，就算是浑身上下戴满了党徽，手抄党章千遍万遍，又哪里真正是对党的忠诚呢？破解将虚头巴脑当‘忠诚’的现象，关键在一个‘实’字。是不是真担当，敢不敢真担当，实绩说了算，群众看得见。组织重实绩，干部重实干。用担当检验忠诚，把那些投机钻营、碌碌无为者晾一边，把那些干事担当、真正忠诚的干部选出来用起来，鼓励实干者、厚待实干者、成就实干者，才能营造‘实’的政治风气……”

九十六

夏至那天，雷厉局长、王气风博士、大侃、吕县长和我几乎是在同时，在网上看到环保部公布了全国74个重点污染城市大气污染防治成果:《大气污染防治行动计划》实施情况中期评估报告。

报告说，根据2013年国务院印发的《大气污染防治行动计划》相关要求，中国工程院组织50余位相关领域院士和专家，对《大气十条》进行中期评估。评估认为，《大气十条》确定的治污思路和方向正确，执行和保障措施得力，空气质量改善成效已经显现。全国城市细颗粒物（PM2.5）、可吸入颗粒物（PM10）浓度呈下降趋势，总体预期能够实现规定的空气质量改善目标。但环境空气质量面临形势依然严峻，冬季重污染问题突出，个别省份的PM10年均浓度有所上升。今后两年和更长的时期内，需要加大力度释放能源结构调整的污染削减潜力，并构建精准化治霾体系，提升重污染天气应对能力，保障空气质量长效改善。

报告还说，通过整合环境保护部、中国科学院、中国气象局和有关科研院所的地面长期定位观测、典型过程综合观测、卫星遥感反演等数据，采用多种技术方法对全国空气质量状况、变化趋势和污染特征进行了评估和印证。主要结果是：全国城市空气质量总体改善，PM2.5、PM10、二氧化氮（NO_2）、二氧化硫（SO_2）和一氧化碳（CO）年均浓度和超标率均逐年下降，大多数城市重污染天数减少。

报告显示，2015年，全国74个重点城市PM2.5平均浓度为55微克/立方米，相对于2013年的72微克/立方米下降23.6%；日均值超标天数的比例由2013年的33.2%降至2015年的20.8%。全国PM10平均浓度（338个城市平均浓度为87微克/立方米），相对2013年（330个城市平均浓度97微克/立方米）下降10.3%；日均值超标天数的比例由2013年的14.5%降至2015年的12.1%。74个重点城市共发生846天次重度污染和238天次严重污染，较2014年和2013年降幅分别为28.1%、24.9%以及49.9%、63.7%。京津冀、长三角、珠三角和成渝地区NO_2浓度相对2013年分别下降9.8%、11.9%、19.5%和15.8%，SO_2分别下降44.9%、30.0%、38.1%和48.3%。卫星资料反演显示，2013至2015年，全国NO_2和SO_2垂直柱浓度年均值和颗粒物光学厚度（AOD）总体呈下降趋势，与地面监测数据分析结果一致。

但同时，报告指出，空气质量面临的形势，仍然严峻，冬季重污染问题突出，重点区域大气臭氧（O_3）污染问题显现。个别省份PM10年均浓度有所上升。考核PM2.5的10个省（区、市）和广东省珠三角地区PM2.5年均浓度下降幅度均达到或超过“大气十条”中期目标的要求，多数省份展示提前实现终期目标的势头。考核PM10的21个省（区）中，辽宁、吉林、河南、湖北、陕西、甘肃和宁夏7个省（区）PM10年均浓度却有所上升。

报告还指出，北京市及周边省份的重污染应急措施能够有效降低PM2.5浓度，两次启动红色预警使得重污染期间北京市PM2.5日均浓度下降17%～25%。基于空气质量模型对京津冀2015年12月两次启动红色预警的减排效果进行评估，结果显示，京津冀两次应急减排措施使得北京市PM2.5平均浓度分别下降17%和20%～25%，说明在重污染天气启动应急预案能够有效降低区域大气污染物排放量，进而显著削减PM2.5浓度峰值。

雷局长看到，在中期报告中如数家珍的九条建议中，“构建精准治霾技术体系，创新机制体制，加强科技引领，持续提升环境监管和执法能力。强化顶层设计，形成研判—决策—实施—评估—优化的决策支持体系；加强区域一体化的大气污染监测网络、动态污染源清单和空气质量预测预报能力建设”，成为雷厉局长提醒专家组要细心、深入研究的课题。

大气污染防治五年攻坚与“十二五”“十三五”启后承前，战果累累。面对“十三五”约束性指标中的“生态关”，雷厉和吕正天们压力十分巨大，但更加信心满怀。雷厉告诉我：“目前经济下行压力依然巨大，发展依然紧要。由于伴随雾霾防治形势趋好，更多的注意力，自然转移到经济发展上，虽然治霾影响到经济的快速发展，但最终还是要经济发展呈现引领之势。转型升级之路依旧漫长，治霾之路依旧漫长，经济发展，引领之势，必定都漫长。当前的经济发展正需要‘坚持一下’的时候，国家要生态，地方要发展，群众要致富……‘绿色’在中国发展议程中，‘十三五’约束性指标中的‘生态关’已被提升至前所未有的高度。”

“雷局长啊，你的感受我很认同。”大侃说，“中华民族积蓄的能量太久了，要爆发出来去实现伟大复兴之梦的时刻到来了。‘十三五’时期，是中国全面建成小康社会的最后冲刺阶段，今后中国将确立何种经济增长方式，中国人将在怎样的环境中生活，中国又将以多高成本参与全球合作与竞争，这是未来五年必须回答的问题。作为中国经济发展进入新常态的第一份五年计划，‘十三五’规划纲要将绿色发展作为新的发展理念之一，并专项论述。在‘十三五’时期设定的25项经济社会发展主要指标中，约束性指标共有13项，其中‘资源环境’指标多达10项，足见分量之大、任务之重、约束之强。数十年粗放式发展，令中国付出沉重的环境代价——冬夏不息的雾霾、屡见不鲜的‘牛奶河’、土壤中的‘元素周期表’、多种动植物濒危‘亮红灯’……正如中国环境保护部部长陈吉宁所言，中国的环境保护仍滞后于经济社会发展，环境承载能力已经达到或接近上限。”

“发展的目的究竟是什么？最终还是为了生活品质的提高。”吕正天说，“要实现‘提高环境质量’的核心目标，中国亟待做好‘加减乘除’。眼下，制度和市场的‘加法’正在铺开：严格执行《环境保护法》、新的《大气污染防治法》，坚持‘督政’并‘督企’；实行省以下环保机构监测监察执法垂直管理制度；对排污企业全面实行在线监测；强化与公安部门、检察机关和审判机关的衔接配合，形成守法新常态；并推进PPP（政府和社会资本合作）、政府购买服务、第三方治理等方式力推环保产业发展。‘十三五’期间，中国大气、水、土壤污染防治‘三大战役’的‘减法’也必须提速。在‘十三五’规划纲要设置的环保约束性指标中，首次提出了与公众感受息息相关的空气质量指标和地表水质量指标，其中包括：到2020年全国PM2.5未达标的地级及以上城市浓度下降18％；全国地表水国控断面劣V类水体比例小于5％。这任务可真不轻啊！”

吕正天那儿还没“啊”完，雷厉便急着抢过话茬说：“随着经济社会发展水平的提高，环保也进入了社会公众诉求明显提升的‘新常态’，恢复绿水青山，中国离不开公众参与的‘乘法’。中国将全面推进大气和水等环境信息公开、排污单位环境信息公开、监管部门环境信息公开，将政府和企业同时放在阳光下，接受公众的监督和考评。当铁腕治污与公众的绿色生活方式相结合，环保成效也将实现指数级放大。‘十三五’道道‘生态关’，真正奏效需以‘除法’分解。在业内专家看来，中国区域间工业化进程、资源能源消耗、环境禀赋、污染排放强度差异大，不同区域、流域和城市环境问题分化，质量改善步伐不可能‘齐步走’。全国统一性的总量控制方略要更加服从、服务于不同区域差异化环境问题的解决，必须制定、实施更加精细化的环境管理政策。”

“环境管理政策期待精细，落实《环保法》，理清环保责任，为环保人工作减压、精神减负也期待精细。”大侃说，“说心里话，E县环保局班子成员私分处分，他们的动机，原本就不是为了保自己的‘官’，更不是有意要欺骗组织，只是为了保住对环保的那份情，保住在这特殊的时刻，还愿意坚守岗位的这些环保有生力量，继而才能接续前行，走好新的保卫环境长征路。问责是调动积极的有效办法，但调动积极性，不能只靠‘问责’。大棒要有，‘面包’和‘香肠’也要吃……”

“全是雾霾惹的祸。”我对大侃和正天说，“霾既是天灾，也是人祸。既时有蒙天遮日，也让环保工作者蒙受欺屈。但从根理上讲，切勿将霾等同于天灾，一定不能忽视霾天背后的人为因素。要采取多种措施，从源头上减少污染物产生，才能根治霾。作为负责任的发展中大国，中国已经明确提出2030年左右二氧化碳排放达到峰值、争取早日达峰的目标，并计划到2030年非化石能源占一次能源消费比重提高到20％左右。实现这一目标，需要各级政府、相关企业在节能减排方面付出艰苦努力，也离不开亿万公众践行节约、绿色、低碳、文明的生活方式和消费模式。但眼前，要从根本上实现空气质量持续改善，就必须以资源环境承载力定位城市发展规模与方向，以环境容量优化产业发展模式和能源利用方式，推进源头控制，还必须有从源头‘替代’的理性与科学认知。否则恶性循环，会后悔莫及……”

过了好长、好长一段时间，我听大侃说，由于纪检部门追得紧，雷厉局长最终还是摆开阵势，让纪检组长白平带队，组成五人调查小组，到E县环保局深入调查“私分处分、欺骗组织”问题。最后，白平顺藤摸瓜，终于得出一个令上上下下都满意的“调查结论”，并正式上报，直至我的小说截稿时，未发现有新的告状出现：关于E县环保局班子成员“私分处分、欺骗组织”的问题，经查实，是由于该环保局班子成员工作分工经常调整，告状者不明真相导致的一场“误会”。建议该局严肃汲取“告状”教训，加强局内分工信息公开，确保类似问题不再重复发生……E县环保局对此事的态度是：一腔热血表真情。我们可以遭遇险峰，但不可以失去梦想与担当……

“如同做梦、近似‘篡’梦、纯属戏梦啊！”伴随大侃感叹的三个“梦”字，我的思绪，不知不觉中，回到了鸡年除夕时，我所做的那场如戏如真的噩梦之中……

散伙儿饭

九十七

猴鸡之交，除夕之夜。我的梦。

当中华大地，万众贤民，齐聚银屏之前，美食欢笑，沉渗佳节，喜度良宵，并时有零星鞭炮发出炸响，时有烟火划亮冬夜星空之时，善良的人们，谁也不会想到，此时此刻，残喘、延漫于京津冀、长三角、珠三角的霾兄霾弟、稗官、弼疑们，经过相互秘密串联，通过风飘、舴艋之途，像屎壳郎滚屎球一样，相约京边那坳堂、迫隘、泽之萑蒲之地，以吃散伙儿饭的名义，撕破善良、虚假的伪装，露出阴险、狡诈嘴脸，开始了它们湿而不淄，但又垂死挣扎的恶谋复活、反击治霾计划……

九十八

“我的难兄难弟们：猴将去、鸡将鸣，我这里给兄弟们拜年了。”

张牙舞爪说话的正是那个灰头、黑身、黄脸、长着凶牙利齿的家伙——霾头儿。它头大似狸、形状似虎、嘴唇似猫，猛地一看，活生生就是一只狡诈、转基因变大了的野山猫。据传说，它的鼻子很像是年，但年的鼻子是个什么德行，没人说得上来，只得又以猫状为例。

“兄弟们，五年来，中国政府持盈主政，动员万民，不惜血本，向我兄弟开展疵畔抗争之战，他们把治污的战场，甚至都扩展到了火葬场的焚尸炉、大烟囱上了。再甚至，从猴年下半年开始，京津冀又出台了散煤‘清零’的强化举措，一而再再而三地加快治污速度，梦想在鸡年与我初步决战，进而灭我九族，再再甚至，中国政府通过巴黎国际气候大会，向国际社会发出召唤，联合治污，拒我播迁之徒，断我兴族之路，肘我期而不瘳之命运。现而今，我等兄弟，在中国是蝉蜕之路被堵，罔罟势态四伏，被肘之牵难脱，但我等兄弟决不能伏首待擒，决不能就此觳觫恐惧，更不能艴然后退。联合全球霾兄霾弟，绝地逢生，扃牖寻路，南荣再起，博髀上阵，以求子孙后福，家兴业旺，当是我辈现今扼腕之选。”

霾夜深深，鞭炮浠浠，“天花”时有划过。

片刻，霾头儿见喽啰们仍是累茵而坐，腽腰不语，断而又开始咆勃开来。

“弟兄们呀，大木为宲，责任在肩，该我等之辈挑大梁的时刻，我等必须微言大义，深思播迁之策，挥跖优于用才之时，切不可美疢不如恶石，切不可有低估自量之心，切不可有柔荑自卑之念，要树绝地逢生之志，形弗千之团结形态，尽洁悫敬业之臣责，聚笾豆之霾力，预实于明天，明天，明天……”

霾头儿说着话，忽然将一条黑布巾蒙到头上，站起身来，跳到场地中央，像大仙跳大神一般，一边手舞足蹈着，一边念念有词地高声嚎叫起来：

霾漫漫其修远兮，
水气土合力污兮；
空漫漫其气净兮，
变气质理当霾兮；

路漫漫其斗长兮，

害人类我当生兮；

霾爻谣其意险兮，

反治霾理当诛兮……

霾头儿那侈谈、咆哮之音，几乎压倒了室外密密麻麻的鞭炮声。

“兄弟们，污染席卷中国京津冀、长三角、珠三角多个省市多年了，人所共愤，恨污入骨。但万万没有想到，人类为了转移矛盾视线，竟然把污染的罪名嫁祸到了我霾的头上。我已经被人类毁灭数百上千年了，现今的污染与我等有何干系？六十年前，伦敦的烟雾事件，已经警告了人类，但他们既没有吃堑，也没有长智，而是只顾着发展，心灵中根本没有环保意识。空气出事儿了，生存受到威胁了，人类全慌了手脚。但人类转嫁矛盾的本事还是挺厉害的，他们开动宣传机器，把我等比作污染，引导受伤害的人们声势浩大、声泪俱下、口诛笔伐，历数我霾的罪行罪状罪祸罪过。听了让人生气，听了让人难受，听了让人不服气。与我斗争，让我快滚，没那么容易，人类别指望速战速决。我在伦敦抗争了二十年，在洛杉矶抗战了二十七年，在中国，我少说也要拼上十八九年。人类有很多事办得根本就不讲理，明明是他们破坏了环境，却一次次把罪名强加于我。世界上有那么多国家都在受污染之害，唯独中国把污染称为霾。兄弟们，为证明人类有善于嫁祸于人的特性，今天，我找来一部分现今还在与人朝夕相处的朋友，让它们也证明一下，自己在人类面前受委屈的事实。”话至此处，霾头儿随之伸出右爪，在空中左右一比画后叫道：“拉幕——”

黑幕拉开，在霾头儿背后的舞场上，一大群狼狗马羊牛驴……闪亮登场。

“诉苦开始——！”

“我是驴。刚才霾头儿说过了，人类在上个世纪就开始受污染之害了，但他们却很快忘记了教训。明明是人愚蠢，但他们却骂我是‘蠢驴’。他们吃我的肉、吃我的皮，快把我等同胞夹在火烧里吃绝了。”

“我是猪。挨骂的不仅有驴，还有很多人骂我是‘笨猪’。但他们却一边喊治污，一边又把我病死的兄弟抛到河里、湖里，让病毒污染了他们赖以生存的水和空气。”

“我是猫。我在人类治霾中也背了不少的黑锅。企业偷排偷放、监测数据造假，明明是人自己在搞阴谋诡计，可他们却偏偏说我是‘玩猫腻’，你说可恨不可恨。”

“我是狗。相比之下，猫比我挨的骂好听多了。康求德偷排偷放把小姨子肚子搞大、徐八荣徇私枉法、魏发贪财造霾，人却非要说我‘狗日的’，让我背黑锅。特别不能让我理解的是，我和狼本是仇家，人却偏偏生拉硬扯地把我和狼拉到一块儿骂‘狼心狗肺’‘狼狗为奸’。人与人之间合伙干坏事儿，与我们何干哪？”

“我是牛。大家都知道我老实巴交的，只会低头干活儿，不会耍滑，可有人在治霾中不务实、不干活、搞浮夸、说大话、报假政绩，却骂我‘吹牛逼’。啥玩意儿？”

“我是老虎。我和牛有同感。防霾治污，人命关天，可仍有人干事不专心致志，工作中扯皮、欠账、拖拉，但到头来，他们却说‘虎头蛇尾’，我和蛇什么时候有过一腿？”

“虎哥，咱俩可是清白的、纯洁的、无瑕的、干净的。”蛇在老虎言毕，急不可待地抢答。

“我是猴。我的本历年马上就要过去了，在这里我要提醒鸡妹妹一句话：人类治霾现今是急不可耐了，但他们却在加快污染治理、实施强化散烧煤治理中，反反复复骂我一句话：‘猴急猴急的’。我担心，鸡年，他们也会说鸡婆婆坏话。”

“让猴哥担心了。不过，人类对我还是很友好的。‘金鸡报晓’‘金鸡报春’‘金鸡报喜’，这才是人类常褒奖我的。可恨的是他们把我的伙伴大拆八块儿地吃，但洗肉的水血到处流，连我们鸡都喝不下去。”

“散了吧，很多中老年人想生二胎，正发愁找不到‘野鸡’呢，你小心替小三背黑锅吧！”

“放屁，放屁，你是放一串串臭屁屁……”

畜生们越说越激动，越说越气愤。看火候到了，齇头儿总结性地大声喊道：“人类不爱护我们的生命，不珍惜我们的存在，不尊重我们的贡献，他们骂我们最为恶毒的一句语言是什么？”

“连畜生都不如——！”驴率先仰起脖梗子大声抢答。随之，畜生们随声附和……

九十九

梦中，我在惊惧之中，只顾得了全神观瞧齇头儿带着畜生们在那儿张牙舞爪、丧心病狂般地跳梁表演，却没有顾得上看一眼齇兄齇弟们的散伙儿饭，到底是什么席面、什么吃法。

此时，齇头儿见它带着畜生们咋呼了好大半天，但煽动的效果仍然不佳，便转而施展起吃喝动员术。

“弟兄们，时近鸡鸣，时不我待，大家远道而来，我想兄弟们也都渴了、饿了、累了。那就这样吧，大家先吃点、喝点直直腰、添添肚儿、解解渴，等过了零点，咱们再接着襞积续情，维楫研策，散辙乱旗靡，汇攒蹙累积之法。”

“上宴——喽——！”

伴随着齇头儿拉开长趟子的喊声，只见几个小齇喽啰，端盘上碗，将筵席桌上摆得满满当当。

“司仪开始倡餐喽——！”

喊声之下，一个扎着羊角辫子的母性小齇立身站起，开始倡餐。

“除夕大夜，年关聚首，霾头儿个人出资，为兄弟长辈、贤侄儿等命大功高之霾友，备下丰餐美味，诚请各位放下阙疑之心，尽情享受，所餐食酒绝对绿色环保，绝无化肥农药，绝无假冒伪劣，绝无后天伤身致病之任何不利元素。仿效人类，科学饮食，汤干之食有序呈上。”

母霾头儿口齿伶俐，它一边借助蛐蛴细脖，晃头摇脑，一边轻言尖语地开始引霾进食。

“第一道，畅饮净霾香槟酒。”

“第二道，美食羊肉串。”

“第三道，品味白云奶酪。”

“第四道，请尝烧烤羊腰子。羊腰子油大易烫伤口舌，请各位先蘸些风婆婆麻辣酱，其味道会更加美妙……”

伴随着母霾头儿的妖喊，众霾兄霾弟狼吞虎咽一般大吃大喝起来。

“第五道，速上速食烤板筋，此食遇凉硬，不便回火，一旦被人类发现，必遭灭顶之祸。”

“第六道，请各位品尝空气压缩糕，制作材料完全是霾头儿用机器人收取于万米高空的洁净空气压缩制作而成。”

“第七道，是各位都不曾想到的一道美味佳肴，名曰无根伤心汤。这道汤，是我们日积月累而来。首先，所用汤水，是来自人类从伦敦、洛杉矶、东京开始因霾痛所流下的眼泪。在霾头儿等各位兄弟的多年不懈努力下，人类有众多家庭的成员身患重病不治而亡，他们的亲人们，特别是那些英年早逝、少而夭折家庭的亲人们，更特别是那些独生子女家庭，白发人送黑发人，并断了传家香火的家庭亲人们，他们在悲痛欲绝中流下的泪水，就成了我们今天做汤的主体原料。内中酸苦，远远超出山西醋、苦瓜汁的味道。今夜，让各位兄弟喝这碗汤的寓意有两个，一是喝汤败火，为大家解渴去倦以防冬干便秘之病。二是让大家不要忘记，人类在治霾这几年，也伤殃了我们无数兄弟姐妹的生命，我们要用喝他们人类悲伤泪水的方式，祭奠我们的亲族，以此激发和人类开展反治霾斗争的勇气和信心，用我们的行动，告慰逝去之霾亲，坚定持久反治霾之斗志。大家有决心没有？”

“有——”

“有决心就把它喝下去，然后，请霾头儿大哥继续做指示！”

几杯酒下肚，场上数十名霾兄霾弟觳觫恐惧的样子，很快变成了和霾头儿一样的咆勃之相。

见此状况，霾头大兴。它一改刚才拿捏、气急之状，站起身来，向场上先鞠一躬，继而拉开长调，准备深入动员。而恰在此时，霾头儿突然听到一声令它十分惊恐的惊叫：“霾头儿，不好了，有人举报我们内部有奸细——！”

“什么？哪来的举报？”

“互联网。”

“怎么讲？”

“好像人类知道了我们吃散伙儿饭的信息，事先就收买了我们的同伙，又打回了我们的内部，我们今天的聚会，他们都清楚！”

“啊——！人类真是太聪明、太可恶、太可恨、太逼我们和他们决一死战了。兄弟们，我们能在这里等死吗？”

“不能——！”

“好——！等不了了，我马上就来向各位部署任务，再晚了，可能就来不及啦！”

“霾头儿，快说吧，我们都听你的！”

“好！好！好！”

一〇〇

我清楚地记得，在《霾之殇》里，霾头儿曾极为友好和示弱般地向人类发出过忏悔和警示，并信誓旦旦地陈述自己的霾污之罪，信誓旦旦地提醒人类要早防早治污霾。

我清楚地记得，当时，霾头儿是这样说的:“世上有想借助我的魔毒，实现自己慢性自杀愿望的人吗？有想让我的魔毒，去伤害自己家庭幸福的人吗？有想让我的魔毒，去持续殃及自己子孙世代健康的人吗？有想借助我的魔毒，替你去找你的仇人索命的人吗？你们人类真是可笑、善良，你们拿我太不当回事儿啦！面对我的肆虐与毒害，你们怎么还总是耍花活儿呢？告诉你们吧，我就是霾，普天之下，最恶残的杀人凶手莫过于我，最公平的杀人工具也莫过于我的霾毒。因为，在我面前，没有好人与坏人之分，也没有亲人与仇人之别，更不会有高低贵贱之虑。我会利用一切可能的空间，把让你们人类受伤害的机会，平均分配给地球上的每一个人，让生我养我的人类，自己在选择养育我的误途之后，紧接着，就得去选择，你自己遭受伤害的时空与惨态。我虽然很任性、很嘚瑟，但我不想再潜伏沉默了，我要用良心、善意警告你们人类:别再欺骗自己了，别再弄虚作假了，别再装腔作势了，别再懈怠懒政了，别再嫁祸于人了，别再装神弄鬼了，别再唯利是图了，别再伤害自然了，别再用你们的不作为，去伤害养活了你们的星空、田地、水源了。我之毒，猛于虎，生死路，你们快用良心与德行去抉择吧！哈、哈、哈、哈、哈、哈、哈……”

我还记得，当夜，在通话中，我把梦如实告诉了的哥郝大侃。

“霾很复杂。”大侃听后说，“霾急了，我比霾还急着呢！我天天都在算计着，如何给市长支招儿，让霾快快去、快快走、快快退呢。可是，那一天，到底会是哪一天呢？”

“限煤、拔烟囱，易！让老天爷不帮倒忙，难！云来了，放两炮，把雨留下，易！雾来了，放三炮儿，把霾和雾分开，恐是妄想。”我劝大侃，“咱都别急，急了容易上火儿，上火儿容易牙痛。治霾即使不能一蹴而就，早晚也会有它灭掉的那一天。看德行吧，看法力吧！”

“你说得对。”大侃说，“你和我说过，你在梦中听到了霾的警告，这梦我也做过。人类说要治霾，霾马上表示自己不想活了，它说它要保护人类。甚至，它还因为人类的不行动不作为而心急，其实，我倒认为，它这才是真正的装孙子。这是霾无可奈何的选择。面对人类的强势，它这种态度，我反倒觉得它是在向人类叫板。霾是摸准了人类自私与贪欲的弱点，在实施精神欺骗。霾就是霾，它始终怀揣着祸害人类的黑心、黄心、灰心。它不会轻易向人类低头，人类更不能相信它的任何鬼话。团结起来，和它宣战到底，才是唯一出路！”

“是啊，专家为什么会把害人的污染物称之为霾呢？”我自问自答，“其实，专家就是在提醒我们，被人类无情灭绝的生物，它们早晚都会托生新的生物、事物，来到人间，实施报复。在生态危机面前，人类如果不能真正觉醒，来日将会四面伏敌，更加孤立。”

“是啊。事物发展总是与矛盾相伴而生。任性的人，嘚瑟的霾，就像一对不该合作的瑟友，在这个特殊的时间段上，面对生死，相互施展计术与心术，施展战术与变术，孰输孰赢，不是过几天又将短时出现的‘阅兵蓝’所能证明的，来日方长，从眼前的‘景态蓝’，到2022年实现北京‘冬奥蓝’的‘常态蓝’，我看仍是考验多多，磨砺多多……但我担心的还是人们听信霾的花言巧语，失去警惕。”

“霾真会有那么复杂的坏心眼儿吗？”当时我还有些疑惑。

但时移仅仅数月，大侃的预言竟真的应验了。

霾从前信誓旦旦的那些话、这些事儿，此时不仅人类都清清白白地记得，就是霾头儿手下的霾凶霾蒂、霾兄霾弟们都心知肚明，一清二楚。邪恶的霾头儿向人类表露的这些善意，不仅欺骗了人类的一些单纯善良者，就是霾头儿手下的喽啰们，大部分也信以为真。它们中很多的霾毒，在中国空前治霾的人民战争的汪洋大海之中，俯首就擒，并对霾头儿真情悔罪甚表过敬仰。但今天，当它们来到吃散伙儿饭现场后，霾头儿出尔反尔，欺世害民的一番演讲，发自内心地使它们感觉到了不解与困惑。到底霾头儿是想悔罪，还是想兴霾作浪呢？霾兄霾弟们开始在心里打鼓儿。但此时此刻，它们万万不会想到，刚才在场外望风的小霾孙，突然在大家酒兴正浓时闯进来，说是互联网上有信息证明，霾群内部出了奸细，人类即将围歼吃散伙儿饭的霾兄霾弟那一幕，也是霾头儿和母霾头儿精心策划的一幕火上浇油的激情闹剧。霾头儿的目的是想让霾兄霾弟们铁了心和它一起，与人类治霾抗争到底，借此施展它的权术，报人类治霾伤其家族之仇恨。

“霾头儿真是太有才了、太险恶了！”这一点，连母霾头儿也这样认为。

一〇一

“兄弟们，咱们是霾兄霾弟，没有外秧儿，今天我必须向各位交底儿。虽然我们面临被人类抄家灭门之灾，但我也要和大家说出实情，说出心里话。”

此时，霾头儿先是把场面引向激情四射，继而却又转向了和风细雨、深情无限。

“兄弟们呀。今天我们择选人类庆大年、过除夕之时，对外宣称是吃散伙儿饭，我的目的有两个，一是考虑各位的生命安全，来往途中不被人类盯住。大家听到了吧，外边的鞭炮声儿、烟火通天的明亮度，都是还有人类放松对我们的关注和防范，为我等兴家兴族，他们自己坑自己的务实表现。这说明，我设计的战术是对的、是正确的、是无比英明的。二是我想更深度地麻痹人类，欺骗人类中那些为个人一己私利反对防霾治污，对政府、对绝大多数人类为治霾所采取的相关关、停、并、转、限举措，持不同意见、不同看法和不予支持的那些极少数人，让他们成为我们日后与中国治霾长期抗争的朋友和支持者、利用者。大家明白了吧？”

“噢——噢——噢——！霾头儿真是高明、伟大、心怀大略、盛名其副、应为我师呀！”

“弟兄们过奖了。我要说的不仅这些，这些都是毛皮。下来，我要讲三个问题，和兄弟们一起探讨，形成共识，兄弟们听明白后，再上征程。”

“大哥，您讲吧，我们全听你的！”母霾头儿总是在关键时刻冲上来，充当药引子、点火棍儿。

“第一大问题，我先讲一讲兄弟们团结一致和人类治霾作长期抗争的有利条件。目前，中国政府治霾大势已定。特别是这几年他们党政同责、专家引路、精准防治、持续攻坚的决心，在不断加力，目的是封杀我于源头，致命我于末端，并在多区域取得优良战果。中国政府指挥全民与我死拼，决心更加坚定，防治路数更加清晰，防治手段和科技保障能力更加充实，甚至，他们还在许多地方建立了专门的绿色发展创新基地，培养了众多的治污专业人才，让我等心惊胆寒。但是，我们也要看到出路和我们的绝处逢生之路。一个，中国还有那么点儿人，始终把政府下大气力、定政策、定法规、定目标向我等宣战，看作是影响发展的头号阻力，声言环保拖累经济。这太好了，治霾拖累经济，污染拖累人命，这道理我都明白了，人类竟还有糊涂者；二个，中国还有一部分企业家，把政府确定的关、停、并、转、防和治，看作是加大企业负担，影响向政府交税、自身投入难于承担的包袱，在治霾中和政府、政策顶着干；三个，这么大的国家，这么大的产业群，这么多人要穿衣吃饭，还要在这两年全国脱贫、实现小康社会建设目标，中央治污决心再大，也保不齐一些地方会落实渗水；四个，中国环保法规虽然在不断向严、实、狠迈进，但众源头上一些技术保障能力还不到位，落实法规还不实在、发展需求还难解决的矛盾缝隙，不可能在短时间内全部补实、添满、抹严、补好，这对我们抗争来说，就是良好的契机和条件；五个，中国干什么事儿讲究发动群众、依靠群众，打人民战争。当年抗日战争，中国赢了，靠的就是全民抗战。相反，我等就要学会以其人之道，还治其人之身。中国十几亿人，前几年的霾虽然在一些地方很重，但终归没有发展到像英美日一些地方，在短时间之内，死病残数千、数万、数十万那么恶劣的程度，推促国民在血淋淋中统一思想。因此，时至今日，对政府治霾，特别是在雾霾重污染天气实施限产、限行、限口福、限传统民俗伤害上，还有很多人持不支持、有条件支持和坚决反对意见。甚至有的人还去政府上访，反对限车、限行，反对限鞭炮燃放、限街头吃烧烤。中国政府讲究遵从民意，只要有人上访，只要有人上网提反对意见，只要有人公开反对，有的地方政府都会以“考虑”“研究”“等等看”的办法暂放决心。这样一来，我们就可以借助那一小部分公众之口、之势，为我们兴家壮族，与政府抗争提供不可忽视的巨大支持动力；六个，我们还要借助黑媒体的支持力，扰乱视听，多给政府制造舆论麻烦。社会上一些黑媒体，特别是一些出师无门的小网站，只要你给他钱，他什么倒忙都敢给政府帮。不管对不对，只要能收费。小母呀，这活儿就交给你啦——！”

“讨厌，说正事儿呢，怎么开起玩笑来了。让我去勾引别人，你想戴绿帽儿呀？”母霾头儿用三角形色眯眼一刷，和霾头儿调起了歪门邪情。“你一气儿讲了这大半天就不累得慌呀？”

“我是有点累了。我先喝两口净雾香槟酒。借这个空当，你先把咱们的长期反治霾抗击计划和弟兄们说说。”

“行吧！不过呢，让我替你讲，你得答应我个条件。”

“什么条件？”

“我跟了你这么多年，不明不白的。一会儿要是分手了，你得给我个名分。”

“好，好，好！这好说，一会儿咱们就当着兄弟们的面，大家也做个证，我俩正式成亲。下来，你为我多生点霾儿霾女的，也好让它们知道谁是它们的亲爹，别闹个跟孙猴子似的。”

“瞧他妈你说的这是什么屁话。这已经是鸡年了，生出来的也是野鸡污蛋了，和他妈疯野猴子早没关系啦！”

一对狗霾头相互挤眼，一群狗霾兄霾弟淫荡地随声大喊大叫，污言霾语，不堪入耳。恰是零时，幸亏外边的鞭炮声齐刷刷集中阵响，否则，天空的雾霾成因会比平时更加的复杂。

“群主，快点说吧，天亮前必须散会。一会儿，我们可以打着出门拜年的幌子，四散分开。”霾头儿的另一个小蜜，见霾头儿和母霾头儿相互调情，她便吃醋，有些按捺难忍了。

“今天散了，明儿个还会有机会聚。与人类抗击，不是一天两天的事儿，小妖上不了大席，别他妈多情。”

“什么时候啦，还闹这故事眼儿？你快说吧，说说咱们的反抗霾斗争计划。”

霾妖情争，就此暂停……

一〇二

污染在中国虽然没有形成史上多有先例的恶劣局面，但霾兄霾弟、霾污霾毒，确已在一些地方妻妾成群，喽啰兴家。现今污霾虽遭惨痛失败，但距离霾污遭灭门之灾，的确还有很大距离。对于这一点，人类明白，霾头儿也不是彻底的悲观丧气。在借吃所谓的散伙儿饭，实为召开向人类治霾战役叫板的动员会前，霾头儿和母霾头儿等同伙主体干将，早有设想，并制订了相关的长期反抗霾工作方案。

“兄弟们，尊大霾头儿哥之命，我就反抗霾工作实施方案的几个具体细节工作部署一下，一会儿再请大哥讲第二个大问题，并深述意义、提出要求。”

“瞎显摆什么，快说呗！”女小霾妖在下边的暗暗骚语，没想到让女霾头儿听见了。它正要反击，霾头儿起身阻战：“别理它，你说吧，弟兄们都等着呢！”

“那我就说了。刚才有不识相的，替我叫了大哥一声群主。那我就从这儿开说吧！”母霾头儿言出之时，三角眼也瞪向了小女霾妖，见它低头没有反应，这才作罢接讲。

“人类已经发展到了互联网时代。我们与人类实施反抗霾斗争，也必须要着眼这个现实，要利用好人类已发明和应用的这些科技成果，为我们开展反抗行动提供方便和隐蔽斗争。”说着话，母霾头儿把手中的黑色手机举向空中。“兄弟们，都把手机拿出来，现在就开始把我和大哥的微信加上，对了，还有三蜜的。下来，大哥要重用我，我要出国去印度等周边国家发展新的根据地。中国的事情，就由大哥的三蜜代劳一部分。为什么要加微信呢？主要是考虑以后联系方便、串通方便、传信方便、实施共同的反抗霾行动方便。加了微信后，兄弟们今后的联系，原则上不再打电话。用微信联系也要学一学人类，原则上也不用实名。根据对空气质量污染贡献率的大小和人类对兄弟们的痛恨程度，大哥给以下将奔赴各地开展隐蔽斗争的五名小组长，取了网名。下来后，各小组长再给各组成员明确指定网名，原则上实施逐级领导，不得越级联系和沟通。考虑到网名的复杂、难记，各小组成员的网名，可统一规范、套用各小组长的网名，并以A、B、C、D、E的次序排列，像八大金刚辅佐座山雕，这样既条块明确，也利于排名分次、定级别。”

“好——”

“第一组组长，冉梅，网名叫渎职，代表的是燃煤。燃煤污染在中国是第一大污染贡献者，最难治。所以，要当第一组组长。下来类同，不再单独解释；第二组组长，魏齐，网名叫反反复复，代表的是机动车尾气；第三组组长，韦欧希，网名叫拖着玩儿，代表的是VOC。这一组是最大的一个组，成员多，成分也更复杂。主要成员有喷涂业、烧烤业、印装业、炊烟业、垃圾燃烧业、石油化工业和燃气业，包括氮氧化物排放业，都含其中。组长可适情设编几个副组长，以便专业对口开展工作。建议但杨化无为第一副组长；第四组组长，杨臣，网名叫扯皮，代表的是各类沙土、矿物质扬尘；第五组组长，杨化没，网名叫瞎糊弄，代表的是氧化镁。氧化镁虽然不产生霾，而且加入燃煤燃烧后，会克霾降污，但因有的单位有的人，为谋取不义之财，偷偷减料，甚至因偷懒不按操作规程办事儿，也为制霾做出了重大贡献。这里我们大胆使用主动投靠我们的氧化镁，既是体现我们用才不疑的决心，也是我们要争取更多支持者的具体举措，杨组长下来，主要是带着骨干成员，隐蔽到重点用煤企业，开展策反斗争。兄弟们看，这样安排人事好不好？”

“不好，我们有意见！”

随声望去，霾头儿和母霾头儿看到，几个灰头贼脑的家伙，已经起身抗议。

“散了散了，全怪他妈母霾头儿没当过家，刚才论功任官的时候没他二大爷的说清楚。你们几个虽然没有专业，但你们几年来为干扰人类治我等于死地也做出过突出的贡献，当官不仅有份儿，而且要留在总部重用。”霾头儿的话刚至此，突然，母三蜜大叫起来：“老公，不好了，又出事儿了！”

“你怎么咋咋呼呼的，又出什么事儿了？”

“网上说，E县的吕正天要当一把县长、马二哈要当E县一把环保局长了。他俩这样的人，可是我们的死敌呀！应该马上启用你的损招儿，到网上给他俩编造贪污受贿养情人的段子，纪委查不清，谁也升不了！”

“干这种损事儿你还发愁吗，轻车熟路，你他二大爷的干不就得了。咋咋呼呼的。我还以为又出了什么难事儿。”

“你怎么脾气越来越大，有事儿不报，干了，你骂我掖着盖着胡乱来。我急着报了，你又嫌我惊惊乍乍，伺候你真他二奶奶的难，好像我是你家三姨太，不大不小，成受气包儿了。”

“哈哈哈哈——你还以为你自己是老大、是小六呢？哈哈哈——”

时近三更，母霾头儿的嘲笑声，好像是母狼之嚎，钝刀子割肉，令人发寒般胆战。

“加餐、加餐、加餐，该上人肉馅饺子啦——每位再加一瓶黑蓝帝酒……”

一〇三

丁零零——丁零零——……

梦中的我被一阵紧连一阵的手机铃声惊醒，醒来发现，我的睡衣已侵满了汗水……我是胆小的人吗？胆子再大的人，做出了这样的梦，也会有不小的虚惊、实惊、震惊、受惊之感吧？我想。

可能是晚上入睡前玩微信、发红包时不小心，拨弄错了手上的哪个键，以往来微信时都是滴——滴——响那么两声，音小、次少，而此刻持续不断的丁零零巨震之声，来得新鲜，响声奇特，夜深人静，更显瘆人。

可能是尿憋的，是身体健康所需的特殊传感，导致了铃声的质变与量变。我全然是自己向好处想吧，于是赶紧去了趟卫生间。回来躺下，方才想起，折腾我醒来的微信还没看。

看过微信，我更加难于入睡。

人急了会想歪主意。甚至，越是引发你惊恐的事儿，你越想寻求个结果，为了把刚刚打断的梦做个完整，我干脆吃了两片安眠药，我祈盼着借助药力，回到梦中，让霾把这顿散伙儿饭，给我讲完整，说不定，它还会成为我小说雾霾三部曲的一部分。小说受不受人待见，我不敢保证。我因此受不受一些人不待见，我更没想。但是用良心治霾的决心，让我五十多年来，第一次吞食下这两片安眠药。我一个人的梦，如会给人类带来治霾于死地之梦想的实现，我后半辈子天天吃安眠药，我也认了……

药就是药，有病治病，没病治霾。我果真又回到了霾吃所谓散伙儿饭的现场……

一〇四

“人类想治我等兄弟于死地，没那么容易。我们也不是靠喝醋涨凶的，更不会让人类一两场治霾战役，就把我们毁得一干二净，家破霾亡。别说是人类，就是我们的天敌，风婆婆，天天施展魔术，不管是东南风，还是西北风，我们也照样会是风去霾再升。防治防治，真防假治不一样，长防短治不一样，根防面治不一样，人防技治不一样，你防我制更不一样，现在，我们怕就怕四个问题。”

“群主，你说怕哪四个问题？”

“第一，怕全世界联起手来像中国京津冀地区这样联防联治，让我们无处生存；第二，怕中国的党政同责，专家引路，全民行动，持续攻坚，真的持之以恒地和我们斗下去；第三，怕风婆婆向人类交底儿，讲出它帮忙只是权宜之计，要生存、要健康、要小康，还是要靠人类自己的秘诀，让中国人不再相信靠风治霾的表象言论。把开风道、盼风来、等风到，变成从源头设防，立持治之志。那样，我们就真的迎来灭顶之灾难了……”

“人类有觉醒，我们就该有对策呀！”

“此言甚对，此言甚慰。这正是我下面要向兄弟们下达反抗霾八大攻坚作战任务的核心理念和主要原因。”

“霾头儿啊，您刚才只讲了三怕，还有一怕没讲呢。”

“我马上就讲。”

此时霾头儿已兴奋异常，刚刚坐下，马上又站起身来……

“霾头儿，不好了，听说那个叫望元的作家的雾霾小说三部曲的第三部又要出版了。”

“什么？马上上网造他不务正业的谣，马上想招儿到网上造谣，阻止他的小说出版。就说他是用小说反政府、反社会、反《环保法》、反贪污浪费。看还有什么可反的，都给他写上。我们最头痛、害怕的不是人类治霾给我们带来的一时一地的得失。我们最担心、最害怕的就是人类用文化、用思想，持续不断向社会发出的防霾治污的呐喊。呐喊就意味着人类对我们的认识与觉醒、警惕与防范、愤怒与憎恨、监视与防治、行动与摧毁；呐喊就意味着人类治霾的决心、信心与恒心；呐喊就意味着我们将在地球难有立足之地、复兴之望、害人之机。这正是我要讲的‘四怕’之要，‘四怕’之最。各位一定要在开拓新的根据地和隐蔽反击斗争中牢记。要想办法控制雾霾三部曲在各地的发行、销售、传播和阅读，不让望元发出的呐喊传向社会，让他的良苦用心变成枉费心机，才是我等之后快、民众之伤痛、政府之不力……我们还要反其道而行之，顺其道而作为，大力开展文化攻心，媒体公关，大展宣传攻势……”

“霾头儿高明，群主伟大，大哥英明盖世，比人类各路英雄、伟人都高明六十五倍。请您发旨。”

“别吵吵啦，要不是提治霾小说的事儿，我还差点忘啦。前几天有兄弟举报，E县原来的那位胡县长，借用各地防霾治污的经验，最近编了好多致我等兄弟于死地的民谣，还印成了扑克牌，把我丑化成大王，把小母儿丑化成小王，甚至，把兄弟们的死期都给定了。这人太可恶了。组织上给了他处分，还降了他一职，他竟然幡然醒悟，反‘制’霾为‘治’霾，敬业之心，痴迷不改。我等之辈，就是缺乏政府官员这种遇逆风而不返的精气神儿。由此看来，让政府官员犯点错并不难，但若是要把执政为民的信念，从他们心里挖出来，还真不是一件容易的事儿。这一点，各位下来做策反工作时，心里要有数。特别是小三呀，你最近要卖点力气，一边要死卡小说出版，一边要把胡阵雨编的民谣扑克牌完全搜来、收来、抢来，实在不行就高价买回来，彻底烧掉、毁掉！”

“好！好！大王决策英明，请您继续深度做指示。”

“好！好！好！兄弟们都是刚狷、有砣之才，也是我霾氏家族的精英宝贝。刚才母霾主给大家分组定责时只讲了毛皮，更艰巨的任务，更深层次的目的，还没有完全倾倒出来。我要告诉诸位兄弟，天一亮我们各位兄弟就要兵分各地、屯兵全国乃至世界多地，深度开展反治霾行动。各位要进驻的秘密抗击布防图，已经绘好，一会儿，大家要带好、要保密，要尽快进驻到位开展工作。从目前情况看，我们在京津冀发家兴族的希望已是穷途末路，没有几时的生存期望了。但是，我们要看到，全中国、全世界，还有数不清、道不尽的地方，还没有经历过雾霾之灾、雾霾之痛、雾霾之害、雾霾之训，这些地方，都将会有可能成为我们新的根据地、新的生存空间、新的发族状腰之兵家要地。因此，大家要奔赴各地，以隐蔽网格化斗争的形式，具体开展好以下八项攻坚宣教行动。这里我要讲清一个道理。我们反抗治霾行动，贵在发动群众去抵触治霾。而不在于一时、一事、一片的得失。要多多发动群众，反击反策，重点抓好造谣宣传。”

“现在的人类已经不像过去那么单纯了，很多人在经历过传销、银行卡、短信、微信和康大仙那样的诈骗后，已经不再相信我等之欺骗了。”

“我看也不尽然。在有的地方，科学发展是口号，维护民生是外罩，懈怠懒政唱高调，防霾治污难见效，不是鲜事儿。各位兄弟可以回忆一下，围绕中国的治霾，近年设局、造谣生事者很多。五花八门的宣传，让很多人难以辨别是非曲直。上当受骗者，用众多来表达，都不足以到位。特别是当人类自身的设局者联手利用群众缺乏精准科学知识，又胆小怕事的心理特性，编造出了一套又一套，看似科学的雾霾危害理论后，治霾战役，时有动荡。比如说，设局的人，拼凑数据、证据，发布各式各样的‘雾霾危害论’，如：空气净化器厂商‘一个人的肺有3亿个肺泡，80个PM2.5微粒可以堵死一个肺泡’，不用净化器，等于被枪毙，找我咨询一万八可避其祸；‘中国每年有40万人死于空气污染相关疾病’，所有的相关疾病都是2013年以来才有的，其他国家都没这种事儿。如此如此，让人们在惊慌中，开始不惜血本。在全球经济不景气的情况下，不法商人却借机大发雾霾财。这样的事实在太多了，在网络上搜寻‘雾霾’网页，上面都是空气净化器和口罩的广告；做环保工程的老板整天穿梭在政府大楼兜售消除雾霾的方案，大赚人民血汗钱；号称可以保健肺部的营养品、保健品、养生疗法充斥在各个药房、平面广告、淘宝商店、微信微商；房地产商高价大卖郊区、景区商品房；旅游业者则推出躲避雾霾的旅游行程。反华势力更是抓住这个千载难逢的好时机，策动国内外的学者、名嘴、媒体写文章、拍视频，大肆宣传雾霾的魔力，凸显中国政府治理雾霾的无能，借‘雾霾危害论’，散布中国威胁论，防止越南、印度等发展中国家向中国学习治霾经验。在国际上，挑唆周边国家和中国闹，在国内挑逗公众不安的情绪，激化社会内部矛盾。很多人，一方面受骗、相信了雾霾的巨大危害。一方面，也有一些人根本对霾可能产生的伤害没有警惕。总而言之，言而总之，我讲这些话的意思，就是要提醒大家，认清人性的弱点，抓住时机，与人类开展攻心战，用我们的心战，破人类的治霾之战。”

“霾头儿，您就直说怎么做吧！”

一〇五

“哈哈哈哈哈哈……”

此时，天放亮，霾放浪，我在担心人上当。但霾头儿却兴致正浓。

“大哥，快讲啊——快说吧——是不是还没算计好怎么表达呀？”

“早他二奶奶的想好了。从他二大爷的2013蛇年冬天我就想好了。不过，老子的损招比蛇毒还要厉害上百倍、千倍。”

“你这倒是实话。”母霾头儿插话不阴不阳。

“那我就开说了。一是大讲要致富，勿治霾，治霾影响发展，会使政府失去让各国人民衷心拥护和支持的大好发展机会；二是大讲发展靠人，治霾靠风，宁伤身体，不能限行的少数民众之所期所盼；三是大讲清洁能源利用代价大，推广劣质燃煤使用最经济实惠，告诉公众，宁为霾亡，不伤口福；四是大讲延续民族传统过节习俗，不断壮大烧烤熏食品行业、烟火鞭炮行业发展势头，引导公众树立为保习俗，牺牲健康最有生存价值和生活乐趣；五是积极向企业、特别是私营企业法人、老总，正面灌输守法不挣钱，抗法代价小，关停并转损失大，多保就业别害怕的深刻内涵，让社会精英，变成制霾骨干；六是想尽招法儿，去各地腐蚀、拉拢一批当权派，向他们宣讲谁发展谁升官，谁治霾谁吃亏的霾族为官理论之道，让一批各地官员，特别是一线执政、有实权的官员，在潜移默化中，成为我们的朋友！七是要抓住一些奋力治霾地区经济暂时有所下滑的有利时机，大讲治霾之害，大兴复霾之利，大讲治霾之难，大兴等待观望，大讲治霾之久，大兴眼前政绩，让我们已经难以生存的空间，迅速扭转形势，以防中国京津冀之成功治污经验，正面传向世界，害我等于无立身之地；八是引导各地各界人士，认真研究现行环保法律法规的空子，用实、用足、用好钻空子的各类条文、各种时机，寻求不执法、软守法，不守规、出歪规，不尽责少担当，让生态文明、绿色发展的理念，变成地方利益、行业利益、部门利益、个人利益的牺牲品。总之，要像我上边说的，一会儿讲霾害，一会儿讲平安无事。就是不能讲科学防治、循序渐进，就是不能让人类明白，霾来如山倒，防治如抽丝；就是不能讲相信政府、众志成城。让公众看不清中国几年来的治霾成果，坚定不了合力攻坚的信心，失去对治霾的斗志希望、愿望和盼望。把社会搞乱，我们才会乱中取胜，反击成功。”

霾头儿的话音刚落，场上立时响起酒瓶撞酒瓶的热烈响动。

“大家先别鼓掌，我的计谋还没讲完。刚才不是有几位和我交往甚深、动员力卓著的多年好友，还在担心自己的升迁问题吗？我现在就告诉各位，今后凡是为制霾兴族贡献卓著者，都将被重用，凡是消极怠工，胆小怕事儿，甚至向人类低头伏治者，都将受到严厉制裁。政府对治霾不力者，制裁之前还有问责，我这是一步到位，要么尽责拼争，与人类为敌，要么我就一箭刺心，或是借用机关枪，万弹穿心，再或是用宰牛刀，一刀刮心。总之，友者为上，怠慢者诛之。”

又是一片掌声加瓶碰瓶的嘈杂之声从会场传向室外，与密密麻麻的鞭炮声内外交汇，谁也说不清这声音，发源地到底来自哪个地方。

“群主，快宣布我们老哥几个的官衔安排吧！”

“哥几个别急，我还有话要说。”

“大哥快说吧！”

“坚守霾天，坚守京津冀、长三角、珠三角的地下争斗，强力推进、开拓新的制霾根据地，我们也不能稀里糊涂地瞎干、胡干，要有思想，要有目标，还要抓住关键，形成全国、全世界气、水、土生态环境污染一盘棋。兄弟们，实现我等霾族兴旺，治理反击人类治霾大业，最终目的，是要破坏人类赖以生存的地球环境，降低人类的幸福指数。从整体工作部署上，我们要着眼人口高度密集区、着眼大城市、着眼发展中国家，采用以农村包围城市，以小城镇污染包围核心城市的办法，科学实施，循序渐进，既不能慢动作、欠作为，也不能急于求成，过早地暴露我们的目标和恶劣意图。大蜜呀，你把兄弟们要进驻的重点污染目标说说吧。”

“好。”母霾头儿应声尖叫后，扭着小屁股离开霾头儿，走向场地中央，道，“2020年前，我们要污染的重点地区是中国的十大山区，也就是：四川的峨眉山、河南信阳的鸡公山、浙江德清的莫干山、江西省的庐山、山东青岛的崂山、新疆境内的天山、福建的武夷山、山西的五台山、湖北的武当山、河北承德的避暑山庄；还有十大温泉区：阿尔山温泉、汤岗子温泉、华清池温泉、汤山温泉、南温泉北温泉、安宁温泉、从化温泉、朱砂温泉、紫云峰温泉、赤城温泉；再就是，十大钓鱼台，也就是：姜太公钓鱼台、庄子钓鱼台、秦始皇钓鱼台、韩信钓鱼台、孙权钓鱼台、李白钓鱼台、瘦西湖钓鱼台、北京钓鱼台、桐庐钓鱼台、闽侯钓鱼台；还有就是十大地泉，也就是：北京的玉泉、山东济南的趵突泉、江西庐山的谷帘泉、江苏镇江的冷泉、云南安宁的温泉、山东营县的卧龙泉、四川重庆的北温泉、西藏的昂仁泉、西藏的藏北泉、湖南衡山的水帘泉。”

母霾头儿嘴上说着“泉”，嗓子眼儿却开始缺水了，讲话的声音，突然出现沙哑。“毁伦敦、洛杉矶，从英美日走向中国、走向世界，我们首先要盯住印度、越南全境，然后开污世界十大运河，也就是：中国的京杭大运河、美国的伊利运河、俄罗斯的莫斯科运河、英国的曼彻斯特运河、埃及的苏伊士运河、比利时的阿尔贝特运河、俄罗斯的伏尔加河-顿河运河、德国的基尔运河、瑞典的约塔运河和巴拿马的巴拿马运河；到2050年以前，完成世界多地的河流污染任务，重点是：尼罗河、亚马孙河、长江、密西西比河-密苏里河、黄河、额毕-额尔齐斯河、澜沧江-湄公河、刚果河、黑龙江和勒拿河这世界十大河流；世界的十大湖泊也不能放过，里海、苏必利尔湖、维多利亚湖、大奴湖、休伦湖、密歇根湖、坦噶尼喀湖、贝加尔湖、大熊湖、马拉维湖和世界十大三角洲，恒河—布拉马普特拉河三角洲、长江三角洲、湄公河三角洲、尼日乐河三角洲、伊洛瓦底江三角洲、勒拿河三角洲、密西西比河三角洲、奥里诺积河三角洲、尼罗河三角洲、伏尔加三角洲都要变成重点污染区；再其后，世界十大半岛，阿拉伯半岛、印度半岛、中南半岛、拉布拉多半岛、斯堪的纳维亚半岛、堪察加半岛、伊比利亚半岛、小亚细亚半岛、巴尔干半岛、马来半岛和世界十大海洋，珊瑚海、阿拉伯海、南海、威德尔海、加勒比海、地中海、白令海、塔斯曼海、鄂霍次克海和巴伦支海，都要一个一个地拿下。兄弟们，大家就要壮胆出征了，大家要对完成未来的反治霾使命任务所面临的困难和不足有充分的思想准备。目前，中国政府治霾决心十分坚定，公众百倍配合，他们的合力，就是我们的障碍和艰难。”

话至此处，母霾头儿好像嗓子干得有点冒烟忍不住了，随手抄起一瓶净霾香槟酒，一仰脖儿，像潘长江表演小品喝山西老醋一样，“咕噜噜”一饮而尽。尔后继续说道：“弟兄们，出发后，各位首先要把困难想得充分一些，大家要艰难跋涉，穿越中国的十大名山，山东的泰山、安徽的黄山、四川的峨眉山、江西的庐山、西藏的珠穆朗玛峰、吉林的长白山、陕西的华山、福建的武夷山、台湾的玉山和山西的五台山；闯跃十大名桥，卢沟桥、广济桥、五亭桥、赵州桥、安平桥、十字桥、风雨桥、铁索桥、五音桥、玉带桥。这十大名山，一个比一个高，一个比一个险。不仅如此，还要飞跃十大名楼，黄鹤楼、岳阳楼、烟雨楼、鹳雀楼、太白楼、大观楼、甲秀楼、望江楼、镇海楼、八咏楼。这十大名楼，大都在城内，人多眼杂，容易暴露。我还要提醒大家，沿途诸位还要绕跃十大名寺，主要是白马寺、灵隐寺、少林寺、寒山寺、隆兴寺、清净寺、相国寺、卧佛寺、扎什伦布寺、塔尔寺，因为方丈现今也到北京开‘两会’提治霾建议了，所以不得不防。其间是福是祸，是喜剧是悲剧，都很难预测。因此，各位要面对现实，学唱中国十大名曲，像《高山流水》《广陵散》《平沙燕落》《梅花三弄》《十面埋伏》《夕阳箫鼓》《渔樵问答》《胡笳十八拍》《汉宫秋月》《阳春白雪》等等，各位都要学，学会了，要到处唱，这才能借乐曲迷众；大家还要了解中国的地理之最。知道了这些，才会做到心中有数，途中有备。一是最大的盆地，是塔里木盆地。二是最大的平原，是东北平原。三是最大的草原，是呼伦贝尔大草原。四是最大的高原，是青藏高原。五是最高的山脉，是喜马拉雅山脉。六是最大的沙漠，是塔克拉玛干沙漠。七是最长的峡谷，是长江三峡。八是最高的盆地，是柴达木盆地。九是最低的盆地，是吐鲁番盆地。十是最深的峡谷，是虎跳谷。知道了这些，制霾反击，才会更加有的放矢。当然喽，像最大的海峡，是台湾海峡。最长的运河，是京杭大运河。最长的内陆河，是塔里木河。最大的湖泊，是青海湖。最大的内海，是渤海。最著名的江潮，是钱塘江大潮。最长的人造天河，是红旗渠。最大的天然水洞，是本溪水洞。最深的湖泊，是长白山天池。这些最基本的知识和污染着眼点，大家早该清楚。能早一天把这些地方都搞成云南滇池一样，那才是再好不过了。”

母霾头儿越讲越来劲儿，越讲嗓子眼儿越痒痒。“咕噜噜——”又是一瓶净霾香槟酒入了肚儿，“说了半天，我还没讲治霾反击的战术。我提个醒儿，大家还特别要潜心研究中国的十大兵法。《孙子兵法》是首当其学，再就是要学《孙膑兵法》《吴子》《六韬》《尉缭子》《司马法》《太白阴经》《虎铃经》《纪效新书》《练兵实纪》。因为，反攻击也要讲战术；还有，中国的中医学和风水学，大家也不能小视。要深入、细致地研读《易经》。知识就是能量，保命就要先丰脑、后丰胸、再贴面膜、再学避风。大家沿途最好的避风点就是十大名窟和十大山洞。记住喽，云冈石窟、莫高窟、榆林窟、龙门石窟、麦积山石窟、炳灵寺石窟、响堂寺石窟、克孜尔千佛洞、巩义石窟寺、柏孜克里千佛洞和王屋山洞、委羽山洞、西城山洞、西玄山洞、赤诚山洞、青城山洞、罗浮山洞、林屋山洞、句曲山洞和括苍山洞，都是我们的避风港。最后诸位要时刻记住我的劝告，不想死的，千万不要去登珠穆朗玛峰、乔戈里峰、千城章嘉峰、道拉吉里峰、希夏帮马峰、公格尔峰、米尔西峰、幕士塔格峰、斯大林峰和列宁峰，这些峰，山高风大，上去，必死无疑。最后一条，我要极其特别强调，没有调令，谁也不许再回中国的京津冀……”

“霾头儿，来人了，来人啦，来了一大帮子穿制服的在周边晃荡，好像是环保局的！”

“别慌、别乱、别说话。快关灯、快趴下、快闭气儿。”

一〇六

污霾的特性都是贼心大、胆子小。但是，虽然表面看它是经不住风，也经不住事儿，但其狡猾、顽固的秉性，却真让人又急又恨又气。

“大哥，情况查清了，刚才那些穿制服的，不是环保局的人，一群传销人员持械到当地派出所闹事，抢夺一名被抓传销头目，还打伤了民警，现在公安局正在抓打伤民警的传销人员哪。”

一场虚惊之后，众霾又死里逃生般活跃起来。

“大哥，这么多好地方、好风光，不让我们去享受，是不是太遗憾了？”

“遗憾个猴头、鸡头、狗蛋头，好日子还在后头！我宣布，从现在开始，我们就把每年的6月6日定为霾氏家族复兴日，比全人类确定的环境日晚一天，含义就是人类向我们宣战，我们向人类应战。人类要诛灭我污染，我们要向人类叫板。下来后，我们要抓住保污染项目不停产、保环保科研成果不推广、保公众行动不起来三大任务，重点抓住防治霾呐喊声音传出、防雾霾重污染天气时应急响应落实到位、防各项防治工程如期落实到位，三大关键环节，像蟑螂先生学习，在各地强力叫响三句口号。”

“什么口号呀？”

“我喊一句，大家跟上喊一句，一定要记得住、喊得响、做得实。”

“好！”

“大家准备好了吗？”

“准备好了。”

“第一句：霾兴我兴，霾亡我亡，人类不死我就死。”

“霾兴我兴，霾亡我亡，人类不死我就死。”

“第二句：治霾是政府的事儿，治霾是企业的事儿，治霾与公众无关，活一天算一天。”

“治霾是政府的事儿，治霾是企业的事儿，治霾与公众无关，活一天算一天。”

“第三句：治霾靠天，治霾靠风。有霾才有发展，有霾才有幸福感，有霾才有获得感！”

“治霾靠天，治霾靠风。有霾才有发展，有霾才有幸福感，有霾才有获得感！”

“大哥真是太有才了。”

“大哥真是太英明了。”

“大哥呀，你真是太急人了，到底给我派了个什么官呀？”

“大哥，还是快点宣布我们哥几个的任命吧！”

“好啊！哥几个不催我都差点把几位漏了。好饭不怕晚嘛。我告诉大家，为了及时有力地支持各位兄弟在各地的隐蔽斗争和交流信息、汇总成果、以利再战，同时，也是为了更好地加强总部对各专业反抗小组工作的指导，我们要在黄河、长江腹地，建立反治霾行动总指挥部。在总指挥部设置五个相关工作机构：一是设立反生态文明、反环保法规局，也叫一局，专门研究怎样钻法律空子；二是设立推进政府部门治霾工作扯皮局，也叫二局，任务诸位兄弟一听便明白；三是设立人类治霾重点任务完成策反局，也叫三局，突出策反目标是控制劣质煤散烧、煤改气、煤改电、黄标车限行、应急响应企业和公众执行率和各城区工地落实八个百分百；四是设立公众宣传造谣局，也叫死局……”霾头儿的酒可能喝高了，生把四局说成了死局。但它好像是马上就意识到了自己的舌头没绕好，立即解释道：“四局的主要任务就是利用各类黑媒，特别是黑网站，造谣生事，扰乱视听，让公众不知所措，制造社会恐慌和动摇公众参与治霾的决心和信心。表面看，任务不轻不重，实质上比一些专业小组的任务更加艰巨、更加难做。必须摸准少数人的心思，再去实施对多数人的攻心为上之举；第五局是我们的内设局，专门负责对霾氏家族成员的内部监督和防奸反叛工作，也叫反奸反叛反懈怠局。这个局，同时还要兼顾对人类、特别是官场上对治霾决心大、工作力度大、毁我族人害我兄弟成绩突出人员的行贿、策反、腐蚀责任，让干事业的人变成我们服务的懈怠之人。这个局需要一位精明强干、执法如山、会展美色妖术的人，我看三姨太最合适了。”

“谢谢老公。不，谢谢群主，谢谢霾哥儿！”

“什么意思嘛？怎么说了半天编制，前四个局的局长都没说，到第五局，把它小蜜倒先亮出来了。我们怎么安排的，捂着我们亮小蜜，真是霾色之兄啊！”

“哥儿个又议论什么呢？”

“前四个局的局长你都没说，怎么光想着母三啦？我这还在场，我这还要冒险出国去传反治霾之经，你把我的安排支得远远的，光想骚儿啊？”

“误会，误会，误会了兄弟们！考虑到工作需要和个人特长、能力结合，我首先宣布，母霾头儿从现在开始，就正式接纳为我的第一夫人，并任命它为总指挥部第一副总指挥。我们虽然叫霾，也是害人的东西，但我们也有情有分，去年因C市彻底取缔燃煤锅炉而牺牲的我那二姨太，从名分上，我也要追任它为第二副总指挥。”

“这他妈不要脸都到家了。让个死霾陪我当二副，我他妈听了就为前途担忧。”

“你担心个蛋吗？国外治霾没有中国这么早、这么狠、这么拼。别担忧、别担心、别彷徨，咱的好日子，还在后头呢！”

“呸，快宣布你那四个局的局长吧，一会儿别让哥几个没让人治死，让你的拿捏给急死喽。”

“我拿捏了吗？”

“兄弟们不了解你，我还不了解你吗？一个都他二奶奶的快让人骂死、治死、唾沫星子淹死的霾头儿了，还他妈拿着个架装叉呢！快说吧！”

“夫人就是我的忠诚左膀啊，处处为我着想，为了团结兄弟们，到这紧要关头，还假骂真帮忙地替我着想呢。那我就宣布：一局局长空缺，留给康求真先生死后赴职；二局局长空缺，留给康求德，待死后赴职；三局局长空缺，日后看人间官场，谁制霾贡献大，支持兄弟们工作力度大，待他死后追认。四局局长黑媒仁……”

“到，谢大哥信任，天生我才必有用，要不是去年车祸把我撞死，我在人世间顶多也就落个黑媒名记的官衔，我一定忠诚大哥，效劳霾族的兴族事业，请大哥在策反宣传的实践斗争中考验我吧！”

“闹了半天，五个局长，三个空缺，这叫怎么安排法儿？”

“兄弟们别急。我还有任命。前三个局的副局长，先以副代正，先干着，你们虽然功劳不小，但毕竟还缺少磨炼，如果三年内康家兄弟等悔过自新还未死，不能来赴职，那么，下列三位，依次序，由副转正。三位分别是：贾优真美、黄标尾七、尤法布宜。”

“微主，你别用微信名说这三个名字，像讲《易经》爻谱似的，长一道儿、短一道的，我们听不明白，宣布真名，太急人了。不然的话，大哥宣布完了又变卦，我们的升官安排不又泡汤了吗？”

“你们仨傻呀？你他二大爷的把我叫微主，我不就得用微信名宣布你们仨的任职吗！假优质煤、黄标尾气、有法不依。明白了吧？真他二大爷的是缺心眼子。”

“谢大哥、谢大哥重用！”

“光他二大爷的重用你们了，那我是谁？”

“你是大哥，是霾头儿，肯定您的辈分、您的资分、您的成分要比我们各行业的单一品种要复杂、要深奥、要高端、要合成喽！”这样的话，此时，只有母霾头儿才敢冒出来。

“听大夫人的意思，我是杂种霾了？比盼姐天天找、日日寻的那只杂种猫还杂种了？别来这套，你二老奶奶的给我重新说，我是谁？”

一见霾头儿真的动了肝火，母霾头儿立时蔫了。它嗲声嗲气地说道：“你是大哥，是霾主，更是我们抗击人类治霾行动计划的总指挥。”

“你们怕死，我就不怕吗？从现在开始，称呼我微信名。”

“微主。微主大人消消气，为妻这厢有礼了。”母霾头儿一边嗲声嗲气地说话，一边还讨好地向霾头儿作揖行礼、飞媚眼儿。

“好，好，好！既然兄弟们都推举我为微主，那么，我就连问三声：我是谁？”

“您是大哥！”

“您是霾头儿！”

“您是微主！”

“真他妈像残兵败将，连个他二大爷的微主都叫不整齐。我再问一遍，谁他二奶奶的再答错了，明天我就把它交给马二哈、吕正天，让它有个记性。不他二奶奶的严一点，我看是要霾族难保了！我再问你们，我——是——谁——？”

“您——是——微——主——！”

“好，再连说三遍！”

“您——是——微——主——！”

“您——是——杂——种——！”

“您——是——霾——杂儿——微——主——！”

“霾头儿，又不好了。中国政府网上利剑斩首行动又开始了，以后到网上造谣也不那么随便了。”

“放屁，这世界上就没有不透气的鸡蛋、鸭蛋、王八蛋，找关系、找缝儿——造！”

场上乱呼呼的，霾兄霾弟们到底喊的是啥，霾头儿也没听十分清楚。他似乎也不想真的听清楚。眼见天已大亮，外边的鞭炮声，此时，又大作起来……

“中国人已开始煮饺子了！一会儿吃完饺子，人们就开始走街串巷去拜年了！趁乱而散，我期待各位兄弟，不辱反抗霾之使命，待狗年来临之时，诸位都争取保住狗命，再来相聚……”

眼见散伙儿饭会场因分官不均添了乱子，霾头儿有些气急败坏地狂叫道:“真他二奶奶的官迷，没他二大爷的一点大局观念。都别吵吵了。还有三句话，说完了，快滚蛋。第一，各位兄弟下来要振作精神，心怀霾族家业复兴大局，善于学习人类先进经验。在执行反抗霾行动任务中，要坚持勤于思考，摸索路子，总结经验教训。要坚持立足各地不同环境、社情、发展情况，不同民俗世故，实施全方位、不间断、无缝隙的反击方略。通过实施精神战、心理战、电子干扰战、网络攻击战和工程破袭战、区域地道战、局部地雷战和运动之中的南征北战，采用他治我撤、他防我扰，他管我藏，他停我制，他休我战，他疲我兴等战术，搅乱人类的治霾思路，让人类在霾留与霾去、生态与生存、发展与发晕、自利与自私的空间上，不知所从，动摇治霾决心，为我霾族兴旺赢得可贵的时间和机遇；第二，工作的重心要始终着眼于‘三毁’：一是毁掉人类一批敢于担当、全心治霾的干部。二是毁掉人类一批减排治污技术与工程。三是毁掉人类一些民众对政府治霾的拥护指数；第三，刚才有兄弟伸手向我提出要加班费、值班费、过节费和工作经费的事儿，这事儿根本不叫事儿，各位的死费（四费），一会儿我会用发红包的方式通过手机发放，请注意查收，切不可被人类截获。我宣布，今天散伙儿！”言毕，霾头儿丧家犬般抄起一瓶剩酒，举向天空，又狠狠地摔到地下……

“天都亮了，天都晴了，蓝天、白云都给人类拜年来了。奶奶的，还喝呢。‘四费’又说成‘死费’啦，你不死还等什么？等老娘到了国外，给你办不好黑污染，非得给你戴上一顶绿帽子。”

一〇七

“砰——叭——哗啦啦啦——啪——啪啪啪！”伴随着一连串儿剧烈的响声，我突然从梦中惊醒。披衣贴窗，发现，刚才的响声，原来不是梦中霾头儿摔酒瓶子发出的。我看到邻居家的玻璃，在双响炮的撞击下，天女散花般，从七楼飞落到了空中，并狠狠地砸到了楼下花池子的边沿儿上。一只正在花池子边空地上拉粑粑的小京巴，好像是恰巧被一块飞翔的玻璃扎中了眼球，流着血，瞎着一只狗眼，噢噢哭叫着，奔向燃放鞭炮的主人……

穿过尘雾烟霾的干扰，我隔窗细瞧，似乎那只小狗的身影，我一点也不生疏。它不正是那只因为随地便溺被盼姐家收养的那只大黄猫多次打过嘴巴子的哈巴狗吗……

伤天、伤人、伤动物，人与自然在各种各样的人为污染中，都不得好儿。这不正是霾头儿所期待的吗！

我的思绪似乎还停留在梦境的阵痛当中，同时，还在不断地翻出一些新的遐想。此时，一轮红日，已在蓝天、白云的映衬下，跳出迷烟，挂到楼顶，但大好半天，停在楼顶的太阳一动也没动。噢，迷烟四散，我看清了，那不是太阳，原来是一个奇大、鲜红的气球。顺着气球的绿线寻觅，忽见拉线的，是我对面楼窗中闪动的一张疑是小楠楠的娃娃脸。她正仰头望天、望球、放绿线。她似乎是在一边试探、一边思考着什么。

在这人类生存必不可少的星球上，到底有哪一个地方，到哪一天，才会真的净根地走出人为的污染，让人类和动植物一块儿，享受更适合健康生存和有更多幸福感的生活呢？人类真的到了该检点一下自己行为的时候了。

我此时的遐想，和那个天真娃娃的愿望，会一样吗？

我正在关注、思考、遐想、回忆、仰望、企盼，突然，发现对面的娃娃脸，用她那嫩小的双手，徐徐把窗子打开，继而，又有两只一白一绿的大气球，从窗口飘飘摇摇着，飞翔而出，奔向蓝天。继而，我又听到娃娃脸，面对白云陪映的蓝天，发出温柔、尖利的呐喊："霾走了——！霾走了——！"

三只硕大的气球，一红一白一绿，此时已像驶出站台的高铁，流星般飞驰着，奔向高空。气球下搭垂的已不再是绳索，而是三条蓝底、白字的汉字布标：2013——向污染宣战；2017——五年大决战；2020——小康+健康。

“未末”来了

一〇八

自从猴鸡交班，除夕夜梦之后，霾吃散伙儿饭的明光、阴影，就一直在我心中、脑中翻荡。也就是从那时起，每当我听到有媒体说，谁谁谁还在违法排污的时候；每当我在街头看到又有冒着黑烟的黄标车在飞奔着的时候；每当我闻到空气中又有浓重的煤烟气味的时候；每当我的耳边又传来带着硝烟的鞭炮声响的时候，我的眼前都会立即浮现出，霾吃所谓散伙儿饭的场景。我会很自然、很惊愕地想忠告地球人：我们的行为，正是在给霾头儿帮忙，我们付出沉重代价、得之不易的蓝天、白云，难道还要拱手失去吗……

那天，我和大侃、师博士一起到廊坊取经，与甘仲学博士无意中谈到我的梦。甘仲学博士意味深长地告诉我：“远古的中国，曾经是地球上生物种类、数量最为丰富的地区，大象、老虎、江豚等，在陆地和河流中到处可见，可是几千年过去了，这些动物成为稀有物种，‘蜗居’在远离人类的偏远地区，而长江中的白鳍豚‘失联’已久，不排除灭绝的可能。在工业化和城镇化的进程中，生态环境的破坏触目惊心，今天不仅动植物处于生死挣扎的险境，人类命运的未来也在接受前所未有的考验。

“现今的人们特别爱说一句话‘过去如何如何’，但人们真的知道

‘生态过去’这个概念的含义吗？

“从历史的维度看，人类的先祖曾经生活在树上，后来慢慢从树上走下来，学会了直立行走和劳动，人类文明才得以诞生。森林在整个生态系统中扮演至关重要的角色，不仅意味着一片树林，更是一个群落，拥有种类众多的有机体，涵盖了从土壤到食物链顶端的哺乳动物。这些物种相互依存并且彼此之间，以及在与水、土壤和太阳能之间存在频繁的互动。在生态系统中互动的物种越多，这个生态系统也就越富于生物多样性和健康活力。自然资源丰富，生机盎然的场景可以想象。然而，农业生产技术的进步，人口数量的迅速膨胀，使人与自然的和谐相处，随着时间的推移，显现出裂痕。人与自然之间演绎成为不可调和的一对矛盾。”

甘仲学博士在当今中国生态环境保护与污霾防治的战场上，称得上是权威级的专家，他的每一句话，几乎都触动我创作与呐喊的神经：“中国文化思想中固然有着天人合一的自然观，然而，人类在实际治理中，并没有真正按照这种自然观念去践行。由于一些政策的扭曲，使得不少区域的环境破坏变本加厉。好在近年来，中国整个社会都急切地意识到生态环境保护与治理的重要性，国家制定了相当‘苛刻’的环评法规和工作机制。生态环境治理得是否到位，公众是否满意，已经成为量化地方官员政绩的重要指标。回首几千年的中国社会进程，生态环境的破坏一直在持续着，从来都没有过像现时这样已萌生的‘回暖’趋势。当前的生态治理，是一项牵涉到全体公民和众多部门通力合作的大难题。生态环境的修复，除了需要足够的时间，还考验着全社会的智慧、决心和定力。当前的中国，作为世界第二大经济体，其社会经济发展的成就有目共睹，今后若在生态环境保护中留下太多的欠债，对于世界、对于未来的子孙，都无法交代。”

我和甘仲学博士探讨之时，大侃始终倾听，但不语，倒是吕县长搅局发来微信：

红桃J：应急预警找老甘

羊猴冬日雾袭城，
人面雾霾缓缓飞，
三周只见三天日，
十天连霾史无从。
往昔雾重霾噎天，
今朝应急霾变轻，
霾来何需人胆怯，
提前预警找甘博。

看后，我把手机递给甘仲学博士，他看后忍不住笑了，“说实话，应急响应虽越早越好，也十分见成效，但仍然是被动、无奈之策。坚持源头严防、过程严控、结果严惩原则，源头防治，不生、少产生污染才是真正的治本之策。老胡编的许多民谣，其实满含诗意与智慧。”稍作停顿，甘博士又若有所思地对我讲：“近年来，‘气候异常’‘极端天气’成为高频词。天气气候异常现象背后，一个重要原因是全球气候持续变暖。气候变暖，陆地和海洋表面的气温增加，蒸发蒸腾量增大，导致水循环发生变化、大气环流出现异常，高温、强降水和强对流等极端天气气候事件呈现趋多趋强之势。减少极端天气带来的巨大危害，要靠防灾减灾体系上各个环节的不断完善。但很多人可能还没有充分意识到，加快生产生活的绿色转型，减少二氧化碳等温室气体排放，遏制全球气候变暖的趋势，也是从源头上防灾减灾的重要一环。当一些威力极大的自然灾害骤然袭来时，往往是人力难以抗拒的。着眼长远减少温室气体排放，改变容易滋生极端天气气候的土壤，有助于从源头上减少气候风险，维护气候安全。”

甘仲学博士这些话像是突然触动了大侃的某根神经，他突然说道：

“仰以观于天文，俯以察于地理，是故知幽明之故。其实诗也是谣，谣也同于诗。诗与谣，又都与中华文化的经典象征和智慧源头——《易经》，有着一脉相承的渊源，是中国传统思想文化中自然哲学与人文实践的理论根源。我友张琦写过一篇《〈易经〉中的诗思》的文章，感悟传统文化。她说，中华民族自古就是充满诗性精神和诗情画意的民族。有人认为‘易重理、诗重情、谣重事’，其实易中有诗谣，诗谣也有易理。从文学角度看，《易经》与《诗经》一道孕育了民族的诗谣精神、诗谣智慧。可以说，《易经》奠定了中华古诗谣创作的精神底色，也为老胡编治霾诗谣打开了闸门。”

大侃的几句话，对我极具吸引力，“大侃，请你细细讲来，诗谣与《易经》，对于我们今天的治霾行动，有何学鉴价值？”

大侃若有所思，而后说道：“乾卦有‘天行健，君子以自强不息’。古人认为人道也应像天道那样，奋发有为、生生不息。这种‘天人合一’‘物我一体’的易学思想，深深影响了古代士人诗谣创作和诗词审美。诗仙李白曾写道：‘君不见黄河之水天上来，奔流到海不复回，君不见高堂明镜悲白发，朝如青丝暮成雪。’这首诗气势宏大、想象雄奇，诗人通过对奔流不息的黄河水与自身华发早生的慨叹，隐含世间万物流变不息、岁月白驹过隙的变易之理，折射出天人合一、物我一体的易学思维。《易经》还启示我们拥抱内心的光明。《易经·象辞》在描述‘晋卦’时写道：‘明出地上，晋。君子以自昭明德。’表明君子应彰明德行、光明磊落。历代也不乏体现此易理的诗词名句。明代王阳明曾有一首诗《泛海》写道：‘险夷原不滞胸中，何异浮云过太空。夜静海涛三万里，月明飞锡下天风。’相传该诗为王阳明因仗义执言而被宦官刘瑾派人追杀途中所作，但全诗意境开阔、格调潇洒，纵横淡看荣辱、光明磊落之气。为何阳明先生能将‘险夷’驱于心外，视危难如‘浮云’，其根本还是‘此心光明’。这也启示我们今天的国人，要‘扶正祛邪’‘持绿治污’首先要坚定理想信念、坚守人间正道、坚持自性光明。有人说，‘人，应当诗意地栖居’。中华诗词所蕴含的《易经》智慧，是对自然天地的敬畏，是对‘万物和谐’的认知，是人与天地为朋、为友、为一的情怀。有一首礼赞《易经》的现代诗写道：‘或许，你永远是一个谜，永久的神秘；龙的图腾可以阐释，古老的甲骨文可以解读，可你的八卦密码却永远需要破译；你曲径通幽，永无止境，入之愈深，其进愈难，而其见愈奇。但我们知道，你永远伫立在智慧的彼岸耐心地等待着造访；不放弃，你是我们真心的渴望；永坚持，你是我们恒久的信仰！’也许，从《易经》中萃取哲思，从诗词中品读真谛，‘踏一路魏晋之风，披一身盛唐明月’，不失为我们履行治霾使命、感悟生活的一种方式。”

大侃的几句话，似乎为我的创作打开了新的闸门。我想，胡县长能编出那些几乎成了治霾经典的谣，绝非一时偶得。这该是他亲身所历、倾心所思、读经所获的痛与历、德与情、文与果。

面对发展，面对生存，面对虽轻尚存、反反复复的污染，霾功霾过谁人能以评说，治霾之路谁人能以评说，防霾之道谁人能以评说？

此刻，我禁不住连篇的浮想，有感而自语：“中国之撼，民众之撼，人心之撼，决心之撼，梦想之撼，幸福之撼，足以撼动世间一切污霾也……”

想到诗谣、想到大侃，我忽然又想起了我女儿的女儿“未未”。她现在才一周岁多一丁点儿。她出生的那一天，是羊年12月的首日，是个周二，也是乙未十月的二十日，还是甲子内六十年未曾有过的一个持续一周浓重大雾的日子。但老天送“美”与“巧合”相约的是，那日早上市区所有空气质量监测点统统爆表，整个市区上空像是扣了个浓黑发灰的大锅盖，让人备感压抑、呼吸困难。人们在困境中期待着风来雾去……

那天，未时仅过一分之际，女儿在阵痛中给我送来了小外孙女。幼小的生命一落地，便扑闪起一双美目，迅即开始向这个崭新的世界四向瞭望。

她在期待什么？此时，我发现，室外的迷雾已连同灰霾忽然远远散去，一缕阳光，透过管道医院窗帘的缝隙，扑向室内，伴随着护士徐徐拉开窗帘，阳光追逐着婴儿车，闪动着、跳跃着……

那天，我似乎隐约感受到，根本不会讲话的小外孙女，仿佛是在用一双有神的眸子向我发来心愿：姥爷呀，我来到的这个世界，没有霾该多好，我是帮助您治霾来啦……于是，我随心写了一篇记录心迹的散文《“未未”来了》，找人在报纸上发了。

今儿个，空气质量虽好多了，但隔窗放气球的小女孩的身影和表情，始终在我眼前闪晃。

霾，伴随着这个世界的众多国家的飞跃发展，有先有后，有早有迟，都不可能百分之百地回避和避免。但在人类追求美好生活的进程中，防霾治污的脚步却一天也不能停止。防霾治污，就像地球上生存的每一个人，无论是成人、老人和孩子，更不论贫富、官位与性别，也没有国界之分，都要分享到一块发展赐予的甜美蛋糕一样，每个人也都有一份防治的义务和责任。责任的体现，不仅仅是法规条文中的文字约定，更多的还应该体现在从细小到具体事物的行动中。在这样一场人类自我的生命保卫战中，不仅要把治污光荣、制污可恨的口号叫喊得很响很亮，更为关键的是，人人还要学会在这场治污战役中，学会舍去自我，面向大局，树立人人为我、我为人人，尊重自然、保护生态，珍惜生命、从我做起的坚实意识。否则，面对“黑钱”的诱惑、“车轮”的诱惑、“野味美食”的诱惑和“官帽”的诱惑等眼前小利小益的诱惑，就有可能会迷失心态，心乱气躁，站位在个人利益的小圈圈里，做出损人也不利己的傻事儿、怪事儿、荒唐事儿。

防霾治污，是一场持久战。着眼当前，不留余力，放眼未来，持续攻坚，任重道远，十分迫切与艰巨……

女儿与女婿一块儿给自己的女儿取名叫“未未”，我不知小两口寓意如何。但凡长辈为晚辈取名都一定有自己的一些想法。旧时候，穷人家的孩子不好活，都得起个贱名，狗子、狗剩、榔子、二傻、疙瘩、大丑、笨蛋之类，为的是叫阎王爷听见不当个东西，看不上，想不到，领不走；新社会，人心向上，建国、建军、卫东、援朝、跃进、改革、创新等等富有时代背景，政治色彩、政治追求十分浓烈的名字使电脑中的重名率猛增，用名字展示信仰与光荣；现实版的起名才真的是算得上百花齐放，百家争“鲜”，古今中外，奇新同在，俨然让“开放”治服了铁定规则，展现了当代新常态、新潮流的美感与个性。

不管叫啥吧，反正都是人的一个代号而已。但我猜想，女儿和姑爷给自己的爱情宝宝起名“未未”，这么个小名，决意是会像千百万对小父母一样，对女儿的未来充满期待，对女儿未来的幸福极寄期望。

好像我是得了职业思绿病，说到未来与希望，在我的脑海中，今天的婴儿未未，好像忽然间就变成了一个十八九岁的大姑娘，在我眼前不停地舞跳着。十八九年、二十年后，到那时候，在今天创新、协调、绿色、开放、共享理念支撑、奠基下的中国地球的生态，会是个什么样子，国家的生态文明会展示何等壮丽的成果，现今京津冀的雾气中还会有多少霾气，土、水、气“一体化”的科学发展、绿色发展、生态平衡会是何等的宜人、宜居、宜生？一切我们今天还只是梦想、幻想的未来，怎样才会变成现实？我猜想，可能只有两个字才是彩桥：行动。否则，一切梦想就永远会是变不成现实的梦和想……

生命的健康，期待心灵的净化、心灵的生态。在环保面前，我们该莫为后人做罪人。行动吧，未未的未来，与千千万万个家庭的楠楠、豆豆、甜甜、畅畅、瑞瑞们会是一个样儿，享受我们今后留予的蓝天白云、地绿水清、生命健康！

但眼前，尽快补齐环境短板，确保生态环境质量得到改善，确保绿水青山常在，确保各类自然生态系统安全，确保发展在绿色之路上前行，真的已是等不得、慢不得、了不得的民生大事。吕正天、马二哈们，正在为此而努力与担当。此时、此刻，不知为什么，我突然真的想给吕正天县长发去一个红包，发一个大大的红包。但刚刚掏出的手机上，屏幕上却突然显现出了一个网名“痒痒挠儿”的人，给我发来的一条微信：

红桃10：梦

火车转弯，顺其自然，
飞机转弯，空中盘旋，
汽车转弯，急促扭盘，
发展转弯，生态超前。
要钱不要命的发展，停了、转了，
霾死了、霾走了、霾去了……
如何才会持久？
改革春风，习习深刻，激浊扬清，
治污惊雷，映耀蓝天，创建和谐。
南海风云，波矛时有复起，
北国京津，霾污尚有残存。
绿色发展，洗礼推进，
丁酉之春，已荡秋时芳云，
中国梦，绿之梦，健康梦，不是梦！

给发我微信的“痒痒挠儿”是谁？加我微信的人太多了，加上前几天因手机内存过多，导致死机，重新恢复后，丢了很多原始信息，让我备感困惑……是老胡……是盼姐……是二哈……是大侃？噢，是吕正天？我猜！

我正处心思虑“痒痒挠儿”是何许人也，“痒痒挠儿”又发来新段子：

老胡面对猴年12月京津冀霾狼发疯般肆虐曰：劲不松力不减抓住晴天控污染，减烟气持续停着眼退十往前行！莫被阳光迷双眼全力以赴控重点！今日积霾明天祸后悔莫及把脚跺！奉劝企业莫偷干法规无情必惩办！同仁同心咬牙关来日必定是蓝天！英雄好汉猛劲干有气撒给大气办！

老胡真逗！但“痒痒挠儿”究竟是谁？

正晌午的时候，盼姐打手机给我说：“望元先生，晚上咱们找正天、大侃、二哈、老康还有我妹妹、我亲家母，带俩孩子，一块儿聚聚好吧？”

“有啥喜事呀？”

“有啊。这一啊，是我妹夫康大仙表现好，和他二哥小模特一样，提前出狱了，早上还和老胡一块议论续编新的治霾民谣扑克牌的事呢；这二啊，是我亲家母家那只老猫，上午带着它的‘女儿’，一块回家来了，脏得把我吓了一跳，‘娘俩’刚到我家，我妹妹后边就追来了；这三啊，是雯雯和克克和好了，雯雯怀孕了，据说，还是双胞胎……这四啊，你更不会想到，南旺乡北塔村那个莫需友，在魏县长被判刑后，因为替贪官鸣冤叫屈，多次到北京非法上访，再加上他多次勾结非法网站造谣陷害他人，昨天被法院判刑四年……”

“这么多喜事儿，你可得准备些好酒，咱们多喝点儿。”

“喝好酒可以，但谁也不许喝多。‘痒痒挠儿’上午对我说，昨儿晚上，F县的侯县长，组织几位乡长喝酒，庆祝‘气代煤’工程取得阶段战果，结果，喝死一个，住院三个……”

“盼姐，‘痒痒挠儿’是谁呀？”

“问你小姨子去！”

“噢，白平呀！盼姐呀，我还有两事不明，向你请教。F县几个人喝顿酒竟闹出这么大的事儿，是不是这几年治雾霾、正风气，搞得官场人适应了回家吃饭，都不太适应在外面喝大酒啦？再有，大侃现在到底是梦中的的哥还是现实中的E县治霾副县长？像大侃这样的人，还能念他治霾有功，再重新回归到公务员队伍中来吗？”

我这边还在问着，盼姐那边，手机挂了……

后记

“山”的革命“梦”的洗礼

从2013年春到2017年春夏之交，五年间，从《霾来了》《霾之殇》到《霾爻谣》，我个人感觉，京津冀始终是在经历着“洗心”般的治霾洗礼。我体会，雾霾三部曲，是从一个侧面，记录了这个过程和意识。

万事万物都有个本质和目的；千头万绪都有个开头和结尾；千言万语都是为了论证和说明哪个问题；千种认识，万种行为，都是为了实现和维护根本利益。回顾“三部曲”创作过程的来龙去脉，我个人认为，这其实是一次对“山”的革命“梦”的洗礼的深刻解读。既要金山银山，更要绿水青山。绿水青山，就是金山银山；实现中华民族伟大复兴的中国梦，既要有小康，更要有健康。习近平总书记的“两山论”“两康论”，我已深埋于心田，并力求解读于笔端。作为践诺环保人责任感和使命感的一次实践，行动，时刻驱动着我和我的环保同仁。对我个人来讲，在这样一场史无前例的特殊“革命”和思想“洗礼”中，“山”的革命，引航发展征程，“梦”的洗礼，描绘未来愿景。在用典中领略习式风格，从传统中理解习式智慧，在探索中实践习式理论，从家风中弘扬习式国风，我既是拥护者、见证者，也是实践者、跟进者。一面干、一面思考，一面写、一面呐喊，是我近五年来的工作常态。可以说，“三部曲”是“骂”出来的，是“逼”出来的，是“挤”出来的。

写“三部曲”，我有三种心情。写《霾来了》，眼见向污染宣战开局，心情亢奋，我是在“呐喊”；写《霾之殇》，眼见等待、懈怠、莫待，心情郁闷，我是在“提醒”；写《霾爻谣》，眼见雾开霾降，蓝天白云常驻，梦想加速实现，心添喜悦，我是在“证明”。是警醒、警示、警告，才搭起了雾霾三部曲的“骨架”，也是我给后人留下的东西。

“十三五”绿色发展的冲锋号更加强劲、嘹亮。

过去，我们说，“制”污者是人，“治”污者也是人。现在我要说，不同的是政绩观、发展观、民生观、价值观，在人的心中，重新调整了比例。

过去，我们说，金山是山，银山是山，绿水青山也是山。现在我们说，所不同的是，生命的意义，已经占领了国人心胸生态文明的制高点。

我们已欣喜看到，治霾在加速，成效在凸显。至高利益的“获得感”，追求生存的奢欲感，生态“补课”的危机感，催生政府不再等待，企业不再懈怠，公众不再漠待；长了“钢牙”的《环保法》、扎紧了的制度“笼子”、刮骨疗伤的体制变革，让焕发生机的中国环保，痼疾不再“传宗接代”……

治霾，是时代的符号，大数据，是时代的内涵；成功，是治霾的现实，蓝天，是时代的召唤；激浊，是治霾的共愤，扬清，是时代的期盼；改革是时代强音，小康与健康，是人民的梦愿……

宇宙万物皆有灵，春风洗礼荡涅槃……在这个伟大的时代，我们应该干点实事儿，应该干成点实事儿。

“三部曲”草草而成。精准防霾治污尚在持续。我想把防霾治污的经验、教训，留予明天的心愿已经实现。治霾再出发，从每个人的深度觉醒开始，把“实”字写得更好、更美、更善、更实。环保，每个人都很重要；有美好环境，才有健康中国；有健康人生，才会有人生全过程的完美。

有责当担，有恩当报。借《霾爻谣》出版之机，我要深深地感谢数年来关心、关注和支持我和“三部曲”的媒体、公众、环保同仁和朋友。特别要鞠躬答谢的是作家出版社葛笑政、省登宇先生；媒体人武卫政、崔永元、白岩松、童盈、白林、陈璇、刘树国、刘尉、李莹、孟凡彪、孟德明先生（女士）；环保人陈国鹰、杨智明、王雅君、潘井泉、张贵金、曹海波、冯彦彬、许新民、戴树瀛先生；社会友人甘中学、郑承煜、李铮、李贵、孙财有、孙守方、肖泽洲、毛洪钧、曹伯堂先生和我环保系统的同事们。来日，愿故友新朋，来今雨轩，汇望元书乡，一品廊坊生态之美，并褒享我之感激与谢枕！

李春元

2017年清明于望元书屋

附录

环保知识解说

1.新《大气法》的立法目的：为保护和改善环境，防治大气污染，保障公众健康，推进生态文明建设，促进经济社会可持续发展。

2.防治大气污染的目标、原则：防治大气污染，应当以改善大气环境质量为目标，坚持源头治理，规划先行，转变经济发展方式，优化产业结构和布局，调整能源结构。

3.防治大气污染的主要措施：加强对燃煤、工业、机动车船、扬尘、农业等大气污染的综合防治；推行区域大气污染联合防治；对颗粒物、二氧化硫、氮氧化物、挥发性有机物、氨等大气污染物和温室气体实施协同控制。

4.各级人民政府在大气污染防治方面的主要职责：县级以上人民政府应当将大气污染防治工作纳入国民经济和社会发展规划，加大对大气污染防治的财政投入；地方各级人民政府应当对本行政区域的大气环境质量负责，制定规划，采取措施，控制或者逐步削减大气污染物的排放量，使大气环境质量达到规定标准并逐步改善。

5.大气污染防治，各级环境保护部门的主要职责：县级以上人民政府环境保护主管部门对大气污染防治实施统一监督管理。主要包括：制定标准、加强考核、落实对重点大气污染物排放总量控制制度、加强监测并建立和完善大气污染损害评估制度、负责大气污染防治的日常执法工作及加强重点区域大气污染联合防治工作等。

**6.企事业单位等生产经营者和公民在大气环境保护方面的责任及义

务：企业事业单位和其他生产经营者应当采取有效措施，防止、减少大气污染，对所造成的损害依法承担责任；公民应当增强大气环境保护意识，采取低碳、节俭的生活方式，自觉履行大气环境保护义务。

7.制定大气环境质量标准，应当遵循的原则：以保障公众健康和保护生态环境为宗旨；与经济社会发展相适应，做到科学合理。

8.燃煤、燃油等产品质量标准环保要求的规定：制定燃煤、石油焦、生物质燃料、涂料等含挥发性有机物的产品、烟花爆竹以及锅炉等产品的质量标准，应当明确大气环境保护要求；制定燃油质量标准，应当符合国家大气污染物控制要求，并与国家机动车船、非道路移动机械大气污染物排放标准相互衔接，同步实施。

9.企业事业单位和其他生产经营者进行建设项目环评和达标排放的规定：企业事业单位和其他生产经营者建设对大气环境有影响的项目，应当依法进行环境影响评价、公开环境影响评价文件；向大气排放污染物的，应当符合大气污染物排放标准，遵守重点大气污染物排放总量控制要求。

10、大气污染排放口设置和禁止以逃避监管的方式排放大气污染物的相关规定：企业事业单位和其他生产经营者向大气排放污染物的，应当依照法律法规和国务院环境保护主管部门的规定设置大气污染物排放口；禁止通过偷排、篡改或者伪造监测数据、以逃避现场检查为目的的临时停产、非紧急情况下开启应急排放通道、不正常运行大气污染防治设施等逃避监管的方式排放大气污染物。

11.应取得排污许可证的对象包括哪些：排放工业废气的企业事业单位、新《大气法》第78条规定名录中所列有毒有害大气污染物的企业事业单位、集中供热设施的燃煤热源生产运营单位及其他依法应当取得排污许可证的单位。

12.重点排污单位对自动监测数据和自动监测设备负哪些责任：重点排污单位应当对自动监测数据的真实性和准确性负责。环境保护主管部门发现重点排污单位的大气污染物排放自动监测设备传输数据异常，应当及时进行调查。禁止侵占、损毁或者擅自移动、改变大气环境质量监测设施和大气污染物排放自动监测设备。

13.大气污染防治现场检查中的相关规定：环境保护主管部门及其委托的环境监察机构和其他负有大气环境保护监督管理职责的部门，有权通过现场检查监测、自动监测、遥感监测、远红外摄像等方式，对排放大气污染物的企业事业单位和其他生产经营者进行监督检查。被检查者应当如实反映情况，提供必要的资料。实施检查的部门、机构及其工作人员应当为被检查者保守商业秘密。

14.什么情况下可采取查封、扣押强制措施：企业事业单位和其他生产经营者违反法律法规规定排放大气污染物，造成或者可能造成严重大气污染，或者有关证据可能灭失或者被隐匿的，县级以上人民政府环境保护主管部门和其他负有大气环境保护监督管理职责的部门，可以对有关设施、设备、物品采取查封、扣押等行政强制措施。

15.环境污染举报制度的相关规定：环境保护主管部门和其他负有大气环境保护监督管理职责的部门应当公布举报电话、电子邮箱等，方便公众举报；环境保护主管部门和其他负有大气环境保护监督管理职责的部门接到举报的，应当及时处理并对举报人的相关信息予以保密；对实名举报的，应当反馈处理结果等情况，查证属实的，处理结果依法向社会公开，并对举报人给予奖励；举报人举报所在单位的，该单位不得以解除、变更劳动合同或者其他方式对举报人进行打击报复。

16.什么是排污权交易：排污权交易是指在总量控制要求下，为促进环境资源高效配置，排污权以有偿方式在政府与排污单位、排污单位之间相互流转的活动。

17.什么情况下会约谈和区域限批：对超过国家重点大气污染物排放总量控制指标或者未完成国家下达的大气环境质量改善目标的地区，省级以上人民政府环境保护主管部门应当会同有关部门约谈该地区人民政府的主要负责人，并暂停审批该地区新增重点大气污染物排放总量的建设项目环境影响评价文件。约谈情况应当向社会公开。

18.什么是大气污染损害评估：综合运用经济、技术等手段，对大气污染导致的损害范围、程度等进行合理的鉴定、测算，出具评估报告，为环境管理、环境司法等提供服务的活动。

19.如何加强民用散煤的管理：地方各级人民政府应当采取措施，加强民用散煤的管理，禁止销售不符合民用散煤质量标准的煤炭，鼓励居民燃用优质煤炭和洁净型煤，推广节能环保型炉灶。

20.防治大气污染，企业应承担的责任：企业事业单位和其他生产经营者应当采取有效措施，防止、减少大气污染，对所造成的损害依法承担责任。

21.防治大气污染，公民应承担的义务：公民应当增强大气环境保护意识，采取低碳、节俭的生活方式，自觉履行大气环境保护义务。

22.政府有关部门对大气污染源监测的负有哪些责任：国务院环境保护主管部门，负责制定大气环境质量和大气污染源的监测和评价规范，组织建设与管理全国大气环境质量和大气污染源监测网，组织开展大气环境质量和大气污染源监测，统一发布全国大气环境质量状况信息。县级以上地方人民政府环境保护主管部门，负责组织建设与管理本行政区域大气环境质量和大气污染源监测网，开展大气环境质量和大气污染源监测，统一发布本行政区域大气环境质量状况信息。

23.大气污染物排污单位需承担哪些监测责任：企业事业单位和其他生产经营者应当按照国家有关规定和监测规范，对其排放的工业废气和本法第七十八条规定名录中所列有毒、有害大气污染物进行监测，并保存原始监测记录。其中，重点排污单位应当安装、使用大气污染物排放自动监测设备，与环境保护主管部门的监控设备联网，保证监测设备正常运行并依法公开排放信息。

24.有关部门如何对排污单位进行监督检查：环境保护主管部门及

其委托的环境监察机构和其他负有大气环境保护监督管理职责的部门，有权通过现场检查监测、自动监测、遥感监测、远红外摄像等方式，对排放大气污染物的企业事业单位和其他生产经营者进行监督检查。被检查者应当如实反映情况，提供必要的资料。实施检查的部门、机构及其工作人员应当为被检查者保守商业秘密。

25.政府有关部门什么情况下可以对排污单位采取强制措施：企业事业单位和其他生产经营者违反法律法规规定排放大气污染物，造成或者可能造成严重大气污染，或者有关证据可能灭失或者被隐匿的，县级以上人民政府环境保护主管部门和其他负有大气环境保护监督管理职责的部门，可以对有关设施、设备、物品采取查封、扣押等行政强制措施。

26.环境保护主管部门和其他负有大气环境保护监督管理职责的部门应当如何处理举报：环境保护主管部门和其他负有大气环境保护监督管理职责的部门，接到举报的，应当及时处理并对举报人的相关信息予以保密;对实名举报的，应当反馈处理结果等情况，查证属实的，处理结果依法向社会公开，并对举报人给予奖励。

27.在城市高污染燃料禁燃区需要遵守哪些规定：在禁燃区内，禁止销售、燃用高污染燃料;禁止新建、扩建燃用高污染燃料的设施，已建成的，应当在城市人民政府规定的期限内改用天然气、页岩气、液化石油气、电或者其他清洁能源。

28.对燃煤单位燃煤有哪些规定：燃煤电厂和其他燃煤单位应当采用清洁生产工艺，配套建设除尘、脱硫、脱硝等装置，或者采取技术改造等其他控制大气污染物排放的措施。国家鼓励燃煤单位采用先进的除尘、脱硫、脱硝、脱汞等大气污染物协同控制的技术和装置，减少大气污染物的排放。

29.产生含挥发性有机物废气的生产和服务活动应遵守哪些规定：产生含挥发性有机物废气的生产和服务活动，应当在密闭空间或者设备中进行，并按照规定安装、使用污染防治设施;无法密闭的，应当采取措施减少废气排放。

30.石油、化工等企业应如何防治大气污染：石油、化工以及其他生产和使用有机溶剂的企业，应当采取措施对管道、设备进行日常维护、维修，减少物料泄漏，对泄漏的物料应当及时收集处理。储油储气库、加油加气站、原油成品油码头、原油成品油运输船舶和油罐车、气罐车等，应当按照国家有关规定安装油气回收装置并保持正常使用。

31.工业生产、垃圾填埋或者其他活动产生的可燃性气体应当如何处理：工业生产、垃圾填埋或者其他活动产生的可燃性气体应当回收利用，不具备回收利用条件的，应当进行污染防治处理。可燃性气体回收利用装置不能正常作业的，应当及时修复或者更新。在回收利用装置不能正常作业期间确需排放可燃性气体的，应当将排放的可燃性气体充分燃烧或者采取其他控制大气污染物排放的措施，并向当地环境保护主管部门报告，按照要求限期修复或者更新。

32.施工单位应当在施工工地采取哪些措施防治扬尘污染：施工单位应当在施工工地设置硬质围挡，并采取覆盖、分段作业、择时施工、洒水抑尘、冲洗地面和车辆等有效防尘降尘措施。建筑土方、工程渣土、建筑垃圾应当及时清运；在场地内堆存的，应当采用密闭式防尘网遮盖。工程渣土、建筑垃圾应当进行资源化处理。

33.运输散装、流体物料的车辆应如何防治扬尘污染：运输煤炭、垃圾、渣土、砂石、土方、灰浆等散装、流体物料的车辆应当采取密闭或者其他措施防止物料遗撒造成扬尘污染，并按照规定路线行驶。装卸物料应当采取密闭或者喷淋等方式防治扬尘污染。

34.如何贮存易产生扬尘的物料：贮存煤炭、煤矸石、煤渣、煤灰、水泥、石灰、石膏、砂土等易产生扬尘的物料应当密闭；不能密闭的，应当设置不低于堆放物高度的严密围挡，并采取有效覆盖措施防治扬尘污染。

35.养殖场应如何防止恶臭气体排放：畜禽养殖场、养殖小区应当及时对污水、畜禽粪便和尸体等进行收集、贮存、清运和无害化处理，防止排放恶臭气体。

36.餐饮服务业应如何排放油烟：排放油烟的餐饮服务业经营者应当安装油烟净化设施并保持正常使用，或者采取其他油烟净化措施，使油烟达标排放，并防止对附近居民的正常生活环境造成污染。

37.应对重污染天气可以采取哪些措施：县级以上地方人民政府应当依据重污染天气的预警等级，及时启动应急预案，根据应急需要可以采取责令有关企业停产或者限产、限制部分机动车行驶、禁止燃放烟花爆竹、停止工地土石方作业和建筑物拆除施工、停止露天烧烤、停止幼儿园和学校组织的户外活动、组织开展人工影响天气作业等应急措施。

38.如何倡导环保驾驶：国家倡导环保驾驶，鼓励燃油机动车驾驶人在不影响道路通行且需停车三分钟以上的情况下熄灭发动机，减少大气污染物的排放。

39.汽车尾气排放超标的，应当如何处置：在用机动车排放大气污染物超过标准的，应当进行维修；经维修或者采用污染控制技术后，大气污染物排放仍不符合国家在用机动车排放标准的，应当强制报废。其所有人应当将机动车交售给报废机动车回收拆解企业，由报废机动车回收拆解企业按照国家有关规定进行登记、拆解、销毁等处理。

40.拒绝接受环保工作人员检查的，该如何处理：违反《大气污染防治法》规定，以拒绝进入现场等方式拒不接受环境保护主管部门及其委托的环境监察机构或者其他负有大气环境保护监督管理职责的部门的监督检查，或者在接受监督检查时弄虚作假的，由县级以上人民政府环境保护主管部门或者其他负有大气环境保护监督管理职责的部门责令改正，处二万元以上二十万元以下的罚款；构成违反治安管理行为的，由公安机关依法予以处罚。

41.对未按照规定建设配套煤炭洗选设施的煤矿，应如何处罚：违反《大气污染防治法》规定，煤矿未按照规定建设配套煤炭洗选设施的，由县级以上人民政府能源主管部门责令改正，处十万元以上一百万元以下的罚款；拒不改正的，报经有批准权的人民政府批准，责令停业、关闭。

42.对燃用不符合质量标准的煤炭单位应如何处罚：违反《大气污染防治法》规定，单位燃用不符合质量标准的煤炭、石油焦的，由县级以上人民政府环境保护主管部门责令改正，处货值金额一倍以上三倍以下的罚款。

43.对生产、进口、销售或者使用不符合规定标准的锅炉的，应如何处罚：违反《大气污染防治法》规定，生产、进口、销售或者使用不符合规定标准或者要求的锅炉，由县级以上人民政府质量监督、环境保护主管部门责令改正，没收违法所得，并处二万元以上二十万元以下的罚款。

44.对生产超过污染物排放标准的机动车的，应如何处罚：违反《大气污染防治法》规定，生产超过污染物排放标准的机动车、非道路移动机械的，由省级以上人民政府环境保护主管部门责令改正，没收违法所得，并处货值金额一倍以上三倍以下的罚款，没收销毁无法达到污染物排放标准的机动车、非道路移动机械；拒不改正的，责令停产整治，并由国务院机动车生产主管部门责令停止生产该车型。

45.对进口、销售超过污染物排放标准的机动车的，应如何处罚：违反《大气污染防治法》规定，进口、销售超过污染物排放标准的机动车、非道路移动机械的，由县级以上人民政府工商行政管理部门、出入境检验检疫机构按照职责没收违法所得，并处货值金额一倍以上三倍以下的罚款，没收销毁无法达到污染物排放标准的机动车、非道路移动机械；进口行为构成走私的，由海关依法予以处罚。

46.对伪造机动车排放检验结果或者出具虚假排放检验报告的，应

如何处罚：违反《大气污染防治法》规定，伪造机动车、非道路移动机械排放检验结果或者出具虚假排放检验报告的，由县级以上人民政府环境保护主管部门没收违法所得，并处十万元以上五十万元以下的罚款；情节严重的，由负责资质认定的部门取消其检验资格。

47.对在当地人民政府禁止的时段和区域内露天烧烤食品的，应如何处罚：违反《大气污染防治法》规定，在当地人民政府禁止的时段和区域内露天烧烤食品或者为露天烧烤食品提供场地的，由县级以上地方人民政府确定的监督管理部门责令改正，没收烧烤工具和违法所得，并处五百元以上二万元以下的罚款。

48.对超过排放标准排放油烟的，应如何处罚：违反《大气污染防治法》规定，排放油烟的餐饮服务业经营者未安装油烟净化设施、不正常使用油烟净化设施或者未采取其他油烟净化措施，超过排放标准排放油烟的，由县级以上地方人民政府确定的监督管理部门责令改正，处五千元以上五万元以下的罚款；拒不改正的，责令停业整治。

49.对露天焚烧秸秆造成烟尘污染的，应如何处罚：违反《大气污染防治法》规定，在人口集中地区对树木、花草喷洒剧毒、高毒农药，或者露天焚烧秸秆、落叶等产生烟尘污染的物质的，由县级以上地方人民政府确定的监督管理部门责令改正，并可以处五百元以上两千元以下的罚款。

50.如何控制裸地扬尘污染：市政河道以及河道沿线、公共用地的裸露地面以及其他城镇裸露地面，有关部门应当按照规划组织实施绿化或者透水铺装。

51.有毒有害大气污染物指哪些：是指在一定范围的大气中浓度达到会对人体健康和生态环境造成危害的污染物质，包括直接从污染源排放的污染物质及其在大气中经化学反应或者光化学反应形成的新污染物。

52.大气法对餐饮服务业油烟污染防治有哪些规定：排放油烟的餐

饮服务业经营者应当安装油烟净化设施并保持正常使用，或者采取其他油烟净化措施，使油烟达标排放，并防止对附近居民的正常生活环境造成污染。禁止在居民住宅楼、未配套设立专用烟道的商住综合楼以及商住综合楼内与居住层相邻的商业楼层内新建、改建、扩建产生油烟、异味、废气的餐饮服务项目。任何单位和个人不得在当地人民政府禁止的区域内露天烧烤食品或者为露天烧烤食品提供场地。

53.国家从哪两方面对焚烧废物进行限制：一是从地域方面实行限制。即禁止在人口集中地区和其他依法需要特殊保护的区域内，焚烧产生有毒有害烟尘和恶臭气体的物质。二是从被焚烧物质和所致污染物方面实行限制。即禁止焚烧沥青、油毡、橡胶、塑料、皮革、垃圾以及其他产生有毒有害烟尘和恶臭气体的物质。

54.对未依法取得排污许可证排放大气污染物，应如何处罚：由县级以上人民政府环境保护主管部门责令改正或者限制生产、停产整治，并处十万元以上一百万元以下的罚款；情节严重的，报经有批准权的人民政府批准，责令停业、关闭。

55.对侵占、损毁或者擅自移动、改变大气环境质量监测设施或者大气污染物排放自动监测设备的，应如何处置：由县级以上人民政府环境保护主管部门责令改正，处两万元以上二十万元以下的罚款；拒不改正的，责令停产整治。

56.重点排污单位不公开或者不如实公开自动监测数据的，应如何处置：由县级以上人民政府环境保护主管部门责令改正，处两万元以上二十万元以下的罚款；拒不改正的，责令停产整治。

57.对未采取扬尘污染防治措施的施工单位、建设单位，应如何处罚：由县级以上人民政府住房城乡建设等主管部门按照职责责令改正，处一万元以上十万元以下的罚款；拒不改正的，责令停工整治。

58.对造成大气污染事故的，应如何处罚：由县级以上人民政府环境保护主管部门对直接负责的主管人员和其他直接责任人员可以处上一年度从本企业事业单位取得收入百分之五十以下的罚款。对造成一般或者较大大气污染事故的，按照污染事故造成直接损失的一倍以上三倍以下计算罚款；对造成重大或者特大大气污染事故的，按照污染事故造成的直接损失的三倍以上五倍以下计算罚款。

59.挥发性有机污染物（VOCs）的危害有哪些：大气中的挥发性有机污染物种类繁多，其中不少对人体都有毒害性，这些有毒有机物经呼吸作用和血液循环作用而影响全身。随着大气中有毒有机物浓度的增加，它们不但会损害人体的中枢神经系统，而且在体内不断积累后对人体多种内脏器官有致癌、致畸和致基因突变作用，其中苯系物还是遗传中的毒性物质。

60.VOCs的主要来源：在室外，主要来自燃料燃烧和交通运输产生的工业废气、汽车尾气、光化学污染等；而在室内则主要来自燃煤和天然气等燃烧产物、吸烟、采暖和烹调等的烟雾，建筑和装饰材料、家具、家用电器、清洁剂和人体本身的排放等。在室内装饰过程中，VOC主要来自油漆、涂料和胶粘剂。一般油漆中VOC含量在0.4～1.0毫克/立方米。由于VOC具有强挥发性，一般情况下，油漆施工后的10小时内，可挥发出90%，而溶剂中的VOC则在油漆风干过程中只释放总量的25%。

《霾来了》媒体重点报道与评论索引

序号	标题	刊播媒体与作者	时间
01	环保工作者写环保：《霾来了》廊坊首发	廊坊日报：刘元琨	2014年6月7日
02	《霾来了》出版	中国环境报：郭婷	2014年6月25日
03	环保小说《霾来了》出版发行	人民日报：嘉言	2014年6月28日
04	长篇小说《霾来了》座谈会昨举行	廊坊日报：刘璐	2014年6月20日
05	《霾来了》为何受关注？	人民日报：武卫政	2014年8月23日
06	大孝自然——读《霾来了》有感	中国环境报：郭婷	2014年7月17日
07	《霾来了》关注之中添动力	廊坊日报：李贵	2014年9月5日
08	《霾来了》传递出满满的正能量	长城网：郭雪营	2014年12月12日
09	深沉的爱　饱满的情	廊坊日报：李晓文	2014年12月12日
10	《霾来了》用新闻眼写小说	廊坊日报：蔡尚波	2014年12月12日
11	肩上担当　笔下有力	廊坊日报：常玉春	2014年12月12日
12	小说《霾来了》趣与味的完美展现	廊坊日报：孟德明	2014年8月22日
13	《霾来了》环保文学的佳作	廊坊日报：王宁	2014年8月22日
14	一部环保小说的精彩叙事	廊坊日报：崔文君	2014年8月22日
15	试说《霾来了》的叙事特性	廊坊日报：王颖	2014年8月22日
16	《霾来了》杞忧类文学的空间展示	廊坊日报：高勤	2014年9月5日
17	站位生态新时代　善谋全媒新常态	廊坊日报：孟繁彪	2014年12月26日
18	环保题材小说《霾来了》火了	廊坊都市报：闫玮	2014年6月20日
19	环保小说《霾来了》引网友热议	廊坊日报：刘元琨	2014年6月18日
20	新环保法宣传引网民更加关注	廊坊日报：刘璐	2014年8月4日
21	《霾来了》：师院学生恳谈会发出倡议：倾心环保护卫蓝天	廊坊日报：吴立业	2014年10月17日
22	多家中省媒体客观报道廊坊治霾热评《霾来了》	廊坊日报：刘杰	2014年11月10日
23	廊坊市环保局副局长李春元写24万字环保长篇小说	中国新闻网：宋敏涛	2014年11月8日
24	市环保局局长写小说《霾来了》网上火爆	廊坊日报：刘杰	2014年11月4日
25	一个关于雾霾的故事	中国日报英文版：刘志华	2014年11月19日
26	小说《霾来了》亮相新华社治霾在行动启动仪式	廊坊日报：刘杰	2014年10月25日
27	《霾来了》引发的环保文化思考——廊坊时评之一	廊坊日报：张萌萌	2014年6月30日
28	《霾来了》：珍爱生命的呼声愈发高远——廊坊时评之二	廊坊日报：赵志峰	2014年7月18日

续表

序号	标题	刊播媒体与作者	时间
29	《霾来了》：绿是底色绿是梦——廊坊时评之三	廊坊日报：张萌萌	2014年8月8日
30	《霾来了》：考验作为与担当——廊坊时评之四	廊坊日报：张萌萌	2014年8月13日
31	《霾来了》：生态宜居绿色发展成追求——廊坊时评之五	廊坊日报：张萌萌	2014年8月22日
32	《霾来了》：群众是治霾主人翁——廊坊时评之六	廊坊日报：张萌萌	2014年9月5日
33	《霾来了》：珍爱生命的呐喊	廊坊日报：赵志峰、任雨薇	2014年7月25日
34	《霾来了》：失去的，还会再来吗？	廊坊日报：望元	2014年10月2日
35	望元叙说《霾来了》——专访李春元之一	廊坊日报：刘元琨、吴立业	2014年7月11日
36	望元再说《霾来了》——专访李春元之二	廊坊日报：张萌萌、金子龙	2014年8月8日
37	望元新说《霾来了》——专访李春元之三	廊坊日报：张萌萌	2014年9月8日
38	望元回说《霾来了》——专访李春元之四	廊坊日报：张萌萌	2014年12月2日
39	一切为了形成向污染宣战的强大合力——专访李春元	节能与环保杂志：陈向国	2014年9月1日
40	用我的笔记录治霾的历程	中国环境报、廊坊都市报：李莹	2014年12月12日
41	环保局长的“霾里霾外”	中国青年报：陈璇	2015年1月21日
42	对话李春元：环保局长没人愿意当环保局长	新华每日电讯：白林、齐雷杰	2015年1月29日
43	河北环保官员出版小说《霾来了》称一为科普二为沟通	中央电台：刘飞、李春霞、吴培	2015年2月22日
44	环保局长写小说谈雾霾，不让居民炒菜，到底实情还是戏说	东方卫视：崔永元	2015年2月3日
45	一位环保局长的“霾战”	解放日报：陈俊珺	2015年3月9日
46	霾来了，我们必须动点真格的	解放日报：陈俊珺	2015年3月9日
47	我为什么写《霾来了》	解放日报：陈俊珺	2015年3月9日
48	环保局长和他的雾霾之城	南方人物周刊：李珊珊	2015年3月16日
49	环保局长的小说	人民日报·环球时报英文版：张娱	2015年3月21日

续表

序号	标题	刊播媒体与作者	时间
50	廊坊环保局长与他的雾霾小说	北京晚报：魏婧	2015年4月9日
51	一声呐喊“霾来了”火了环保副局长	新京报：邓琦	2015年4月10日
52	李春元：一个环保局长的小说“呐喊”	中国新闻周刊：陈涛	2015年4月6日
53	李春元：没想到日子这么不好过	新华网·国际先驱导报：任丽颖	2015年5月14日
54	李春元：小说是拨开雾霾的一个答案	方圆：沈寅飞	2015年6月24日

《霾之殇》媒体重点报道与评论索引

序号	标题	刊播媒体与作者	时间
01	雾霾三部曲之二《霾之殇》今出版	廊坊日报：孟德明	2015年11月10日
02	河北廊坊环保局副局长推出第二部雾霾小说	新华社：白林	2015年11月24日
03	官员用笔治霾谁之痛	中国江苏网：雁南飞	2015年11月26日
04	防霾治污，还需公众行动起来	张家界在线	2015年11月25日
05	廊坊环保局副局长推出第二部雾霾小说《霾之殇》	长城网综合：小离	2015年11月25日
06	小说《霾之殇》受媒体和公众热评	廊坊日报：孟德明	2015年12月1日
07	望元实说《霾之殇》	廊坊日报：孟德明	2015年11月5日
08	环保局长写雾霾小说，刺痛了谁？	新华社记者：白林	2015年11月9日
09	环保局长写《霾之殇》：再向治霾呐喊	法制晚报记者：丁雪	2015年11月25日
10	环保局局长和他的《霾之殇》	河北青年报：张翠平	2015年12月16日
11	河北廊坊环保局副局长自创“雾霾三部曲”	钱江晚报：黄小星	2015年12月12日
12	《霾之殇》读后感	图书试用网：老何	2015年11月23日
13	《霾之殇》：呼唤社会各界同心治霾	惠州日报	2015年12月29日
14	环保小说《霾之殇》出版	人民日报海外版	2015年11月28日
15	环保官员写治霾小说　朋友劝“得罪人干啥”	法制晚报：丁雪	2015年11月25日

续表

序号	标题	刊播媒体与作者	时间
16	廊坊环保局副局长出第二部雾霾小说，称素材包括了工作实践	澎湃网	2015 年 11 月 23 日
17	河北廊坊环保局副局长推出第二部雾霾小说	中国日报中文网	2015 年 11 月 24 日
18	廊坊环保局副局长推出第二部雾霾小说《霾之殇》	燕赵都市网	2015 年 11 月 23 日
19	廊坊环保局副局长写雾霾小说	北京晨报	2015 年 11 月 23 日
20	官员拟创作“雾霾三部曲”写书讲述官场商场博弈	央广网	2015 年 11 月 24 日
21	河北廊坊环保官员出版第二部“雾霾小说”	中国法制网	2015 年 11 月 23 日
22	霾之殇（故事梗概）	文艺报	2016 年 1 月 6 日
23	《霾来了》《霾之殇》官员两部治霾小说称言行合一	国搜国情	2015 年 12 月 12 日
24	官员不能唯唯诺诺吃现成饭	新浪新闻	2015 年 12 月 12 日
25	《霾来了》+《霾之殇》来了	环境与生活网	2016 年 3 月 29 日
26	廊坊打“环保战役”留碧水蓝天	人民网：史自强、孙亚安、刘玉、张迪	2016 年 1 月 20 日